E
N
S
W
Ell

Elquine.

레모나

정령왕 엘퀴네스

이환 판타지 장편소설

15

dream books
드림북스

정령왕 엘퀴네스 15

초판 1쇄 인쇄 / 2019년 9월 23일
초판 1쇄 발행 / 2019년 10월 21일

지은이 / 이환

발행인 / 오영배
책임편집 / 편집부
본문 디자인 / 오정인
제작 / 조하늬

펴낸 곳 / (주)삼양출판사 · 드림북스
주소 / 서울시 강북구 도봉로 173
대표 전화 / 02-980-2112 팩스 / 02-983-0660
편집부 전화 / 02-987-9393 팩스 / 02-980-2115
블로그 / blog.naver.com/dreambookss

등록번호 / 제9-00046호
등록일자 / 1999년 3월 11일

ISBN 979-11-283-9464-5 (04810) / 978-89-542-4481-7 (세트)

* 지은이와 협의하에 인지는 생략합니다.
* 잘못된 책은 구입한 곳에서 바꾸어 드립니다.

이 도서의 국립중앙도서관 출판시도서목록(CIP)은 서지정보유통지원시스템홈페이지
(http://seoji.nl.go.kr)와 국가자료종합목록 구축시스템(http://kolis-net.nl.go.kr)에서
이용하실 수 있습니다. **(CIP제어번호: CIP2019035722)**

정령왕
엘퀴네스
개정판
이환 판타지 장편소설
15
dream
books
드림북스

정령왕 엘퀴네스 15

Contents

제1화

아이가 태어난 날엔 짙은 바람이 불었다. 어디서부터 시작된 건지 알 수 없는 돌풍이 느닷없이 일어나 사납게 대지를 훑었다. 지붕이 떨어져 나가고 굵은 나뭇가지가 꺾였다. 그 강대한 힘 앞에선 판자로 지어진 작은 집이나 갓난아이를 덮은 낡은 짚더미 따위는 아무런 도움이 되지 못했다. 출산 직후 온전치 못한 몸으로 일하러 나갔던 어미는 돌풍이 아이가 있는 곳을 덮치는 것을 보고 혼비백산하여 달려갔다. 그러나 그때엔 이미 판자가 두부처럼 으깨어져 무너진 후였다. 눈앞에서 벌어진 참상에 어미는 울부짖었고, 함께 그 광경을 목격한 이들 역시 모두 신음했다. 모두가 비참한 결말을 예상하고 있었다.

그때 누군가가 울고 있던 어미의 어깨를 두드리곤 판자 더미를 가리켰다. 의아해하던 어미는 곧 희미하게 들려오는 울음소리를 들었다. 믿을 수 없는 얼굴로 달려간 곳에서, 어미는 무너진 판자 틈에서 울고 있는 제 아이를 발견했다. 아이는 상처 하나 없이 무사했다. 온 사방에 파편이 튀어 엉망이 되었건만, 마치 일부러 막아내기라도 한 것처럼 아이 주변만은 온전했다. 감격한 아이의 어미는 그대로 무릎을 꿇고 바람의 왕에게 감사의 기도를 올렸다.

아무에게도 알려지지 않은 첫 번째 이적이었다.

아이는 무럭무럭 자라 소년이 되었다. 소년은 마을에서 술래잡기를 가장 잘했다. 소년이 작정하고 숨으면 스스로 모습을 드러낼 때까지 아무도 찾을 수 없을 정도였다. 심지어 바로 앞에 있어도 눈치채지 못하고 넘어가는 일도 많았다.

그 날도 숨바꼭질을 하는 중이었다. 장소는 마을에서 가장 한적한 곳에 있는 어느 버려진 저택 안이었다. 어른들이 가지 말라고 신신당부한 장소이기도 하지만 모험심이 강한 아이들이 그 말을 귀담아들을 리가 없었다. 저택 안에 숨어든 아이들은 곧바로 술래잡기를 시작했고, 소년은 여느 때와 같이 적당한 장소에 몸을 숨겼다. 그러다 깜빡 잠이 들었는데 눈을 떠보니 이미 주위가 캄캄해진 상태였다. 당황한 소년은 주위를 돌아봤으나 아무도 찾을 수 없었다. 친구들이 소년을 찾지 못하자 그냥 버려두고 간 것 같았다. 집에 돌아가면 혼날 게 분명 했기에 소년은 한숨을 내쉬었다. 그런데 어디선가 이상한 소리가 들려왔다. 우는 소리 같기도 하고 신음 같기도 했다.

소년은 기척을 최대한 죽이고 주위를 유심히 살폈다. 소리가 들려오는 곳은 지하로 이어지는 계단 쪽이었다. 모르는 척하면 될 텐데, 그날따라 호기심이 들었다. 소년은 용기를 내어 계단을 내려갔다. 지하는 생각보다 깊었고, 매우 넓었다. 물소리가 들리는 걸 보면 수로와도 이어진 것 같았다. 그곳에서 소년은 한구석에 묶여있는 소녀를 발견했다. 이상한 소리는 입에 재갈이 물린 소녀가 낸 신음이었다. 깜짝 놀란 소년은 서둘러 소녀를 풀어주었다. 하지만 시기가 좋지 않았는지 계단 쪽에서 발걸음 소리가 들렸다. 이 소녀를 가둬둔 일당이 내려오는 중인 게 분명했다.

소년은 기운을 차리지 못하는 소녀를 부축하고 어두운 곳을 찾아 숨었다. 곧 소녀가 사라진 걸 눈치챈 듯 분위기가 소란스러워졌다. 단순히 숨어 있는 것만으로는 금방 잡힐 것 같았다. 빠르게 판단을 내린 소년은 소녀를 등에 업고 반대 방향으로 달아났다. 왠지 다른 쪽에도 밖으로 나가는 출구가 있을 거란 생각이 들었다. 예상대로 소년은 출구를 찾아내어 무사히 탈출할 수 있었다.

구출한 소녀는 어느 귀족 가의 자제였다. 애탄 마음으로 납치된 딸을 찾던 귀족은 소년을 크게 치하하고 상을 내렸다. 소년은 곧바로 마을의 영웅이 되었다. 그때 한 여행자가 소년에게 관심을 보였다. 지하를 어떻게 탈출한 건지 묻는 말에 소년은 제가 아는 대로 대답했다. '왠지 그쪽에 출구가 있을 것 같아서', '그쪽으로 바람이 부는 것 같았다'는 설명을 들은 여행자는 소년의 부모를 찾아가 넌지시 조언했다. 소년에게 바람술사가 될 자질이 보이니 교육을 받게 하라는 것이었다.

소년의 이름이 세상에 처음으로 알려진, 두 번째 이적이었다.

이후 학술원에 들어간 소년은 순조롭게 청년이 되었다. 그맘때쯤 청년은 부담감을 크게 느끼고 있었다. 자질은 충분한데도 좀처럼 정령을 소환하지 못했기 때문이었다. 기대하던 시선들에 점차 실망감이 담기기 시작하자 청년은 갈수록 말수를 잃었다. 머리가 복잡한 날엔 전망이 가장 좋은 언덕에 올라가 하릴없이 시간을 보냈다.

그러던 어느 날 멍하니 누워 있는 그의 옆으로 누군가가 다가왔다. 착용한 교복 덕분에 같은 학술원 학생이라는 것만 짐작할 뿐 처음 보는 사람이었다. 상대는 청년에게 무언가 고민이 있는지를 물었고, 청년은 솔직하게 대답했다. 좀처럼 정령을 소환할 수 없다는 말에 상대는 웃으며 뜻 모를 답을 했다.

"큰바람이 이는 곳엔 작은 바람은 밀려나는 법이지."

즉 바람의 왕이 청년을 주시하고 있기에 다른 정령들이 감히 나서지 못한다는 내용이었다. 선뜻 믿어지지 않는 말이라 얼떨떨해하는 청년에게 상대는 작은 술잔을 내밀었다. 무심코 받아드니 맑은 술이 한가득 채워졌다.

"마시렴. 그럼 원하는 길을 가게 될 거야."

청년은 홀리듯이 술을 마셨다. 그러자 몸이 불에 타는 것처럼 뜨거워졌다. 알 수 없는 열기에 시달리다 청년은 그대로 의식을 잃었다. 다시 정신을 차렸을 땐 그는 들판에 혼자 누워 있었다. 선배인지 후배인지, 정체를 알 수 없던 상대의 모습은 보이지 않았다. 어쩌면 처음부터 끝까지 전부 다 꿈이었을 지도 몰랐다. 멍하니 몸을 일으키면서 청년은 천천히 주먹을 쥐었다 폈다. 오늘따라 유난히 바람이 강하게 부는 것 같았다. 그래서일까. 왠지 이상할 정도로 머리가 개운했다. 지금이라면 정령을 소환할 수 있을 것 같다는 생각이 들었다. 청년은 이제 거의 습관이 되다시피 한 주문을 외웠다.

그 순간 눈앞에서 거대한 폭풍이 일었다. 마치 주변을 흐르던 모든 바람이 그의 앞으로 한꺼번에 몰려든 듯했다. 그 강렬한 기체의 진동 사이에서 투명한 형체가 나타나기 시작했다. 그 형상은 눈부시게 새하얀 여인의 형상을 갖추었다. 크게 벌어진 청년의 눈동자에 눈물이 고였다. 가려졌던 시야가 훤하게 드러나며, 몰랐던 것들을 깨닫게 되었다.

"아아, 당신이었군요. 전부 당신이었어요."

새하얀 여인은 조금 전에 술을 권했던 낯선 학생이었다. 그 전에는 소년의 재능을 알아보고 조언했던 여행자였다. 무너진 판자더미에 갇힌 갓난아이의 생사를 그 어미에게 알려준 누군가이기도 했다.

청년은 그대로 무너져 오열했다. 새하얀 여인이 그런 그를 가만히 끌어안아 다독였다. 그 품은 너무도 다정해서 청년은 오히려 더 눈물을 멈출 수가 없었다.

이후 청년이 바람의 왕과 계약했다는 소문이 떠들썩하게 퍼져나갔다. 세상을 뒤흔든 세 번째 이적이었다.

1.

어디선가 웃음소리가 들리는 듯했다.

머리칼을 간질이는 선명한 바람, 들이쉬는 숨 한가득 진한 흙냄새가 밀려 들어왔다. 아마 꽤 오랫동안 잠들어 있었던 것 같다. 안개가 낀 것처럼 머릿속이 멍했다. 슬쩍 눈을 뜨니 찌르듯이 강렬한 햇살이 아무런 여과 없이 파고들었다. 손을 들어 가리려다가 찌르는 듯한 통증이 밀려와 숨을 삼켰다. 온몸이 두드려 맞은 것처럼 아팠다.

"으, 뭐야……."

목소리도 잔뜩 잠겨 있었다. 한참을 끙끙거린 끝에 간신히 몸을 일으키니 주변의 광경이 눈에 들어왔다. 새파란 하늘 아래 드넓은 들판이 펼쳐지고 있었다. 그 너머의 지평선을 빼곡한 숲이 두르고 있는 모습이 심혈을 기울인 한 폭의 삽화처럼 아름다웠다. 하지만 낯설었다.

"여기가 어디야?"

내가 왜 이런 곳에 있는 거지? 대체 얼마나 오랫동안 잔 건지 머리가 멍해서 상황판단이 잘되지 않았다. 뭔가 요란한 롤러코스터를 탔던 것 같기도 하고 이리저리 끌려다닌 것 같기도 했다. 아득한 의식 저편, 높은 데서 낮은 데로 떨어지는 듯한 아찔한 감각을 연달아 느꼈던 게 어렴풋이 떠올랐다.

대체 무슨 일이 있었던 거더라. 먹물처럼 까맣기만 한 머릿속을 더듬어가며 차분히 상황을 정리해보았다. 아, 그래. 라피스의 영혼을 찾으려는 중이었지. 녀석이 사라진 궤적을 따라 엘뤼엔이 날 이동시켜 준다고 했었다. 뭔가 묘한 감각을 느낀 후 곧바로 추락했는데, 그 이후로는 모든 기억이 흐렸다. 그제야 정신이 번쩍 들었다.

"헉! 그럼 성공한 건가? 나 제대로 도착한 거야?"

물론 이곳엔 나밖에 없었으므로 질문에 대답해 줄 사람도 없었다. 하지만 굳이 확인할 필요도 없을 것 같았다. 정령계에 있었던 내가 전혀 다른 장소에서 눈을 떴다는 것 자체가 성공했다는 증거였으니까.

무엇보다 확신할 수 있었던 건 선명히 느껴지는 기후였다. 정령이 된 후로 나는 기온을 딱히 느낀 적이 없었다. 머리로는 온도를 인지할 수 있지만 그걸 온전히 체감하지는 못했다. 하지만 지금은 확실히 추웠다. 바람이 불 때마다 서늘한 공기가 피부를 스쳤다.

바랜 듯한 들판 색이나 숲에 나뭇가지만 엉성한 걸 보면 아마도 한겨울인 것 같았다. 그나마 다행인 건 옷을 입고 있다는 거다. 그것도 꽤 두꺼운 재질에 목에서 손등까지 전부 단단히 감싼 차림이었다. 물론 이 옷차림 역시 기존의 내 차림과는 달랐다.

"그럼 정말 새로운 몸이라는 말인데……."

얼굴을 더듬어보니 털이나 비늘은 느껴지지 않았다. 손과 발도 본래 내가 알던 형태 그대로였고, 꼬리나 뿔 같은 것도 없었다. 우려하던 몬스터가 되지는 않은 모양이다. 기존과 크게 달라지지 않은 피부색이라든가 귀 모양이 둥근 걸 보면 무난하게 인간이 되었을 가능성이 높았다. 무심코 안도의 한숨을 내쉬는데 눈앞에서 웬 금실 같은 것이 어른거렸다. 치우려고 보니 내 머리칼이었다.

"금발이구나."

하긴 몸이 달라졌으니 머리 색도 달라질 수 있는 거겠지. 이미 충분히 예상했던 부분인데도 막상 바뀐 부분을 보니 신기했다. 이 정도면 엘퀴엔보다는 조금 더 진한 색인가? 그래도 이사나의 머리 색보다는 밝은 편인 것 같다. 전체적인 기장은 본래의 나와 비슷해 보였다.

거기까지 파악하고 나니 왠지 기묘한 기분이 들어 몸을 더듬어 보았다. 가슴이 평평한 건 여느 때랑 같아서 위화감이 없었는데, 약간 설명하기 힘든 곳에서 한동안 느껴지지 않던 감각이 전해졌다. 덕분에 굳이 벗어보지 않아도 한 가지만은 확실히 알 것 같았다. 새로 얻은 몸의 성별은 남자였다. 없던 게 다시 생기니 조금 불편했지만, 여자의 몸보다는 익숙하다는 점에서 다행이긴 했다.

"그보다 이제 뭘 어떻게 해야 하나……."

대강 상황 정리를 마치고 나니 눈앞이 막막했다. 무사히 도착한 것까진 좋은데 라피스는커녕 그 비슷한 것도 보이지 않았다. 이곳이 어딘지는 당연히 모르고, 입고 있는 옷 외에는 수중에 땡전 한 푼도 없는 상태였다. 운 좋게 금방 인가를 발견한다 해도 숙소를 구할 수 있을지나 모르겠다. 그렇다고 마냥 여기서 이러고만 있을 수도 없었다.

'일단 여길 벗어나서 가까운 마을을 찾자. 거기서 적당한 일자리를 구한 다음 돈을 벌면서 이곳의 정보부터 얻는 거야.'

내가 생각해도 막연한 계획이긴 했지만 지금으로선 별다른 묘안이 없었다. 나는 일단 무작정 걸었다. 해가 떨어지면 기온이 더 낮아질 거고, 짐승을 만날 수도 있다. 아직 이곳의 생태계는 잘 모르지만 야수가 어두운 시간에 활보하는 건 어디든 크게 다르지 않을 것 같았다. 그러니 그전에 안전한 장소를 찾아야 했다.

그러나 안 될 놈은 뭘 해도 안 된다고 하던가. 위기는 생각보다 더 일찍 찾아왔다. 그것도 내가 예상한 것보다 더 안 좋은 방향으로.

"……저게 뭐야."

숲에 들어선 지 얼마 되지도 않았는데 기이한 생물이 눈앞을 가로막았다. 처음엔 덩치가 남다르게 큰 침팬지나 오랑우탄인 줄 알았다. 그런데 뿔 달린 머리 모양이 한눈에도 염소의 형태에 더 가까웠다. 맹수처럼 날카롭게 튀어나온 송곳니, 손톱과 발톱도 기형적으로 긴 데다가 엉덩이 뒤로 늘어진 꼬리는 악어의 그것이었다. 아무리 좋게 봐줘도 평범한 짐승으로 보이진 않았다. 아무래도 이곳 역시 몬스터가 존재하는 세계인 모양이었다.

벌어진 놈의 입에선 침이 줄줄 흐르고 있었다. 초식 동물의 머리를 가지고 있는 주제에 날 맛있는 한 끼 식사로 여기고 있는 게 분명했다. 물론 그 기대에 응해줄 생각은 조금도 없었다.

'동료가 몰려올 수 있으니 최대한 빨리 끝내자.'

나는 늘 하던 대로 물을 움직여 공격하려고 했다. 그런데 당연히 따라와야 할 감각이 전혀 느껴지지 않았다. 어리둥절해하다가 뒤늦게 스치는 낭패감에 얼굴이 절로 굳어졌다. 그러고 보니 이제 난 정령왕이 아니지. 몸이 달라졌는데 물을 움직일 수 있을 리가 없었다.

'……가만, 그럼 지금 내가 몬스터와 맞서면 위험한 거 아닌가?'

아닌 게 아니라 당연히 위험한 게 맞았다. 그제야 깨달은 상황에 마른침을 삼켰다. 더는 예전과 같은 방식으로 살 수 없다는 걸 이런 식으로 실감할 줄이야. 더 어이없는 건 몬스터가 날 알아차리기 전에 내가 먼저 저 녀석의 기척을 느꼈다는 거다. 즉 도망칠 기회가 있었는데도 그걸 무시하고 오히려 가까이 다가가 구경이나 하고 있었다. 최적의 골든 타임을 고스란히 날린 셈이었다.

'미쳤어. 생존본능은 어디다 버렸냐, 엘.'

대체 어떻게 이런 걸 실수할 수 있는지. 인간으로 산 세월이 훨씬 더 길건만 불과 몇 년 사이에 정령왕의 몸에 너무 익숙해져 버린 모양이다. 그게 정말로 황당했다. 그간 정령인 내게 적응하지 못해 일이 꼬인 적이 얼마나 많았던가. 그런데 이젠 다시 인간의 몸에 적응해야 하는 사태라니, 무슨 놈의 팔자가 이런지 모르겠다.

어쨌든 분명한 건 인간은 무기 없이 단독으로 몬스터를 이기기 힘들다는 사실이다. 눈앞의 몬스터는 크기가 나와 엇비슷한 데다가 덩치는 더 컸다. 이대로 도망쳐봤자 금방 따라잡힐 게 분명했다. 그러자 그런 생각이 눈앞의 상대에게도 전해진 모양이었다. 키키킥, 쇠를 긁는 듯한 소리가 울리더니 눈이 마주친 이후로 쭉 견제만 하던 몬스터의 기세가 대번에 사나워졌다. 급히 물러서려 했을 땐 이미 놈이 나를 덮쳐든 후였다. 반사적으로 근처에 쓰러져 있던 죽은 나무의 나뭇가지를 꺾어 방어하긴 했지만 균형을 잃은 몸이 뒤로 넘어가는 건 막을 수 없었다. 순식간에 몬스터에게 깔린 꼴이 됐다.

"윽, 젠장!"

이빨을 세운 염소 머리가 바로 눈앞에서 날뛰는 건 별로 정신건강에 좋은 광경은 아니었다. 거대한 손톱을 연신 휘두르는 것도 성가셨다. 그나마 다행스러운 점은 생김새나 덩치에 비해 놈의 완력이나 속도가 그리 대단한 편은 아니라는 점이었다. 제 눈앞을 가로막은 나뭇가지가 성가신지 연신 빼앗으려 하는데도 내 힘을 이기지 못했다. 약간의 몸 씨름 끝에 나는 틈을 벌려 놈을 걷어차는 것에 성공했다. 물론 잠시라도 떨구는 게 목적이었기 때문에 큰 결과를 기대한 건 아니었다.

"키에엑!"

그런데 걷어차인 몬스터가 그대로 저만치 날아갔다. 맞은 몬스터도 당황했겠지만 나도 당황했다. 생각했던 것보다 내 힘이 꽤 강한 편인 모양이다. 그래도 거기까진 그저 다행이라고만 여겼다. 다음 광경을 보기 전까진.

"……어?"

바닥에 엎어진 몬스터는 한동안 거품을 토하며 꿈틀거렸다. 생각보다 충격이 컸는지 좀처럼 몸을 추리지 못하는 모습이었다. 그러다 갑자기 축 늘어지더니 그대로 잠잠해지는 게 아닌가. 반격에 대비해 나뭇가지를 단단히 움켜잡고 있던 나로선 눈앞의 상황이 조금도 이해가 되지 않았다. 미심쩍은 기분에 계속 주시해 봤지만 시간이 지나도 일어날 기미가 없었다. 단순히 의식을 잃은 정도가 아니라 생기가 완전히 사라진 것 같았다.

설마 싶은 마음에 일단 경계를 거두고 조심스럽게 몬스터 앞으로 다가가 보았다. 웅크린 몸을 나뭇가지로 꾹 밀자 눈을 까뒤집은 염소 머리가 아무런 저항 없이 드러났다. 역시나 숨을 쉬고 있지 않았다. 정말로 그 발차기 한 번에 죽은 거다.

어떻게 이럴 수가 있지? 나 지금 인간인 거 아니었나?

현실적으로 이해할 수 없는 일이다 보니 머리가 조금 복잡해졌다. 아무리 급소를 노려봤자 인간의 근력으론 몬스터를 한 번에 죽이기 어렵다는 게 상식이다. 아, 혹시 생김새만 흉악했지 실제론 아주 약한 몬스터였나? 하긴 덩치가 크다고 무조건 강한 건 아니긴 하지. 고작 발차기 한 번에 죽을 만큼 최하급 몬스터였나 보다. 그래, 그렇게 생각하니 모든 의문이 다 풀렸다.

그러나 세상은 내가 현실 도피 하는 꼴을 봐줄 생각이 없는 모양이었다. 무심코 돌아보는 중에 들고 있던 나뭇가지가 눈에 들어왔다. 대충 아무거나 꺾은 데다가 제대로 살필 겨를이 없었는데 이제 보니 어떻게 쉽게 꺾은 건지 이해가 되지 않을 만큼 굵었다. 게다가 조금 이상하다시피 으스러진 채였다. 몬스터가 물어뜯은 부분이 아니라, 내가 쥐고 있던 부위가.

'……이거 혹시 내가 이렇게 만든 건 아니겠지?'

아니, 설마 그럴 리가. 처음부터 그랬는데 내가 너무 정신없어서 알아차리지 못한 거겠지. 밀려드는 생각들을 외면하면서도 시험 삼아 멀쩡한 부분을 잡고 힘을 꾹 줘보았다.

"……."

엘뤼엔, 이 아버지야. 대체 나한테 무슨 몸을 준 거야.

한숨을 내쉰 후 아까보다 더 으스러진 나뭇가지를 바닥에 버렸다. 앞으로 호신은 걱정하지 않아도 될 것 같다.

2.

누리지 못한 사람은 결핍을 알지도 못한다. 그러므로 세상에서 가장 잔인한 벌은 누리게 한 후에 빼앗는 건지도 모른다.

……지금 내가 딱 그런 상황이 아닐까.

일이 술술 풀릴 거라 기대했던 건 아니지만 역시 편하게 가지는 않으려는 모양이다. 낯선 세계에 떨어진 이후로 어느덧 몇 시간. 정처 없이 숲을 걷는 동안 주변은 이미 완전히 어두워졌다.

그사이 나는 내가 누리던 것들에 감사하는 법을 배웠다. 원래도 감사하긴 했는데 더 깊이 감사했어야 했다. 인간에서 정령왕이 되었을 땐 아무 생각이 없었는데 정령왕에서 인간이 되니 불편한 점이 이만저만이 아니었다. 끝도 없이 이어지는 침엽수림 안에서는 더욱 그랬다. 다른 정령들과 교감하지도, 하늘을 날지도 못하니 숲의 규모를 파악하기는커녕 방향을 제대로 잡아가고 있는지조차 확인할 방법이 없었다. 걸을 때마다 기력이 떨어지는 것도 확연하게 느껴졌다. 무엇보다 가장 치명적인 점은…….

"배고파……."

허기가 느껴진다는 거다.

이건 정말 생각지 못했던 일이라 몹시 당황스러웠다. 그러고 보니 인간이든 뭐든 육체를 지닌 생물이라면 음식을 섭취해야 하는 거였지. 너무나도 당연한 사실인데 내겐 상관없는 영역이었다 보니 그런 당연함조차 잊고 있었다. 대체 무슨 배짱으로 이 여정을 강행한 건지 스스로 어이가 없을 정도였다.

여하튼 오랜만에 느껴보는 허기는 상상 이상으로 괴로웠다. 강지훈일 때도 그리 잘 챙겨 먹는 편은 아니었는데 그때의 기억보다 이상하리만치 더 힘든 것 같았다. 몬스터도 한 방에 잡는 무식한 완력을 생각해 보면 이 몸의 기초대사량이 너무 커서 그런 건지도 모르겠다. 실은 그 이후로도 동종의 몬스터와 몇 번 더 마주쳤고, 전부 다 때려잡은 참이었다. 한번은 떼로 만나는 바람에 조금 고전하기도 했다.

'아, 그래서 더 배가 고픈 건가.'

뒤늦게 깨달은 사실에 한숨이 절로 흘러나왔다. 굳이 맞설 게 아니라 피해 다녀도 됐을 텐데, 체력을 좀 더 아껴 쓸걸. 후회해 봤자 늦었지만 입 안이 썼다. 이대로는 숲을 빠져나가기도 전에 지쳐서 쓰러질 게 분명했다. 아무래도 마을을 찾는 건 포기하고 오늘은 그냥 이 근방에서 야영해야 할 것 같았다.

때마침 토끼가 보이길래 몇 마리 사냥한 다음, 적당한 장소에 터를 잡았다. 부싯돌은 없었지만 모닥불을 피우는 건 별로 걱정되지 않았다. 왠지 내 몸의 능력치라면 그냥도 마찰열을 만들어낼 수 있을 거란 예감이 들었다. 역시나 마른 나뭇가지를 맞대어 빠르게 비비기 시작하니 금방 불씨가 피어올랐다. 이제 와선 놀라울 것도 없었지만, 내가 평범한 인간이 아니라는 건 확실한 모양이다.

조리는 손질하는 건 포기하고 그냥 통째로 구웠다. 그렇게 완성된 토끼 구이는 약간 누린내가 났지만 먹을 만은 했다. 혀로 맛을 느껴보는 게 오랜만이다 보니 그 자체가 좋아서 아마 뭐든 괜찮게 느껴졌을지도 모르겠다. 일단 주린 속이 채워지니 그것만으로도 살 것 같았다. 끝없이 가라앉았던 기분도 한결 좋아졌다.

귓가에 어렴풋이 익숙한 소리가 들려온 건 식사를 거의 다 마쳤을 무렵이었다. 처음엔 잘못 들은 건가 했는데 아니었다. 거리감이 모호하긴 했으나 틀림없는 물소리였다. 서둘러 모닥불을 정리한 후 소리가 들리는 쪽으로 걸었다. 더는 착각이라고 생각할 수도 없을 만큼 분명해졌을 땐 물 냄새도 코끝을 스쳤다. 조금 더 걸어가자 시야가 트이며 흐르는 물결이 눈에 들어왔다. 제법 큰 하천이었다.

"다행이다. 강이 있었구나."

강이 있는 곳엔 인가가 있을 확률이 높다. 물이 흐르는 방향을 따라가다 보면 마을이 나오거나 사람을 만날 수 있을지도 몰랐다. 마침 목이 마르던 참이라 더 반갑기도 했다.

급한 갈증을 해결하니 한결 숨이 트였다. 수면 위에 어렴풋이 비치는 내 모습에 시선이 갔지만 어두워서 잘 보이진 않았다. 왠지 원래의 얼굴과 크게 다르지 않은 것 같기도 했다.

'날이 밝아지면 확인할 수 있겠지.'

일단 오늘은 여기서 밤을 보낼까. 그러고 보면 온종일 쉴 새 없이 걷기는 했다. 자각하고 나니 급격히 피로해져서 그대로 바닥에 드러누웠다. 그러자 지금까지 보지 못했던 광경이 눈에 들어왔다.

"아."

새카만 밤하늘을 보석처럼 화려한 별 무리가 수놓고 있었다. 바라보고만 있어도 찬란한 빛의 향연에 홀리는 것만 같았다. 돈을 주고 봐도 아깝지 않을 만큼 아름다운 광경이었다. 밤이 된 지도 꽤 되었는데 하늘이 이렇게 멋지다는 걸 이제야 알아보다니, 오늘 온종일 여유가 없었다는 게 새삼 와 닿았다. 아닌 척했지만 사실은 낯선 세상과 변한 환경에 겁먹었던 거다.

하지만 이곳도 결국은 어느 중간계 중 하나겠지. 대차원인 신계나 명계와도 연결되어 있을 거다. 거기까지 생각이 닿으니 놀랍도록 마음이 편안해졌다.

"나 잘 도착했어."

아직 여기가 어딘지는 모르겠지만. 하늘이 예쁜 걸 보면 괜찮은 곳인 것 같아. 식사랑 물도 잘 해결했어. 하천을 발견했으니 곧 사람도 만날 수 있을 거야. 앞으로 점점 더 요령이 생기겠지. 그러니까 다들 너무 걱정하지 마.

수많은 말을 속으로 삼킨 채 하늘을 향해 주먹을 들어 보였다. 나를 위한 다짐이자 의식이기도 했다.

"금방 돌아갈게."

* * *

"엘."

어느 순간 잠들었던 것 같다. 희뿌연 의식 저편에서 누군가가 내 이름을 불렀다. 아주 익숙하고 그리운 목소리였다.

"엘, 일어나. 엘?"

무언가 급한 용건이 있는 걸까. 재촉하는 소리에 간신히 눈을 뜨니 나를 내려다보고 있는 붉은 눈동자가 보였다. 그 눈동자만큼이나 붉은 머리칼이 넘실거리고 있었다. 이제는 다시는 보지 못할 거라 생각했던 모습이었다. 한순간에 정신이 번뜩 들었다.

"라피스!"

반사적으로 손을 뻗어 그를 끌어안았다. 라피스는 조금 놀란 듯이 움찔했지만 뿌리치진 않았다. 끌어안은 품 안에선 좋은 향이 났다. 비가 내린 다음 날의, 수분을 잔뜩 머금은 장미와 따듯한 볕을 떠올리게 하는 냄새였다. 이 또한 익숙한 체향이라 눈물이 날 것 같았다. 정말이다. 정말 라피스였다.

"다행이야, 만났어!"

이 순간이 믿기지 않아 온몸이 부들부들 떨렸다. 내가 얼마나 걱정했는지, 왜 그렇게 죽어버려서 슬프게 했는지, 혼자 이런 낯선 곳에 떨어져 괜찮았는지, 그를 만나면 하고 싶은 말들이 너무도 많았는데 하나도 나오지 않았다. 그저 고장 난 기계처럼 다행이라는 말만 연거푸 반복했을 뿐.

그런데 뭔가가 이상했다. 레드 드래곤인 라피스는 평소 체온이 높은 편이었다. 내가 인간이 되었으니 더 확실한 온기를 느껴야 했다. 그런데 지금 끌어안은 그의 품은 서늘할 정도로 차가웠다.

"라피스?"

밀려드는 불길한 예감에 나는 천천히 고개를 들었다. 조금 전까지 있었던 라피스의 모습이 온데간데없이 보이지 않았다. 그 대신 눈앞에 있는 건 축 늘어진 거대한 드래곤이었다. 굳게 감겨 있는 두 눈엔 짙은 그늘이 드리워져 있었다. 혈색을 잃은 가죽에서 을씨년스러운 기운이 흘렀다.

"아……."

"그 아이는 이미 혼이 떠났구나."

들려온 음성에 멍하니 뒤를 돌아보았다. 그곳엔 운명의 여신이 서 있었다. 안타까움을 담은 눈동자가 나를 향했다.

"죽었다는 뜻이다."

"허억!"

몸을 일으키기 무섭게 밝은 빛이 파고들었다. 시선이 닿는 곳마다 스치는 광경이 온통 낯설었다. 구름 한 점 보이지 않는 새파란 하늘과 주위를 가득 채운 나무숲, 바로 눈앞엔 맑은 강이 흐르고 있었다. 그 어느 곳에도 라피스의 시신이나 라데카의 모습은 보이지 않았다. 뭐지? 뭐가 어떻게 된 거지? 혼란스러운 기분으로 주위를 둘러보는데 문득 잿가루만 남은 모닥불 자리가 눈에 들어왔다. 잠들기 전에 내가 직접 피워둔 것이었다는 걸 떠올리고 나서야 정신이 조금 들었다.

'……꿈이었구나.'

긴장했던 몸에서 서서히 힘이 빠졌다. 보지 않아도 내 얼굴이 잔뜩 일그러져 있다는 걸 알 것 같았다. 상당히 싫은 꿈을 꾸고 말았다. 두 번 다시 떠올리고 싶지 않은 괴로운 기억을 헤집는 꿈. 아직도 몸이 떨리는 것 같아 무릎을 끌어안은 채 몸을 웅크렸다. 심장이 너무 빠르게 뛰어서 아팠다. 진정하길 기다리며 숨을 천천히 몰아쉬는 것조차 힘겨울 정도였다.

간신히 괜찮아졌을 땐 꽤 긴 시간이 지난 후였다. 이제 더는 호흡이 힘들지 않다는 걸 인지한 후에야 지친 기분으로 몸을 일으켰다. 머리칼부터 온몸이 다 축축해서 씻고 싶은 마음이 간절했다. 물가로 다가가 그대로 물속에 얼굴을 집어넣었다. 공기가 차단되면서 일기 시작하는 저항감이 내가 이제 정령이 아니라는 사실을 선명하게 알려주고 있었지만 오히려 지금은 그게 더 반가웠다. 이 몸 자체가 이 세계 어딘가에 그가 있다는 증거였으니까. 얼마간 그러고 있다가 숨이 벅차다고 느낄 때쯤 다시 고개를 들었다. 거친 기침을 몇 번 뱉어내자 정신이 좀 드는 것 같았다.

"괜찮아. 찾을 수 있어."

라피스를 찾을 거다. 반드시 찾아내서 함께 돌아갈 거야.

연거푸 다짐하는 동안 동요하던 마음도 완전히 가라앉았다. 그러고 나니 물에 비친 모습이 시야에 들어왔다. 반짝이는 금발을 지닌 소년이 멍청한 표정을 짓고 있었다. 그런데 낯선 머리 색과는 달리 그 안에 있는 얼굴은 너무 익숙했다.

"뭐야, 이건."

빰을 더듬자 물속의 형태도 똑같이 따라 움직였다. 역시 내 모습이 비치는 게 맞았다. 환시나 착각 같은 게 아니었다. 그래서 더 당혹스러웠다.

"원래 얼굴이랑 똑같잖아?"

이게 어떻게 된 일인지 모르겠다. 아예 다른 모습이었다면 그게 어떤 생김새든 오히려 금방 받아들였을 거다. 하지만 이런 경우는 한 번도 생각해 본 적이 없었다. 원래의 나와 찍어낸 듯이 똑같은 얼굴이라니. 어젯밤에도 꽤 비슷하다고 생각했는데 그게 기분 탓이 아니었던 모양이다.

아, 그래도 한 가지 달라진 점이 있기는 했다. 푸른색이었던 눈동자가 녹색으로 바뀌어 있었다. 화창한 여름날, 한껏 싱싱하게 피어오른 나뭇잎을 떠올리게 하는 색이었다. 마음에 들긴 했지만 뭐라 형용할 수 없는 기묘한 기시감이 차올랐다.

금발에 녹안.

이거 역시 어떤 의미에선 익숙한 조합 아닌가?

'우연일까? 그게 아니면…….'

아니, 설마. 뭔가 터무니없는 생각이 들 것 같아 고개를 얼른 흔들었다. 그러고 보니 달라진 점이 또 있었다. 뭔가 허전하다 싶더니 이마 쪽이 깨끗했다. 그곳에 새겨져 있어야 할 엘뤼엔의 문장이 보이지 않았다. 그야 다른 몸이니 당연한 거겠지만, 왠지 그와의 단절을 눈으로 실감한 것 같아 씁쓸했다. 아마 그래서였을지도 모르겠다.

—또 우울해진 것 같아.

—무슨 생각을 하는 걸까?

"……!"

문득 어디선가 속닥거리는 소리가 들렸다. 흠칫 놀라 주위를 살피니 물가에서 무언가 작은 형체들이 어른거렸다. 반투명한 형태의 요정 같은, 어디서 많이 본 생김새였다. 구불거리는 풍성한 머리칼과 귀엽게 생긴 얼굴, 아가미 형태의 귀 모양에 물고기의 꼬리. 작은 인어의 생김새를 한…….

나이아스?

당황스러운 마음에 급히 두 손으로 눈을 비볐다. 그러자 눈앞의 광경이 순식간에 사라졌다. 고요히 흐르는 강의 모습은 언제 무슨 일이 있었냐는 듯이 평범하기만 했다. 더는 목소리가 들리지도, 어른거리는 잔상도 없었다. 혹시 몰라 한참을 주시해봐도 마찬가지였다.

착각이었을까. 워낙 찰나에 벌어진 일이다 보니 처음부터 내가 제대로 본 거였는지 판단이 잘 서지 않았다. 물론 이게 얼마나 말도 안 되는 생각인지는 누구보다 내가 제일 잘 알고 있다. 정령계와 연결된 중간계는 아크아돈 하나뿐이다. 제대로 본 것도 아닐 거고, 무언가를 본 게 맞다 해도 그게 나이아스일 리는 없었다. 아마 습관적으로 익숙한 광경을 연상한 거겠지. 제일 그럴듯한 결론을 내리고 나니 한숨이 절로 흘러나왔다. 아무래도 너무 예민해졌나 보다.

뒤쪽에서 기척을 느낀 건 그때쯤이었다. 풀썩거리는 소리에 몬스터가 나타났나 싶어 돌아보았다가 그대로 멈칫했다. 눈앞에 전혀 생각지도 못한 광경이 보였다. 웬 아이가 주저앉아 있는 모습이었다. 양쪽으로 땋아 내린 홍차색 머리카락과 바둑알처럼 까만 눈동자가 흰 피부와 잘 어울리는, 귀여운 인상의 소녀였다.

"어?"

처음엔 내가 또 잘못 본 줄 알았다. 하지만 이번엔 아무리 눈을 비벼도 모습이 사라지지 않았다. 진짜였다. 정말로 사람을 만난 거다. 이 숲에 끝이 있기는 한 건지 의심했던 탓인가. 오늘도 한참 고생할 걸 각오했던 참이라 이 상황이 믿기지 않았다.

소녀 역시 놀란 얼굴로 눈을 동그랗게 뜨고 있었다. 불안하게 떨리는 눈동자를 보니 겁먹은 것 같기도 했다. 연신 숨을 삼키는 모습을 보고서야 한없이 들뜨는 마음을 간신히 가라앉혔다. 나야 마냥 반가운 처지라지만 상대는 한적한 숲에서 낯선 사람을 만난 상황이니 경계하는 게 당연했다.

나는 가까이 다가가는 대신 소녀의 모습을 천천히 살폈다. 내 옷을 봤을 때부터 짐작했던 거지만 소녀의 옷차림 역시 내가 알던 복식과 크게 다르지 않았다. 몬스터가 있는 것도 그렇고, 여러모로 아크아돈과 비슷한 환경인 것 같았다.

"사, 살려주세요, 인어님!"

그 순간 바닥에 엎드린 소녀가 소리쳤다. 처음 들어보는 언어인데 뜻이 바로 이해됐다. 정령이 된 후론 어딜 가든 의사소통에 문제가 없었는데, 다행히 여기서도 그건 그대로인 모양이었다. 그러나 지금은 그에 대한 안도감보다 소녀가 덧붙인 호칭이 더 신경 쓰였다.

"……인어?"

"잘못했어요! 다시는 이쪽으로 오지 않을게요! 이곳에 인어님이 계실 줄은 몰랐어요! 정말 죄송해요! 한 번만 살려주세요!"

소녀는 더 바짝 엎드렸다. 절박한 얼굴은 누가 봐도 겁에 질려 있었다. 나로선 황당무계한 상황이었다. 인어라니. 혹시 내가 인간이 아니라 인어가 된 거였나? 어쩐지 힘이 너무 세더라니. 인간치곤 비정상이라고만 여겼지, 다른 종일지도 모른다는 생각까진 미처 하지 못한 터라 당황스러웠다. 인어의 모습인 나이아스의 환상을 본 직후라 기분이 더 묘하기도 했다. 그게 이런 일이 일어날 거란 계시였나 보다.

그런데 보통 인어라고 하면 인간의 상체에 물고기의 하체를 지닌 모습 아닌가? 그에 비해 내 몸은 어딜 봐도 평범한 인간이었다. 피부가 비늘에 덮인 것도 아니고 물갈퀴도 없는 데다가 피부색이 색다르지도 않다. 저 소녀가 내 어디를 보고 인어로 판단한 건지 기준점을 좀처럼 알 수가 없었다.

"내가 인어로 보여?"

"인어 아니세요?"

사실을 정확히 확인할 요량으로 물었더니 오히려 질문이 돌아왔다. 긴가민가한 표정을 보니 소녀 또한 내 정체를 확신하지 못하는 게 분명했다. 그렇다는 건 역시 인어임을 증명하는 두드러지는 증거는 없다는 소리였다.

"음, 일단 왜 그렇게 생각했는지 물어봐도 될까?"

"물가에 계시고, 머리카락도 반짝반짝하고……."

"그리고?"

"예쁘게 생기셔서요."

"……."

인어가 아닐 수도 있겠다.

간단히 결론을 내리면서 소녀를 향해 빙긋 웃어주었다. 나름대로 좋은 인상을 주려는 시도였는데, 어째선지 소녀는 더 흠칫거리기만 했다.

"미안한데 하나만 더 확인할게. 인어라는 게 정말 있어? 아니면 전설이나 설화 같은 이야기 속 존재인 거야?"

"네? 지, 진짜 있는데요? 이쪽은 인어의 영역은 아니지만요."

"그렇구나. 신기하네."

인어가 있는 세계라니. 아크아돈에도 과거엔 인어가 있었다고 들었다. 완전히 멸종한 줄 알았는데 다른 세계엔 아직 존재하는 모양이다. 지나치게 겁먹은 소녀의 반응을 봐선 그다지 온화한 종은 아닌 것 같지만.

하긴, 아크아돈에서도 몬스터로 취급되었다고 했었지. 여기서도 그런 건지 모르겠다. 저 조그마한 아이가 보자마자 살려달라고 외칠 정도면 적어도 인간과 원만한 관계는 아니었다. 거기까지 상황을 정리하고 나니 조금 난감한 기분이 들었다. 만약 내가 정말 인어가 된 게 맞을 경우, 마을에 가면 곤란해진다는 뜻이었으니까.

"저어, 진짜 인어 아니세요?"

내가 생각에 잠긴 동안 소녀는 소녀대로 나를 살피고 있었다. 눈이 마주치자 마른침을 삼킨 소녀가 조심스럽게 물어왔다. 긴장감을 넘어 비장하게까지 보이는 얼굴이 귀여워서 나도 모르게 웃음이 났다.

"사실은 나도 잘 모르겠어. 내가 보기엔 인간인 것 같긴 한데, 네가 인어냐고 물어보니 헷갈리네."

"대답이 이상해요. 자기가 뭔지도 모르세요?"

"그러게. 이걸 어떻게 설명해야 할까……."

소녀의 눈빛에 경계심이 서렸다. 내가 방심을 유도하기 위해 거짓말을 한다고 생각하는 모양이었다. 아직 어려 보이는데 상황 판단력이 좋은 아이였다. 변명할수록 상황을 꼬이게만 할 것 같아 고민하던 찰나, 이럴 때 쓸 수 있는 아주 좋은 방법이 떠올랐다. 한국인이라면 누구나 다 잘 아는, 위기를 모면할 때 발휘하는 가장 탁월한 장치!

"기억을 잃은 것 같아."

긴장하고 있던 소녀의 입이 멍하니 벌어졌다. 나는 더욱 환하게 웃어 보였다. 역시 곤란할 땐 모르는 척하는 게 장땡이었다.

3.

이곳에서도 인어는 내가 아는 형태가 맞았다. 인간의 상체에 물고기의 하체, 사람을 매혹하는 아름다운 목소리를 지닌 것까지 같았다. 다만 인간의 다리를 갖기 위해 바다 마녀에게 목소리를 팔아야 했던 동화와는 달리, 이 세계의 인어는 뭍에 올라오면 저절로 다리가 생기는 모양이었다. 그래서 겉모습만 봤을 땐 인간과 구분하기 힘든 듯했다.

"그 대신 육지에 올라온 인어에겐 표식이 생긴다고 해요."

"표식?"

"몸 한 부분에 물고기 비늘 같은 것이 돋아 있대요. 위치는 인어마다 전부 다르지만요."

기억을 잃었다는 말에 한동안 기막혀하던 소녀는 아주 적극적으로 내 정체를 확인하고자 했다. 아무것도 모른다고 하면 대충 넘어갈 줄 알았는데 생각보다 더 빈틈이 없는 아이였다. 물론 나 역시 확인해둬서 나쁠 게 없었기 때문에 소녀의 참견을 반갑게 받아들였다.

"그렇구나. 비늘이 몸에 있을 거란 생각은 못 했어. 그럼 옷을 전부 벗어보면 되나?"

"네, 하지만 그것보다 더 빠르고 간편한 방법도 있어요."

"그게 뭔데?"

"물을 끼얹는 거예요."

그건 이 세계에서 가장 보편화 된 인어 확인법이었다. 뭍에 올라오면 저절로 다리가 생기듯이 반대로 다리가 젖으면 다시 원래의 모습으로 돌아가는 모양이다. 그래서 항구에서는 배에 오르기 전에 바다에 들어갔다 나오는 의식을 치르는 경우도 많다고 했다. 나 역시 이 방법이 더 마음에 들었다. 어디에 있을지 모를 표식을 찾느니 인어로 돌아가는지 확인하는 편이 더 쉽고 확실했으니까.

"좋아, 바로 해치워버리자."

마침 바로 눈앞에 강도 흐르고 있겠다, 고민할 필요도 없는 문제였다. 그런데 곧바로 강물에 뛰어들려는 나를 소녀가 황급히 붙잡았다.

"자, 잠깐만요!"

"음? 왜?"

"진짜 들어가시려고요?"

"진짜 들어가지 않으면?"

처음엔 소녀의 반응을 이해하지 못했다. 정체를 확인할 수 있는 가장 좋은 방법을 알았는데 확인하려는 게 뭐가 문제인가 싶었다. 그러다 피부를 스치는 시린 바람이 잊고 있던 사실을 일깨웠다. 그러고 보니 지금은 추운 계절이었다.

'……이런 날씨엔 물에 들어가면 안 되는 거였지.'

차가운 물은 체온을 크게 떨어트린다. 보통의 인간이라면 감기에 걸리지 않기 위해서라도 의식적으로 피하는 행동이었다. 심지어 옷을 입은 채 들어가려 했으니 소녀가 기겁해서 붙잡을 만도 했다. 이런 당연한 상식을 굳이 생각해 봐야 알다니, 갑자기 내가 굉장히 멍청해진 기분이었다.

“어, 음. 그냥 다리만 담가보는 게 낫겠지?”

“네, 그게 좋을 것 같아요.”

다행히 소녀는 비웃지 않았다. 단지 얼굴에 경계심이 더 짙어졌을 뿐. 내가 아무렇지 않게 물에 들어가려는 걸 보고 역시 인어라고 확신하게 된 게 분명했다. 주춤거리는 몸짓에서 여차하면 달아나려는 생각이 훤히 읽혔다. 내 정체가 뭐든 애초에 자신을 해치지 않을 거라는 건 염두에 두지 않는 모양이다. 하긴, 나 같아도 나처럼 수상한 사람을 선뜻 믿긴 힘들 것 같긴 하다. 이런 걸 자업자득이라고 하는 거겠지.

내가 얼마나 무모했던 건지는 다음 순간 더 절실히 깨달을 수 있었다. 맨다리를 물에 넣자 에일 듯 찌르는 감각이 빠듯하게 차올랐다. 얼굴을 담갔을 땐 땀을 식힐 생각만 간절해서 미처 몰랐는데, 생각보다 더 차가웠다.

겨울의 강물이 원래 이런 느낌이었나? 그대로 물에 뛰어들었다면 어떻게 되었을지 상상하니 잠시 아찔해졌다. 소녀가 말려줬으니 망정이지 하마터면 큰 낭패를 볼 뻔했다. 결과를 생각하면 더욱 다행스러운 일이었다. 한참이 지나도 몸에선 아무런 변화가 나타나지 않았으니까.

“인간이시네요.”

“인간이네.”

눈에 띄게 안심하는 소녀에게 웃어주면서도 마음은 편하지 않았다. 차라리 인어인 게 더 낫지 않았을까. 물과 공기도 구분하지 못하는 정신머리로 인간이라니, 이 순간만큼 내 앞날이 걱정스러운 적이 없었다. 잊지 말자, 인간이다. 떠올리자, 생존본능. 오늘부터 이걸 구호로 정해서 매 순간 되새겨야 할 것 같았다.

그래도 지금 당장은 인간인 편이 더 낫기는 했다. 일단 소녀가 경계를 완전히 풀었다. 내가 생각하기엔 인간이라고 딱히 안전한 것 같지는 않은데, 인어가 아니라는 것만으로도 마음이 놓인 모양이었다.

"여긴 에펜 왕국의 달리아라는 영지예요. 이 숲은 에펜 왕국에서 가장 큰 리에고 산맥과 이어지는 근원의 숲이고요."

소녀는 묻지도 않은 내용을 알아서 떠들었다. 덕분에 나는 이 세계가 세 개의 대륙으로 나뉘어 있으며, 이 대륙엔 두 개의 제국과 한 개의 연합국, 일곱 개의 왕국이 있다는 걸 알게 됐다. 북쪽 끝에 위치한 에펜 왕국은 그중에서도 가장 작고 약한 나라였다. 국토 대부분이 사람이 살 수 없는 척박한 땅과 빙하 지대로 이뤄진 나라. 그만큼 인구도 적고 가난했다. 유일한 장점은 강대국이 노릴 만한 이점도 크지 않아 침략전쟁을 겪은 적이 없어 평화롭다는 거였다.

"오늘은 에펜 왕국력 245년. 락시움의 열 나흘째 날이에요."

"락시움?"

"락소 디움이요. 10월이란 뜻이에요. 시간을 주관하는 열두 신들의 이름에서 따온 거예요. 이 표기 방식은 삼 대륙 공용인데 이것도 기억이 안 나세요?"

"어, 응, 그렇네……."

그냥 편하게 숫자로 말해주면 안 될까. 쉬운 표현을 두고 굳이 고유어를 쓰는 걸 보니 왠지 이곳 사람들도 스왈트 제국인들만큼이나 난해한 표현을 즐기는 모양이다. 외워야 할 게 많다는 소리라 달갑지는 않았다.

"그보다 아직 10월이었구나. 추워서 겨울인 줄 알았어."

"북쪽이라 그래요. 다른 지역보다 기온이 낮죠. 조만간 첫눈도 내릴 거예요. 그래도 여긴 따뜻한 편이에요. 더 위쪽 지역으로 가면 일 년 내내 겨울이거든요."

대화를 나누는 동안 나는 소녀에 대해서도 알게 됐다. 이름이 랑시라는 것, 나이가 열세 살이라는 것, 숲속에서 어머니와 단둘이 산다는 것까지. 혼자 이곳에 온 이유는 물을 길기 위해서였다. 그날그날 필요한 양을 길어가기 때문에 매일 빼놓지 않는 일과라고 했다. 그제야 나는 근처에 방치되어 있는 물지게를 발견할 수 있었다.

'열세 살이라. 처음 만났을 때의 알리사랑 같은 나이네.'

별거 아닌 부분인데 공통점을 발견하니 괜히 친근한 기분이 들었다. 그때의 알리사처럼 랑시 역시 다부지고 총명한 눈빛을 지니고 있어서 더 그런 건지도 몰랐다.

"그렇게 전부 다 잊어버리셔서 어떡해요. 그래도 이름은 기억한다고 하셨죠?"

"응, 다행히 그건 기억나네. 엘이라고 해."

"와, 정말 예쁜 이름이에요."

"그래? 고마워. 네 이름도 예뻐."

칭찬에 칭찬으로 화답하니 눈을 휘둥그렇게 뜬 랑시가 얼굴을 붉혔다. 수줍어하면서도 솔직하게 좋아하는 모습이 딱 그 나이다웠다.

"제 생각에는요. 엘은 귀족일 것 같아요. 어쩌면 어느 나라의 왕자님일지도 몰라요. 왕궁에서 간신히 탈출했는데 적의 암수에 당해서 쓰러지고 난 후에 기억을 잃은 거죠."

"그, 그래?"

"네! 제가 읽은 동화책에서도 그런 내용이 있었어요. 자기보다 총명한 동생을 질투한 첫째 왕자가 둘째 왕자를 솥에 넣어 삶으려다가 실패하거든요? 둘째 왕자는 간신히 도망쳤지만 기억을 잃어서 노예로 팔려가게 되는데……."

대체 이곳의 어른이란 놈들은 아이들이 읽는 동화에 무슨 짓을 하는 건가. 나는 노예로 팔려나간 둘째 왕자가 몰랐던 검의 재능을 깨우치고 기적적으로 탈출해서 형에게 복수하러 가는 내용까지 전부 다 들어야 했다. 이 끔찍한 이야기는 왕궁으로 돌진한 둘째 왕자가 왕이 된 형을 솥에 넣어 팔팔 삶는 것으로 끝났다. 심지어 그렇게 삶은 고기를 백성들에게 나눠주기까지 했다. 집필 대상 연령이 의심스러운 잔혹 동화였다.

"음, 랑시야? 다른 동화를 읽는 게 좋지 않을까……."

“앗, 저 다른 동화도 알아요. 인어 이야기도 읽었어요.”

“인어 이야기?”

“네! 미식가인 인어 이야기예요. 인어들은 어린아이의 눈알 요리를 즐겨 먹는데요, 미식가인 인어는 비위가 약해서 예쁜 눈알이 아니면 먹을 수가 없었대요. 그러던 어느 날 한 소녀를 만났는데, 그 소녀가 처음 보는 눈 색을 지니고 있어서…….”

“……아니, 더 안 들어도 될 것 같아.”

더불어 랑시가 왜 나를 보고 덜덜 떨었는지도 알 것 같다. 눈알을 먹는 인어 이야기 따위를 읽고 자란 아이가 인어일지도 모르는 존재와 마주쳤으니 당연히 겁먹을 수밖에. 그 자리에서 기절하지 않은 것만도 용했다.

그런데 설마 인어가 정말로 식인을 하는 건 아니겠지. 동화책이란 건 아이들에게 교훈을 주기 위해 만들어지기도 하니 그냥 웃어넘길 수가 없었다. 만약 그렇다면 차라리 인어인 편이 나았다고 생각한 건 지금 이 순간부터 취소다. 인간이라서 정말로 다행이었다.

“이게 싫으시면 다른 이야기를 들려드릴까요?”

“아니, 고맙지만 동화는 이제 괜찮아. 그보다 여기서 가장 가까운 마을로 가려면 어디로 가야 해?”

“마을이요? 이대로 하류를 쭉 따라가시면 돼요.”

“그렇구나. 고마워.”

“뭘요. 그런데 마을에 가셔도 괜찮을까요? 암살자를 또 만나면 어떡해요.”

랑시는 내가 왕자일 거라는 가설을 아직 포기하지 않은 듯했다. 이대로 잡혀가 솥에 삶아질까 봐 근심하고 있었다. 동화 원작자가 누군지 몰라도 나중에 얼굴이나 한번 봤으면 좋겠다. 만나면 해줄 얘기가 아주 많았다.

"괜찮아. 그럴 일은 없을 거야."

"그건 모르는 거예요. 여기 근원의 숲은 괴물의 숲이라고도 불려요. 이런 곳에 들어왔다는 것 자체가 쫓기는 중이었다는 증거일지도 몰라요."

"괴물의 숲?"

"네, 엘은 정말 운이 좋으신 거예요. 딱 이곳까지가 안전지대거든요. 저 안쪽으로는 조금만 더 들어가도 몬스터들이 나오기 시작해요. 특히 뱀꼬리 괴수를 만나면 평범한 사람은 살아남기 힘들다고 봐야죠."

랑시가 가리킨 방향은 정확히 내가 왔던 쪽과 일치했다. 그 순간 머릿속에 어떠한 예감이 들었다. 랑시가 말한 괴수라는 걸 이미 내가 알고 있을지도 모른다는 아주 아주 강렬한 예감이.

"그 뱀꼬리 괴수라는 거 말이야. 어떻게 생겼는지 알아?"

"네, 그럼요. 뱀꼬리 괴수는 염소 머리에 유인원의 몸을 지닌 야수형 몬스터예요. 단독 생활을 하는 데다가 지능이 낮아서 등급은 칼리가지만 힘만으로 치면 마나테스급이래요. 꼬리가 뱀같이 생겨서 뱀꼬리 괴수라고 불린대요."

"……그건 악어 꼬리 아닌가."

"네?"

"아니, 아무것도 아냐."

어리둥절해하는 랑시에게 급히 고개를 저었다. 위험하다고 신신당부하는 상대에게 이미 그 괴수를 몇 번이나 만났다는 말은 차마 할 수가 없었다. 그때마다 잘근잘근 밟아주었다는 말은 더더욱. 겨우 인간이라는 점을 증명한 참인데 괜히 또 엉뚱한 오해를 사고 싶진 않았다.

"여기가 얼마나 위험한 곳인지는 잘 알았어. 그래도 내 신변에 대한 건 걱정하지 않아도 될 것 같아. 습격당한 거라면 어딘가 다친 곳이 있어야 하는데 보다시피 멀쩡하잖아? 그러니 내가 기억을 잃은 건 다른 문제일 거야. 상황을 알아보기 위해서라도 마을에 가봐야 할 것 같아."

"하긴 가족이나 친구들이 찾고 있을 수도 있겠네요."

"응, 그렇지."

물론 그럴 일은 없겠지만. 애초에 내가 기억을 잃은 적도 없다는 걸 알 리가 없는 랑시는 그걸로 수긍하는 듯했다. "아는 사람을 꼭 만났으면 좋겠어요." 진심으로 위하는 말을 들으려니 저버린 양심이 가슴을 쿡쿡 찔렀다.

이후 랑시는 이곳에 온 본래의 목적대로 물을 길었다. 지게 양쪽의 물동이를 가득 채운 후 어깨에 짊어지는 모습이 아주 능숙했다. 하지만 어린아이에게 어울리는 광경은 아니었다. 그것도 고작 열세 살밖에 안되는 소녀라면 더더욱.

"그럼 전 이제 집에 갈게요. 엘도 조심히 가세요."

"아, 그래."

"기억 꼭 되찾으시길 바랄게요."

"응, 고마워."

손을 크게 흔드는 작별 인사를 마지막으로 랑시는 곧 몸을 돌렸다. 걸음을 옮길 때마다 양쪽 무게에 짓눌리는 몸이 마구 휘청거렸다. 그 모습을 잠시간 바라보다 나는 깊게 한숨을 내쉬었다.

도움도 받았으니 이 정도 오지랖은 부려도 괜찮겠지. 당장 마을에 간다고 해서 일이 술술 풀릴 것도 아닌데 조금쯤은 돌아가도 될 거다. 마음을 정한 즉시 랑시를 쫓아가 물지게를 잡아 들었다. 갑자기 가벼워진 무게에 놀랐는지 작은 얼굴이 눈을 휘둥그렇게 뜨고 돌아보았다. 밤하늘을 닮은 까만 눈동자에 아직은 낯선 색감을 지닌 내 얼굴이 비쳤다.

"가자. 집까지 들어다 줄게."

4.

통나무로 만들어진 집은 낮은 언덕 위에 세워져 있었다. 잘 닦여진 마당과 한 곳에 마련된 아담한 텃밭, 깨끗하게 정돈된 헛간과 축사, 주변을 둘러싼 단단한 울타리. 누가 보더라도 사람이 산다는 걸 알 수 있을 만큼 돌아보는 곳마다 생활감이 묻어났다. 빽

빽한 숲 안에 이렇게 멀쩡한 집이 있으니 위화감이 느껴질 정도였다. 마치 이곳 주변만 다른 세상인 것 같았다.

"도와주셔서 정말 고맙습니다."

지정한 장소에 물지게를 내려놓는 내게 랑시가 어쩔 줄 몰라 하며 감사 인사를 거듭했다. 나는 가볍게 웃어준 다음 주변을 한차례 돌아보았다. 어머니와 단둘이 산다고 해서 작은 집을 예상했는데 건물이 제법 컸다. 대충 헤아린 높이만 삼 층은 되는 것 같았다.

"원래는 여관이었거든요."

랑시는 대수롭지 않게 유래를 설명했다. 이런 숲속에 여관을 만들었다는 게 이상해서 물어보니 역시나 일반인을 대상으로 한 건 아니었다. 주 고객은 근원의 숲을 찾는 헌터들이었다. 주민들은 숲을 꺼리지만, 용병이나 전문 헌터들은 꾸준히 방문하는 편이라고 했다. 몬스터의 부산물이 비싼 값에 거래되기 때문이다. 랑시네 여관은 야영이 지겨워진 이들이 찾는 쉼터였다. 여러 지역 헌터들이 모여 서로 정보 교환도 하고 인맥도 맺는 일종의 베이스 캠프 역할이었던 것 같았다.

"엄마도 헌터세요. 절 가진 후에 은퇴하고 이곳에 헌터를 위한 여관을 만드셨대요. 하지만 아빠가 돌아가신 후엔 운영이 힘드셔서 그만두셨어요."

"그렇구나."

딱히 이상할 것도 없는 이야기였다. 일단 집에서 하천까지의 거리만도 사십 분이 넘었다. 왕복으로는 두 시간에 가깝다는 소리다. 사람이 많으면 그만큼 물도 더 필요할 테니 이 과정을 여러 번 반복해야 할 텐데 그것만도 이미 중노동이었다. 혼자서 감당할 양이 아니었을 거다. 그 밖에도 여러 가지 사정이 있겠지만 남이 함부로 짐작할 일은 아닌 것 같아 생각이 이어지려는 걸 멈췄다.

"그럼 집에 들어가. 난 이만 가볼게."

"앗, 잠시만요, 엘."

"응?"

"저어, 집에 들렀다 가실래요? 지게도 들어다 주셨는데 그냥 가시게 하는 건 너무 죄송해서요. 별건 없지만 식사라도 하고 가세요."

"어? 그래도 괜찮아? 어머니께 허락부터 받아야 하지 않아?"

"엄마는 지금 집에 안 계세요. 헌터로 다시 복귀하셔서 매일 이 시간엔 사냥하러 가시거든요. 이따 오후쯤에나 돌아오실 거예요."

즉, 보호자가 없다는 소리였다. 어린애 혼자 있는 집에 들어가도 괜찮으려나. 원래라면 그냥 사양했을 텐데 배가 고프긴 했다. 어제 먹은 토끼 고기는 이미 진작에 소화가 다 된 지 오래였다. 마을로 가기 전에 사냥부터 해야 하나 싶었는데 음식을 준다니 외면하기가 힘들었다.

"음, 그럼 신세 좀 져도 될까?"

내가 이렇게 배고픔에 약한 줄은 나도 몰랐지. 결국 현실에 순응하고 만 나를 향해 랑시는 그저 밝게 웃었다. "그럼요, 어서 들어오세요! 금방 준비할게요!" 한 톤 높아진 음성이 노래처럼 흐르는 것을 들으며 나는 두 손으로 화끈거리는 뺨을 식혔다. 아, 인간으로 사는 거 너무 어렵다.

집으로 들어가자마자 랑시는 화로에 불부터 붙였다. 부싯돌을 꺼낼 거란 예상과는 다르게, 불쏘시개로 사용한 건 놀랍게도 다른 의미로 익숙한 도구였다. 다갈색을 띤 둥근 머리 부분과 가느다란 나뭇개비로 된 몸통. 내가 알던 것보다는 투박한 형태였지만 틀림없는 성냥이었다.

"성냥을 쓰네?"

놀라서 물은 말에 화로에 솥을 올리던 랑시가 고개를 갸웃거렸다.

"성냥이요?"

"방금 쓴 거 말이야."

"아, 이니타 말이에요?"

"이니타? 그걸 이니타라고 해?"

"네, 불을 붙일 때 쓰는 거예요."

"그건 보편적으로 쓰는 물건이야?"

"아마 그럴걸요? 마을에선 다 이걸 써요. 귀족이나 부호들은 마도구를 쓰겠지만요."

마도구가 있다는 건 마법 역시 존재한다는 의미다. 성냥이 보편화 되어 있다고 해서 기술 중심으로 발전한 세계인 줄 알았더니 그런 것도 아닌 모양이었다. 하지만 성냥보다 신기한 건 따로 있었다. 스쳐보느라 발견하는 게 늦었는데, 이제 보니 땔감이 나무가 아니었다. 화로 한가운데엔 정체를 알 수 없는 불그스름한 덩어리가 놓여 있었다.

"이건 뭐야?"

"대왕 불 두꺼비의 내장이에요."

"대왕 불 두꺼비?"

"몬스터예요. 두꺼비처럼 생겼는데 크기가 멧돼지만 하고 입으로 불을 뿜어서 공격하죠. 내장에 기름이 많은데 불이 쉽게 잘 붙고 오래 타서 주로 땔감으로 쓰여요."

"굉장하네. 이것도 보편적으로 쓰는 거야?"

"더 좋은 재료도 있긴 한데 이게 구하긴 제일 쉬워요. 대왕 불 두꺼비는 흔한 데다가 아르마급이라 보급률이 높거든요. 식혔다가 여러 번 다시 쓸 수도 있어서 경제적이고요."

"아르마? 그게 몬스터 등급이야?"

"네, 제일 낮은 등급이에요."

그러고 보니 뱀꼬리 괴수에 대해 설명할 때도 칼리가라느니 마나테스라느니 독특한 명칭을 썼었지. 아크아돈에선 몬스터를 대충 상중하 정도로만 구분했는데, 여기선 등급을 나누는 방식이나 활용하는 방식이 더 체계적이고 다양한 것 같았다.

랑시의 설명에 의하면 불 두꺼비 내장의 유일한 단점은 화력이 약하다는 것이었다. 그 말대로 불을 피운 지 상당한 시간이 지나고 나서야 집 안의 공기가 훈훈해졌다. 그동안 랑시는 본격적으로 식사 준비에 들어갔다. 생전 처음 보는 재료들이 나오면 어쩌나 싶었는데 다행히 먹거리는 비슷한지 대부분 내가 아는 것들이었다. 도와주려 해도 극구 말리는 통에 나는 얌전히 의자에 앉아 랑시가 요리하는 걸 지켜보는 수밖에 없었다. 그렇게 차려진 식탁은 꽤 근사했다. 검은 빵과 훈제된 고기, 알맞게 구운 옥수수에 감자와 치즈가 들어간 스튜. 말린 과일과 따뜻하게 데운 우유까지. 한 푼도 없는 신세에 얻어먹기엔 지나치게 과분한 식단이었다.

"잘 먹을게. 그런데 이렇게 많이 차려줘도 돼?"

"엄마가 손님은 푸짐하게 대접하는 거랬어요. 더구나 엘에겐 신세를 졌으니 좋은 음식을 대접하는 게 당연하죠."

"으음, 신세는 내가 더 크게 진 것 같은데. 덕분에 몰랐던 것들도 많이 알았고."

"에이, 그런 거야 물지게를 들어다 주신 거에 비하면 아무것도 아니에요. 엘 덕분에 시간도 엄청 절약했는걸요. 원래 물 떠오고 나면 오전 시간이 다 끝나버리는데 오늘은 엄청 일찍 도착해서 깜짝 놀랐어요."

"아하하, 도움이 됐다니 다행이네."

"그 정도가 아니에요. 전 물지게를 질 땐 자주 내려놓고 쉬어야 하거든요. 엄마도 한두 번은 쉰다고 했어요. 근데 엘은 오면서 한 번도 안 쉬었잖아요. 땀도 안 흘리고 하나도 안 힘들어 보여서 얼마나 신기했는데요. 힘이 진짜 엄청 세신 것 같아요."

"그, 그런가?"

"네, 어쩌면 엘은 헌터일지도 몰라요. 그래서 숲에 들어온 거 아닐까요?"

적당히 힘든 척을 할 걸 그랬나 싶었는데 다행히 수상하게 여기는 기색은 느껴지지 않았다. 적어도 특정 직업군을 연상할 정도로는 여겨지는 모양이었다. 하긴 마도구가 있는 세상이면 이능자나 초인도 있다는 거겠지. 혹은 인어가 아니기만 하면 뭐든 상관없는 건지도. 나는 살짝 주먹을 쥐었다가 펴보았다. 어쨌든 이건 활용해볼 수 있을 것 같았다.

"저기, 랑시. 아까 말한 뱀꼬리 괴수가 마나테스급이랬던가? 그게 얼마나 강한 거야?"

"마나테스요? 몬스터 등급으로는 중간쯤 돼요. 레기아, 악시스, 마키나, 에퀘스, 바루스, 마나테스, 칼리가, 아르마 순이거든요. 하지만 일반인 기준으로는 엄청 강해요. 평범한 사람은 아르마급도 여러 명이 힘을 합쳐야 잡을 수 있어요."

"그럼 헌터 기준이면?"

"음, 헌터한테는 무난한 수준이지 않을까요. 좀 크다 싶은 헌터 길드엔 마나테스급이 많으니까요."

헌터의 등급은 본인이 단독으로 잡을 수 있는 몬스터의 등급으로 정해졌다. 그걸 기준으로 한다면 나 역시 마나테스급이라는 소리였다. 아니지, 적당한 무기도 없이 손쉽게 잡았으니 바루스급이라고 할 수도 있지 않을까. 어쨌든 여기서 내가 할 수 있는 일을 발견한 것 같아 기분이 들떴다. 앞으로 뭘 하나 싶었는데 한동안 헌터 생활을 해보는 것도 나쁘지 않을 것 같았다.

"몬스터 부산물 말인데. 혹시 뱀꼬리 괴수도 팔려?"

"없어서 못 팔죠. 뱀꼬리 괴수의 눈과 심장은 연금술 재료로 많이 쓰여요. 뿔이랑 꼬리랑 손톱은 무기나 장신구에 쓰이고요. 한 마리만 잡아도 일주일은 먹고 살아요."

한 마리에 일주일 생활비라. 생각했던 것보다 더 가치가 큰 애들이었구나. 숲에 그냥 버려두고 온 사체들이 눈앞에 아른거렸다. 담을 자루만 있었어도 뿔 정도는 잘라 오는 건데. 바닥에 돈을 뿌려두고 왔다고 생각하니 입맛이 썼다. 역시 사람은 아는 게 힘이었다.

"엘, 헌터 일이 궁금하시면 우리 엄마랑 만나보실래요?"

"음? 아아, 어머니가 헌터라고 했던가?"

"네, 우리 엄마도 마나테스급 헌터예요. 지금은 비전속으로 활동하지만 결혼 전엔 대륙 7대 헌터 길드 중 하나인 '여명의 활'에 있으셨어요. 마을에선 우리 엄마를 모르는 사람이 없어요."

다부지게 답하는 얼굴엔 엄마를 자랑스러워하는 기색이 가득했다. 그 모습이 귀여워서 나는 흐뭇하게 웃으며 고개를 끄덕였다. 이곳에서 처음으로 만난 사람이 랑시처럼 친절한 아이라니, 운이 꽤 좋았다. 마을을 곧장 찾았다면 훨씬 더 번거롭고 고단한 과정을 거쳤을 게 뻔했다.

신세를 갚는 셈 치고 우물이나 파줄까. 인간이 되긴 했지만 왠지 그 정도는 지금도 가능할 것 같았다. 처음 하천을 발견했을 때도 꽤 먼 곳에 있는 물소리가 들렸으니까. 마음만 먹으면 수맥을 찾는 것도 가능할지 모른다. 눈을 감고 집중하니 역시나 희미하게 물이 흐르는 소리가 들렸다. 생각보다 거리도 가까운 데다가 크게 깊지도 않은 것 같았다. 우물이 생기면 랑시도 한결 편해지겠지. 좋아할 걸 생각하니 벌써 완성해둔 양 마음이 뿌듯했다. 잔잔한 물소리에 돌연 이질적인 소리가 섞여들기 전까진.

"왜 그러세요, 엘?"

반사적으로 몸을 일으키자 랑시가 의아한 표정으로 눈을 깜빡였다. 나는 문 쪽을 한번 바라본 다음 랑시를 향해 시선을 보냈다.

"랑시, 내 뒤로 와."

"네?"

"어서."

낮아진 목소리에 긴장했는지 랑시는 어리둥절해하면서도 황급히 지시를 따랐다. 쿵쿵쿵! 잠시 후 바깥에서 사납게 문을 두드리는 소리가 울렸다. 깜짝 놀란 랑시가 내 옷자락을 부여잡은 것과 동시에 굵고 거친 음성이 들려왔다.

"랑시! 랑시, 집에 있느냐! 랑시!"

요란하게 외치는 남자의 목소리는 다급함을 담고 있었다. 랑시의 눈이 동그래졌다.

"어? 시몬 아저씨?"

"아는 사람이야?"

"엄마랑 친한 헌터 아저씨예요. 오늘도 엄마랑 같이 사냥 가셨을 텐데……. 어, 엄마한테 무슨 일이 생겼나 봐요!"

랑시의 얼굴에 겁이 스미기 시작했다. 수상한 사람이 아닌 건 다행인데 왠지 돌아가는 상황이 좋지 않은 것 같았다. 만일의 상황을 대비해서 나는 일단 계속 랑시를 뒤에 있게 한 뒤 앞으로 나섰다. 단단히 잠가둔 문고리를 풀자 열리는 문 사이로 우람한 덩치의 남자가 나타났다.

"랑시! 정말 다행이다! 집에 있었……누, 누구?"

반색하던 남자의 얼굴이 나를 보고 얼어붙었다. 나는 답하는 대신 차분히 그의 모습을 살폈다. 두꺼운 가죽에 강철을 덧댄 경장비. 허리춤엔 장검을 매달아 두었고, 등엔 제법 큰 방패를 짊어진 상태였다. 아크아돈에서도 흔히 볼 수 있었던 전형적인 전사의 차림이었다. 총기나 포탄 같은 무기는 보이지 않았다. 성냥이 있으니 화약도 발달했을 거라 생각했는데, 무기 수준은 크게 다르지 않은 모양이었다.

"당신이 시몬인가요?"

"마, 맞소만. 넌, 아니, 당신은 누구요? 누군데 에리나의 집에…… 아니, 그보다 랑시는?"

혼란스럽게 흔들리던 눈동자가 이내 사납게 일그러졌다. 어린애 혼자 지키고 있는 집에서 낯선 사람이 나왔으니 무슨 생각을 하는지는 뻔했다. 다행히 오해가 깊어지기 전에 랑시가 내 뒤에서 얼굴을 내밀었다.

"시몬 아저씨?"

"어? 아, 랑시! 거기 있었구나. 이 사람은 대체 누구냐? 아무 일 없는 거지?"

"아무 일 없어요. 엘은 제 손님이에요. 그보다 갑자기 무슨 일이세요? 엄마는요?"

그 말에 본래의 목적을 상기했는지 허둥거리던 남자, 시몬의 표정이 침착해졌다.

"랑시, 어서 깨끗한 물을 준비해라. 깨끗한 천도 있는 대로 다 가져오고."

"네?"

"에리나가……."

입술을 악문 남자의 시선이 뒤를 향했다. 조금 떨어진 곳에 그와 비슷한 복장을 한 열 명 남짓의 무리가 보였다. 그쪽에 시선을 보낸 랑시의 얼굴이 뻣뻣하게 굳었다. 안 좋은 예감은 틀리지 않았다. 그들 중 하나가 축 늘어진 여성을 업고 있었다. 랑시와 닮은 흑갈색 머리칼만 봐도 누군지 모를 수가 없었다.

"엄마!"

비명이 퍼지는 동안 그들은 우르르 집 안으로 들어와 의식이 없는 여인을 침대에 눕혔다. 똑바로 누운 그녀는 온통 피투성이였다. 왼쪽 어깨에서부터 복부까지 사선으로 가로지르는 긴 상처가 원인인 것 같았다. 응급처치에 분주한 사람들 틈에서 상처를 살피다 나는 살짝 얼굴을 찌푸렸다. 날카로운 것으로 한 번에 베였다는 건 알겠는데 아무래도 그게 평범한 무기는 아닌 듯했다. 상처에서 조금 미묘한 기운이 느껴졌다. 서늘하면서 약간 저릿한 기분이 드는, 어딘가 낯익은 느낌을 떠올리게 하는 기운이었다.

"어, 어떻게 된 거예요, 시몬 아저씨? 엄마가 왜 이렇게 다치신 거예요? 오늘은 위험한 곳엔 안 가신다고 했는데……."

"면목이 없다, 랑시. 사고였어. 설마 이 시기에 마수가 나타날 줄은……."

"마, 마수요?"

눈물로 범벅된 랑시의 얼굴에 경악이 서렸다. 아, 역시 마수에게 당한 건가. 긴가민가했는데 상처에 서려 있는 기운이 마기가 맞는 모양이다. 이걸 한 번에 알아보지 못한 이유는 간단했다. 카노스의 기운에 너무 익숙해진 나머지 이제 이 정도는 마기로 느껴지지도 않는 거다. 하긴 내 주위에서 가장 약하다고 할 만한 마족이 마공작인 데르온이었지. 이래서 주변 환경이 중요한 건가 보다. 솔직히 원액과 향만 첨가한 물을 비교하는 수준이었다. 그래도 인간에겐 위험한 마수였겠지만.

"사냥 중에 아라네아가 갑자기 튀어나왔어. 마계 외각에 서식한다는 거대한 독거미지. 4급 마수라 우리 힘으로도 간신히 잡기는 잡았는데, 에리나는 가장 가까이에 있어서 피하지 못하는 바람에……."

"말도 안 돼요. 왜 마수가 지금 나타나요? 지금은 콴제르도 아니잖아요? 균열이 발생하는 시기가 아닌데…….”

“우리도 어떻게 된 일인지 모르겠다. 일단 마을로 바로 가기엔 에리나의 상태가 너무 좋지 않아서 여기로 온 거야. 네브가 치료사를 부르러 갔으니 그때까지 어떻게든 에리나가 버티게 해야 해. 무슨 말인지 이해하지, 랑시?”

시몬의 말에 랑시는 구슬 같은 눈물을 떨어트리면서도 고개를 끄덕였다. 공포와 설움을 억지로 밀어낸 얼굴이 어린애답지 않은 의연함으로 무장했다. 지금 자신이 무엇을 해야 하는지를 명확하게 깨달은 얼굴이었다. “물이랑 천 가져올게요.” 차분하게 말한 후 랑시는 부지런히 집 안을 오가며 필요한 도구를 챙기기 시작했다. 그동안 시몬이 환부를 살피는 동료를 향해 물었다.

“에리나는 좀 어떤 것 같아, 델라?”

“상처는 생각보다 깊지 않아. 장기가 다치는 건 피했어.”

돌아온 답은 희망적이었다. 그러나 델라라고 불린 여자의 표정은 어둡기만 했다. 불길한 기운을 감지한 듯 시몬의 얼굴이 굳어졌다.

“문제가 뭐야?”

“열이 너무 심한 데다가 지혈이 잘 안 되고 있어. 혀도 보라색으로 변했고. 아무래도 중독된 것 같다.”

“중독이라니. 물린 것도 아니고 그냥 스치기만 했잖아?”

“독니에 닿은 걸지도 모르지.”

“젠장, 마수 중에서도 하필이면 독을 쓰는 놈이 나타나서는. 이렇게 되면 치료사가 와도 소용없는 거 아냐?"

"집에 리타스의 뿌리가 있어요. 바로 끓여올게요."

대화를 듣던 랑시의 움직임이 더 분주해졌다. 그러나 델라가 고개를 저었다.

"소용없을 것 같다, 랑시. 물론 리타스의 뿌리는 훌륭한 해독초지만 이건 그거론 안 돼. 마수의 독은 일반적인 독과는 달라. 탁한 마기에 더 가까워서 중독되면 저주에 걸린 거나 다름없어. 신관에게 보여야 해."

"신관이요? 우리 마을엔 신전이 없잖아요?"

"그렇지. 일단 누구든 아무나 길드에 다녀와. 콴제르를 대비해 상비해둔 성수나 성물이 있을 거야. 에리나는 길드원이 아니지만 우리가 쓸 거라고 하면 되겠지. 그거면 급한 고비는 넘길 수 있어."

"성수나 성물은 엄청 까다롭게 관리하잖아. 우리 같은 말단이 응급 상황이라 해봤자 쉽게 내주진 않을걸. 가벼운 서류 작성만 해도 한두 시간은 걸릴 텐데, 다녀올 때까지 에리나가 버틸 수 있겠어?"

"그건 하늘에 맡기는 수밖에."

탄식과도 같은 말에 공기가 급속도로 무거워졌다. 경직된 분위기는 몇 사람이 일단 길드에 다녀오겠다며 급히 나간 후에도 달라지지 않았다. 하얗게 질린 랑시는 숨을 쉬는 것조차 잊은 듯이 보였다. 아무도 말하지 않았지만 다들 같은 결말을 예감하고 있다는 게 느껴졌다.

“랑시, 우선 리타스의 뿌리라도 써보자. 해열 효과도 있으니 열이라도 식힐 수 있겠지.”

“……네.”

델라의 말에 간신히 고개를 끄덕이는 작은 얼굴에서 다시 솟아오른 눈물이 애처롭게 떨어졌다. 그 모습을 무거운 마음으로 바라보다 침대 쪽으로 시선을 돌렸다. 랑시의 엄마, 에리나는 가파른 호흡을 내뱉고 있었다. 사경을 헤매는 얼굴을 보고 있으려니 한숨이 나왔다.

환자를 눈앞에 두고 무력한 기분을 느껴보는 건 엔딜의 동생 세실 때 이후로 오랜만이었다. 저주라곤 해도 미약한 수준인 데다가 성력으로 내린 저주와는 결이 달라서 카웰 공작 때처럼 특정 조건을 채워야 하는 것도 아니다. 원래의 나였다면 이 정도는 쉽게 정화할 수 있었을 텐데. 잃어버린 치유력이 아쉽기만 했다.

“커헉!”

“에리나!”

안 그래도 좋지 않던 상황은 더 빠르게 나빠졌다. 돌연 긁는 듯한 숨소리가 터져 나오더니 누워 있던 몸이 크게 들썩였다. 전신이 기형적으로 뒤틀리고 눈꺼풀이 하얗게 뒤집히고 있었다. 독이 잠식하면서 발작을 일으키기 시작한 것 같았다.

“이런, 에리나! 정신 차려, 에리나!”

“다들 붙잡아!”

곁에 있던 시몬이 급히 붙잡았지만 타고난 힘인지 발작의 영향인지 버둥거리는 몸을 감당하지 못했다. 결국 랑시를 제외한 사람들이 모두 달려들어 제압하는 걸 도왔다. 나 역시 그들 사이에 섞여들었다.

"……?"

그런데 버둥거리는 다리를 막 붙잡았을 때였다. 문득 손에서 묘한 감각이 느껴졌다. 수면 위에 파동이 일듯, 무언가가 출렁거리는 느낌이었다. 끈적한 액체가 진득하게 달라붙는 감각 같기도 했다.

그 이상한 느낌은 손을 떼면 사라지고 접촉하면 다시 생겼다. 처음엔 착각인가 했지만 여러 번 반복한 끝에 확신하게 됐다. 혹시나 하는 마음에 의식을 집중하자 더 큰 감각이 돌아왔다. 역시 틀림없었다. 에리나의 몸에 스며있는 마기가 내게 반응하고 있었다.

'뭐지? 치유력이 있을 리가 없는데?'

치유력은 아니다. 그것과는 분명 느낌이 달랐다. 치유력이 스스로 생성한 기운을 불어넣어 영향을 주는 거라면 지금은 그냥 남의 것을 끌어당기는 쪽에 가까웠다. 중구난방으로 퍼져있는 마기가 내 손이 닿은 부분으로 모이고 있었다. 마치 내가 자석이라도 된 것 같았다. 뭐가 어떻게 된 건지 모르겠지만, 일단 중요한 건 이게 치료에 도움이 될 수 있다는 거다. 기운을 움직일 수 있다면 없애는 것도 가능할지 몰랐다.

나는 깊이 심호흡한 다음 의식을 집중했다. 기운을 강하게 끌어 모은다고 생각하니 예상대로 별다른 저항 없이 마기가 몰려들기 시작했다. 조금 뜻밖이었던 건 그 기운이 내게로 넘어온다는 거였다. 정확히는 나를 통해 외부로 빠져나가고 있었다. 생각지 못한 현상이라 잠시 움찔했지만 몸에 해를 주지는 않는 것 같아서 그냥 내버려 뒀다. 안 그래도 모은 다음엔 어쩌나 했는데 고민할 필요가 없어졌으니 나름 잘됐다 싶었다. 왠지 손등 쪽이 간질거렸다.

"이, 이봐. 당신 그거 뭐야? 지금 뭐하는 거야?"

그 순간 누군가가 나를 향해 소리쳤다. 고개를 드니 시몬이 경악한 얼굴을 하고 있었다. 다른 사람들도 귀신이라도 본 듯 굳은 얼굴이었다. 이유는 곧 알 수밖에 없었다. 집중하느라 미처 깨닫지 못했는데, 언젠가부터 내 몸에서 검은 기운이 일고 있었다. 에리나에게서 건네받은 마기가 빠져나가면서 일시적으로 일어난 현상 같았다.

"괜찮아요. 도우려는 거예요."

"대체 무슨……."

때마침 에리나가 축 늘어지는 바람에 시몬은 말을 더 잇지 못했다. 발작이 끝난 것이다. 당황한 사람들이 쓰러진 몸을 부축하는 동안 나 역시 천천히 손을 떼어냈다. 가만히 잠든 듯한 에리나의 얼굴은 평온해 보였다. 그게 기분 탓은 아니었는지 조심스럽게 살피던 델라가 멍하니 중얼거렸다.

"혀 색깔이 돌아왔어."

숨을 삼킨 사람들이 일제히 나를 돌아보았다. 다들 뭐라 형용할 수 없이 복잡한 표정이었다.

"대체 뭘 한 거지?"

"마기를 빼냈어요."

"뭐?"

"신관이 필요한 이유는 정화하기 위해서잖아요. 그 비슷한 일을 했다고요. 마기가 전부 빠져나갔으니 이제 괜찮을 거예요. 지혈도 될 거고요. 근데 상처엔 감염이 제일 위험한 거 알죠? 여긴 한두 사람만 남고 나머진 치료사가 올 때까지 나가 있는 게 좋을 것 같아요."

사실은 진작 이 말부터 해주고 싶었다. 부상자를 치료할 땐 위생도 중요하다고 들었다. 그런 점에서 지금은 빈말로도 환자에게 좋다고 할 수 있는 환경이 아니었다. 장소도 병실이 아닐뿐더러 침대와 기구를 소독한 것도 아니다. 하물며 돌보는 사람들의 차림새마저 땀과 먼지에 얽혀 불결했다. 이대론 나을 상처도 낫지 못할 게 뻔했다. 그러나 모처럼 건넨 조언에도 불구하고 돌아오는 반응이 없었다. 다들 어딘지 넋이 나간듯한 얼굴인 게, 아직 상황 파악조차 제대로 하지 못하는 것 같았다.

"엘."

그나마 가장 먼저 정신을 차린 건 랑시였다. 집주인이 말하는 건 듣겠지 싶어 나는 가까이 다가오는 랑시를 기쁜 마음으로 반겼다.

"랑시, 네가 사람들 좀 설득해 줄래? 나가 있을 거 아니면 씻고 옷이라도 갈아입게 해. 환자가 있는 곳은 청결해야 하거든."

"네, 알겠어요. 그런데 뭐가 어떻게 된 거예요? 엄마가 나았어요? 엘이 낫게 해준 거예요?"

"음? 아니, 아직 완전히 나은 건 아냐. 독만 빼낸 거야."

"독을 빼내요? 어떻게요?"

"음, 그러게. 나도 어떻게 한 건지는 잘 모르겠어. 그냥 저절로 되던데."

"세상에……."

나와 랑시의 대화를 듣고 있던 사람들 사이에서 나직한 탄성이 터져 나왔다. 다들 하나같이 의심과 안도가 뒤섞인 복잡한 얼굴이었다. 동료가 나은 건 좋은데 내 정체가 수상하니 마음껏 기뻐하지도 못하는 모양이다.

왠지 이런 광경을 본 게 오늘이 처음은 아닌 것 같았다. 왜 이렇게 익숙한지 의아해하려니 곧 지나간 기억 하나가 떠올랐다. 아, 그러고 보니 이사나 일행을 처음 만났을 때도 위급한 부상자를 치료했었던가. 당시 친위기사들 역시 지금처럼 복잡한 눈으로 나를 바라보았었다. 정령왕이라고는 상상도 하지 못하고 신관이냐고 물어봤었지.

"당신, 마신의 사제였소?"

그래, 바로 이런 식으로 말이다.

'……어?'

방금 내가 무슨 말을 들은 거지? 무심코 반색하다 뒤늦게 든 위화감에 나는 천천히 뒤를 돌아보았다. 아직도 넋 놓고 있는 사람들 사이에서 시몬이 수상쩍다는 얼굴로 나를 바라보고 있었다. 탐색하듯 매서운 시선이었지만 그런 건 조금도 눈에 들어오지 않았다. 또 그때와 비슷한 오해를 받아서는 아니었다.

"방금…… 뭐라고 했어요?"

"아, 실례. 우선은 감사 인사가 먼저겠지. 에리나를 구해줘서 고맙소. 생김새가 너무 멀끔해서 귀족인가 했는데 설마 사제님이셨을 줄이야. 더 대단한 분이셨군."

"아뇨, 그런 거 말고요. 지금 마신이라고 한 거 맞아요?"

"왜요? 설마 마신관이 아니오? 하지만 그 신력의 색은 틀림없는……."

"아니, 그게 아니라…… 마신을 알아요?"

그러자 시몬만이 아니라 주위에 있던 모두가 일제히 얼굴을 찌푸렸다. 세상에서 가장 해괴한 질문을 들었다는 표정이다. 하지만 그들이 아무리 황당해한다 한들 지금 내가 느끼는 감정만큼은 아닐 것이다. 적어도 내가 아는 상식에선 일어나선 안 되는 일이 벌어지고 있었으니까.

"마신을 아냐니. 이 세상에서 마신을 모르는 사람도 있나?"

이어진 말은 더 혼란스럽기만 했다. 얼굴이 일그러지려는 걸 억지로 참아봤지만 헛수고였다.

"마신을 안다고요? 정말로?"

"물론 정말이지. 설마 모르는 걸 안다고 하겠소?"

"……그럴 리가 없는데."

"음? 지금 뭐라고 하셨소?"

"아뇨, 아무것도 아니에요. 그러니까, 정말 마신을 안다는 말이죠?"

"대체 몇 번을 묻는 거요?"

돌아가는 상황이 잘 이해되지 않았다. 도대체 마신을 어떻게 아는 거지? 이곳도 대차원과 가까운 세계라는 건 알겠다. 하지만 중간계에서 대차원의 영향을 가장 크게 받는 곳은 아크아돈이었다. 그 아크아돈의 인간들은 모두 마신의 존재를 잊었다. 그런 신이 있었다는 사실조차 기억하지 못했다. 이사나와 알리사에게도 이미 몇 번이나 확인한 부분이다. 가까이에서 접했던 인간들조차 그를 깨끗이 잊었는데, 이곳 사람들은 아직 기억하고 있다고?

"아, 그래. 이름! 혹시 마신의 이름도 알고 있어요?"

혹시 이곳의 마신은 다른 이가 아닐까. 어쩌면 그사이에 새로운 마신이 생긴 건지도 모른다.

"카노스 님이잖소?"

그러나 당연하다는 듯 흘러나오는 건 익히 아는 이름이었다. 반사적으로 삼킨 숨이 목울대를 연거푸 울렸다. 머릿속이 새하얘져서 다른 생각을 이을 수가 없었다. 정말 카노스를 알고 있었다.

"카노스를, 어떻게 알아요?"

"아까부터 이상한 말을 하시는군, 사제님. 어릴 때부터 줄기차게 듣는 이름인데 어떻게 모르겠소? 삼 대륙을 통틀어 교세도 가장 큰 신인데 모르는 게 더 이상하지."

"하지만……."

"그보다 나도 좀 물읍시다. 에리나를 구해준 건 정말 고맙소. 고맙긴 한데, 너무 기묘하군. 마수의 독에 당했는데 때마침 준비된 듯이 사제가 나타났다라……. 심지어 그 사제가 마기를 다루는 일에 가장 탁월한 마신관이라니. 우연치곤 참 꺼림칙하다고 생각지 않소?"

"네?"

"아니, 사제님이라면 뭔가 알고 있을 것 같아서 말요. 이 상황을 우리가 이해할 수 있게 설명 좀 해줬으면 좋겠소. 혹시 이번 균열과 관련 있는 건 아니겠지? 여기서 마족을 소환하려 했던 건 아니오? 허가서는? 왕실에 신고하지 않은 마족의 소환은 금지되어 있는데, 그건 알고 있소?"

그가 하는 말은 온통 알아들을 수 없는 내용뿐이었다. 물론 알아들었다 해도 그에 답하진 못했을 것이다. 지금은 다른 생각으로 머릿속이 온통 꽉 차 있었으니까.

"이봐요, 어린 사제님. 내 말 듣고 있는 거요?"

시몬이 답답하다는 듯 얼굴을 일그러트렸다. 일부러 대답을 피한다고 여겼는지 자못 험악한 기세였다. 그러자 상황을 지켜보던 랑시가 내 앞으로 나섰다.

"잠깐만요, 시몬 아저씨. 그렇게 다그치지 마세요. 엘은 아무것도 몰라요. 기억을 잃었어요."

"뭐? 기억을 잃어?"

"네, 이름 말곤 아무것도 기억하지 못한대요. 르네아 강 앞에서 우연히 만났어요."

"……그래?"

시몬의 얼굴이 심각해졌다. 한동안 꺼림칙한 시선으로 나를 살피던 그는 동료들과 함께 쑥덕거리기 시작했다. 작은 소리였지만 내가 못 들을 정도는 아니라 그들이 나누는 대화 소리가 전부 선명하게 들려왔다.

"혹시 마신관이 아닐 수도 있는 건가?"

"아냐, 마신관 맞아. 검은색 기운이었잖아. 애초에 신관이 아니면 마수의 독을 정화하지도 못할 테고, 사제 중에서 검은색 성력을 가진 건 마신관뿐이라고."

"마족일 가능성은? 마족도 마기를 다룰 수 있잖아?"

"멍청하긴. 저 금발이랑 녹색 눈동자를 보고도 그런 소리가 나오냐? 마족은 모두 흑발에 붉은 눈이야."

"하지만 뭔가 좀 묘한 느낌이란 말이지. 게다가 기억을 잃었는데 성력을 쓸 수 있긴 해?"

"정말 기억을 잃은 게 맞다면 본능적으로 한 거겠지. 마수의 독을 이렇게 쉽게 정화하는 걸 보면 꽤 고위 사제인 것 같은데."

고위 사제.

그 순간 섬광이 꽂힌 것처럼 정신이 번쩍 들었다. 급히 시선을 떨어트려 손을 내려다보았다. 한눈에 보이는 건 다섯 개의 손가락뿐, 본래 손등이 보여야 하는 부분은 긴 소매에 가려져 있는 채다. 문득 조금 전 마기를 빼낼 때의 상황이 떠올랐다. 왠지 이상하리만치 손등이 간지러웠다.

……설마 그럴 리가.

말도 안 되는 상상이라는 걸 알면서도 몸은 착실히 확인 과정을 밟았다. 소매를 걷어 올리니 가려져 있던 손등이 드러나기 시작했다. 편편한 피부와 약간 비치는 핏줄, 손가락과 이어지는 단단한 뼈대. 그냥 평범한 사람의 손이었다.

그래, 그 위에 새겨진 선명한 문양만 아니었다면.

"……."

나도 모르게 신음을 흘린 것 같다. 심장이 무서울 정도로 빠르게 뛰고 있었다. 새하얀 문양은 가죽 날개를 양쪽으로 펼친 듯한 형태였다. 아무리 오랜 시간이 흘러도 내가 이 문양을 착각할 리가 없다. 틀림없는 카노스의 문장이었다.

"맙소사, 지금 봤어? 신의 문장이 손등에 있어."

"손등이면 엄청 높은 거 아냐?"

"그걸 말이라고. 거의 대사제 급은 될걸?"

주변의 수군거림이 더 커졌다. 언제부터 내 행동을 주시한 건지 모두 내 손등을 바라보고 있는 상태였다. 그들에게도 이 문장이 보인다는 소리였다. 머릿속이 온통 어지러웠다.

도대체 무슨 일이 벌어지고 있는 걸까. 왜 카노스의 문장이 다시 나타난 거지? 이 문장은 사라졌었다. 그가 소멸한 후 내 손등에서 지워진 걸 두 눈으로 분명히 확인했다. 그때 느낀 절망감과 허탈감이 아직도 시리도록 선명한데, 이걸 믿어야 한다고? 이게 정말 내 현실에서 벌어지는 일이라고?

게다가 애초에 내가 받은 신의 문장은 두 개였다. 육체가 달라진 탓에 없어진 거라 여겼지만, 문장이 있으려면 당연히 엘뤼엔의 것도 같이 있어야 했다. 사라진 마신의 문장은 다시 나타난 판국에 멀쩡하던 그의 문장만 사라지다니, 아무리 생각해도 말이 안 되는 일이었다.

'꼭 사라진 게 카노스가 아니라 엘뤼엔이라는 것처럼.'

문득 오늘 아침 물에 비춰 봤던 내 모습이 머릿속을 스쳤다. 이전과 똑같은 얼굴에 금발과 녹색 눈동자. 어디선가 많이 봤던 그 모습을 내가 그대로 지닌 건 단지 우연에 불과한 일일까. 그게 아니면…….

더는 한계였다. 나는 고개를 들고 수군거리는 일행을 바라보았다. 은밀히 살피고 있던 시몬이 나와 눈이 마주치자 몸을 흠칫했다.

"저기요. 여기가 어디죠?"

"뭐, 뭐요?"

"이 세계를 부르는 명칭 알아요? 지구라든가 바이톤이라든가, 그런 호칭이 있을 거 아니에요. 설마 아크아돈인 건…… 아크아돈은 아니죠?"

갑작스러운 질문이 당황스러운 듯 시몬은 멀뚱히 눈을 깜빡였다. 그 영문을 모르겠다는 표정에 들끓던 속이 차츰 가라앉았다. 그럼 그렇지. 역시 내 생각이 지나친 거다. 카노스의 문장이 다시 나타난 이유는 모르겠지만 뭔가 다른 원인이 있을…….

"신관은 신관이군. 기억을 잃었다면서 신학은 기억하는 거요?"

"……네?"

들려온 목소리에 이어지던 생각이 끊겼다. 멍청히 돌아보는 내게 시몬이 묘한 시선을 보내왔다.

"지금 창세 신화에 대해 말한 거 아니오?"

"창세 신화?"

"그래, 그거 말요. 신학자들이 말하길 이 세상은 네 개의 대차원과 그 가운데 존재하는 수많은 중간계로 이뤄져 있다더군. 그중에서 우리가 사는 이 세계를 그렇게 부른다고 들었소. 사제님이 방금 말한 아크아돈 말요."

몸에서 힘이 쭉 빠졌다. 가까스로 버티지 않았다면 그대로 주저앉았을 게 분명했다. 멍하니 숨만 삼키는 나를 시몬이 조심스레 살폈다.

"사제님 괜찮소? 꼭 귀신이라도 본 표정이군."

"……말도 안 돼."

"그게 무슨 소리요?"

"여기가, 여기가 정말 아크아돈이라고요? 정령들이 있는 아크아돈?"

"정령? 아, 이 세계의 자연을 관장한다는 존재 말요? 실제로 본 적은 없다만 그런 존재가 있긴 하지. 음? 왜 그런 표정이시오?"

"아뇨……."

의아한 시선에 나는 천천히 고개를 저었다. 정령까지 아는 걸 보면 정말 아크아돈이 맞긴 한 모양이다. 거기까지 인정하고 나자 목이 꽉 메어 아무런 소리도 내뱉을 수가 없었다. 가설이 점점 분명해지고 있는데 좀처럼 받아들이기가 어려웠다.

그래, 그건 정말 말이 안 되잖아. 좀 더 현실적으로 생각해 보자, 엘. 라피스의 영혼은 차원의 틈새로 튀어나갔고, 엘뤼엔은 그저 그가 흘러간 궤도를 따라 날 보내줬을 뿐이다. 그 장소가 아크아돈 그대로라는 건 당황스럽지만 충분히 있을 수 있는 일이었다. 그냥 등대 밑이 어두웠던 걸 수도 있다.

하지만 정말 그뿐인 걸까. 아무리 생각해도 여긴 내가 아는 그 세계가 아니었다. 내가 아는 아크아돈엔 성냥이 없었다. 헌터라는 직업군이 체계적이지도 않았고 몬스터의 내장을 땔감으로 쓰지도 않았으며, 기원의 숲이라든가 에펜이란 이름을 가진 왕국도 존재하지 않았다. 모든 나라를 다 돌아본 건 아니긴 하지만 이렇게까지 문화가 생소하다는 건 이상했다.

다시금 손등의 문장을 내려다보았다. 물감으로 그린 듯이 선명한 문양은 각도에 따라 은은한 광택을 띠었다. 그 빛에서 요사스러울 정도로 선명한 생기가 느껴졌다. 이 문장에 대고 그를 부르면 금방이라도 응답이 돌아올 것만 같았다.

"그러고 보니, 델라. 너 얼마 전에 세이크 제국에 갔을 때 유명한 정령사를 본 적 있다고 하지 않았나? 타라 대륙에서 왔다는 바람의 정령사 있잖아."

때마침 들려온 말소리에 잠시 생각을 멈췄다. 세이크 제국, 타라 대륙, 둘 다 어디선가 들어본 듯 귀에 익었다. 그러나 기억을 짚어 볼 겨를도 없이 델라의 대답이 이어졌다.

"아, 그 정령사. 왕발톱 거인의 토벌전에서 봤지. 후방에서 귀족들과 진 치고 있어서 활약하는 꼴은 못 봤지만."

"엥? 후방에만 있었다고? 토벌전에서 활약하라고 몸값 비싸게 주고 모셔온 거 아니었어?"

"그랬다곤 들었지. 하지만 병사들이 우르르 실려 나가는데도 코빼기 하나 비치지 않으시더라고. 다들 그 정령사가 다치기라도 할까 꽁꽁 감싸기 바쁘시던데?"

"허참, 그 도도한 세이크 귀족 놈들이 설설 긴다는 게 사실이었구만?"

"아무렴 어쩌겠어. 무려 미네르바의 계약자잖아."

심장이 쿵 진동했다.

지금 내가 무슨 표정을 짓고 있는 건지도 모르겠다. 멀거니 바라보자 시선을 느낀 시몬과 델라가 의아한 얼굴로 돌아보았다.

"왜 그렇게 보시오, 사제님?"

"지금…… 미네르바의 계약자라고 했어요? 미네르바가 인간과 계약했다고요?"

"그랬소."

"어, 언제요? 미네르바가 언제 소환됐어요?"

"허어, 이거 정말 다 잊으시긴 한 모양이군. 그만큼 유명한 사실을 모르시다니 말이야. 그 정령사가 미네르바를 소환한 건 벌써 10년도 더 됐소."

"10년……."

"엘, 왜 그러세요?"

그 순간 들려온 목소리가 혼란한 정신을 일깨웠다. 빤히 바라보자 날 불렀던 랑시가 당혹스러운 표정을 지었다.

"엘?"

아아, 그래. 엘이라고, 내가 가르쳐줬었지.

그 이름을 밝혔을 땐 아무 생각이 없었다. 기억을 전부 다 잃었다고 하면 불편할 것 같아서 이름만은 떠오른다고 했던 것뿐이다. 그 정도는 밝혀도 괜찮겠지 싶어서.

조금 전 들었던 대화 내용을 다시 짚어 보았다. 세이크 제국과 타라 대륙. 내가 아는 아크아돈에는 존재하지 않는 지명들이 왜 귀에 익었는지 선명히 떠올랐다. 전부 시벨리우스에게서 들었던 명칭들이었다. 그를 만난 지 얼마 되지 않았을 때, 그의 기억이 아직 머나먼 과거에만 머물러 있던 시절에.

"……랑시, 한 가지 묻고 싶은 게 있는데."

"네, 말씀하세요."

"인어가 있다고 했었지. 그럼 유니콘도 있어?"

그건 질문이라기보다는 확인에 더 가까웠다. 어떤 대답이 돌아올지는 기다리지 않아도 알 수 있을 것 같았다. 아니나 다를까. 잠시간 주저하던 랑시가 곧 천천히 고개를 끄덕였다. 너무나도 당연한 사실을 답하듯이.

"있어요. 하지만 만나긴 쉽지 않대요. 깊은 숲에 은거하는 데다가 변장을 잘하는 일족이거든요."

"……혹시 형벌의 신 알아?"

"형벌의 신? 처음 들어보는 신이에요."

고개를 갸웃하는 랑시를 보다 그 너머의 사람들에게 시선을 보냈다. 그들 역시 마찬가지로 어리둥절한 표정이었다.

"그래. 모를 줄 알았어."

나는 허탈하게 웃었다. 흘러내린 머리칼을 쓸어넘기는 내내 손끝의 떨림을 멈출 수가 없었다. 인간과 계약한 미네르바. 내가 아는 아크아돈에서는 존재하지 않는 인어와 유니콘. 형벌의 신을 모르는 사람들. 사라진 카노스의 문장이 다시 나타난 이유.

"이게 끝이 아닐 거야."

언젠가 들었던 목소리가 귓가에서 속삭였다.

"그러니까, 엘. 앞으로 잘 부탁한다고 말해도 될까?"

트로웰, 네가 끝내 아무것도 말하지 못했던 이유가 바로 이거였을까. 넌 처음부터 내가 어디로 가는지 알고 있었던 거야. 그래서 오히려 아무런 내색도 하지 않았던 거였어. 그렇지?

이다음의 일은 잘 기억나지 않는다. 정신을 차렸을 땐 정처 없이 숲길을 걷고 있었다. 어렴풋이 떠올리기론 에리나의 의식이 돌아오기 시작했던 것 같다. 옅은 신음이 들렸고, 순식간에 분위기가 소란스러워졌다. 사람들의 시선이 흩어진 틈을 타 나 혼자 조용히 집을 빠져나왔다. 그 뒤로 시간이 얼마나 흐른 건지는 모르겠다. 걷다 보니 어느 순간 고요하게 흐르는 강이 보였다. 르네아 강이라고 했던가. 랑시와 만났던 바로 그 강가였다.

빛을 받아 반짝이는 수면을 잠시간 응시하다 나는 천천히 무릎을 굽히고 앉아 물에 손을 담갔다. 여기서 다음으로 해야 하는 일이 뭔지는 잘 알고 있다. 인간이 되었으니 밟아야 할 절차가 좀 더 복잡해지긴 했지만, 시도하지 못할 건 없었다. 가장 마음에 걸리는 건 매개체가 약한 편이라는 건데, 이것 역시 식을 좀 더 구체화하는 거로 보완하면 될 것 같았다.

"……태초의 지배자께 허락을 구하노니. 땅과 바람과 물과 태양, 4대 기운을 증인으로 계약의 증거를 제시하노라."

정령의 소환식은 조건을 갖췄을 때만 반응한다. 그 조건엔 정령계와의 연결도 포함된다. 내 재능이 아무리 넘쳐 흘러도 이곳에 정령이 없다면 부름이 닿지 않는다는 뜻이다. 솔직히 말하면 이 순간까지도 확신은 하지 못했다. 반쯤은 도박에 가까운 심정으로, 안 되더라도 실망하지는 말자는 마음에 더 가까웠다. 그러나 그 생각을 비웃기라도 하듯 주문을 읊기 무섭게 힘이 훅 빠져나가더니 큰 파문이 일었다. 둥그렇게 번져나가는 물결을 보며 반사적으로 호흡을 낮췄다. 미치겠네, 이게 정말 되는 거냐. 무작정 저지르긴 했지만 막상 정말 반응하는 걸 보니 속이 울렁거렸다.

"여기 자격을 갖춘 이가 물의 유지를 이어 가길 감히 바라나이다. 나 오늘날 이 세계의 진정한 주인을 맞이하고자 하오니. 허락된 숙명 안에서 고귀한 뜻을 품은 자는 의당 그 합당한 소원을 이룰 것이라."

곧 수면 위에 거대한 금색의 마법진이 떠올랐다. 그 주변으로 거품이 일면서 물결이 거칠게 휘몰아치기 시작했다. 급격하게 빠져나가는 기운에 숨이 크게 가빠졌다. 현기증이 나는 것처럼 눈앞이 핑 돌았다. 토할 것 같은 울렁거림을 간신히 견디며 입술을 악물었다. 기절이라도 하고 싶었지만 아직 술식이 완성되기 전이었다. 어떻게든 참아야 했다.

"그대, 살아 있는 모든 물의 근원이자 지배자인 정령왕 엘퀴네스여."

설마 살아생전에 내가 내 입으로 이 이름을 부를 날이 올 거라고 누가 예상이나 했을까. 기가 막혀서 헛웃음이 나오는데 너무 힘들어서 얼굴은 찌푸려졌다.

"갈급한 자가 간곡히 청하오니, 부디 내게 응답하소서."

드디어 긴 주문이 끝을 맺었다. 그러자 기다렸다는 듯 거대한 물줄기가 높이 솟구쳐 올랐다. 그 반동으로 해일처럼 일어난 물결이 삽시간에 코앞까지 밀어닥쳤다. 그것이 온전히 나를 집어삼키는 상황에도 눈을 감지 않았다. 아니, 감을 수가 없었다는 표현이 더 옳았다. 솟구친 물줄기가 점점 하나의 형상을 이루어가고 있었으니까.

하지만 물에 완전히 삼켜졌을 땐 어쩔 수 없이 눈을 감을 수밖에 없었다. 사정없이 밀려드는 물 때문에 숨이 턱 막혔다. 저항하려 할수록 옭아 드는 악력에 의식이 빠르게 흐려졌다. 이대로 질식해서 죽는 건 아닌가 싶어졌을 때일까. 일순 갑갑한 느낌이 사라지더니 갑자기 숨이 쉬어졌다.

"쿨럭, 쿨럭!"

한동안 바닥에 엎드려 정신없이 기침을 토했다. 물을 한 움큼 토해내도 이상하지 않을 거라 여겼는데 뱉어지는 건 그냥 마른 숨뿐이었다. 몸을 더듬으니 입은 옷의 푹신한 감촉만 닿았다. 분명 물에 삼켜졌건만 그 어디에도 젖은 느낌이 없었다.

"이건 예상 밖이군."

그 순간 들려온 음성에 숨을 삼켰다. 환청이 아닐까 생각했다. 귀에 익은 목소리가 너무나 비현실적이었다. 적어도 어제, 아니 오늘 오전까지만 해도 여기서 이 목소리를 들을 거라고는 생각조차 해 본 적이 없었다.

"설마 인간이 나를 소환할 줄은 몰랐는데."

나는 멍하니 고개를 들었다. 그렇게 사납던 강물은 언제 그랬냐는 듯이 잔잔해진 모습이었다. 고요한 수면 위에 내가 불러낸 황금색 마법진이 여전히 옅은 금빛을 흩뿌리고 있었다. 누가 봐도 감탄할 만큼 아름다운 형태였다.

그러나 시선을 사로잡은 건 다른 쪽이었다. 눈을 깜빡일 때마다 그곳에 자리한 존재가 점점 더 선명하게 시야를 사로잡았다. 마법진 한가운데 누군가가 떠 있었다. 누구보다 익숙하지만, 동시에 지독하리만치 낯설게 느껴지는 남자의 모습이.

"하……."

한 번쯤은 상상해 본 적이 있었다. 내가 알던 그의 색은 늘 찬란한 금빛이었으니까. 한때 그이기도 했다는 물이, 그 청명한 색이 그를 이루고 있었을 땐 과연 어떤 모습이었을까 하고.

그 모습이 바로 눈앞에 있었다.

푸른 물빛의 머리칼을 늘어트린 엘뤼엔이었다.

*　　*　　*

어두운 골목길엔 지독한 악취가 진동했다. 더럽고 으슥한 탓에 훤한 대낮에도 사람이 잘 오가지 않는 길목이었다. 그 협소하고 후미진 장소에 기이한 소리가 울렸다. 누군가 신음하는 소리 같기도 하고 흐느끼는 소리 같기도 했다.

쇠를 긁는 듯한 이상한 소리는 바닥을 기고 있는 남자에게서 흘러나오고 있었다. 눈물 콧물을 줄줄 흘리며 허우적거리던 남자가 앞을 향해 부들거리는 팔을 뻗었다. 성한 부분 없이 얼룩진 손가락에서 굵은 피가 뚝뚝 흘러내렸다.

"사, 살려줘."

그러자 간절한 음성에 반응하듯 그를 등지고 서 있던 이가 천천히 돌아섰다.

"살려줘?"

흥미롭다는 시선이 기고 있는 남자를 느긋하게 훑었다. 깊이 눌러쓴 후드 때문에 얼굴은 보이지 않았지만 체형이나 목소리를 통해 남자는 그를 소년이라 짐작했다.

평소 남자에게 있어 그 나잇대의 소년은 상대하기 아주 쉬운 존재였다. 순진해서 부리기 편한 데다가 완력이 강하지 않으면서도 맷집은 어느 정도 있어 거칠게 다루기에 좋았다. 저를 무서워하며 기죽어 있는 모습을 볼 때면 뿌듯이 차오르는 정복감에 우쭐하기도 했다. 작고 나약한 토끼와 다름없는 사냥감이었다.

"내가 왜?"

그러나 지금 눈앞의 소년은 그가 아는 평범한 소년들과는 달랐다. 토끼가 아니라 맹수였다. 아니, 그보다 더 잔인한 야수였다.

"사, 살려만 주시면 뭐든 하겠습니다. 제발!"

"뭐든? 내가 원하는 대로 다 할 수 있다고?"

"예, 뭐든 다 할 수 있습니다!"

"글쎄, 지금 내가 너한테 원하는 건 하나뿐인데. 그 더러운 꼴을 깨끗하게 하는 거."

경멸이 담긴 목소리에 남자는 황급히 자신의 모습을 내려다보았다. 피고름과 퀴퀴한 진흙, 정체를 알 수 없는 오물이 잔뜩 묻어있는 몸은 제가 보기에도 몹시 더러웠다. 과연 경멸할 만도 했다. 그러나 자신을 이런 꼴로 만든 건 다름 아닌 눈앞의 소년이었다. 남자는 억울했지만 애써 불만을 삼켰다. 그가 보기에 소년은 정상이 아니었다. 아무런 연고도 없는 저를 다짜고짜 죽이려고 하는 것만 봐도 그랬다. 미친놈에게 말이 통할 리가 없다. 지금은 그저 납작 엎드려야 했다.

"지, 지금 당장 깨끗하게 씻겠습니다!"

"정말?"

소년이 생긋 웃었다. 다행히 마음에 든 대답을 한 모양이었다. 안심한 남자는 억지로 따라서 웃으려 했다. 하지만 그 웃음은 완성되지 못했다.

"커, 커헉!"

진득한 격통과 함께 숨이 빠르게 빠져나갔다. 남자는 마지막 생피를 울컥 토해냈다. 부릅뜬 그의 두 눈은 의문에 가득 차 있었다.

"왜 그렇게 봐? 네가 바란 대로 해주고 있잖아."

"무슨……."

"쓰레기가 가장 깨끗해지는 순간이 언제인 줄 알아? 죽어서 흙으로 돌아갈 때야."

"……!"

"너희가 내 마음에 드는 유일한 순간이지."

속삭여진 음성은 남자의 귀에 닿지 못했다. 어느새 축 늘어져 있는 남자를 보며 소년은 가볍게 혀를 찼다. 이럴 줄은 익히 알았지만 역시나 이번 것도 맥이 빠질 정도로 약했다. 괴롭히는 보람이 없잖아. 이미 죽은 남자가 들었으면 기함할 소리를 아무렇지 않게 중얼거릴 때였다. 문득 멈칫한 소년이 천천히 고개를 들었다.

"……흐음?"

가늘게 뜬 시선이 잠시간 하늘 저편을 응시했다. 소년이 눌러쓰고 있던 후드를 뒤로 젖혔다. 천 자락 사이에서 빠져나온 검은 머리칼이 다갈색 피부 위에 부드럽게 흔들렸다. 화려한 금색의 눈동자가 날카로운 빛을 품었다.

"한 세대에 두 번의 기적이라……."

소년의 입꼬리가 올라갔다. 포식한 사자와 같은 나른한 미소였다.

"일이 좀 재밌어지네."

제2화

1.

「드디어 만났다, 엘.」

비틀림이 시작된 순간을 떠올리는 건 그리 어려운 일이 아니다. 아마 누구든 그런 경험은 쉽사리 잊지 못할 것이다. 그만큼 강렬하고 인상적인 순간이었다.

"엘 맞아. 이 특유의 체향을 몰라볼 리가 없잖아. 게다가 얼굴도 똑같고 목소리도 똑같아."

"엘은 금발에 녹안이었어."

"엘도 그랬어. 화가 나면 가끔 알아들을 수 없는 명칭이나 비유들을 썼어."

"정말? 그게 입맛에 맞아?"

"그거 다 네가 좋아했던 것들이야."

"엘."

수많은 목소리가 해일처럼 나를 덮친다. 담겨 있는 감정은 저마다 다르지만 모두 한 사람이 낸 목소리다. 분노하고 답답해하고 슬퍼하고, 그러면서도 차마 희망을 놓지 못하던, 지나간 기억들 속의 시벨리우스였다.

그가 나를 보면서 과거를 추억하는 게 싫었다. 그 입에서 옛이야기가 나올 때마다 내 자리가 지워지고 밀려나는 기분이었다. 그래서 거부하고 외면했다. 똑바로 마주하는 대신 그대로 묻어버리는 쪽을 택했다. 그렇게 억지로 지워버린 기억들이 지금은 다른 의미로 가슴을 울리고 있었다.

돌이켜보면 처음부터 이상한 점이 많았다. 한 사람의 기억에만 존재하는, 어쩌면 내 소중한 이들의 무의식에 깊은 영향을 줬을지도 모르는 사람. 그러나 정말로 실재했는지 아닌지조차 불분명한 사람. 그 사람이 하필이면 나와 쌍둥이처럼 닮았다는 점도 말이 안 되는 일인데 성격이나 행동거지까지 비슷하다고 했다. 나와 체취도 비슷하고, 내가 아는 한국의 용어들을 그 역시 알았다.

전자는 그렇다 쳐도 후자는 확실히 지나친 우연이었다. 망상이라기엔 너무나 상세한데 진짜라기엔 모두의 기억에서 사라진 이유를 설명할 수 없었다. 많은 부분이 이상하다고 느꼈을 때부터 의심해봤어야 했던 건지도 모른다.

어쩌면 시벨리우스가 기억하는 4천 년 전의 엘이란 사람이 정말로 나와 연관이 있는 건 아닐까. 나와 그가 각자 별개의 인물인 게 아니라…….

'내가 과거로 간 건 아니었을까.'

라고 말이다.

물론 그랬다면 좋은 반응을 얻지는 못했을 거다. 그런 말도 안 되는 소리가 어딨냐는 면박이나 들었겠지. 정령왕이 시간 여행을 한다는 건 불가능한 일이고, 인간이 되어 전대의 정령왕을 소환한다는 건 더 불가능한 일이다. 우스갯소리 취급도 받지 못할 허무맹랑한 공상이었다.

그러나 모두의 비웃음을 사더라도 한 번쯤은 생각해봤어야 했다. 그 어처구니없는 일이 정말로 일어나버렸으니까.

"아버지……."

눈앞에 있는 모습은 이 모든 사실을 입증하는 가장 훌륭한 증거였다. 힘겹게 마른침을 삼켰다. 온 시야를 장악한 선명한 존재감에 소름이 돋았다. 날뛰는 심장이 그대로 튀어나올 것만 같았다. 두 눈으로 보고 있는데도 현실감이 느껴지지 않았다. 반투명한 영체에 가까운 모습을 한, 물의 색을 지닌 엘뤼엔이라니. 그 모습은 누가 봐도 틀림없는 물의 정령이었다. 정말로 그가 엘퀴네스인 거다.

"난 너 같은 아들을 둔 적 없는데."

그 순간 이어진 냉정한 목소리가 아니었다면 하염없이 넋 놓고 있을 뻔했다. 아, 그렇지. 지금의 그는 내가 아는 엘뤼엔이 아니었다. 아직 신이 되기 전인, 나를 알지도 못하는 물의 정령왕이다. 급히 정신을 차리자 눈을 가늘게 뜨고 나를 내려다보는 그가 보였다. 어딘지 심기가 불편해 보이는 표정이었다.

"어, 저기…… 그러니까…… 엘퀴네스 님?"

"잘됐군. 그걸 안다면 지금 네가 할 일이 뭔지도 알겠어."

"……?"

"계속 그런 꼴로 있을 생각인가?"

지적을 듣고서야 비로소 내 상황이 보였다. 상당히 볼품없는 꼴로 주저앉아 있는 채였다. 이제 보니 정령왕을 맞이하고도 인사는커녕 자세조차 똑바로 하지 않았다. 신격을 지닌 그에겐 지금 내 행동이 엄청난 하극상으로 보일 터였다. 그의 표정이 더 가라앉기 전에 얼른 몸을 일으키려고 했다. 그러나 생각과는 다르게 다리가 말을 듣지 않았다.

"어?"

상체를 세우기 무섭게 다시 엉덩이가 바닥에 닿았다. 무릎에 힘이 조금도 들어가지 않았다. 온몸의 감각이 사라져버린 것 같았다. 그러자 맥없이 허우적거리는 내 모습을 가만히 지켜보던 엘뤼엔이 가볍게 혀를 찼다.

“고작 소환한 정도로 바닥이 난 건가. 듣기는 했지만 정말 한숨이 나올 만큼 한심한 마나로군.”

아, 이게 마나가 바닥 나서 그런 거구나. 그러고 보니 날 소환했을 때 이사나도 비슷한 상태이긴 했다. 그래도 난 기절까진 하지 않았으니 사정은 더 나은 편이었다. 하긴 그때의 이사나가 날 소환한 건 요행에 더 가까운 거였으니 누구든 그보다는 낫겠지만.

아니, 근데 아무리 그래도 한심하다고 할 것까진 없지 않나? 인간이 정령왕을 소환하는 건 그 자체로 굉장한 일이다. 원래도 성공률이 희박한 편인데 타고난 마나까지 부족하기에 목숨을 걸어야 한다. 그야말로 죽을 각오를 하지 않고는 시도조차 할 수 없는 일이란 소리다. 내가 몸으로 경험해 보니 더 잘 알겠다. 지금도 속에서 신물이 올라올 만큼 힘들었다. 이런 고통스러운 과정을 견뎌 내는 건데 한심하다니. 없는 사람이 쥐어짜 낸 거니까 오히려 대견해 하지는 못할망정!

하긴, 드래곤처럼 마나가 펑펑 남아도는 종족만 만나 본 정령왕이 뭘 알겠어. 세상을 편하게만 살아온 사람은 이래서 안 된다. 어쩔 수 없지. 인간에게 소환된 경험은 내가 먼저니까 선배로서 참는 수밖에.

차마 입 밖으로는 낼 수 없는 말을 속으로만 투덜거리며 어색하게 웃었다. 그러자 몸이 가뿐해지는가 싶더니 근육에 힘이 생겼다. 그래도 비실거리게 내버려 둘 생각은 없었는지 엘뤼엔이 마나를 불어넣어 준 것 같았다.

"아, 고맙……."

"계약하겠나?"

"어? 네? 뭐?"

아니, 저기요. 바로 조금 전에 저더러 한심하다고 하지 않으셨나요? 왠지 말이 앞뒤가 맞지 않는데요? 뜬금없이 이어진 제안에 어안이 벙벙했다. 황당해져서 바라보는 나를 엘뤼엔은 여전히 무심한 시선으로 응시했다.

"난 그다지 자비롭지 않다. 손해 보는 건 특히 싫어하지. 본래라면 이런 무가치한 계약은 재고하지도 않았을 거다. 하지만 인간이 날 소환한 건 처음이니 네겐 특별히 기회를 주지."

"와아, 그것참 영광이긴 한데…… 그보다 잠깐, 아버지. 아니, 엘퀴네스 님? 일단 잠깐만 기다려."

그러고 보니 소환한 정령과는 계약할 수 있었지. 아니, 애초에 계약하기 위해 소환하는 거였다. 사실을 확인해야 한다는 생각만 가득했을 뿐 솔직히 거기까진 염두에 두지 못했던지라 이 상황이 조금 당황스러웠다. 물론 과거의 '엘'이 엘퀴네스의 계약자였다는 건 알고 있었다. 하지만 난 아직도 머릿속 한구석에선 이 순간을 믿지 못하고 있었나 보다. 그 입에서 계약이라는 말이 나오니 이제야 제대로 실감이 들었다. 정말로 여기가 4천 년 전의 아크아돈이고, 내가 과거의 엘이었던 거다.

금발에 녹안, 인간이면서도 정령들을 가족처럼 여겼다는 물의 정령사. 엘뤼엔을 나보다 먼저 아버지라고 불렀다고 했었지. 그를 회상하는 말 한 마디 한 마디가 비수처럼 아팠는데 이제 보니 전부 당연한 거였다. 그 엘이 바로 나였으니까. 지금도 벌써 두 번이나 그를 아버지라고 부른 참이었다.

'결국 내가 날 질투한 꼴이었잖아.'

허, 세상에 무슨 이런 일이 다 있지. 돌아가면 모두의 얼굴을 어떻게 봐야 할지 모르겠다. 특히 시벨리우스의 앞에선 고개를 들지도 못할 것 같다. 그는 이런 상황을 짐작이나 하고 있을까. 마지막에 내게 뭔가 말하려던 걸 보면 뭔가 알아차린 건지도 모른다. 그걸 저지하던 엘뤼엔도 뭔가 알고 있는 느낌이었지. 화끈거리는 낯을 견딜 수가 없어서 연신 마른세수를 했다. 그러나 본격적인 문제는 이제부터였다.

"뭐지, 그건."

"어?"

문득 들려온 목소리에 고개를 들자 얼굴을 찌푸린 엘뤼엔이 보였다. 그는 내 손을 응시하고 있었다. 옷을 걷은 뒤로 그냥 내버려 뒀더니 손등에 새겨진 문양이 그대로 보인 모양이다. 얼른 손을 뒤로 감췄지만 한참 늦은 대처였다. 엘뤼엔의 얼굴에선 이미 표정이 사라진 후였다.

"너, 설마 신관인가? 그것도 마신의 문장으로 보이는데."

"어, 아니, 이건……."

"……기가 막히는군. 마신관이 날 소환해?"

중얼거리는 목소리가 한층 낮아졌다. 무심해도 어느 정도는 호의적이었던 시선에 시린 날이 서기 시작했다.

낭패감에 입안이 바짝 말랐다. 문장이 있는 이상 언제고 겪을 일이었지만, 마음의 준비를 할 겨를도 없이 불현듯 닥치니 당황스러웠다. 지금 그의 눈에 내가 어떻게 비칠지 너무도 훤했다. 신성력과 정령의 힘은 섞이지 못한다. 하물며 마신관의 것처럼 파괴적이고 공격적인 성력과는 더더욱 상극이었다. 그런데 누가 봐도 고위 마신관으로 보이는 내가 정령왕을, 그것도 가장 소환이 까다롭기로 유명한 물의 정령왕을 소환했으니 당연히 수상하기 짝이 없겠지. 이 세계의 근간을 뒤흔드는 불순물로나 보이지 않으면 다행이었다.

"넌 대체 뭐지?"

노기를 띤 눈동자가 짙푸른 색으로 어두워졌다. 풍랑이 이는 바다를 떠올리게 하는 색이다. 그 진노의 파도가 금방이라도 덮쳐들 것만 같아 온 신경이 곤두섰다. 그래도 아주 크게 걱정되지 않는 건 이미 결과를 알고 있기 때문일 거다. 과거의 엘이 마신관이었다는 말은 듣지 못했다. 즉, 내가 이 상황을 잘 수습한다는 소리였다.

"그게, 이게 어떻게 된 거냐면……."

"아니, 답할 필요 없다. 아무래도 상관없으니."

그런데 어떻게든 변명하려는 말을 차가운 목소리가 먼저 잘라냈다. 이어진 말에 나는 얼굴을 굳혔다.

"첫 인간 소환자라 관대히 보았지만 변종엔 흥미 없다. 계약은 없던 일로 하지."

"어?"

"우연이라도 나와 다시 마주치지 않는 게 좋을 거다. 그 목숨을 조금이라도 아낀다면 또 정령을 소환할 생각은 영원히 접어라. 이만 작별이다."

"엥? 진짜? 아니, 잠깐만, 아버지! 기다려! 내가 다 설명할게! 일단 내 얘기 좀 들어봐!"

아니, 뭐가 이렇게 단호해? 여기서 우리가 계약하는 거 아니었어? 엘뤼엔은 상대를 떠보는 말 따위는 하지 않는다. 그가 간다고 하면 정말 간다는 소리였다. 조금이라도 지체하면 놓칠 게 분명해서 나는 황급히 고함쳤다. 그러자 조금 흐릿해지는 듯하던 엘뤼엔이 얼굴을 찌푸리고 바라보았다.

"또 날 아버지라 부르는군."

"아……."

"이유가 뭐지?"

왜냐니, 아버지를 아버지라고 부르는 데 이유가 필요한가? 당신이 날 아들로 삼았잖아. 당신이 먼저 내 아버지가 되어 준다고 했잖아. 내가 아버지라고 불렀을 때, 기쁜 표정을 지었잖아.

하지만 이렇게 말하면 미친놈 취급이나 받겠지. 거북한 거품이 가득 찬 것처럼 속이 크게 들끓었다. 이 상황을 손쉽게 해결할 수 있는 가장 좋은 방법은 이미 알고 있다. 내가 누군지 설명하기만 하면 전부 간단하게 끝날 일이었다. 처음엔 불신하겠지만 결국 내 말이 맞다는 걸 믿을 수밖에 없게 될 거다.

그러나 그건 말할 수 없다. 말해선 안 됐다. 그 말을 입에 담는 순간, 날 이 세계에서 지탱하고 있는 주술의 효력이 끝나버릴 테니까.

"유념해라, 엘. 그 세상에서 만난 이들에게 네 정체를 알려 주면 안 된다. 네 진짜 신분은 아무도 모르게 해야 해."

당부를 들었을 때만 해도 그 정도는 별로 어려울 것 없다고 생각했다. 설마 이런 식으로 뒤통수를 거하게 맞을 줄 알았다면 그렇게 쉽게 알겠다고 답하진 못했을 것이다. 당장 명확하게 답할 수 있는 수많은 말을 삼키는 대신 나는 긴 한숨을 내쉬었다. 그래도 엘뤼엔이 돌아갈 생각은 미룬 것 같으니 다행이었다.

"말이 헛나온 거야. 당신이 내 아버지랑 닮아서 나도 모르게 그만."

"거짓이군."

"왜!"

"정령왕의 외모는 유일무이하다. 날 닮은 이가 있을 리 없지. 자꾸 어설픈 거짓말이나 할 생각이라면…….”

“아냐, 있어! 있다니까! 정말이야. 내가 왜 이런 거로 거짓말을 하겠어? 머리 색이랑 눈동자 색이 좀 다르긴 하지만. 그것 말고는 전부 다 닮았어. 쌍둥이처럼 똑같다고!”

다름 아닌 본인이니 닮는 게 당연하지만. 그런 사실을 알 리가 없는 엘뤼엔은 거슬린다는 표정으로 나를 노려보았다. 이젠 흡사 사기꾼을 보는 시선이라 억울했다.

“좋아, 정 그렇다면 확인해 주겠다. 날 닮았다는 그자가 어디에 있지?”

“소용없어. 아무리 찾아도 못 만나.”

“못 만난다?”

“그래, 못 만나. 이 세상엔 없거든.”

“죽었다는 뜻인가?”

아니, 미래에 있어. 지금으로부터 4천 년 후에나 태어날 예정이지. 이번에도 답하지 못하는 진실이 목 안에서만 맴돌다 사라졌다. 덕분에 침묵이 이어지자 엘뤼엔은 대답을 알아서 해석한 듯했다. 날카롭던 시선이 조금 누그러졌다.

“그래서 하려던 말은 뭐지?”

“……어?”

“내게 전부 설명하겠다고 하지 않았나?”

더불어 내 얘기를 들어볼 마음도 생긴 모양이다. 그의 성정을 생각하면 두 번 다시 오지 않을 천금 같은 기회라 얼른 목소리를 가다듬었다.

“일단 오해하고 있는데, 난 마신관이 아니야.”

“신의 문장을 가졌으면서 신관이 아니다? 문장을 받았으나 교단엔 아직 등록하지 않았다는 뜻인가?”

“아니, 진짜 말 그대로의 의미야. 난 정말 신관이 아니야. 이 문장은 신분 위장용으로 만든 가짜야.”

“감당하지 못할 헛소리를 하는군. 내가 신의 문장의 진위도 가리지 못할 것 같나? 그 문장에 서려 있는 건 분명 마신의 힘이다. 그건 뭐라고 설명할 거지?”

“정말이야. 그…… 내 친구 중에 마신관이 있거든. 그 친구가 자기 성력을 써서 만들어준 거라서 그래.”

카노스는 내 친구나 다름없고, 그가 자신의 힘으로 만들어준 거니 결과적으로 거짓말은 아니다. 게다가 이건 이론적으로도 가능한 방법이긴 했다. 일명 각인 주술이라고 불리는, 문신을 통해 신체에 주술을 새겨넣는 술법이 있는데, 그걸 활용하면 신의 문장도 위조할 수 있었다. 부작용이 좀 크기는 하지만.

“그런가. 물론 그 친구는 죽었겠군.”

“어?”

“신관이 신의 문장을 위조한다는 건 신을 기만하는 짓이지. 살아 있을 리 없을 텐데?”

“어, 마, 맞아. 죽었어.”

이게 바로 그 부작용이다. 게다가 그런 식으로 죽은 사제는 신의 품으로 돌아가지도 못한다. 그래서 웬만해선 시도되지 않는 방법이었다.

"제 영혼을 포기하고 네게 가짜 신분을 만들어줄 정도라. 그가 널 상당히 소중히 여겼나 보군. 아니면 희생정신이 투철한 자였나?"

"……그랬지."

빛 속에 삼켜지던 카노스의 마지막 모습이 생각나서 입술을 꾹 깨물었다. 상황을 모면하기 위해 둘러댄 변명일 뿐이었는데 아픈 기억을 떠올려 버렸다.

그런데 그 순간 엘뤼엔이 싸늘하게 웃었다. 본능적으로 무언가 잘못 건드렸다는 느낌이 들었다. 마른 침을 꿀꺽 삼키자 그가 차디찬 시선으로 내려다보았다.

원래 엘뤼엔이 이런 얼굴이었나? 한 번도 본 적이 없는 표정을 짓고 있는 그가 낯설었다. 내 아버지가 저런 눈으로 나를 바라본다는 걸 믿을 수가 없어 머리가 어지러울 정도였다. 그 엉망진창이었던 첫 만남에서도 그가 저런 식으로 나를 바라본 적은 없었다. 마치 징그러운 벌레를 보는 듯한, 경멸을 담은 시선을 보낸 적은.

"불리한 증언에 관계된 이들은 전부 죽었다고 하면 되니 참으로 편리한 변명이야. 어려도 종은 숨길 수 없군. 과연 영악한 인간다워."

"아니, 나는……."

"차라리 마족을 소환해서 도움을 받았다고 하지 그랬나. 그럼 머리를 굴린 정성이라도 느꼈을지도 모르지. 아, 거기까진 몰랐던 건가?"

잠시 말문이 막혔다. 아니 알고 있었다. 마신의 문장을 위조할 땐 성력 대신 마기를 써도 된다. 아무나 다 되는 건 아니지만, 고위급 마족의 것이라면 가능하다고 한다. 그럼 아무도 죽지 않고 평화롭게 해결할 수 있었다. 애초에 이 술법을 알게 된 이유가 바로 그 때문이었다. 그 방법을 써서 위장 신분을 공고히 유지한 게 유카르테 대공과 카류안이었으니까. 그리고 내게 이런 사실을 알려준 사람이 바로 엘뤼엔, 그였다.

"하긴, 이건 알아도 말할 수 없었겠군. 네가 마신관이라는 것과 별다를 바 없는 발언일 테니."

"나는, 그게 아니라……."

"할 말은 끝인가?"

시린 한기가 몸속을 파고들었다. 주변의 온도가 갑자기 내려간 것 같았다. 엘뤼엔은 여전히 나를 똑바로 주시하고 있었다. 그 짙푸른 시선에 서린 의도가 선명히 읽혔다. 날 죽일 생각인 거다. 신관이라고 오해할 때만 해도 더는 얽히지 않으려는 정도였던 것 같은데, 내가 거짓말을 해서 기분이 상했다는 거겠지.

역시 낯설다. 내가 아는 엘뤼엔은 사정을 잘 봐주지 않는 편이긴 해도 잔혹하진 않았다. 적어도 자신을 소환한 존재를 고작 이 정도 이유로 죽이는 이는 아니었다. 아, 그러고 보니 신이 된 후엔 성격이 유해진 거라고 했던가. 그 차이를 이런 식으로 경험하고 싶진 않았는데 말이다. 왠지 분하고 서러운 마음이 솟아올라 주먹을 꾹 움켜쥐었다.

"그냥 믿을 생각이 없는 거잖아."

"뭐?"

"내가 한 말이 전부 진실은 아니지만 그렇다고 거짓말인 것도 아니야. 친구가 문장을 준 것도 맞고, 그 친구가 죽은 것도 맞아. 내가 마신관이 아니라는 것도 맞아. 애초에 내가 진짜 신관이었으면 정령을 소환하는 게 가능하기나 했겠어? 아버, 엘퀴네스 님이라면 알아볼 수 있을 거 아냐. 내가 신관인 것 같아? 내게서 성력이 느껴져?"

그건 절대 아니라고 단언할 수 있다. 에리나의 몸에서 마기를 빼냈을 때 확실히 느꼈다. 내겐 성력이 존재하지 않는다. 단지 문장의 영향으로 마기를 조금 다룰 수 있게 된 것뿐이다.

사실 이건 나도 좀 의외였다. 원래 문장이 새겨지면 본인의 의지와는 상관없이 신의 지배를 받는다. 그간 내가 괜찮았던 건 정령왕이었기 때문이라, 설마 인간이 되었는데도 그대로일 줄은 몰랐다. 아무래도 이 시점보다 미래에서 받은 문장이라 뭔가 오류가 생긴 모양이다. 그게 아니면 내 영혼 자체는 여전히 정령왕이라 그런 건지도.

어쨌든 내 항변을 엘뤼엔도 어느 정도는 수긍한 것 같았다. 금방이라도 집어삼킬 것 같던 살기가 현저히 옅어졌다는 게 그 증거였다.

"찾고 있는 게 있어."

간신히 편해진 공기에 참고 있던 숨을 크게 몰아쉬었다. 이게 뭐라고 그새 온몸이 흠뻑 젖어 있었다. 의지와 상관없이 덜덜 떨고 있는 꼴이 왠지 우스워서 쓴웃음을 삼켰다. 그런 나를 엘뤼엔은 알 수 없는 시선으로 바라보고 있었다.

"반드시 찾아야 하는 거야. 그런데 내가 지금 말 못 할 사정이 있어서 집도 절도 없는 신세거든. 세상에 대한 상식도 부족하고 아는 것보다 모르는 게 더 많아. 도움이 필요해."

"많은 걸 바라진 않아. 그걸 찾을 때까지만 함께해 줘. 내 길잡이가 되어줘. 부탁이야. 최초로 엘퀴네스를 소환한 인간인데, 그 정도 부탁은 들어줄 수 있잖아."

연거푸 말을 쏟아낼 때까지 그에게서 돌아오는 반응은 없었다. 설마 더 화나게 한 건 아니겠지. 아예 무릎 꿇고 빌어볼 걸 그랬나. 너무 비굴하게 굴면 오히려 역효과가 날 것 같아 최대한 당당하게 말한 건데 판단을 잘못한 건지도 모르겠다. 초조한 마음에 나는 슬쩍 시선을 들어 엘뤼엔을 살폈다. 그는 여전히 속을 알 수 없는 표정을 하고 있었다.

"너, 이름은?"

"……엘."

"엘이라…… 내 이름의 앞글자와 같군."

그것만은 마음에 든다는 듯 그가 가볍게 고개를 끄덕였다. 이윽고 엘뤼엔이 한 손을 들었다. 그 손에서 물보라가 일더니 눈앞에 반투명한 막이 펼쳐지기 시작했다. 물로 이루어진 서류엔 빼곡한 글자가 반짝이고 있었다.

"어……."

저 형태가 무언지는 모를 수가 없었다. 틀림없었다. 정령 계약서였다.

"아버지……!"

"그 아버지란 소리는 질리지도 않고 하는군. 이쯤 되면 실수가 아닌 것 아닌가?"

감동해서 바라보자 성가셔하는 푸념이 돌아온다. 물론 가슴이 벅차오른 내게 그의 못마땅한 표정 따윈 조금도 들어오지 않았다. 그리고 마침내, 기다렸던 순간이 이어졌다.

"이 계약은 물의 정령왕 엘퀴네스와 인간 엘의 맹약이다. 그대 엘은 계약을 이행함으로 나를 이 세계에 끌어낼 힘을 제공하며, 나는 그 대가로 너의 보필자가 될 것을 약속한다. 계약하겠는가?"

"할게! 하겠습니다!"

행여나 중간에 취소할까 다급히 대답하니 엘퀴엔이 나직이 혀를 찼다. 그래도 계약 과정은 착실히 나머지 절차를 밟고 있었다. 다음 순간 물로 된 서류가 하나로 뭉쳐져 몰려들더니 그의 손끝에 새파란 기운이 맺혔다. 이제 저걸 내 이마에 찍으면 물의 인장이 완성된다. 생각을 잇기 무섭게, 엘퀴엔이 곧게 세운 두 개의 손가락을 내 이마에 가져다 대었다.

"계약은 성립되었다."

쏴아아— 귓가에서 파도 소리가 울렸다.

차가우면서도 상쾌한 기운이 스며들었다. 무어라 형용하기 어려운 감각들이 머릿속을 어지럽혔다. 그건 모든 불순물이 일시에 씻겨 내려가는 듯한 청량감 같기도 하고, 포근하고 안락한 품에 감싸진 안정감 같기도 했다. 캄캄하던 세상에 빛이 비치는 것 같다. 꺼지지 않는 희망이자 유일한 구원이었다.

'뭐야, 이거…….'

더할 수 없이 가슴이 벅차오르는 기분에 숨을 헐떡였다. 방심하면 눈물을 흘릴 것 같아 억지로 얼굴을 찌푸리고 고개를 치켜들었다. 그 순간 개안한 것처럼 주변이 색다른 풍경들로 채워졌다. 조금 전까지는 보이지 않던 것들이 눈에 들어오기 시작했다. 반투명한 형체들이 주위를 가득 채운 광경이었다. 나이아스를 비롯한 자연의 정령들이었다.

—와, 계약했다!

—정말 계약했어!

—왕의 계약자가 나왔어!

—물의 왕과 계약한 인간이라니! 처음이야! 굉장해!

사방에서 탄성과 환호성이 쏟아져 들었다. 윙윙거리는 강렬한 소리들의 향연에 정신을 차릴 수가 없을 정도였다.

하지만 그건 아주 잠깐에 불과했다. 일순 전파가 망가진 것처럼 시야가 크게 일그러지더니 갑자기 모든 소리가 뚝 끊겼다. 나는 천천히 눈을 깜빡였다. 주변 어디를 돌아봐도 정령들의 모습이 보이지 않았다. 그렇게 소란스럽게 들썩이던 공기도 언제 그랬냐는 듯 고요하기만 했다. 드넓은 강물 위에 보이는 이는 여전히 그림처럼 서 있는 엘뤼엔뿐이었다.

"어……."

뭐야, 방금 그건 뭐였지? 내가 잘못 본 건가? 하지만 너무 선명했다. 어디까지가 허상이고 실제인지 분간도 되지 않을 만큼.

눈을 뜬 채 꿈을 꾼 기분이라 나는 머리를 살짝 흔들었다. 그동안 엘뤼엔은 물에서 벗어나 내가 있는 땅으로 건너왔다. 소환 마법진은 이미 사라진 후였다. 반투명하던 그의 모습 역시 완전히 선명해져 있었다. 계약을 마침으로써 중간계를 유희하기에 걸맞은 몸으로 바뀐 거다. 덕분에 실재감이 더 강해져서 기분이 묘했다.

"계약해줘서 고마워."

여전히 어색하게 느껴지는 파란 머리칼을 흘끔거리다 나는 용기 내어 말했다. 그러자 엘뤼엔이 멈칫하더니 황당하다는 시선으로 돌아보았다.

"너, 지금 제정신인가?"

"……제정신이거든."

"제대로 대답하는 걸 보니 멀쩡하긴 하군. 왜 제정신이지?"

"무슨 뜻으로 하는 말이야?"

"정령왕의 기운을 받고도 멀쩡하게 사고하니 묻는 거다. 인간은 우리와 계약할 때 한동안 정신을 놓으니까."

"정신을 놓는다고?"

"울면서 헛소리하거나, 매달려 통곡하거나, 그대로 까무러치거나. 셋 중 하나엔 해당하지."

"그게 무슨……."

아, 혹시 그 이상한 기분들 때문인가. 물의 인장을 받는 순간 가슴 속을 파고들던 이상한 감정들이 떠올랐다. 마치 깊은 심해 속에 빠져든 것만 같았지. 끝이 보이지 않는 압도적인 존재감. 그 앞에서 나는 한없이 작고 보잘것없는 티끌에 불과했다. 절대자의 영광을 온몸으로 실감한 기분이라고 해야 하나. 원래는 그 감동의 해일에 완전히 휘말려야 하는데 아무래도 내가 온전한 인간은 아니다 보니 적절한 선에서 멈춘 모양이다.

"그런데 왜 아깐 이상한 표정을 짓고 있었지?"

"아, 정령들을 본 것 같아서……."

"제정신이 아니긴 했군."

"아니, 그치만 진짜로 본 것 같았어. 이 주변에 수많은 정령들이 몰려 있었어. 왕의 계약자가 나왔다고 다들 시끄럽게 떠들었는데."

그러자 대수롭지 않게 흘려듣는 듯하던 엘뤼엔의 표정이 설핏 굳었다.

"너……."

"어? 혹시 진짜야? 내가 본 게 맞는 거지?"

"……정말 뭐와 계약을 한 건지 알 수가 없군."

이제 그는 노골적으로 찌푸린 얼굴이었다. 그래도 부정하지 않는 걸 보니 역시 짐작이 맞은 모양이다. 내가 자연체의 정령들을 봤던 거다. 어쩌면 오전에 나이아스를 봤다고 여긴 것 역시 착각이 아닌 건지도 몰랐다.

인간이 됐어도 자연의 정령을 보다니, 시벨리우스가 이때의 날 보고 정령왕 같았다고 여길 만하구나. 아무 때나 일어나는 현상은 아닌 듯한데, 뭔가 보이는 법칙 같은 게 있는 걸까? 나중에 한번 시험해 봐야겠다. 잘만 하면 원할 때마다 보는 방법을 찾아낼 수도 있을 것 같았다.

'그보다 정말 계약했어.'

뒤늦게 찾아드는 현실감에 나는 슬쩍 손을 들어 이마를 문질렀다. 딱히 만져지는 감촉은 없지만 짙은 기운이 서렸다는 게 느껴졌다. 지금 엘뤼엔에게서 느껴지는 것과도 같은, 익숙한 정령의 힘이었다.

한때 엘뤼엔의 문장이 있던 자리에 또다시 그가 준 인장이 존재한다고 생각하니 기분이 묘했다. 심지어 이번엔 정령의 인장이다. 물의 인장을 받아본 물의 정령왕은 이 세상에 나밖에 없겠지. 태생부터 그랬지만 유난히 특이한 경험은 다 해보는 것 같다.

그래도 일이 잘 풀려서 정말 다행이었다. 이미 알고 있는 행적을 그대로 밟아가는 탓일까. 왠지 주어진 과제를 무사히 수행한 기분이 들었다. 이만하면 첫 단추는 성공적이었다.

2.

곧바로 돌아갈 거란 예상과는 다르게 엘뤼엔은 계약을 마친 후에도 그대로 남아 있었다. 이마를 만지작거리면서 히죽거리는 나를 찝찝하다는 시선으로 바라보고 있긴 했지만, 당장 사라질 생각은 없는 것 같았다. 나로선 잘된 일이었다. 그렇지 않아도 그와 논의할 부분이 남아 있었으니까.

"그렇게 싱글거리는 거 그만둬라. 더 수상해 보이니까."

"웃는 것도 마음대로 못하게 하다니 너무하네. 하지만 싫다면 조심할게. 그보다 주의사항 좀 알려줘."

"주의사항?"

"아버, 엘퀴네스 님에게 어디까지 도움을 청해도 되는지, 하루에 몇 번 정도 연락해도 괜찮은지, 지켜야 할 상한선 말이야. 내가 이런 쪽엔 눈치가 없어서 미리 말해주면 좋을 것 같아."

논의해야 할 건 이거였다. 엘뤼엔은 라피스가 레드 드래곤이라는 이유로 계약도 거부했을 만큼 도도한 정령왕이었다. 분명 일상에서도 엄청나게 빡빡한 규정이 있을 게 뻔했다. 특히 난 그의 기준에 현저히 떨어지는 계약자일 테니 미리 자수해서 광명을 찾아야 했다.

"왜 떨어져 있는 걸 전제로 말하지?"

"정령계로 돌아갈 거잖아?"

나야 소환된 김에 유희도 할 겸 붙어 다닌 거지만 보통은 계약한다고 해서 무조건 계약자 곁을 상주하진 않는다. 특히 엘뤼엔처럼 상당수 많은 계약자를 보유하고 있을 정령왕이 나 하나만을 위해 곁에 있어 줄 거라는 건 애초에 기대하지도 않았다. 지금 엘뤼엔의 성격이면 더더욱 그렇다. 그런데 엘뤼엔은 내가 그렇게 생각한 게 더 의외였던 모양이다. 처음부터 찌푸리고 있던 얼굴이 더 미묘하게 굳어졌다.

"간곡히 도와달라고 한 것치곤 태도가 가볍군. 전리품처럼 가는 곳마다 달고 다니려 할 줄 알았더니. 그게 너희 인간이 가장 잘하는 일 아닌가?"

"그런 짓 안 해. 인간을 대체 어떻게 생각하는 거야?"

"과시욕을 향상심으로 착각하는 종이지. 목숨을 걸고 정령왕을 소환하는 어리석은 짓을 서슴지 않는 것도 그래서라고 보는데."

"……이거 지금 나 욕하는 거지?"

"아, 유지 마나를 감당할 자신이 없는 거겠군. 하긴, 마나가 워낙 쥐꼬리만 해서 쓸데가 없긴 하다만."

"아니거든! 나 정도면 인간치곤 엄청 많은 거라고! 그리고 내 마나랑 같은 게 무슨 상관이야? 애초에 정령왕은 유지 마나가 거의 들지도 않잖아! 당장 역소환이 일어날 것도 아닌데!"

그 말에 엘뤼엔이 잠시간 나를 응시했다. 뭔가 말실수라도 한 건가 되짚어봐도 딱히 걸리는 게 없어서 의아해하다가 바로 뜨악해졌다.

"혹시 역소환 할 생각이었어?"

"……헛소리."

"그렇지? 어휴, 놀랐잖아. 그런 거 안 할 거지? 화가 나면 그냥 말로 해줘. 솔직히 내가 하면 안 되는 말이긴 한데, 그래도 싫은 건 싫은 거라서. 알다시피 난 마나가 쥐꼬리만 하잖아? 역소환이 일어나면 죽을지도 모르거든. 이 점을 꼭 인지해줬으면 좋겠다는 작은 소망이 드네."

"조금 전 네 입으로 많다고 하지 않았나?"

"아하하, 그래 봤자 인간이 많으면 얼마나 많겠어. 허세인 거 다 알면서 그러네. 인간은 아주 아주 약한 존재랍니다."

사람의 앞날은 한 치 앞도 모른다더니. 설마 라피스를 상대로 쓰던 짓을 반대로 내가 당할까 봐 염려할 날이 올 줄 누가 알았을까. 물론 엘뤼엔이 나처럼 유치하지는 않겠지만, 그래도 앞으로 몸을 사려야 할 것 같았다. 이래서 평소 심보를 곱게 써야 한다는 말이 있나 보다.

"그래도 주제는 잘 알고 있군."

"물론이지. 그러니 이상한 오해는 하지 말아줘. 난 그냥 위급할 때 도움을 좀 얻고 싶은 것뿐이야. 필요한 순간에 의지할 곳이 있다는 건, 그것만으로 정서가 안정되잖아. 귀찮게 할 생각은 전혀 없어. 원하면 계약했다는 사실도 밝히지 않을게."

딱 잘라 답한 말에 엘뤼엔의 표정이 다시 묘해졌다. 뭔가 생각에 잠긴 듯한 얼굴이었다.

"찾는 게 뭐지?"

이어진 질문에 나는 어리둥절해져서 가만히 눈을 깜빡였다.

"어? 찾는 거?"

"반드시 찾아야 할 게 있으니 도와달라고 했잖아. 설마 그것도 거짓말이었나?"

"아냐, 내가 찾는 건…… 아니, 근데 그것도라니? 내가 언제 그렇게 거짓말을 했다고?"

"대답."

"……일단은 광물 같은 거야."

"광물이면 광물이지, 광물 같은 건 뭐지?"

"정확한 생김새를 모르거든. 내가 아는 건 그게 광물일 가능성이 크다는 것, 어쩌면 가공된 보석일 수도 있다는 것뿐이야. 그리고……."

"그리고?"

"그 안에 사람의 영혼이 담겨 있다는 거……?"

그러자 무심히 듣고 있던 엘뤼엔이 얼굴을 확 찌푸렸다.

"영혼이 담겨 있는 게 아니라 그 자체가 영혼인 거겠지."

"어? 뭔지 알아?"

"라프네리아를 찾는 건가?"

"라프네리아?"

"죽어서 명계로 돌아가지 못한 떠돌이 혼을 칭하는 말이다. 길을 잃은 채 오랜 시간이 흐르면 이물질과 섞여 단단하게 굳혀지지. 그 상태가 된 건 영혼의 보석이라 불릴 거다."

"헉! 맞아, 그거야!"

영혼의 보석이라니. 이름부터 너무 완벽한 게 그냥 듣기에도 내가 찾는 거라고 알려주는 것 같다. 정작 이곳으로 보내지기 전에 그로부터 들었던 설명은 이렇게 상세하지 않았는데. 아무래도 과거의 자신이 알려줄 걸 알아서 그랬나 보다.

"찾을 수 있을까?"

"라프네리아 자체는 찾기 어렵다. 흔하지도 않지만 본래 이곳에 있어선 안 되는 거라서 형태도 없고 존재감도 거의 느껴지지 않지. 하지만 보석으로 굳혀진 건 몇 개 정도 발견된 게 있다고 들었다."

"정말? 그건 어디 가야 볼 수 있어?"

"그보다 그런 걸 왜 찾지?"

"어?"

"알고 있는지 모르겠지만 길을 잃은 혼은 발견 즉시 신계에 신고해야 한다. 그걸 빼돌리거나 사사로운 목적에 사용하는 건 엄격히 금지된 일이지."

"그, 그래?"

"하물며 그걸 찾겠다고 정령왕에게 도움을 청하다니. 너처럼 겁이 없는 인간도 없을 거다. 신의 문장을 위조한 것만으로는 부족한가? 네겐 신벌이 피해갔다고 안심하는 모양인데, 사후의 세계를 참 우습게 여기는군. 염옥에서 영겁을 보내고 싶나?"

"그런 거 아니야. 그냥 사정이 있어서……."

"무슨 사정?"

"……그건 말 못 해."

"참 믿음직스러운 대답이군."

빈정거리는 말투에 아차 싶었다. 좀 더 다른 식으로 말했어야 했는데. 가장 신뢰해야 하는 계약자에게 설명을 거부했으니 돌아올 반응이 너무나도 뻔했다. 그러나 한참을 기다려도 예상했던 말이 돌아오지 않았다. 뜻밖이라 빤히 쳐다봤더니 그가 미간을 찌푸리고 돌아보았다.

"그 시선은 뭐지?"

"아니, 그냥. 내가 숨기는 게 많아서 계약을 파기한다고 할 줄 알았어."

"내 쪽의 일방적 계약 파기가 가능하다는 걸 알고 있군."

헉, 이거 보통은 모르는 부분이었나?

내겐 너무 당연한 지식이라 별생각 없이 말했는데 좀 더 조심해야 했나 보다. 혹시 아까 엘뤼엔이 이상한 시선으로 바라봤던 것도 그것 때문이었던가. 퍼뜩 점검해 보려는데 아니나 다를까, 그의 말이 이어졌다.

"유지 마나가 거의 필요하지 않다는 것도, 일부러 역소환 할 수 있다는 것도. 그리고 이젠 계약 파기가 가능하다는 것까지인가. 정령왕에 대해 또 뭘 알고 있지?"

"어, 그, 글쎄. 난 그냥 책에서 본 대로 말한 것뿐이라……."

"책?"

"그 뭐지, 아, 맞아. 정령이 나오는 동화책이었어. 거기서 그런 내용이 써진 걸 봤던 것 같거든. 너무 오래전에 본 거고 누가 쓴 건지도 알 수 없는 동화였는데 이제 보니 맞은 모양이네. 하하…… 와, 신기하다. 혹시 정령왕의 계약자가 썼던 거였나?"

"그런 거로 해두지."

피식 웃는 입술과는 달리 목소리는 싸늘하다. 누가 봐도 전혀 믿지 않는 얼굴이었다. 그 안에서 내 이미지가 완전히 거짓말쟁이로 굳혀진 게 분명했다. 이번은 확실히 거짓말이 맞았기 때문에 할 말이 없었다.

"곤란한 질문엔 처음처럼 답할 수 없다고 해라. 그편이 거짓말보다는 더 낫군."

"아니, 나는……."

"네가 수상한 녀석인 건 처음부터 알았다. 고작 이 정도로 계약을 파기하진 않아. 그 작은 머릿속에 뭘 더 감추고 있는지 흥미롭기도 하니 일단은 지켜봐 주지."

"고, 마워."

"하지만 한 가지는 알아 둬라. 내가 이 계약을 끝내겠다고 결정한 그 날, 너는 죽는다."

……살인 예고를 이렇게 태연하게 해도 되는 건가요.

내가 그를 주시하는 상황이 아니었다면 틀림없이 잘못 들었을 거라 생각했을 거다. 그만큼 담담하고 평온한 어조였다. 하지만 눈동자만은 차디찼다. 문득 한 가지 깨달은 사실이 있었다. 저 냉정한 색은 내게서 신의 문장을 발견한 이후로 단 한 번도 변하지 않았다는 걸.

덕분에 싫어도 알 수밖에 없었다. 분명 마음에 들어 하지 않는데도 그가 나와 계약한 이유. 내 변명이 통해서도 아니고 내 처지를 동정해서도 아니었다. 어차피 죽일 생각이라 너그럽게 대하는 거다. 사형수에게 베푸는 마지막 만찬처럼. 그마저도 시시해지면 금방 끝내버릴 정도의 호기심이었다.

잠시간 멈췄던 숨을 길게 내쉬었다. 이 시대의 엘뤼엔은 정말 무서웠구나. 아니, 원래 이랬던가? 지금이 좀 더 냉정한 편이긴 하지만, 잘 생각해 보면 처음 만났을 때의 그도 이런 느낌이긴 했던 것 같다. 일견 봐주는 것 같이 보여도 사실은 전혀 그렇지 않은 성격이었지. 언제부터인가 한없이 관대하다는 느낌밖에 없어서 잊고 있었다. 그가 이 시대의 내게 영향을 받아 날 아들로 삼은 건지는 잘 모르겠지만, 아들로 삼은 후에 다정해진 건 확실히 맞는 것 같다. 그간 내가 얼마나 큰 호의 속에 있었는지 깨달으니 가슴이 뭉클해졌다.

그러니 이번엔 내가 다가갈 차례인 거야, 그렇지?

한 번 크게 심호흡한 다음 마음을 다잡았다. 이럴 때일수록 정신을 바짝 차려야겠지. 왠지 고생길을 자처한 것 같지만 그를 소환한 걸 후회하진 않는다. 빈말이 아닌 게 분명한 경고도 신경 쓰지 않기로 했다. 어쨌든 계약을 끝낸다는 마음이 들기 전까진 괜찮다는 거니까. 라피스를 찾을 때까지 어떻게든 잘 버티면 된다.

"명심할게. 그때까진 잘 부탁해, 아버지."

"……역시 그 호칭은 일부러 쓰는 게 분명하군."

엘뤼엔이 미간을 사납게 일그러트렸다. 또 무언가 마음에 들지 않은 게 분명한데 전부 다 마음에 걸려서 그 이유가 짐작조차 되지 않았다.

그래도 아버지라고 부르지 말라는 말은 하지 않는다.

심장이 여러 가지 의미로 두근거렸다. 그가 그 호칭을 마음에 들어 하는 건 아니었다. 그냥 아무래도 상관없는 거겠지. 어쩌면 신경 쓰고 싶지도 않다는 의미일지도 모른다. 하지만 지금은 그걸로 충분했다. 이다음은 분명 더 나아질 테니까.

적어도 혈혈단신으로 떨어졌다고 여긴 어제와 비교하면 지금이 더 낫지 않은가. 아니, 확실히 더 나았다. 모두와 헤어져 외로운 여정이 될 거라고만 생각했다. 그런데 알고 보니 또 다른 형태의 만남이 기다리고 있었던 거다. 아버지라고 부를 수 있는 이가, 내 가족이 존재하는 세계였다.

이곳에서도 난 혼자가 아니었다.

3.

랑시의 집을 다시 찾았을 땐 어느새 날이 거의 다 저물어가고 있었다. 희미한 불빛이 새어 나오는 집 앞에 이르자 마침 밖으로 나오던 중인 소녀와 마주쳤다. 나를 발견하고 눈을 동그랗게 뜨는 랑시에게 나는 어색하게 웃어 보였다.

"내가 너무 늦었지, 랑시."

"엘! 엘이에요?"

"응, 나야."

후다닥 달려온 후에도 랑시는 믿을 수 없다는 듯 눈을 깜빡이며 살피기 바빴다. 그런 후에야 정말 나라는 걸 실감했는지 환하게 웃었다.

"그냥 떠나신 줄 알았어요."

"설마. 잠시 다녀올 곳이 있었어. 어머니는 좀 어떠셔?"

"괜찮으세요. 치료사님이 다녀가셨는데, 며칠 쉬면 금방 나을 거래요."

"그래? 다행이다."

집 안엔 약품 냄새가 가득했다. 랑시의 안내를 받아 들어간 방에서 나는 평온한 얼굴로 침대에 앉아있는 에리나를 볼 수 있었다. 치료를 마친 그녀는 안색이 조금 나쁘긴 했지만 무척 안정된 모습이었다. 의식이 없을 때도 닮았다 여겼는데, 눈을 뜬 모습을 보니 모녀의 생김새가 서로 빼다 박은 듯이 똑같았다. 랑시가 성장하면 딱 이 모습이 될 것 같았다. 에리나는 내게 고마워했다. 낯선 이를 경계하는 시선이 있긴 했으나 기본적으로는 호의적인 태도였다.

"사제님에 관한 말씀은 들었습니다. 마수의 독을 빼주셨다고요. 정말 감사합니다."

"아뇨, 별것도 아니었는걸요. 도움이 되어서 다행이에요."

떠나기 전까지 북적거리던 공간엔 시몬과 델라만 남아 있었다.

나머지 일행은 모두 본인들의 거처로 돌아갔다고 했다. 어딜 다녀온 건지 궁금해하는 그들에게 나는 대충 지어낸 상황을 설명했다. 신의 문장을 본 이후로 머리가 아프더니 기억이 조금 돌아왔다고. 그런 김에 일행과 헤어진 장소를 찾아가 본 거라 말했더니 다들 이해한 얼굴이었다. 갑자기 기억이 돌아오기 시작해서 제정신이 아니었다는 말을 믿어주는 것 같았다.

"그렇군요. 그래서 정말 일행을 만나셨다니, 그것참 다행이긴 한데……."

중얼거리던 시몬의 고개가 힐끔 옆으로 돌아갔다. 그 행동을 따라 다른 사람들의 고개도 같이 향했다. 동요를 담은 시선들이 닿은 곳은 창문가였다. 그곳엔 신비한 분위기를 자아내는 푸른 머리칼의 남자가 그림처럼 서 있었다. 어쩐 일인지 아직도 정령계로 돌아가지 않고 나와 동행 중인 엘쿼엔이었다.

"뭐지?"

"아, 아무것도 아니오."

돌아보는 것에 화들짝 놀란 사람들이 일제히 어깨를 움츠렸다. 얼굴이 다들 불타는 것처럼 빨갛다. 제대로 눈도 못 맞출 거면서 왜 굳이 살펴보는 건지는 모르겠다. 그래도 이 정도면 무난한 반응이긴 했다. 랑시는 그를 보자마자 딸꾹질을 했으니까. 그 딸꾹질은 지금도 계속되는 중이다. 하긴 말도 없이 사라졌던 내가 일행이랍시고 불쑥 휘황찬란하게 생긴 사람을 데려왔으니 당황스러울 수밖에.

솔직히 나도 일이 왜 이렇게 된 건지는 잘 모르겠다. 그냥 수중에 가진 게 전혀 없으니 돈 좀 빌려달라고 한 것뿐이었다. 보석 꽃 몇 개나 던져주고 갈 줄 알았는데 그는 뜬금없는 질문만 던졌다. 한 돈의 금으로 무엇을 살 수 있는지, 은화 몇 개가 있어야 금화 하나 값을 쳐주는지 같은, 주로 화폐 가치를 묻는 내용이었다. 당연히 이곳의 화폐 가치를 알 리가 없어서 내가 아는 시대의 기준으로 대답했는데, 4천 년 간극의 시세를 무시할 순 없었는지 돌아온 반응이 썩 좋지 않았다.

"네게 상식이 부족하다는 건 확실하군."

그러더니 앞으로 필요한 게 있을 때마다 말하라고만 했다. 설마 그게 동행할 거라는 의미인 줄은 몰랐다. 아무래도 내게 돈을 쥐여주면 안 된다고 여긴 것 같다. 십중팔구 사기당하거나 아무 생각 없이 펑펑 쓸 거라 여긴 모양이지. 에바스 에덴만 가면 널린 게 보석이고 금인데, 그거 좀 낭비하면 어때서. 엘뤼엔이 수전노였다는 말은 들어본 적이 없던지라 이 상황이 좀 당황스럽긴 하다. 뭐, 덕분에 같이 다닐 수 있게 된 것 같아 나쁘지는 않지만.

어쨌든 그에겐 사전 상황을 대강 설명해 둔 참이었다. 사람들 앞에서 그를 어떻게 소개할지도 미리 합의를 봐뒀다. 합의라고 해봤자 마음대로 하란 말에 정말 그러기로 한 것에 불과하긴 해도.

"그러니까, 관계가 어떻게 되신다고?"

"아버지요."

물론 내가 설명할 수 있는 그와의 관계는 당연히 하나뿐이다.

가뿐히 대답하니 주위가 급속도로 조용해졌다. 처음부터 그렇게 소개했던 것 같은데, 새삼 충격을 받을 정도로 여전히 믿기지 않는 모양이다.

"그…… 형님이 아니라?"

"아버지요."

나더러 여러 번 묻는다고 타박하더니, 본인도 당황스러운지 반복 재생기가 따로 없다. 한 번만 더 물으면 그냥 안 넘어갈 테다. 경고의 시선을 담아 응시하자 내심 찔렸는지 시몬이 헛기침을 했다.

"……험험, 그렇군. 아버님이 상당히 동안이시구만. 아니, 그래도 이만큼 장성한 자식을 보려면 대체 몇 살에 혼인을……."

"아버지는 아직 미혼인데요?"

"헙! 심지어 혼인도 안 하고……!"

숨소리에 경악이 섞였다. 얼마나 놀랐는지 조금 전까지 똑바로 바라보지도 못하던 사람들이 수많은 의미를 담은 시선으로 엘퀴엔을 힐끔거리기 시작했다. 그가 반응을 보이기 전에 나는 이쯤에서 상황을 수습하기로 했다.

"하하, 장난이구요. 정확히 말하면 서류상의 아버지죠."

"서류요?"

"네, 전 양자거든요."

웃으며 설명하니 그제야 혼란스러워하던 얼굴들에 수긍의 표정이 떠올랐다. 엘퀴엔은 조금 의외라는 얼굴이었다. 날 대체 뭐라고 생각한 건지, 그냥 말이 되거나 말거나 무조건 친자라고 우길 거라고 생각했나 보다. 아무리 나라도 그와 내 나이 차가 별로 나지 않아 보인다는 것 정도는 아는데 말이다.

문제는 양자 문화에 대한 인식 정도였는데, 다행히 이상하게 여기진 않는 분위기였다. 그게 조금 뜻밖이긴 했다. 내 시대의 아크아돈은 신관이 되면 타고난 출생이 뭐든 속세와 인연을 전부 끊어야 하는 문화였으니까. 원래 그렇게 정해져 있는 건 줄 알았는데 처음부터 그랬던 건 아닌 모양이다.

"귀족이겠지? 아직 젊은 데다가 미혼인데 양자부터 들이다니 특이하네."

"저 정도 고위 사제면 그럴 만도 하지."

"근데 진짜 피가 안 섞인 거 맞나? 둘이 뭔가 좀 닮지 않았어?"

"헉, 역시 나만 그렇게 생각한 거 아니구나. 솔직히 아까 아버지라고 말했을 때 그냥 믿었다."

"실은 나도 그래. 생김새는 다르긴 한데 분위기라고 해야 하나, 화려한 느낌이 너무 비슷해. 솔직히 저렇게 생긴 사람들이 혈연이 아니라는 게 오히려 더 무섭지 않냐?"

"뭐, 말은 저래도 사실은 혈연일지 누가 알아. 귀족들 족보가 복잡한 게 어제오늘 일도 아니고."

"그만 떠들지."

쑥덕이는 말들은 서늘한 목소리에 곧바로 조용해졌다. 단 한마디로 입을 다물게 하다니, 역시 엘뤼엔. 누가 형벌의 신으로 거듭

나는 존재 아니랄까 봐 포스만큼은 확실하다. 내가 곧 죽어도 따라 할 수 없는 부분이기도 해서 내심 부럽기까지 했다.

그보다 우리를 닮았다고 생각하는구나. 괜히 기분이 좋아져서 실실 웃고 있으려니 그의 미간이 찌푸려졌다. 저러다 찌푸린 얼굴이 기본형으로 고정될 기세다. 물론 정령왕이니 주름 따위가 생기진 않겠지만.

"어쨌든 다시 돌아오실 줄 몰랐소. 일행도 찾으셨는데 왜 굳이 오신 거요? 랑시와는 그저 우연한 인연에 불과하신 것 아니오?"

"네, 그렇죠. 그래도 인사도 없이 그냥 가는 건 아닌 것 같아서요."

더불어 구상했던 대로 우물을 만들어줄 생각이었다. 이제 정령의 도움까지 받을 수 있게 됐으니 없는 수로를 내서라도 만들 수 있었다. 그러자 머쓱한 얼굴로 주변을 돌아본 시몬이 뒷목을 긁었다.

"뭐, 덕분에 오해하지는 않게 되었으니 다행이군요. 솔직히 말하면 그대로 달아나신 거라 생각했소. 역시 사제님 때문에 균열이 일어난 게 맞았구나 싶었지."

"균열?"

그 말에 먼저 반응을 보인 건 엘퀴엔이었다. 움찔한 시몬이 한층 조심스러운 태도로 대답했다.

"마수가 나타났었소."

"종은?"

"4급 아라네아였소."

"자연 발생 종은 확실히 아니군."

"그 말씀이 맞소. 애초에 이 근원의 숲은 천의 속성이요. 몬스터가 많은 편이긴 하지만 마수가 살 수 있는 환경은 아니지. 자연적으로는 결코 발생할 수가 없소."

"그렇겠지."

"말이 통하는 분이신 것 같아서 다행이오. 어쨌든 그래서 우린 여기 있는 사제님이 균열에 관여했다고 여겼소. 혹시 양부 되시는 분은 뭔가 아시는 것 없으시오? 사제님은 기억을 잃으셔서 아무것도 기억하지 못하신다던데."

그 말에 엘뤼엔의 눈길이 잠시 나를 향했다. 언제까지 이 한심한 사기극을 이어갈 거냐는 표정이 역력하다. 그야 나는 진짜 신관이 아니니 마신관이 일으킬 수 있는 현상에서도 당연히 무관했다. 그렇다고 이제 와서 신관이 아니라고 할 수도 없었다. 적당히 맞춰달라는 의미로 바라보니 그가 노골적으로 한심하다는 표정을 지었다.

"짐작 가는 거 없으시오?"

"글쎄. 아는 게 있다 해도 내가 답을 해야 하나?"

"마수 때문에 사람이 다쳤소. 귀족이라 해도 국법은 지엄한 법. 무관하다면 해명하셔야 할 거요."

"……건방지군."

나직한 중얼거림과 함께 무심하던 입술 끝이 조금 올라갔다. 한순간에 싸늘해진 공기에 모두의 얼굴이 굳었다. 이러다 사달이 나겠다 싶어 나는 얼른 대화에 끼어들었다.

"저기, 균열이란 게 대체 뭐예요?"

참견한 효과는 좋았다. 다만 너무 지나치게 좋았는지 시몬만이 아니라 엘뤼엔까지 황당하다는 표정으로 나를 돌아보았다. 어쨌든 시선을 돌린다는 목적엔 성공했기에 나는 모른 척 뻔뻔하게 웃었다.

"아예 균열 자체가 뭔지 모르시오?"

"네, 전혀 모르겠어요."

"허흠. 기억이 아직 시원치 않으시긴 하군. 일단 알려드리겠소. 균열이란 차원 벽에 미세한 틈이 생기는 거요. 주로 마기가 짙어지는 콴제르에 일어나는 현상인데, 그 틈을 타고 마수나 마물이 기어들어 오지. 그때가 아니면 균열이 일어나는 건 마족이 넘어왔을 때뿐이오."

아, 그래서 날 의심하는 거구나. 마신관은 마족을 소환할 수 있으니 유력한 용의자로 여길 만도 했다. 더불어 당황스럽다. 기껏해야 마신관들이 쓰는 특정 주술 정도에나 관련된 내용인 줄 알았더니 생각했던 것보다 스케일이 너무 컸다. 무려 차원 벽에 관련된 현상이라니, 과연 엘뤼엔이 관심을 보일 만한 주제였다. 그러나 알아들었다고 해서 이 상황을 전부 이해한 건 아니었다.

"마족이 넘어올 때마다 틈이 생긴다구요?"

내가 정령왕으로서 모든 지식을 다 각성한 건 아니긴 하다. 아직도 아는 것보다 모르는 부분이 더 많을 거다. 그래도 그런 사실은 금시초문이었다. 하지만 엘뤼엔이나 다른 사람들은 모두 당연하다는 얼굴을 하고 있었다.

"그래서 우리 에펜 왕국에선 마족 소환은 콴제르에만 할 수 있게 되어 있소. 어차피 균열이 일어나는 시기니 그때 전부 몰아서 처리할 수 있도록 국법으로 정해졌지. 콴제르가 아닌 다른 때 마족을 소환하려면 사전에 왕실에 신고하고 반드시 허가를 받아야 하고."

"으음, 콴제르에 마기가 짙어지는 이유는 뭔데요?"

"그야 암흑절이 있기 때문이오."

아, 이건 뭔지 안다. 암흑절이라면 마신의 탄생일이 있는 주간을 뜻하는 말이었다.

확실히 그 시기엔 마기가 강해지긴 했다. 신들의 탄생일은 그들이 가진 영향력이 가장 강해지는 시기라서 특이 현상도 많이 일어난다. 치유의 신의 탄생주간엔 성수로 된 비가 내린다거나, 꽃의 신의 탄생주간엔 꽃들이 많이 피어난다거나, 라는 식이다. 상급신일수록 미치는 범위가 커지는데, 최고신쯤 되면 그냥 아크아돈 전역이라고 보면 된다.

마신의 탄생일에 생기는 현상은 암흑절이란 이름만 들어도 알 수 있듯이 〈어둠〉이다. 알폰프 제국에 있던 시절, 한창 사막을 횡단하던 시기였던가. 거의 일주일간 밤하늘에 아무것도 뜨지 않은 적이 있었다. 낮에도 그리 밝지 않고 흐린 날이 계속된다는 느낌이었다. 우리가 의도한 날씨가 아니라 의아했는데 알고 보니 그게 암흑절에 일어나는 대표적인 현상이었다. 신전이 있는 장소는 더 심하게 어두워져서 신성제국인 스왈트 제국은 낮에도 횃불을 달 정도다. 그나마 아크아돈이니까 그 정도이고, 그 시기의 마계는 온종일 먹물 같은 어둠에 완전히 잠긴다. 알리사를 만났던 시기쯤이니까 봄, 아마도 3월이었을 거다.

'콴제르가 3월이란 뜻이었구나. 음, 하지만 그 시기에 균열이 일어난다는 말도 들어본 적 없는데.'

관련된 현상이 전혀 없는 건 아니지만 이런 형태는 아니다. 게다가 지극히 드물고, 그걸 아는 사람도 별로 없었다. 마수가 넘어오는 건 그냥 불규칙하게 발생하는 사고에 더 가까웠지, 마족이나 마신관을 연관 짓는 경우는 거의 없었다.

하긴 몇천 년 전의 과거인데 같을 리는 없겠지. 게다가 내가 아는 아크아돈은 세계가 한 번 완전히 멸망하고 다시 생겨난 문명이었다. 이쯤 되면 그냥 완전히 다른 세상이라고 봐야 할 것 같았다.

'카노스한테 연락해 보는 건…… 안 되겠지.'

손등의 문장에 생각이 미쳤다가 얼른 고개를 흔들었다. 지금 그는 날 알지도 못하는데 연락해서 뭘 어쩌려고. 미래에서나 친우의 아들이고 후배이지, 지금의 카노스에게 나는 내리지도 않은 문장을 가진 수상한 인간일 뿐이다. 주술로 만들었다는 변명이 그에게까지 통할 리가 없다. 다행히 아직 모르고 있는 것 같지만 행여나 그가 내 존재를 알아차리기라도 하는 날엔 아주 엄청나게 귀찮아질 게 분명했다.

아니, 어쩌면 이미 눈치챘을지도. 그 성격이라면 언제 어디서 숨통을 쥐어볼까 각을 재며 주시하고 있다 해도 전혀 이상하지 않다. 무슨 생각을 하는지 알 수 없는 느긋한 신이라지만 아무리 그가 관조적인 성격이라 해도 나 같은 특이점을 그냥 넘어가진 않겠지.

가장 큰 문제는 그가 내 정체를 금방 간파할 것 같다는 거다. 무엇보다 내가 먼저 아무렇지 않을 자신이 없었다. 얼굴을 보면 눈물샘부터 터질 게 분명하다. 반가움과 그리움을 감추지도 못할 거다. 아주 내 정체를 알아봐달라고 광고를 하는 셈인데, 그러다 진짜로 주술이 풀리기라도 하면 전부 다 망하는 거다. 멀쩡히 살아 있는 카노스를 보고 싶은 마음이야 굴뚝같지만, 돌아가지 못하고 영영 이 세계에 갇히게 되는 결말은 사양이었다.

"사제님?"

들려온 목소리에 퍼뜩 정신을 차렸다. 모두가 심각한 표정으로 나를 바라보고 있었다. 갑자기 내가 침묵에 잠겨 이상하게 보였던 모양이다.

"아, 그냥 생각을 좀 해보고 있었어요. 말했다시피 기억이 조금씩 돌아오는 중이거든요."

"뭔가 또 떠올리신 게 있소?"

"일단 저한테 무슨 일이 있었던 건지, 왜 기억을 잃게 된 건지는 여전히 잘 모르겠어요. 하지만 마족을 소환하진 않았어요. 그건 정말 분명해요."

"흠, 그럼 이곳에 좀 더 머물러 주실 수 있겠소? 마수가 나타난 걸 신고했으니 내일이면 시청에서 조사단이 나올 거요. 사제님이 정말 무고하다면 그들 앞에서 증명해 주셨으면 좋겠소."

"그건 상관없는데, 뭘 어떻게 증명하죠?"

"마족을 소환하면 특유의 파장이 한동안 몸에 남아 있소. 조사단에서 그걸 검사할 거요."

그런 것도 있구나. 거절할 이유가 없던지라 흔쾌히 고개를 끄덕였다. 사실 아무래도 상관은 없지만 누명을 확실히 벗을 수 있다면 굳이 마다할 필요는 없을 것 같았다.

덕분에 이곳에서 하룻밤을 묵게 된 나와 엘퀴엔에게 집주인인 에리나는 흔쾌히 빈방을 하나 내주었다. 한때 여관이었던 집이라 넘치는 게 빈방이라며, 아예 몇 날 며칠 편히 묵어가도 된다는 호의까지 베풀었다. 방까지 직접 안내를 맡은 랑시가 여분의 침구를 챙겨주었다.

"여기, 이걸 쓰시면 돼요."

"고마워, 랑시."

"필요, 혹시 시장하진 않으세요? 뭔가 요깃거리라도 가져다드릴까요?"

"아냐, 괜찮아."

원랜 머물다 갈 생각이 아니었기 때문에 식사도 대충 해결(이번엔 물고기를 잡아먹었다)하고 온 참이었다. 상냥한 소녀는 더 챙겨주지 못하는 것을 아쉬워했다.

"그럼 쉬세요. 필요하신 게 있으시면 언제든 말씀하시구요."

이윽고 랑시가 떠나간 공간엔 고요가 찾아들었다. 드디어 엘뤼엔과 단둘만 있게 된 순간이었다. 그와 눈이 마주치자마자 나는 미소를 거두고 급히 사과부터 했다.

"내 마음대로 결정해서 미안!"

다행히 엘뤼엔은 이 상황을 그다지 불쾌해하지는 않는 것 같았다. 조금 어이없어하는 표정이긴 했지만.

"일을 키우는 재주가 있군. 용건만 마친 후에 바로 떠날 거라고 하지 않았나?"

"아하하, 그러게. 원래 이러려던 게 아니었는데, 어쩌다 이렇게 된 건지 모르겠네."

"기억을 잃었다고 둘러댈 생각은 어떻게 한 거지?"

"그것 말고는 상식이 부족한 이유를 적당히 설명할 만한 핑계가 없더라고. 누구나 다 아는 걸 나만 모르고 있으면 이상하게 여길 테니까."

"확실히 수상할 정도이긴 하더군. 암흑절은 아는 눈치면서 균열은 모르다니. 대체 어떤 환경에서 자라면 그렇게 되는 건지 궁금할 정도다."

"……미안해. 그건 말 못 해."

"잘 기억하고 있군."

거짓말을 할 바엔 차라리 답하지 못한다고 하라. 친히 들은 경고를 잊지 않고 따른 것에 엘뤼엔은 피식 웃었다. 마음에 들진 않지만 정성이 갸륵해서 넘어가 준다는 표정이었다.

"저기, 근데 왜 다들 마수만 신경 쓰는 거야?"

"무슨 말이지?"

"내가 소환한 거든 아니든, 어쨌든 균열이 있었다는 건 마족이 건너왔다는 거잖아. 근데 다들 그 자체는 별로 신경 쓰지 않는 것 같아. 마수보다 마족이 훨씬 더 위험하지 않나?"

"소환된 마족은 계약에 묶인다. 계약자를 돕는 선 이상의 관여를 하지 못해. 그러니 괜찮다고 여기는 거겠지."

"고위 마족은 그냥도 건너올 수 있잖아."

엘뤼엔이 다시 피식 웃었다. 이번엔 조금 전보다 더 사나운 웃음이다. 당황해서 바라보니 그가 재밌다는 표정으로 나를 바라보았다.

"그거, 보통은 모르는 부분이다."

"……."

아, 젠장. 또 실수했나 보다.

이러다 진짜 다 들키는 거 아니야? 제 무덤을 파도 이렇게까지 신명 나게 팔 일인가 싶다. 이제 무슨 일이 있어도 아는 척하지 말아야지. 속으로 땅을 파면서도 나는 무슨 소린지 모르겠다는 듯이 딴청을 피웠다. 그런 나를 가만히 지켜보던 엘뤼엔이 말했다.

"전문지식은 있지만 상식은 부족한 계약자에게 특별히 조언 하나 하지. 검사는 안 받는 게 좋을 거다."

"어? 왜?"

"이런 작은 왕국의 검시 도구로는 소환술의 방향까지 상세히 가려내진 못해. 기껏해야 이계의 존재를 소환했는지 정도나 알아내겠지."

"그런데?"

"넌 네가 날 어떻게 만났는지 잊었나?"

"……헐."

그 소환에 정령 소환도 포함되는 거였어? 하긴, 엄밀히 말하면 정령계도 이계이긴 했다. 서로 연결되어 있긴 하지만 어쨌든 대차원계와 중간계는 완전히 다른 영역이니까. 한마디로 지금 검사를 받으면 완벽하게 걸린다는 소리였다.

"저기, 국법을 어기면 어떻게 돼?"

"기본적으로는 재판 후 처벌이지. 신관인 경우엔 교단으로 인계되어 그쪽에서 처리한다. 넌 후자겠군. 그 문장이 가짜라는 게 들키지 않는다면 말이지만."

"들키면……?"

"그걸 물을 필요가 있나?"

지극히 당연한 대답에 할 말이 없어졌다. 그야 그렇지. 신관을 사칭했는데 당연히 무사할 리가 없다. 내 시대에선 화형이었을 텐데, 아마 그건 여기서도 크게 다르지 않을 게 분명했다.

"물론 네 문장은 그리 쉽게 들키진 않을 거다. 나도 알아보기 어려울 만큼 정교하니까. 기껏해야 고위 사제 주제에 성력이 없다는 걸 이상하게 여기는 정도겠지."

"그, 그래?"

"대신 근신 처분은 피할 수 없다. 당연히 그 기간 중엔 기도실에 갇힐 거고. 그럼 마신이 널 알아보겠지."

"……."

화형이 아니면 카노스에게 들키는 결말이라. 하하, 뭐야. 어찌 됐든 최악밖에 없다는 거잖아. 덕분에 더는 번민할 필요가 없어진 것만은 다행이라고 해야 할지 모르겠다. 나는 한결 편해진 마음으로 웃었다.

"튀자."

엘뤼엔의 미간이 찌푸려졌다.

*　　　*　　　*

야속한 엘뤼엔은 혼자 알아서 하라며 사라졌다. 계약자의 위기 따윈 안중에도 없는 매정한 정령왕이었다. 버려진 나는 적당한 때를 기다렸다가 움직이기로 했다. 그 시간은 곧 찾아왔다. 남모르게 일을 도모하기에 가장 좋은 시간. 새벽이었다.

"엘."

그러나 내가 탈출이라는 걸 너무 만만히 여겼던 모양이다. 조심스럽게 아래층에 내려서자마자 나를 부르는 목소리가 들렸다. 흠칫 놀라 돌아보니 거실 한구석에 드리워진 작은 그림자가 보였다. 랑시였다.

"아, 랑시. 아직 안 잤어?"

"네."

하하, 새벽 세 시는 되지 않았나. 어린애가 밤잠이 참 없구나.

사실 나도 도주하는 마당에 정직하게 문으로 나가고 싶지는 않았다. 하필 창문 걸쇠가 처음 보는 특이한 형태라 푸는 방법을 알 수가 없었을 뿐이다. 이럴 줄 알았으면 그냥 뜯어내고 뛰어내릴 걸 그랬지. 나는 억지로 웃어준 다음 슬쩍 닫힌 방문들 쪽을 살폈다. 다행히 아직까진 다른 사람들이 깨어나는 기척은 없었다. 그래도 여기서 대화가 더 길어지면 분명 누군가는 눈치채고 깨어날 거다. 일단 후퇴한 다음 재도전을 할까 고심할 때였다.

"괜찮아요, 엘. 어른들은 다 깊이 잠들었어요. 아침까지 안 일어날 거예요."

그런데 이어진 랑시의 말이 뜻밖이었다. 당황해서 돌아보니 더 의외의 말이 돌아왔다.

"다들 수면제가 들어 있는 물을 마셨거든요."

"……어?"

"원래 제가 깨워드리려고 했는데 그럴 필요는 없었네요. 지금 떠나시려는 거죠? 이쪽 일은 걱정하지 말고 가세요. 그런데 왜 혼자세요? 엘의 아버지는요? 벌써 가셨어요? 나가시는 거 못 봤는데."

상황을 판단하기까진 그리 오래 걸리지 않았다. 단지 믿기지 않아서 머릿속을 정리하는 데 시간이 필요했다. 그러니까, 지금 이

어린아이가 사람들을 일부러 잠재웠다는 소리였다. 내가 몰래 도망칠 거라는 걸 알아차리고, 날 도와주기 위해서.

"랑시, 너……."

동요를 감추지 못하고 바라보자 랑시가 어색한 표정을 지었다.

"실은 아까 시몬 아저씨가 엄마한테 하는 말을 들었거든요. 시청에서 조사단이 나오면 소환 진위를 떠나 일단 엘은 구금될 거래요. 고위 마신관이 혼자 이 지역을 방문한 것부터가 정황 조사가 필요한 일이라나 봐요."

"어, 그, 그래?"

"네, 요즘 왕실이 마신의 교단이랑 사이가 별로 안 좋대요. 어쩌면 엘이 기억을 잃은 것도 그거랑 관련이 있을지도 모른다고요. 엘도 그걸 알고 계셨던 거죠?"

"음, 아니, 나는……."

"혼날 건 각오하고 있어요. 하지만 엘이 잡혀가는 게 더 싫어요."

단호하게 말하면서 랑시가 치맛자락을 꾹 움켜쥐었다. 의젓하게 말해도 사실은 무서워하는 게 보였다.

"……왜 날 도와주는 거야? 나 때문에 어머니가 다친 걸 수도 있는데."

"아니라고 하셨잖아요."

"내가 거짓말한 거면 어쩌려고."

"엘을 믿어요. 하지만 맞다고 해도 상관없어요. 엘이 마족을 소환해서 균열이 일어난 거래도 그 마수가 엄마를 다치게 한 건 엘이 의도한 게 아니잖아요. 게다가 엄마를 살려준 것도 엘이니까요."

담담한 답변에 잠시간 아무 말도 할 수가 없었다. 사람의 진심은 본인이 아니고서야 누구도 모른다. 누군가를 온전히 믿는다는 건 생각보다 쉽지 않은 일이었다. 만난 지 얼마 되지도 않는 사이라면 더욱 그럴 거다. 그런데 그렇게 어려운 일을, 이 작은 소녀는 아무렇지 않게 해내고 있었다. 잘 알지도 못하는 나를 돕기 위해 위험을 무릅쓸 정도로.

나는 무릎을 굽혀 자세를 낮춘 다음 랑시와 시선을 맞췄다. 똑바로 얼굴을 마주하고 나니 약하게 떨고 있는 눈동자가 더 선명히 보였다. 그 표정이 더 굳어지지 않도록, 나는 할 수 있는 한 가장 환한 미소를 지어 보였다.

"믿어줘서 고마워, 랑시. 난 정말 마족을 소환하지 않았거든. 네가 실망할 일은 없을 거야. 내 명예를 걸고 맹세할게."

작아져 있던 랑시의 숨소리가 천천히 원래의 호흡으로 돌아왔다. 생기를 담은 눈빛이 별처럼 빛나며, 입가에 작은 웃음이 번졌다.

"네, 알아요."

바깥으로 나오니 새벽의 차가운 공기가 뺨을 찔렀다. 하늘을 수놓은 별 무리가 주위를 제법 밝히고 있었다. 랑시는 문밖의 울타리 앞까지 나를 따라 나왔다. 괜찮다고 했지만 극구 배웅하겠다는 걸 말릴 수가 없었다.

"이제 그만 들어가. 여러 가지로 정말 고마웠어."

"저도요, 엘. 조심히 가세요."

작별 인사를 건넨 후 랑시가 나를 향해 손을 내밀었다. "어른들은 작별할 때 이렇게 하더라고요." 귀여운 말에 나 역시 웃으며 악수에 응했다. 그러나 정작 손을 잡은 순간엔 조금 기분이 가라앉았다. 맞닿은 손에서 어린애한테는 어울리지 않는 굳은살이 느껴졌기 때문이다. 역시 우물을 만들었어야 하는 건데. 쓸데없는 분란을 피하려면 최대한 멀리 벗어나야겠지만, 이대로 그냥 가자니 여간 아쉬운 게 아니었다.

'음?'

그런데 그런 마음이 반영된 탓일까. 문득 생각지 못한 감각이 잡혔다. 나는 악수를 멈춘 다음 손을 떼고 잠시간 랑시의 모습을 살폈다. 그런 후에 다시 손을 내밀었다.

"랑시, 다시 잡아볼래?"

"……? 네."

랑시는 의아해하면서도 순순히 따랐다. 그런 과정을 몇 번 반복하고 나니 추측이 확신으로 굳혀졌다. 틀림없었다. 나와 접촉할 때마다 랑시가 지닌 자연 친화력이 높아지고 있었다. 이 정도면 당장이라도 나이아스 정도는 소환할 수 있을 것 같았다.

정령왕일 땐 이게 이상한 일은 아니었다. 은사 계약도 있을 만큼, 평범한 사람도 얼마든지 정령사로 만들 수 있으니까. 하지만 인간이 된 지금도 그대로라니, 이건 좀 사기 아닌가? 하긴 자연체의 정령들도 보는 마당에 이제 와선 새삼스럽긴 했다.

“뭐, 아무렴 어때. 결과가 좋으면 그만이지.”

“네?”

“아니, 아무것도 아니야.

우물 대신 더 좋은 선물을 해줄 수 있게 됐다. 나는 홀가분한 마음으로 랑시에게 손을 내밀었다. 여러 번 반복된 과정으로 익숙해진 랑시가 이제 권하지 않아도 알아서 손을 잡아 왔다.

“랑시, 지금부터 내가 하는 말을 따라 해 볼래? 잘하면 좋은 일이 생길 거야.”

“좋은 일이요?”

순진하게 답하는 얼굴을 보니 괜히 감언이설로 어린애를 꼬여내는 나쁜 어른이 된 기분이다. 나는 랑시에게 정령 소환주문을 외우도록 했다. 혹시나 안 되면 어쩌나 걱정할 필요는 전혀 없었다. 주문이 시작됨과 동시에 주위의 습도가 확 높아졌기 때문이다. 자욱한 안개가 퍼져나가더니 부글거리며 물방울이 터져 나왔다. 그리고 마침내 그 속에서 나이아스가 모습을 드러냈다. 허공에서 갑자기 작은 형체가 튀어나오자 랑시의 눈이 휘둥그레졌다.

“이, 인어?”

“아냐, 정령이야.”

“저, 정령이요? 얘가 정령이라구요?”

“그래, 나이아스라고 해.”

“나이아스? 물의 정령 나이아스요?”

숨을 삼킨 랑시가 멍하니 입을 벌렸다. 영특한 아이답게 나이아스에 대해서도 이미 알고 있는 눈치라 부연 설명은 필요 없을 것 같았다. 그때쯤 랑시의 주위를 빙그르르 돌아보던 나이아스가 말을 걸어왔다.

—안녕, 만나서 반가워. 네가 날 소환했구나?

"……지금 나한테 하는 말이야?"

—맞아, 난 나이아스야. 너는?

랑시가 불안한 표정으로 나를 돌아보았다. 웃으며 고개를 끄덕이니 크게 심호흡하는 소리가 이어졌다. 최후의 결전을 앞둔 사람처럼 단단히 각오를 다진 얼굴이었다.

"나, 나는 랑시야. 랑시라고 해."

—랑시. 예쁜 이름이네. 나랑 계약할래?

"계약?"

—응, 계약. 나랑 친구 하자. 나랑 놀자.

명랑한 제안에 랑시의 얼굴이 한껏 상기됐다. 기대감에 들뜬 눈동자가 샛별처럼 반짝였다.

"놀래. 나 너랑 친구가 되고 싶어."

—좋아, 약속했다.

다음 순간, 방긋 웃은 나이아스가 한 줄기의 물이 되어 랑시의 이마로 스며 들어갔다. 계약이 완료된 순간이었다. 다만 계약 당사자는 정작 본인이 겪은 상황을 잘 이해하지 못한 것 같았다. 이마를 짚은 후 몇 차례 눈을 깜빡이던 랑시가 어안이 벙벙한 얼굴로 나를 돌아보았다.

"뭐가 어떻게 된 거예요, 엘? 방금 무슨 일이 있었던 거예요?"

"네가 나이아스랑 계약한 거야. 정령사가 된 거지."

"정말요? 제가 정령사라구요?"

"그래, 물의 하급 정령사야."

"세상에……. 믿을 수가 없어요. 나이아스는요? 나이아스는 어디로 간 거예요?"

"정령계로 돌아갔을 거야. 이곳과 연결해 주던 소환진이 사라졌으니까. 하지만 서로 연결됐으니 이제 언제든 부를 수 있어. 한 번 '나이아스 소환'이라고 말해 볼래?"

"나이아스 소환……?"

그러자 퐁, 물방울이 튕기는 소리와 함께 나이아스가 다시금 모습을 드러냈다. 랑시의 눈이 토끼처럼 동그래지는 순간이었다. 그 정직한 얼굴에 나는 속으로 웃음을 삼켰다. 언젠가도 이런 비슷한 상황이 있었던 것 같은데, 다들 이럴 땐 반응이 비슷하구나 싶다.

"헉, 아까 그 아이예요! 정말 왔어요, 엘!"

"거봐, 내 말이 맞지? 앞으로 물이 필요할 땐 나이아스를 불러. 물의 정령이라 네가 필요한 만큼 물을 채워줄 거야."

"헉, 정말요?"

"그럼 정말이지. 그렇다고 너무 자주 부르진 마. 지금도 나이아스를 부를 때 힘이 빠져나가는 걸 느꼈을 거야. 무리하면 몸이 아파질 수도 있어."

"그, 그렇구나. 명심할게요, 엘."

"아, 그리고 내가 정령 계약을 도왔다는 건 우리 둘만의 비밀로 해줄래?"

그 말에 무슨 생각을 한 건지 랑시의 표정이 한껏 진지해졌다. 누가 듣는 것도 아닌데 바짝 다가오더니 한껏 낮춘 목소리로 물었다.

"혹시 이게 알려지면 엘이 곤란해지는 건가요?"

"음, 아마도?"

"그렇구나! 네, 알겠어요. 걱정 마세요, 엘. 절대 아무한테도 말 안 할게요. 맹세해요."

엄숙하게 선언하는 랑시의 표정은 몹시 비장했다. 아무래도 이 비밀에 내 목숨이 걸렸다고 여기는 모양이었다. 차라리 그렇게 알고 있는 게 나을 것 같아 굳이 사실을 정정해주지는 않았다.

"고마워. 그럼 이제 정말 들어가. 날도 추운데 이러다 감기 걸리겠다."

"네, 그럴게요. 근데요, 엘. 저, 한 가지 부탁이 있는데요."

"음? 무슨 부탁?"

"저…… 엘이랑도 친구 하고 싶은데, 안 될까요?"

그 말에 나는 잠시 멈칫했다가 웃었다.

"난 이미 친구라고 생각했는데?"

긴장하고 있던 랑시의 얼굴이 순식간에 환해졌다. "잠시만요!" 다급히 말한 소녀가 허둥지둥 앞치마 주머니를 뒤지더니 곧 무언가를 내밀었다. 긴 가죽끈이 달린 작은 돌조각이었다. 아니, 엄밀히 말하면 그냥 평범한 돌은 아니었다. 그 안에 조개가 깊이 박혀 있었으니까.

"오, 조개화석이네?"

"어릴 때 아빠가 주신 거예요. 숲에서 주우셨는데 여긴 바닷가도 아닌데 조개가 나왔다고 사람들이 다들 신기해했어요. 끈은 제가 직접 달았고요. 제 보물이에요."

"그렇구나. 정말 신기하네. 그런데 이건 왜?"

"엘한테 드릴게요."

"어? 나한테?"

"도움받은 게 너무 많은데 전 엘한테 드릴 만한 게 이거밖에 없는 것 같아요."

의젓한 소녀는 뭐든 보답을 해야 한다고 생각한 모양이었다. 나는 쓰게 웃으며 고개를 저었다.

"뭘 그런 걸 신경 써. 괜찮아. 마음만으로도 충분해."

"아니에요. 꼭 드리고 싶어요."

"하지만 이건 네 보물이잖아."

"보물이니까 더욱이요. 엘이 간직해주셨으면 좋겠어요. 우린 친구잖아요? 전 나이아스를 볼 때마다 엘을 떠올릴게요. 엘은 이걸 보면서 절 생각해주세요."

따뜻한 마음에 가슴이 간질간질했다.

이런 말까지 들었는데 더는 거절할 수가 없어서 조심스럽게 조개화석 목걸이를 받아들었다. 아마 이걸 가지고 원래 세상으로 돌아갈 수는 없겠지. 떠나기 전에 돌려주러 와야 할 거다. 다시 만날 기약을 잡는다고 생각하니 나쁘지 않았다.

"고마워. 소중히 간직할게."

그 뒤로도 랑시는 몇 번이나 손을 흔들고 나서 집 안으로 들어갔다. 문이 닫히고 희미한 불씨마저 꺼지는 걸 확인한 후에야 나는 완전히 몸을 돌렸다. 내일 아침이면 내가 도망갔다는 걸 알고 난리가 나겠지. 그 과정에서 랑시가 도왔다는 걸 들킬 가능성이 컸다. 어린애한테 큰 책임을 떠넘긴 기분이라 찜찜했지만, 어쩔 수 없다는 생각으로 마음을 달랬다.

"음, 근데 나야말로 괜찮은 건가. 이거 아버지한테 들키면 혼날 것 같은데. 왠지 사고를 친 느낌이……."

"그걸 지금 알다니 유감이군."

"……!"

그 순간 들려온 목소리에 쭈뼛 소름이 돋았다. 식겁해서 고개를 들자마자 절로 신음이 흘러나갔다. 언제 온 건지 엘뤼엔이 스산한 모습으로 서 있었다. 저승사자를 만난다면 이런 기분이겠지. 하필 배경도 컴컴해서 더 무섭다. 눈이 마주치니 날카로운 시선에 꿰뚫릴 것만 같다. 나는 억지로 마른 침을 삼켰다.

"어, 언제 왔어? 왔으면 기척이라도 내지."

"방금 네가 무슨 일을 저지른 건지는 알고 있나?"

"아, 그게 말이지……."

"평범한 꼬마를 정령사로 만들 수 있는 인간이라니. 정말 기가 막히는군."

난 아무런 대답을 못 했다. 여기서 무슨 말을 해도 다 변명이고, 전부 거짓말이었다. 안 그래도 화가 난 그를 부채질하는 꼴이 될 게 뻔했다. 침묵을 택한 나를 그가 가만히 응시했다.

"거짓말을 하지 않는다고 해서 전부 봐주는 건 아니다."

"……아니, 난……."

"네 기행은 흥미롭지만 이번은 정도가 지나치군. 넌 지금 왕의 영역을 침범했다. 내가 널 어떻게 할 것 같은가?"

"다신 안 그럴게."

잽싸게 답하니 엘뤼엔이 눈을 가늘게 떴다. 이대로 살려두는 게 옳은지 가늠하는 시선이다. 그 눈동자를 마주하는 것만으로 손끝이 차가워졌다.

괜찮아, 아직 시벨리우스를 만나기 전이다. 언제 어떤 경로로 그와 만나게 되는지는 알 수 없지만, 함께 어울린 시절이 있다고 했다. 그 기억 속에서 나는 여전히 정령사였고, 엘뤼엔과도 함께하고 있었다. 적어도 그를 만날 때까진 내가 무슨 짓을 저지르든 무사하다는 소리였다.

"넘어가 주는 건 이번뿐이다."

역시나 나지막한 음성과 함께 전신을 압박하던 기운이 사라졌다. 그제야 참고 있던 숨을 크게 내쉬었다. 예상대로 되었지만 기뻐진 않았다.

거참 살벌해서 못 살겠네. 까칠한 아버지랑 잘 해보려니 도통 어려운 게 아니다. 전대 엘퀴네스의 성격이야 익히 들어왔지만 직접 경험하는 건 기분이 전혀 달랐다. 이쯤 되니 그와 계약하겠답시고 수백 차례나 소환해댔다는 라피스가 위대해 보일 지경이었다. 분명 그때마다 온갖 구박에 험한 말과 더불어 모진 협박이란 협박은 넘치도록 들었을 텐데, 그 고고한 자존심에 그걸 어떻게 다 참았나 모르겠다. 나 같으면 치사해서라도 진작 때려치웠을 텐데.

아, 그래서 새장까지 준비하게 된 건가. 그때의 그에게 공감까지 할 거라곤 생각지도 못했는데, 이제 왜 그랬는지 절실히 알 것 같다. 그쯤에선 계약하겠단 생각보다는 엘뤼엔을 엿 먹이겠다는 의지가 더 강했을 거다. 분명히!

'……그런데 정작 그걸 내가 당했지.'

얼마나 모진 집념으로 만들어낸 건지 깨부수느라 정말 죽을 만큼 힘들었다. 생각해 보니 괜히 억울해져서 엘뤼엔을 슬쩍 흘겨보았다.

"왜 그런 시선이지?"

"……아냐, 아무것도."

아, 정말 너무 억울하다.

제3화

1.

4천 년 전의 아크아돈은 인류의 황금기라고 불리는 시대였다. 마법만이 아니라 과학과 기술, 기본적인 의식주를 비롯한 문화 수준이 전반적으로 크게 발달했다는 시대. 수많은 학자와 연구가들이 지금까지도 회자하고 있는 영광의 과거.

내가 그걸 제대로 실감한 건 도시에 도착하고 나서였다. 작은 마을은 그나마 비슷한 편이었는데, 성문을 지나자마자 이전과 비견할 수 없는 문화적 충격이 온몸을 덮쳤다. 문 하나를 두고 다른 세상으로 건너온 기분이라 해도 과언이 아니었다. 잘 정비된 건물들 너머로 내 시대에선 한 번도 본 적이 없는 물체가 존재하고 있었다. 쭉 뻗은 철도와 그 위를 달리는 긴 몸체. 바로 기차였다.

세상에, 기차라니. 이런 것도 있는 세상이었어? 너무 놀라서 걷는 것도 잊고 뚫어지게 바라보고 있으려니 엘뤼엔이 의아한 얼굴로 돌아보았다.

"뭐지?"

"기차가 있어."

중얼거리듯 답한 말에 그는 묘한 표정을 지었다.

"기차를 처음 보나?"

"음, 그런 셈이지?"

그러니까, 여기서는 말이다.

게다가 기차라곤 해도 내가 아는 형태랑은 달라서 감상이 색달랐다. 외견 자체는 19세기의 증기기관차랑 비슷한데 연기를 배출하는 기관이 보이지 않았다. 석탄이 아닌 다른 연료를 사용하는 것 같은데 그게 뭔지는 모르겠다. 놀라운 건 그것만이 아니었다.

"저거 뭐야? 통신 장치? 공중전화 같은 거야? 저게 보급되어 있다고?"

"가로등이 있네! 게다가 마도구잖아?"

"헐, 비행 몬스터? 저거 지금 사람이 타고 있는 거야? 저것도 이동 수단이야? 저걸 가축화했어?"

시선을 두는 곳마다 온통 감탄할 것 천지였다. 그 바람에 자꾸 걸음이 지체되자 엘뤼엔이 혀를 차며 강제로 내 뒷덜미를 잡아끌었다.

"알았으니 적당히 해라. 저런 것들에 놀랄 정도니 비행선을 보면 까무러치겠군."

"비행선? 비행선도 있어?"

"네가 촌뜨기라는 건 잘 알았다고 했다."

촌뜨기라니! 과거의 문명이 더 발전해서 놀란 거지 그거 자체가 신기한 건 아니거든! 내가 이래 봬도 지구 출신이야! 거긴 자동차에 비행기에 우주선도 있다고! 티브이랑 컴퓨터가 뭔지는 알아? 인터넷이란 건 들어나 봤냐고!

물론 억울한 감정은 조금도 통하지 않았다. 할 말이 있냐고 묻는 듯한 엘뤼엔의 시선에 내가 할 수 있는 말은 하나뿐이었으니까.

"……좀 더 구경하면 안 돼?"

씨알도 먹히지 않을 부탁은 당연히 그 자리에서 기각됐다. 아주 짧은 도시 관광이 꽃을 피우기도 전에 종료를 고하는 순간이었다.

영혼의 보석을 개인이 소유하는 건 금기다. 그러나 찾는 것 자체는 금기가 아니었다. 내 목적을 알자마자 염옥에 던져 넣을 것처럼 겁을 주던 엘뤼엔이 그 자리에서 계약을 끊지 않은 이유가 바로 여기에 있었다. 그는 마음이 내킬 때까진 영혼의 보석을 찾는 것에 협조하기로 했다. 내가 그걸 찾아서 뭘 하려는지 궁금한 것 같았다.

문제는 그조차 보석의 행방을 알지는 못한다는 사실이었다. 어딘가에 있다는 건 확실하지만, 그 장소가 어딘지 누가 발견했는지 같은 관련 정보는 철저히 감춰져 있었다. 하긴 알려졌다면 이미 신계에 회수되었겠지. 나중에 안 거지만 영혼의 보석을 발견하는 자들은 대부분 신고하지 않는다고 한다. 존재 자체가 워낙 희귀하다 보니 수집 목적으로 암암리에 거래된다고. 일종의 장물이라는 소리였다.

"정령왕의 시야를 피해서 은폐하는 게 가능해?"

"혼이 깃든 물체가 영혼의 보석만 있는 건 아니니까. 작정하고 정교하게 감추면 구분이 쉽지는 않다. 그게 드래곤의 짓이라면 특히 더 그렇고."

"한마디로 소유주가 드래곤 중에 있단 말이네."

"말귀를 한 번에 알아들으니 다행이군."

이 시대의 엘뤼엔은 같은 말을 더 기분 상하는 방식으로 하는 재주가 있다. 발끈해 봤자 나만 손해니 그냥 흘려듣는 게 최선이었다. 그래도 혈압이 오르는 건 어쩔 수 없어서 깊은 한숨이 흘러나왔다.

"일단 드래곤을 만나봐야겠어."

"설마 물어보면 대답해 줄 거라는 순진한 생각을 하는 건 아니겠지."

"그런 기대는 안 해. 그래도 부딪쳐보지 않으면 아무것도 알 수 없잖아. 적을 이기려면 먼저 적을 알아야 한다는 말도 있고."

"글쎄. 처음 들어보는 말이지만, 포부는 좋군."

"어쨌든 보석이 드래곤한테 있다며. 그럼 하나씩 공략해 볼래.

드래곤을 만나게 해 줄 수 있어?"

엘뤼엔은 고개를 저었다.

"지금은 그들 일족이 유람하는 시기다. 수면기에 들어간 녀석들을 제외하면 전부 유희 중이지. 이 시기의 드래곤은 위급한 상황이 아닌 이상 자신만의 유희 원칙에 따라 움직인다. 내가 불러도 응하지 않을 거다."

"음, 그럼 직접 찾아가지 뭐. 여기서 가장 가까이에 있는 드래곤을 만나려면 어디로 가야 해?"

"가장 가까운 드래곤이라……."

위치를 가늠하는 듯 엘뤼엔의 시선이 먼 전방을 향했다. 그러다 곧 얼굴을 찌푸렸다.

"……하필."

"왜? 누군데?"

"지역을 옮기지. 드래곤이라면 다른 녀석도 있으니."

"어차피 다 만나봐야 할 것 같은데? 보석이 누구한테 있는지 모르는 거잖아."

"……그럼 그놈을 마지막으로 하는 게 좋겠군."

"왜 굳이 멀리 돌아가? 가장 가까운 곳에 있다며."

"그 녀석을 만나도 제대로 된 대답은 듣지 못할 거다."

"그건 다른 드래곤도 마찬가지 아냐?"

맹세하건대 절대 일부러 반박한 건 아니다. 나로선 그냥 당연히 드는 의문을 제시한 것뿐이었다. 본인도 뭐라 대꾸할 말이 없었는지 잠자코 입이 닫혔다. 그 대신 그는 눈빛으로 모든 말을 대신했다. 새파란 눈빛이 살기를 머금은 것처럼 흉흉해진 걸 보려니 식은땀이 절로 흘렀다. 엘뤼엔이 저렇게까지 노골적으로 감정을 드러내는 일은 드문데. 누군지 몰라도 정말 만나기 싫은 모양이다.

"음, 그럼 그냥 마지막으로 할까?"

어색하게 웃으며 타협을 시도하자 잠시 노려보던 그가 낮게 한숨을 내쉬었다.

"……됐다. 싫은 걸 미뤄 봤자 좋아지진 않겠지. 어차피 소문이 돌 테니 더 골치 아프게 나오기 전에 차라리 빨리 용건을 끝내버리는 게 나을 수도 있겠군."

"대체 누군데 그래?"

"라미아스라는 녀석이다. 6천 년을 먹은 블루 드래곤이지."

어디서 많이 들어본 이름이라는 생각은 그리 오래가지 않았다. 블루 일족의 라미아스, 전대 엘퀴네스의 소멸 이후 수면기에 들어갔다는 드래곤 일족의 장로가 바로 그런 이름이었다. 정화진의 주축 중 하나를 맡았던 오칼의 조부이기도 했다. 지금 이 시대에서라면 아마도…….

"계약자 아니야?"

"……그걸 네가 어떻게 알지?"

"그, 그냥 찍은 거야. 블루 드래곤이라며. 블루 드래곤은 물 속성이잖아. 게다가 6천 살이나 됐다면 정령왕과 계약했겠구나 싶었던 거지."

"그런 건 알면서 왜 균열은 모르는 건지 정말 이상하군."

"……."

그런 식으로 자꾸 아무렇지 않게 핵심을 찌르지 말아 줄래. 적어도 사전에 신호 정도는 줬으면 좋겠다. 표정을 못 숨기겠잖아. 이래 봬도 나는 양심이라는 게 있는 사람이다. 거짓말은 잘 못 한단 말이야.

어쨌든 그렇게 라피스를 찾는 여정의 첫 번째 목적지가 정해졌다. 라미아스가 유희 중인 나라, 세이크 제국이었다.

"오늘 기차 운행은 끝났어요. 조금 전에 떠난 열차가 막차예요."

매정한 역무원의 답변에 나는 망연자실했다. 기차역에 들어설 때 느꼈던 설렘은 이미 온데간데없이 사라진 후였다. 어쩐지 역에 사람이 별로 없더라니, 설마 기차가 벌써 운행을 종료했을 줄이야. 시간은 이제 막 정오가 지난 시점이었다. 한국만큼의 편의를 기대하진 않았지만 적어도 한두 대는 더 있을 줄 알았는데, 아무래도 내가 너무 기대한 모양이다. 하지만 고난은 거기서 끝난 게 아니었다.

"그럼 다음 열차는 언젠데요?"

"어디 보자. 로함까지 가시는 거면 사흘 후에 오시면 되겠네요. 오전 8시에 한 대 있어요. 그걸 놓치면 이번엔 닷새를 기다리셔야 하고요."

"헐, 무슨 배차 간격이 그렇게 길어요?"

"거참, 기차 처음 타보세요? 원래 장거리 열차는 다 그래요."

"그, 그래요? 배가 그런 줄은 알고 있었는데, 기차는 안 그런 줄 알았어요."

"어휴, 진짜 뭘 모르시는 분이네. 중간 지점인 오멜로 가는 열차는 내일도 있긴 해요. 하지만 거기서 로함까지 가시느니 여기서 다음 열차를 기다리시는 게 더 나을 겁니다."

투덜거리며 설명을 마친 역무원은 다음엔 놓치지 말라며 휴대용 시간표까지 챙겨줬다. 매정하긴 한데 묘하게 친절한 사람이었다.

"어떡하지. 다음 열차가 너무 늦게 와."

"일단 저자 말대로 하는 게 나을 거다."

"저걸 타는 건 안 돼?"

기차역 근처엔 다른 운행 수단이 많았다. 말을 빌리는 것도 가능했고 마차도 있었다. 그중에서 가장 눈에 띄는 건 축사로 보이는 건물이었다. 울타리 안에 안장을 채운 거대한 새들이 묶여 있었다. 조금 전에 사람들이 그 새를 타고 날아오르는 걸 봤었다. 어떤 의미에선 기차보다 더 기대되는 운행 수단이었다. 그러나 엘뤼엔의 반응은 썩 좋지 않았다.

"비조라면 별로 추천하지 않는다."

"비조? 저 새를 비조라고 하는구나."

"그래, 비조는 마차보다는 빠르지만 먼 거리는 이동하지 못한다. 계속 갈아타야 하는 데다가 밤엔 운행하지 않지. 단거리에는 적합하지만 지금 네 상황에선 시간만 더 잡아먹을 거다."

"으음, 그렇겠네."

여기서 세이크 제국으로 가려면 기차를 타고 로함이라는 항구 도시로 이동한 후, 거기서 배를 타야 한다. 그리고 로함까지는 기차로만 나흘을 잡아야 하는 거리였다. 깔끔하게 포기한 나는 다음 열차가 올 때까지 묵을 만한 숙박이나 알아보기로 했다. 다행히 엘뤼엔은 이런 부분에서 돈을 아끼는 편은 아니었다.

"특실."

오히려 통이 매우 컸다. 그것도 너무 지나칠 정도로 컸다.

"아니, 손님. 이러시면 곤란한데요."

짤랑짤랑, 난처한 음성이 흘러나올 때마다 같은 속도로 금화가 떨어져 내렸다. 특실이 다 차서 자리가 없다는 말에 엘뤼엔이 보여준 반응이었다. 주인이 곤란하다고 말하면 엘뤼엔은 묵묵히 쏟아내는 금화의 양을 더 늘리기만 했다. 일명 돈으로 밀어붙이기. 화려하게 반짝이는 금화의 향연에 여관 주인의 눈은 사시나무처럼 흔들렸다. 난색을 표하면서도 입꼬리가 올라가는 걸 주체하지 못하는 게 훤히 보였다.

"이래도 없다면 나가지."

"……잠시만 기다려주십시오. 곧 준비하겠습니다."

결국 이 말도 안 되는 사치의 현장은 엘뤼엔의 승리로 끝났다. 기준치를 훌쩍 뛰어넘는 금화는 없는 방도 만들어냈다. 돈이면 안 되는 게 없다는 걸 온몸으로 증명한 그를 나는 황당한 심정으로 바라보았다.

"뭐지?"

"……아니, 아무것도 아냐."

이제까지 그와 이런 식으로 여행을 다녀 본 적이 없다 보니 알지 못했던 일면인데, 엘퀴엔은 무조건 고급 여관에 특실만 썼다. 상황이 따라주지 않아 협소한 여관에 묵어야 할 때도 그중에서 가장 좋은 방만 택했다. 어딜 가도 최고급만 고집하던 라피스와 영혼의 단짝이 따로 없었다.

뭐, 그건 그럴 수 있다 치자. 넘치는 돈 원하는 곳에 쓰겠다는데 뭐라 할 건 없었으니까. 하지만 이렇게 막 쓸 거면 대체 왜 내 금전 감각을 우려한 건지 모르겠다. 내가 이해할 수 없는 건 바로 그거다. 물론 본인이 쓰는 건 괜찮아도 남이 쓰는 건 아까울 순 있겠지만.

'하긴, 신세 지는 걸 당연히 여기면 안 되지.'

계약자를 돕는 선을 정하는 건 정령왕의 재량. 그가 한 푼을 내주지 않아도 나는 할 말이 없는 처지다. 그런 주제에 이미 전반적인 의식주를 그에게 의지하고 있었다. 숙박이야 엘퀴엔 뜻대로 정하는 거니 내 책임이 없을지 몰라도 먹을 거나 입는 것에 돈을 쓰는 건 전부 나 때문이다. 이런 상황에서 불만을 품는 건 정말 염치가 없는 거였다. 하지만 내 마음대로 편하게 융통할 수 있는 자금이 없는 건 불편하긴 했다. 지금이야 엘퀴엔이 별로 신경 쓰지 않는 것 같지만 나중엔 어떻게 나올지도 알 수 없는 일이다. 자립할 방법을 찾긴 해야 할 것 같았다.

때마침 근처에 있는 무리가 시선을 끈 건 자연스러운 흐름이었다. 식당을 겸하고 있는 여관 일 층은 여러 사람으로 가득했다. 그중 한 테이블에 무장한 자들이 떠들썩하게 웃으며 술을 마시고 있었다. 정규 병사로는 보이지 않았고, 용병이나 그와 비슷한 계열의 종사자인 듯했다.

그 모습을 보니 한동안 잊고 있던 직업군 하나가 떠올랐다. 그러고 보니 괜찮은 직업이 있었다. 내가 할 수 있으면서도 빠르게 돈을 벌 수 있는 고소득 직종.

'헌터가 되자.'

2.

"기각."

헌터가 되어 돈을 벌겠다는 말에 돌아온 반응은 칼처럼 단호했다. 환영은 몰라도 반대할 줄은 몰랐기 때문에 나는 당황할 수밖에 없었다.

"왜 기각이야? 나 계속 빌려 쓰고 있는 거잖아. 여기서 빚이 더 늘어가는 것도 무섭고, 내 돈벌이 정도는 하고 싶어."

"네가 돈을 버는 방법도 결국은 정령술을 쓰는 것 아닌가? 지금 내게 신세 지는 거랑 뭐가 다르지?"

……어, 그게 그렇게 되나?

잠시 할 말을 잃었더니 엘뤼엔이 그것 보라는 표정을 짓는다. 왠지 시작부터 말려드는 기분이라 서둘러 정신을 다잡았다.

"아냐, 정령술 안 써도 몬스터는 잡을 수 있어. 힘으로도 바루스인가? 그 급은 될 거야. 뱀 꼬리 괴수라는 몬스터를 나뭇가지로만 잡았거든."

"거창한 꿈을 꿨군."

"아냐, 진짜야. 증명할 수도 있어. 지금 바로 몬스터 잡으러 가도 돼."

믿어달라는 시선을 보내자 잠시 생각에 잠긴 듯하던 그가 손을 잡게 하더니 힘을 줘보라고 했다. 있는 힘껏 힘을 주니 살짝 찌푸린 얼굴에 어이없어하는 표정이 떠올랐다.

"무술을 익혔나?"

"아니."

"하긴, 그런 것치곤 굳은살이 없군. ……이게 타고난 힘이란 말이지. 뭐, 이제 와선 더 놀랄 것도 없나."

중얼거린 엘뤼엔이 오랜만에 탐색하는 얼굴로 나를 바라보았다. 그래도 얼마간 쌓은 시간이 있어서인지 처음만큼 경계하는 시선은 아니었다. 비록 다음으로 이어진 말은 당황스럽기 그지없었지만.

"그래서? 힘이 강하니 정령술은 안 쓰겠다는 건가? 정령의 힘이 필요 없다? 그럼 넌 왜 정령사가 됐지?"

"어? 그런 뜻은 아닌데."

"그런 뜻이다. 인간은 의식주가 있어야 살아갈 수 있는 생물이고, 그에 있어 가장 필요한 건 돈이지. 그런데 그렇게 중요한 돈을 버는 수단에 있어 정령사인 네가 정령술을 배제하겠다고 말했다. 결국 네게 정령이 필요하지 않다는 뜻이 아니면 뭐지?"

"아니, 그치만……."

정령술 쓰면 신세 지는 거라며!

입을 벙긋거리고 있으려니 엘뤼엔의 눈동자가 가늘어졌다.

"할 말이 있나?"

"……아냐, 내가 잘못했어."

결국 순순히 항복을 선언하는 내게 그는 당연하다는 듯이 고개를 끄덕였다.

"평탄한 일정이 계속되니 네 처지를 잊은 모양이지."

"아니, 그런 건……."

"착각하지 마라. 자립이란 건 여건이 되는 녀석이 하는 거다. 지금 넌 내 통제 아래 있어야 하는 존재고. 내가 자애롭고 할 일이 없어서 널 지원하는 것 같나?"

현실을 일깨우는 말엔 어깨가 절로 움찔했다. 결국 빚을 지우는 것도 날 효과적으로 다루기 위한 수단이라는 소리였다. 돈이 없으면 자유가 제한되고, 그만큼 의존할 수밖에 없으니까.

"이 계약이 유지되는 한 네가 자유로워질 일은 없다. 쓸데없는 일에 머리 굴리지 마라."

"……알았어."

그래도 조금은 친해진 줄 알았는데, 아직은 나 혼자만의 생각이었던 모양이다. 섭섭한 마음이 생각을 휘저으려는 걸 억지로 눌러 참았다. 첫술에 배부를 수는 없으니까, 시간이 걸릴 거라는 건 이미 예상한 일이었다. 그런데 엘뤼엔의 말은 거기서 끝난 게 아니었다.

"하지만 헌터가 되겠다는 건 좋은 생각이다."

"어?"

"네가 라미아스를 만나려면 적당한 신분이 있어야 할 테니까."

무슨 말인지 이해하는 건 그리 어렵지 않았다. 라미아스라는 블루 드래곤은 지금 귀족으로 유희 중이었다. 그것도 제국에서도 손꼽히는 대귀족의 일원이라고 했다. 자작 정도만 돼도 평민은 쉽게 만나기 힘든 거물이었다. 문전박대를 당하지 않으려면 자연스럽게 접촉할 수단을 만들어야 했다.

"고급 헌터 정도면 나쁘지 않겠지. 상위 몬스터의 부산물은 귀족 시장에서 특히 가치가 높으니 그걸 수단으로 삼으면 접점을 만들기도 쉬울 거다. 그 수상하기 짝이 없는 마신관의 신분을 내세우는 것보다는 훨씬 낫군. 나쁘지 않은 판단이다."

장담하지만 엘뤼엔만큼 채찍과 당근을 효과적으로 활용하는 이도 없을 거다. 잠시간 가만히 바라보았더니 그가 미간을 살짝 찌푸렸다.

"뭐지?"

"어, 으음. 아무것도 아냐. 그럼 헌터 해도 돼?"

"네 뜻대로 해라. 기사급의 완력에 상급 정령술까지 할 수 있으니 지금 그대로도 악시스 급은 충분히 받을 수 있을 거다."

"악시스? 그게 두 번째로 높은 등급이었나?"

"그래, 대륙 어디를 가도 대우받는 등급이지. 제일 높은 레기아급이 되면 귀족이 초대하지 못해 안달하는 존재가 될 거다. 물론 정령왕의 계약자라는 걸 밝히면 등급 따위는 더는 의미가 없겠지만."

그렇게 말하면서 나를 바라보는 엘뤼엔의 시선이 의미심장해서 나는 살짝 긴장했다. 내가 어떻게 답하는지, 덫을 놓고 시험하는 눈이다. 당연히 이번엔 방심할 생각이 없었다.

"그건 밝히지 않을래. 괜히 골치만 아파질 것 같아."

역시나 정답이었는지 건조하던 그의 입가에 짧은 웃음이 스쳤다.

"인간들이 재밌는 구경을 놓치겠군."

"재밌는 구경?"

"미네르바와 계약한 인간이 마침 세이크 제국에 있지."

설명은 그걸로 충분했다. 그 한마디만 들어도 복잡한 상황들이 머릿속에 절로 그려졌으니까. 하나도 진귀한 정령왕의 계약자가 무려 두 명. 그런 두 사람이 한 장소에 모이는 거다. 얼마나 지대한 관심과 흥미가 쏠릴지 상상도 하고 싶지 않았다. 일거수일투족을 감시당하고 매 순간 비교해대는 말이 쏟아지겠지. 같은 자리에

서기만 해도 온 사방에서 주목할 게 뻔했다. 그것도 국가 단위로.

"……역시 안 밝힐래."

"너와 같은 존재를 만나보고 싶진 않나? 한 세대에 왕의 계약자가 둘이나 나오는 일은 지극히 드물다. 너희 정도면 상당히 각별한 인연이지."

"아니. 별로 관심 없어, 그런 녀석."

"왠지 유감이 서린 어투인데. 이미 만난 적이 있나?"

"만난 적은 없어. 그냥 마음에 안 들어서."

"하긴, 인간은 저와 비슷한 존재에게 호승심을 느낀다 들었지."

"그런 거 아냐. 그 녀석은……."

미네르바를 배신하는 놈이잖아.

나도 모르게 내뱉을 뻔한 말을 간신히 삼켰다. 오래전 스치듯 들었던 이야기지만 내 기억이 틀리진 않을 거다. 미네르바는 인간 계약자에게 배신당했다고 했다. 정확한 시점을 알지는 못하지만 대략 4천 년 전이라고 했으니 지금 이 시대일 확률이 높았다. 그것만으로 그 녀석은 기피할 대상이었다.

"하려던 말이 뭐지?"

"으음, 별거 아니었어. 아무튼 그런 녀석에게 호승심 같은 건 없어. 안 봐도 내가 더 잘난 게 뻔한데."

인간으로선 대단하지만 정령왕인 나에 비할 바는 아니다. 근거 넘치는 자부심에 엘뤼엔은 피식 웃었다.

"자신만만하군."

"당연한 거 아니야? 엘퀴네스를 소환한 인간은 내가 처음이잖아. 희소성만으로 쳐도 내가 더 대단하다고."

"뭐, 그렇다 치지."

이번에도 엘뤼엔은 짧게 웃어넘겼다. 이 정도면 지금의 그치고는 상당한 호평이었다. 그래도 조금은 나를 인정하고 있는 모양이었다.

그러나 그 평가는 그리 오래가지 않았다.

"누가 대단하다고?"

"……."

폐부를 파고드는 잔인한 음성에 신음이 흘러나왔다. 차마 얼굴을 마주 볼 수 없어 나는 두 손으로 얼굴을 감쌌다. 등지고 선 시청 건물이 신랄하게 비웃는 것만 같았다.

헌터가 되려면 국가 기관에서 시험을 치르고 자격증을 받아야 한다. 게다가 이 시험도 접수한 당일에 바로 치를 수 있었다. 그래서 결심을 굳히자마자 호기롭게 시험을 치르러 간 것까진 좋았다. 그러나 막상 접수하고 나니 나를 기다리고 있는 건 예상치 못한 관문이었다.

'이론 시험도 있다고 말을 해줬어야지.'

알고 보니 헌터 시험은 두 가지 과정으로 진행됐다. 모두 한날에 치러지지만 1차의 이론 시험을 반드시 통과해야 실기를 볼 수 있는 구조였다. 그리고 나는 이 세계의 기본 지식이 아주아주 부족한 사람이었다. 실기 장소는 들어가 보지도 못하고 불합격 통지서를 들고나오는 나를 보고 엘뤼엔이 지은 표정은 앞으로도 한동안 잊히지 않을 것 같았다.

"네가 상식이 부족하다는 건 알고 있었지만……."

그는 차마 무슨 말을 해야 할지 모르겠다는 얼굴로 중얼거렸다. 이렇게 어이없어하는 그를 보는 건 또 처음이다. 여기 와서 엘뤼엔의 진귀한 표정은 다 보는 것 같았다.

"헌터 시험은 실기를 더 중시한다. 그래서 이론 시험은 아주 기본적인 문제밖에 없지. 굳이 시험지를 만들 필요도 없어서 구술로 진행할 정도다. ……그런데 왜 여기서 떨어지지?"

"하하하, 그러게?"

"제대로 대답한 게 있기는 한 건가?"

"열 문제에서 두 개 정도는?"

"들어가서 밥이나 먹어라."

"……응."

상심한 마음으로 여관에 돌아갔을 땐 내부가 술렁거리는 소리로 가득했다. 종업원은 물론 손님들까지 분위기가 전반적으로 어수선하다는 느낌이었다. 여관 주인은 경비대로 보이는 이들과 한창 대화를 나누는 중이었다. 뭔가를 조사하는 중인 듯, 묻고 답하는 식이었는데 왠지 모두가 그 모습만 주시하고 있었다. 우리가 테이블에 자리를 잡고 앉는데도 종업원 중 누구도 알아차리는 이가 없을 정도였다.

"살인 사건이요?"

경비대가 떠난 후에야 나는 허둥지둥 주문을 받으러 온 종업원에게 진상을 들을 수 있었다. 다들 표정이 좋지 않아 안 좋은 일이 생긴 거라 짐작은 했지만 생각보다 더 심각한 사안이었다.

"아까 시신이 발견됐답니다. 그런데 시신의 상태가 며칠 전에 발견된 변사체와 거의 똑같대요. 흉부와 복부를 관통한 두 개의 치명상, 이마에 빗살 무늬가 새겨져 있는 것까지도요."

"빗살 무늬?"

"검으로 직접 그어서 새긴 거라네요. 마치 표식을 남겨두듯이요."

헐, 그 말은 즉…….

"연쇄살인인가요?"

나도 모르게 목소리가 낮아지자 종업원 역시 극도로 조심스러운 표정이 되어 고개를 끄덕였다.

"경비대는 그렇게 보는 모양입니다. 굉장히 잔인한 놈이라네요. 직접적인 사인은 두 개의 자상이지만 몸에 다른 상처도 많대요. 죽이기 직전까지 잔인하게 고문한 것 같답니다. 손님들도 조심하세요. 요즘 들어 실종 사건도 많다던데, 갈수록 세상이 험악해지네요."

"용의자는요?"

"조사 중이긴 한데 영 신통치 않나 봅니다. 오늘 발견된 피해자의 사망 추정 시간이 오전이거든요. 그 시간에 그가 누구랑 같이 있는 걸 본 사람이 있었나 봅니다. 근데 상대가 소년이었다나요."

"소년이요?"

"네, 아마 잘못 본 거겠죠. 죽은 두 사람 다 성인 남자거든요. 특히 며칠 전에 죽은 사람은 7라오에 가까운 거굽니다. 어린애가 범인이라니 말도 안 되죠."

황당해하며 떠들던 종업원은 다시금 몇 번이고 주의를 당부했다. 그가 이토록 열성적으로 충고하는 이유는 살해당한 두 사람이 전부 귀족이었기 때문이다. 어제 엘뤼엔이 보인 대범한 씀씀이 때문인지 종업원들은 우리를 귀족으로 알고 있었다. 힐끔힐끔 눈치를 살피는 모습이 어떻게든 엘뤼엔에게 잘 보여 웃돈을 받아내려는 의도가 만만했다. 그러거나 말거나 창밖만을 응시하고 있는 엘뤼엔은 그쪽엔 고개조차 돌리지 않았지만.

결국 종업원은 원하는 바를 끝내 이룰 수 없었다. 시무룩해진 그가 쓸쓸하게 돌아가는 것을 바라보다 나는 문득 궁금해진 걸 물었다.

"7라오면 얼마나 큰 거야?"

"……거기부터인가. 갈 길이 멀군."

"그래서 얼마인데?"

"1라오가 네 아래팔 길이 정도 될 거다."

아래팔이라, 그 정도면 삼십 센티가량 되려나. 아마도 지구의 피트 단위에 가까운 것 같다. 이 미터가 훌쩍 넘는다는 소리였다. 확실히 소년이 그만한 장정을 해칠 수 있을 것 같진 않았다. 이능력자라 해도 어릴 때부터 공격적인 힘을 내기는 힘들다. 그전에 어린애가 사람을 고문해서 죽일 생각을 하는 건 더 드물 거고.

“그보다 무섭네. 여기도 연쇄살인이 있구나.”

“마치 너는 이곳 사람이 아니라는 말처럼 들리는군.”

“아하하, 그야 이 지역 사람은 아니니까. 이쪽은 좀 더 부유해서 여유롭고 평화로울 줄 알았어. 그래도 역시 사람 사는 곳은 별로 다르지 않네.”

“그런가. 하지만 방금 저자가 말한 건 트로웰일 거다.”

“아, 그래? 트로웰이었…… 뭐?”

여기서 왜 그 이름이 나오는 거지?

반사적으로 고개부터 끄덕이다 뒤늦게 무슨 말인지 깨닫고 머리가 멍해졌다. 반가운 이름인 건 분명한데, 지금 이 흐름에서 나올 만한 이름은 아니다 보니 내가 제대로 들은 게 맞는지조차 의심스럽다. 덕분에 눈만 깜빡이고 있는 걸 엘뤼엔은 누군지 몰라서 그런다고 여긴 듯했다. 시선을 맞춰온 그가 굳이 하지 않아도 될 친절을 베풀었다.

“트로웰 말이다. 땅의 정령왕을 부르는 이름은 모르나?”

“……아니, 알아. 그런데 트로웰이 범인이라니?”

“요즘 그 녀석이 이 근방을 서성거리는 중이니까.”

“트로웰이 이 근처에 있다는 게 왜 그가 범인이라는 결과로 이어지는데?”

“이미 전과가 있기 때문이다. 요즘 인간 사냥에 취미를 붙인 모양이더군.”

"……거짓말이지?"

인간 사냥이라니.

트로웰이 인간을 사냥한다고? 내가 아는 그 트로웰이?

지금 내가 무슨 이야기를 들은 건지 모르겠다. 머릿속이 엉망으로 엉켜가는 것 같아 심호흡부터 크게 했다. 혹시 다른 트로웰일지도 모른다는 생각이 잠시 스치긴 했지만 그리 오래가진 못했다. 이 시대면 내가 아는 트로웰이 분명했다. 피해자도 소년과 함께 있었다고 하지 않았던가. 그래서 더더욱 이 상황이 믿기지 않았다. 뭔가 말도 안 되는 일이 벌어지고 있는 것 같다. 그러나 짐작 가는 부분이 전혀 없는 건 아니었다.

"지금 모습이 그의 전부라고 생각하면 안 돼."

언젠가 시벨리우스가 했던 말이 떠올랐다. 그는 이 시기의 트로웰을 매우 무서운 존재로 평했었다. 인간을 너무 싫어했다고. 전부 죽여 멸족시킬 계획까지 품었다고 했었지.

당시엔 그럴 리 없다고 생각해서 그냥 무시했다. 훗날 트로웰이 과거를 직접 인정했을 때도 심각하게 받아들이진 않았다. 내가 아는 그는 언제나 다정하고 상냥한 사람이었으니까. 엄격할 때도 있지만 그럴 만한 이유가 있을 때뿐이었고, 원칙이나 규범을 벗어나는 모습을 보인 적은 한 번도 없었다. 그러니 분노를 표출하는 방식도 크게 다르지 않을 거라 여겼던 모양이다. 드물게 잔인한 마음을 품었어도, 그걸 드러내진 않았으리라고.

'그런데 이런 거였구나…….'

동요를 감출 수가 없어 입술을 깨물었다. 심장이 아플 정도로 빠르게 뛰었다. 내가 얼마나 안이했는지 강제로 실감한 기분이다. 사실은 지금도 믿고 싶지는 않았다. 적어도 지금 사건은 트로웰과 연관이 없다고 생각하고 싶었다. 그러나 조금 전 들었던 말이 계속 귓가를 맴돌았다. 살인범이 시신의 이마에 표식을 남긴다고 했던가. 왜 하필이면 그게 빗살 무늬인 건지 모르겠다. 양쪽으로 대칭된 사선이 아래로 모이는 듯한 형태의 빗살 무늬는, 땅의 정령의 표식이었다.

"활보하던 곳을 놔두고 왜 갑자기 이곳으로 건너온 건지는 모르겠지만……아, 그렇군. 이게 목적인 건가."

혼잣말을 중얼거린 엘뤼엔이 나를 똑바로 바라보았다. 그 시선이 무슨 의미인지 모를 수가 없어서 나는 멍하니 입을 벌렸다.

"나? 내가 목적이라고?"

"이변이 되려는지 확인하려는 모양이군."

"이변?"

"이 시점에 새로운 왕의 계약자가 나타났으니, 그 예민한 성정에 호기심을 참을 수 없었겠지."

답은 하는데 내가 이해할 수 없는 말들뿐이다. 가르쳐 줄 생각이 없는 건지, 자신만의 생각에 빠져 그런 건지 구분하기가 힘들었다. 좀 더 자세히 설명해 달라며 부탁해 보려던 때였다. 문득 엘뤼엔이 멈칫하더니 싸늘하게 웃었다.

"왜, 왜 그래?"

"……본계로 돌아가 봐야겠다."

"뭐?"

뜬금없는 말에 당황해하는데 그는 바로 자리에서 몸을 일으켰다. 그리곤 내게 묵직한 주머니 하나를 던졌다. 절그럭거리는 안쪽엔 금화가 들어 있었다.

"난 한동안 오지 못할 거다. 그동안 알아서 필요한 데 써라."

"아니, 왜 이렇게 갑자기……."

정령계에 무슨 일이 생긴 건가? 그보다 한동안이라는 건 얼마간이라는 건지 모르겠다. 기차도 혼자 타야 하는 건가? 복잡해지는 생각에 머리를 부지런히 굴리고 있는데 엘퀴엔이 나를 잠시 바라보더니 말했다.

"만일을 위해 경고 하나 해두지. 내가 없는 동안 트로웰과 마주치면 최대한 자극하지 말고 얌전히 굴어라. 생각을 멈추고 최대한 머릿속을 비워. 특히 거짓말은 금지다."

"어? 트로웰?"

"그 녀석은 나와는 달라서 여유가 없다. 타고나길 느긋한 미네르바와도, 일부러 어리숙하게 구는 이프리트와도 달라. 아직 쉬운 방법밖에 모르는 애송이지."

"……무슨 말인지 모르겠어."

"살 수 있는 법을 알려주는 거다. 네가 자극하지만 않으면 죽이진 않을 거다. 내 화를 살 생각까진 없을 테니."

더 무슨 말인지 모르겠다.

그러나 내가 울상을 짓든 말든 엘뤼엔은 그 자리에서 사라져버렸다.

"동행분은 어디 가셨습니까?"

뒤늦게 주문한 요리를 가져온 종업원이 빈자리를 보고 어리둥절해했다. 두 사람 몫을 혼자서 먹어도 괜찮겠냐는 얼굴이 잠시 나를 바라보았다. 나는 어색하게 웃으며 어깨를 으쓱일 수밖에 없었다. 처음부터 나 혼자 먹을 거였다는 건 굳이 말하지 않아도 될 것 같았다.

2.

출발일 전날까지 엘뤼엔은 돌아오지 않았다. 예상대로 기차는 나 혼자 타야 할 모양이었다. 앞으로 이어질 장거리 여행을 대비해 나는 가볍게 상점가를 돌아보기로 했다. 나흘이나 되는 여정이다 보니 기차 안에서도 음식은 살 수 있었지만, 그 외의 것들은 알아서 구비해야 했다. 모포는 오는 동안 마련했기 때문에 망토와 여벌 옷을 준비하는 쪽으로 경로를 잡았다. 그때그때 세탁하는 편이라 굳이 갈아입을 필요는 없었지만 사람의 일은 모르는 거니까. 같은 의미에서 비상식량을 준비해 두는 것도 나쁘지 않을 것 같았다.

"와, 마법 물품이 사방에 널려 있네."

황금시대는 상점가도 별세계였다. 내 시대에선 사고 싶어도 구하지 못하는 아공간 배낭이 이곳에선 좌판에 그냥 굴러다녔다. 게다가 가격이 그렇게 비싸지도 않았다. 마도구 종류도 워낙 다양해서 조금만 방심하면 넋 놓고 탕진할 것 같았다. 겨우 마음을 다잡고 배낭과 함께 유용해 보이는 것들 위주로만 몇 가지 구매했다. 마침 책방도 있기에 들러서 몬스터 도감도 한 권 샀다. 고작 낙방 한 번에 헌터가 되는 걸 포기할 수는 없지. 다음 시험을 대비해 전부 다 외워둘 생각이었다. 여기까진 더할 나위 없이 평화로운 시간이었다.

"어이, 이봐. 거기, 금발!"

그런데 책방을 막 나서는 내게 누군가가 말을 걸어왔다. 무심코 고개를 드니 건장한 체구의 남자가 보였다. 용병인지 병사인지, 가벼운 무장을 한 차림이었다. 시선을 맞추자 남자에게서 살짝 숨을 삼키는 소리가 들렸다. 처음 보는 사람이 분명한데, 이상할 정도로 반가워하는 얼굴이었다.

"지금 절 부르신 건가요?"

"흠흠. 그래, 자네 말이야. 아까부터 보니 혼자 다니던데. 일행이 없나?"

"그걸 왜 물으시죠?"

"혹시 상경해서 일자리를 구하고 있는 건 아닌가 해서 말이야. 내가 직업을 알선하는 사람이거든. 좋은 일자리를 소개해 줄까 하는데."

"아, 그런 거군요. 잘못 보셨네요. 전 그냥 여행객이에요."

"아아, 그랬군. 여행은 혼자서?"

"네, 뭐. 지금은요."

대충 고개를 끄덕이니 남자의 얼굴에 화색이 돌았다.

"그렇군. 일행을 중간지에서 만나기로 한 모양이지? 어디서 왔나? 여기 관광은 충분히 했고? 이곳 알딘 시는 정말 아름다운 도시지. 돌아볼 곳이 정말 많다네. 괜찮다면 내가 안내해 주고 싶은데."

"아뇨, 괜찮습니다. 혼자 다닐 수 있어요."

"그러지 말고. 괜찮은 식당도 소개해 주겠네. 보리주가 끝내주게 맛있는 곳을 알거든."

아니, 괜찮다는데 왜 이렇게 치근덕거려?

왠지 느낌이 이상해서 남자와 거리를 두려는 때였다. 어디선가 청아한 소리가 들려왔다. 고개를 돌리니 드넓은 광장이 눈에 들어왔다. 타일이 촘촘하게 깔린 광장은 한눈에도 잘 꾸며진 태가 났다. 둥글게 깎아 모양을 낸 정원수, 한가운데엔 천사의 동상이 세워진 분수대도 있었다.

바로 그 앞에 한 남자가 앉아 피리를 연주하고 있었다. 가볍게 감긴 눈, 쭉 뻗은 몸체 위에 흐르듯이 이어지는 부드러운 손길. 입구를 베어 문 입술이 호흡을 불어 넣을 때마다 맑은 바람 소리가 세상과 공명하는 듯했다. 음악을 잘 모르는 내가 듣기에도 잘한다는 걸 알 수 있을 만큼, 사람을 홀리는 듯한 연주였다.

다들 비슷한 감상이었는지 오가던 걸음을 멈추고 돌아보는 중이었다. 벌써 그 앞으로 다가가 자리를 잡은 이들도 있었다. 나 역시 그쪽으로 걸음을 옮겼다. 수상할 정도로 귀찮게 굴던 남자의 존재는 이미 눈에 들어오지도 않았다. 단지 연주가 좋아서만은 아니었다. 사람들 사이에 비치는 연주자의 모습이 내가 아는 누군가와 너무 닮았기 때문이었다.

"……설마."

짙은 갈색 피부와 밤하늘처럼 새카만 머리카락. 조각으로 새긴 듯이 섬세한 이목구비. 풍성하고 긴 속눈썹. 그 아래 드리운, 황금빛으로 찬란히 빛나는 심연의 눈동자.

'트로웰……?'

결코 착각할 수도, 몰라볼 수도 없는 모습이었다. 이런 분위기와 외모를 지닌 사람이 그 말고 또 있을 리가 없었다.

그런데 뭔가 조금 이상했다. 내가 아는 그라면 소년이어야 하는데, 지금 연주 중인 남자는 아무리 봐도 성인으로 보였다. 키도 훨씬 컸고, 머리카락도 더 길었다. 성숙함이 더해진 미형의 얼굴은 남성이라는 느낌이 더 확고해서 선뜻 다가서기 힘든 위험한 분위기까지 품고 있었다. 성인이 된 트로웰을 구현해낸다면 딱 이런 모습일 것 같다.

그래도 트로웰이 맞냐고 하면 확신해서 대답할 자신은 없었다. 마음먹으면 외형을 조금씩 바꿀 수 있기야 하지만, 아예 연령대까지 바꿀 수 있었던가? 나는 들키지 않도록 조심하면서 사람들 틈에서 그의 모습을 열심히 살폈다. 그동안 주위를 흠뻑 적셔가던 연주가 끝났다. 사방에서 박수 소리가 터져 나오는 가운데 그가 들고 있던 피리를 내려놓았다. 그 순간 고개를 든 그와 시선이 정면으로 마주쳤다.

'아.'

찰나에 불과할 만큼, 아주 잠깐 스치는 시선이었다. 하지만 그 눈을 보는 순간 알 수밖에 없었다. 역시 트로웰이다. 모습은 조금 달라도 틀림없는 그였다. 머뭇거리는 동안 그의 모습은 몰려드는 인파 속에 파묻혔다. 착각일까. 다시 피리를 연주하기 시작한 그가 얼핏 웃는 듯했다.

"와, 정말 대단한 연주야. 외모를 보니 다크 엘프 혼혈인가? 듣던 대로 굉장한 미모로군."

정신을 차린 건 가까이에서 들려온 걸걸한 목소리 때문이었다. 고개를 드니 큰 덩치가 보였다. 아까 이상할 정도로 귀찮게 굴던 남자가 아직도 떠나지 않고 있었다. 아마도 내가 트로웰을 살피는 동안 같이 옆에서 연주를 구경하고 있었던 듯했다. 남자는 트로웰이 있던 쪽을 탐난다는 듯한 얼굴로 바라보면서 연신 입맛을 다셨다.

"아쉽구만. 나이가 좀 어렸음 좋았을 텐데. 혼혈이라도 성인이라면 안 되겠지……."

"그게 무슨 소리예요?"

"엉? 아아, 일자리 얘기였어, 일자리. 다크 엘프는 나이가 들수록 성질이 사나운 데다가 이종족에게 경계심이 심하거든. 가까이 다가가면 분명 싫어하겠지. 저렇게 아름다운 외모에 좋은 연주 솜씨까지 갖췄으니 귀족가에 소개해 주면 쌍수를 들고 환영할 텐데 말이야."

언뜻 듣기엔 그럴듯한 대답인데, 왠지 느낌이 묘했다. 그래서 아쉬움을 역력히 드러낸 남자에게 굳이 다크 엘프가 아닐 거라는 말은 하지 않았다. 다행히 그는 금방 미련을 접는 것 같았다. 대신 기이한 관심이 다시 내 쪽을 향했지만.

"하지만 외모는 사실 자네가 더 훌륭한 것 같아."

"……네?"

"솔직히 이렇게 아름다운 금발은 태어나서 처음 봤어. 에메랄드 같은 눈동자 색은 또 어떻고. 피부색은 비칠 듯이 하얀 게 마치 도자기 같군. 솔직히 처음엔 엘프인 줄 알았다니까? 아니, 어지간한 엘프도 자네만큼 아름답진 않을 거야."

"아, 그런가요……."

뭐지, 이 사람. 너무 불편하다. 처음 보는 사이에 자꾸 친근한 척 다가오는 것도 그렇고, 뜬금없는 외모 칭찬도 거북하기 짝이 없었다. 사람이 아니라 물건을 품평하는 듯한 태도인데 본인은 그 사실을 인지하지 못하는 것 같다. 게다가 내 표정이 굳는 걸 보았을 텐데도 전혀 개의치 않았다.

"하하, 그럼 좋은 연주도 들었겠다, 이 기분으로 같이 맛있는 거나 먹으러 갈까? 아까 말했던 보리주가 맛있는 집으로 안내하지.”

“아뇨, 저는…….”

“자자, 거절하지 말고.”

불편한 마음에 살짝 얼굴을 찌푸리는데 얼핏 남자의 손이 눈에 들어왔다. 꺼내 들 듯 말 듯 꿈질거리는 손가락 사이로 작은 통 같은 게 쥐어져 있었다.

“지금 그건 뭐…….”

그냥 넘어가선 안 될 느낌에 지적하려는데 문득 주위가 고요해졌다. 들려오던 음악 소리가 끊겼다는 건 조금 늦게 깨달았다. 나만큼이나 한발 늦게 반응한 사람들이 술렁거리기 시작했다. 잠시 후 무리가 양쪽으로 갈라지더니 점차 길이 트였다. 그 틈으로 누군가가 걸어 나오고 있었다. 트로웰이었다.

바로 눈앞에 선 모습에 나는 연신 눈만 깜빡였다. 세상에, 내가 지금 진짜 트로웰을 보고 있는 건가? 멀리서도 믿기지 않았지만 가까이에서 보니 더 실감이 나지 않았다. 스크린 속의 존재가 튀어나와 있는 것만 같았다. 반응을 먼저 보인 건 남자 쪽이었다. 당연히 지나갈 거라고 생각했는지 그가 뒤쪽으로 물러섰다. 하지만 트로웰은 움직이지 않았다. 이미 그럴 줄 알고 있었기 때문에 나는 별로 놀라지 않았다. 그 시선은 처음부터 내게 고정된 채 떨어지지 않았으니까. 그제야 남자도 뭔가 이상하다고 생각했는지 당황한 얼굴을 했다. 한동안 들여다보는 것처럼 가만히 바라보던 트로웰이 두 눈을 휘어 접더니 나른히 웃었다.

"안녕."

"……아하하, 안녕."

어색하게 웃으며 마주 인사를 건네자 그의 눈동자에 이채가 떠올랐다.

"역시 다르네."

"어?"

"아까부터 너 혼자 반응이 달랐거든. 내 외모에 흥미를 보이는 것도 아니고, 연주를 들으려는 것도 아니었지. 그런데도 날 계속 집요하게 살피고 있었어."

"아, 그건……."

"날 아는구나."

저 짧은 한마디가 왜 이렇게 심장 떨리게 무서운지 모르겠다. 마른침을 삼키자 그가 나른하게 웃었다.

"이상하네. 어떻게 알지? 설명을 미리 들었다 해도 그 모습이 아닐 텐데."

"으음…… 그냥 감으로?"

"그럼 내가 널 만나러 온 거라는 것도 알고 있겠네."

정말 날 만나러 온 거였구나. 어느 정도는 그럴 거라 짐작하긴 했었다. 설마 아니라고 믿고 싶었지만.

차마 대답하지 못하고 눈만 열심히 굴리자 선명한 금안이 위험하게 반짝였다. 본래의 모습이었어도 심장이 철렁했을 텐데, 성인의 모습으로 저러니 위압감이 더 컸다.

"형씨, 예의가 없군. 이 애는 나와 대화 중이었어. 아무리 이종의 혼혈이라도 인간의 문화는 알고 있어야지."

그때 넋 놓고 지켜보고 있던 남자가 허둥거리며 우리 사이에 끼어들었다. 그는 여전히 트로웰을 다크 엘프로 오해하는 것 같았다. 이 분위기에 끼어들 생각을 하는 것만 봐도 눈치라곤 약에 쓸데도 없는 사람이었다. 트로웰은 그쪽을 바라보지도 않았다. 완벽한 무시였다.

"사실 조금 놀랐어. 이렇게 어릴 줄은 몰랐거든. 게다가 생김새도 마음에 들어. 인간에게서도 이런 외모가 나올 수 있다는 게 신기할 정도야."

"어, 고, 고마워……?"

"응, 그래서 좀 곤란하네. 당장 어쩔 생각은 없었는데 너로 인해 파생할 문제가 벌써 여러 개 보였어. 대부분은 눈에 보이는 것에 너무 약하거든. 예외를 하나 인정하기 시작하면 다들 마음이 흐트러질 게 뻔하단 말이지. 생각보다 더 위험한 것 같은데, 어떻게 해야 할까."

다시금 시선을 맞춰오는 것에 몸이 움찔 떨렸다. 얼굴은 웃고 있고, 말투도 부드럽다. 내가 알던 그의 모습과 같았다. 그런데 왜 이렇게 긴장이 되는 건지 모르겠다. 방심하면 숨을 쉬는 것도 잊을 것 같아서 나는 억지로 정신을 다잡았다.

"이봐, 내 얘기 안 들려?"

눈치 없는 남자가 또 끼어들었다. 자신을 무시한 것에 화가 났는지 기세가 사나워진 상태였다. 이번엔 트로웰도 그를 돌아보았다. 힐끔 눈짓을 한 번 한 것에 불과하긴 했지만.

"봐, 벌써 귀찮은 게 붙었잖아."

"뭐? 지금 나한테 한 말이냐? 너 내가 누군지 알고……!"

재차 가해진 무시에 화가 났는지 얼굴이 벌게진 남자가 트로웰을 향해 손을 뻗었다. 당장 멱살을 움켜쥘 듯 조급하고 거친 동작이었다. 그 순간 무언가 꿰뚫리는 소리와 함께 얼굴에 뜨거운 액체가 튀었다. 무심코 닦아내다 그 자리에서 잠시 숨을 멈췄다. 손바닥 한가득 붉은 피가 묻어나 있었다. 멍하니 돌아보자 뻣뻣하게 굳은 남자가 보였다. 그의 상체에 새겨진 붉은 선혈이 선명했다. 가슴과 복부에 조금 전까지 존재하지 않던 자상이 보였다. 그 사이로 새어 나온 핏물이 빠르게 번지는 중이었다.

무슨 일이 일어난 건지 잠시간 상황을 파악할 수가 없었다. 본인조차 자신에게 벌어진 일을 이해하지 못한 듯 얼굴이 멍했다. 나는 돌아가지 않는 고개를 억지로 돌려 트로웰 쪽을 응시했다. 그는 언제 뽑아 든 건지 알 수 없는 검에서 피를 털어내고 있었다. 그것만 봐도 선혈의 정체를 알 수밖에 없었다. 이윽고 남자가 울컥 피를 토해내더니 비틀거리며 무너졌다. 쓰러진 몸에서 흘러나온 피가 흥건히 바닥을 적시기 시작했다. "으아악!" 그제야 사람들 사이에서 비명이 터져 나왔다.

"사, 살인이다!"

"사람을 죽였어!"

주위는 곧 아수라장이 됐다. 빠르게 달아나는 사람들과 엉거주춤 무기를 빼 드는 사람까지, 저마다 가지각색의 반응이 나타났다. 그동안 나는 망연히 트로웰만 바라보았다. 사방이 혼란해진 상황에서도 그는 홀로 태연했다. 그저 무심한 얼굴로 쓰러진 남자의 이마에 검날을 가져다 댈 뿐이었다. 날이 스치는 자리에 붉은 빗금이 천천히 새겨졌다. 땅의 정령왕의 표식이기도 한 빗살 무늬였다. 이윽고 검집에 검을 집어넣은 그가 나를 향해 부드럽게 웃었다. 조금 전 웃었을 때와 똑같은 얼굴이었다. 그 모습만 보면 아무런 일도 일어나지 않았던 것 같았다.

"의외로 담력도 좋네. 덜덜 떨면서 주저앉을 줄 알았는데."

"왜……."

"왜 죽였는지 묻는 거야? 그냥 취미야."

"사람을 죽이는 게, 취미라고?"

비슷한 경고를 이미 들었었다. 그래도 직접 그 입에서 듣는 말은 감당하기가 어려웠다. 힘겹게 되물은 말에 그는 피식 웃었다. 조금 비틀린 미소였다.

"사람이 아니라 쓰레기지."

"무슨……."

"사람이라기엔 악취가 너무 역겹잖아. 난 이런 거 잘 못 참거든."

중얼거린 트로웰이 이미 시신이 된 남자를 발로 밀었다. 그러자 그 몸에서 무언가가 굴러 나왔다. 그게 뭔지는 한눈에 알아보았다. 남자가 계속 손에 쥐고 있던 정체 모를 나무통이었다.

"마취제야."

저게 대체 뭔가 싶어 가만히 살피는데 뜻밖의 단어가 들려왔다. 당황해서 돌아보자 트로웰이 다시 웃었다.

"바닥의 버튼을 누르면 바늘이 튀어나오는 구조지. 그 바늘에 발린 마취제는 한 방울로 코끼리도 기절시킬 수 있을 만큼 강력해. 비록 다크 엘프한테는 안 통하지만."

"그건……."

"그거 알아? 지성체라 불리는 생물 중에서 동족의 아이를 강간하거나 죽이는 건 인간뿐이라는 거. 동족을 팔아 치우는 것도 인간뿐이지."

아아, 그렇구나. 그래서.

머릿속이 차분해지면서 놀란 마음이 빠르게 진정됐다. 때마침 멀찍이서 달려오는 병사들이 눈에 들어왔다. 신고를 받고 출동한 경비대인 게 분명했다. 나는 얼른 트로웰의 팔을 붙잡았다.

"가자!"

"뭐?"

대답은 듣지 않고 무작정 잡아끌기부터 했던 것 같다. 다행히 트로웰은 별다른 저항 없이 내가 끌고 가는 대로 따라왔다. 복잡한 골목길로 들어가기 시작하면서 한동안 추격전이 이어졌다. 더는 따라붙는 기척이 없다는 걸 느꼈을 땐 어딘지 모를 숲 한가운

데에 들어와 있었다.

"이제, 허억, 헉, 안 쫓아오는 것 같아."

몇십 분을 쉬지 않고 달렸던 것 같다. 턱 끝까지 차오른 숨을 고르면서 나는 지친 몸으로 바닥에 주저앉았다. 그런 나와 달리 너무도 멀쩡하기만 한 트로웰은 말없이 나를 빤히 바라보기만 했다.

"왜 날 데리고 도망친 거야?"

"경비대한테 잡히면 안 되잖아."

"넌 내가 인간의 경비대 따위한테 잡힐 거라고 생각해?"

"아, 그건 그렇네."

그러고 보니 혼자 도망치는 게 더 간단했겠구나. 내가 인간이 됐다고 무심결에 트로웰도 같은 처지라고 생각했다. 또 거하게 삽질을 한 셈이다. 이게 무슨 망신인가 싶어서 한숨이 절로 흘러나왔다.

"미안해, 나 때문에 트로웰까지 괜히 뛰었네."

"애초에 네 쪽이 휘말린 거라는 건 알고 있어?"

"오히려 반대지. 트로웰이 날 구해준 거잖아."

"뭐?"

"그 사람 나도 좀 이상했거든. 자꾸 가까이 달라붙으려는 게 수상해서 경계하고 있었는데 설마 마취제를 쓰려고 하는 줄은 꿈에도 몰랐어. 도와줘서 고마워. 갑자기 죽여서 놀란 건 맞는데, 솔직히 그런 놈이면 죽어도 싸지."

"……정말 고맙다고 생각해?"

"그럼 정말이지. 아, 그동안 죽인 인간들도 혹시 다 그런 놈들인 거야? 그렇구나. 이제야 좀 이해가 됐어. 역시 사람 말은 들어봐야 한다니까."

그럼 그렇지. 그냥 아무나 마구 죽이는 게 아니었다. 조금 더 과감하고 잔인한 방식이긴 해도 그 나름대로 정해둔 규칙이 있었던 거다. 낯설다고만 생각했던 그에게서 내가 아는 모습을 발견한 것 같아 마음이 놓였다. 기쁨을 숨기지 못한 탓일까. 입을 꾹 다문 트로웰이 다음 순간 미간을 찌푸렸다. 있을 수 없는 일을 겪은 것처럼 무언가에 충격을 받은 듯한 얼굴이었다.

"……마음이 안 읽혀."

"어?"

아무 생각 없이 되묻기 무섭게 흠칫했다. 나를 노려보는 시선이 날카로웠다. 굳어진 얼굴에 약간 화가 난 듯한, 진득한 경계의 표정이 떠올랐다.

"인간에게 내 힘이 통하지 않는다는 건 말이 안 돼. 너 대체 정체가 뭐지?"

무슨 말인가 했더니 내 생각이 읽히지 않나 보다. 이건 이미 짐작했던 부분이라 별로 당황스럽진 않았다. 속마음을 들키면 당연히 내 정체도 드러날 텐데, 시벨리우스의 기억에서 난 트로웰과 어울렸는데도 주술이 풀리지 않았으니까. 어렴풋이 능력이 통하지 않았나 보나 싶었는데 역시 그게 맞았던 모양이다. 모종의 주술 보호 조치가 있는 건지, 그냥 내 혼이 정령왕이기 때문인지는 모른다. 어쩌면 둘 다일 수도 있다. 하지만 이렇게 설명할 수는 없고, 역시 이럴 때 할 수 있는 대답은 하나뿐이겠지.

"난 엘이라고 해."

"뭐?"

"엘. 그게 내 이름이야."

이 땅에서 내가 가지고 있는 진실은 오직 이 이름 하나뿐. 그러니 내가 할 수 있는 대답도 이것밖에 없다. 트로웰은 조금 얼굴을 찌푸렸다. 흐트러진 눈빛에서 채 감추지 못한 당혹감이 그대로 보였다.

"난 이름을 물은 게 아니야."

"별로 다르진 않아. 내겐 그 이름이 정체성이나 마찬가지거든."

"회피하는 대답치곤 꽤 거창한데. 아니면 너도 자신에 대해 아는 게 없다고 말하고 싶은 거야?"

"그냥 마음대로 생각해. 어쨌든 이름을 알려주고 싶었어. 특히 트로웰이 꼭 알고 있으면 했어."

"왜?"

왜냐면 내게 이 이름을 지어준 사람이 바로 너니까.

말없이 웃기만 했더니 트로웰이 눈을 가늘게 떴다. 잔뜩 좁혀진 미간만 봐도 이 상황을 마음에 들어 하지 않는 기색이 역력했다. 문득 엘뤼엔이 한 경고가 떠올랐지만 개의치 않기로 했다. 이런 행동이 그를 자극하는 거라 해도 어차피 난 멈출 수 없을 테니까.

그거 알아, 트로웰? 그 이름이 정체성인 건 이곳만이 아니야. 원래 내가 있던 장소에서도 그건 늘 마찬가지였어. 엘퀴엔이 아버지로서 날 지탱해 주었다면, 네게서 받은 이름은 나를 이 세계의 일원으로 완성했어.

그 이름을 받았을 때 내가 얼마나 기뻤는지 지금의 넌 조금도 모르겠지. 그걸 잃어버릴 뻔했을 때 느꼈던 슬프고 비참했던 기분도. 그래서 난 지금 이 순간이 더할 나위 없이 고맙기만 해. 내게 무엇보다 소중한 이 이름이 네게도 의미가 있다는 걸 알게 되어서. 처음부터 온전히 내게 주어진, 내 것이었다는 걸 확인하게 되어서.

"난 너와 친해지고 싶어."

멈칫한 트로웰이 얼굴을 찌푸렸다. 그가 싸늘한 비소를 지은 채로 나를 응시했다.

"나와 친해지고 싶다고? 인간인 네가?"

"그러면 안 될까? 우린 제법 가능성이 넘친다고 생각하는데."

"가능성?"

"내가 궁금해서 보러 온 거잖아. 나도 너에 대해서 알고 싶어. 친해지면 서로에 대해 많은 걸 알 수 있을 거야. 같이 세상을 여행하지 않을래?"

"……엘퀴네스가 상냥한 계약자는 아닐 텐데. 이상할 정도로 겁이 없네."

이어진 목소리는 부드럽고 나른했다. 덕분에 잠시 방심한 대가는 혹독하게 돌아왔다. 다음 순간 심장이 철렁 내려앉는 듯한 느낌과 함께 몸이 덜덜 떨리기 시작했다. 숨을 쉬는 게 힘들어져서 주먹을 꽉 움켜쥐었다. 갑자기 왜 이러는 건지는 굳이 확인할 필요도 없었다. 트로웰이 정령왕의 기운을 개방한 거다.

"너 같은 애들은 잘 알아. 정령사 중에서 특히 많지. 정령과 계약했으니 자신이 선택받았다고 여기는 유형들. 이런 애들은 꼭 모든 정령이 자신을 사랑할 거라 착각한단 말이야."

힘겹게 버티는 내게 그의 금안이 화려한 빛을 품었다.

"엘퀴네스가 말해 주지 않았어? 내가 널 죽이지 않는 건 아직 그를 자극하지 않기 위해서라고."

"트로웰, 나는……."

"그에게 감사하도록 해. 친해지고 싶다니, 내게 그런 건방진 말을 하고도 살아남은 인간은 지금 네가 유일하니까. 물론 그것도 그리 오래가진 않겠지만."

"나는, 그게 아니라……."

"난 인간을 믿지 않아. 너처럼 신뢰할 수 없는 인간은 특히 더 그렇지. 무슨 꿍꿍이인지 몰라도 수작 부릴 생각은 하지 않는 게 좋을 거야."

트로웰은 내 말은 들으려고 하지도 않았다. 서늘한 음성을 마지막으로 그의 모습이 눈앞에서 홀연히 사라졌다. 덕분에 질식할 것만 같던 공기도 같이 사라지면서 몸의 떨림이 간신히 멈췄다. 나는 그제야 깊은숨을 내쉴 수 있었다.

“잘 부탁한다더니.”

이럴 줄 알고 그런 거지, 트로웰.

까칠한 아버지에 이어 이번엔 까칠한 형인가. 무슨 놈의 가족 관계가 이렇게 꼬이는 건지 모르겠다. 헛웃음을 삼키다 다시 한숨을 내쉬었다. 세상 쉬운 일이 하나도 없었다.

제4화

1.

밤부터 꾸물꾸물하던 하늘이 날이 밝기 무섭게 기어코 안에 든 것을 쏟아내기 시작했다. 어설픈 추위에 설익은 진눈깨비였다. 짙은 잿빛으로 추적추적한 날씨를 맞이한 도시는 평소의 활기를 잊은 채 고요해졌다. 그러나 기차역만은 이른 오전부터 인파로 북적거렸다. 일주일에 많아야 한두 번, 드문 간격으로만 운행하는 로함 행 열차를 타기 위한 인원이었다. 제 몸보다 큰 여행 가방을 들고 비장한 표정으로 오르는 이, 많은 사람의 배웅을 받으며 작별 인사를 하느라 바쁜 이, 설레는 얼굴을 하며 신이 나서 오르는 이, 가지각색 다양한 사연을 지닌 사람들이 그에 걸맞은 모습으로 열차에 올랐다. 그들 사이를 종횡무진 오가며 개표하는 역무원의 표정엔 벌써 지친 기색이 역력했다.

“열차가 곧 출발합니다! 모두 선로에서 물러나세요!”

오래지 않아 기관사가 외치는 소리가 쩌렁쩌렁하게 울려 퍼졌다. 작별 인사를 나누는 사람들의 행동이 더 애틋해지는 순간이었다. 보다 못한 역무원들이 적극적으로 만류하고 나서면서, 열차에 밀착해 있던 무리가 조금씩 떨어져 나갔다.

이윽고 덜컹거리는 소리와 함께 차체가 미끄러지듯 움직이기 시작했다. 긴 시간 창문 너머에 고정되어 있던 바깥 풍경이 순식간에 멀어지더니, 어느덧 보이지 않게 됐다. 몰려 있는 사람들도, 그 사이에서 배회하는 병사들의 모습도 없었다. 객실 문 옆에 바짝 붙어 있던 나는 그제야 안도의 한숨을 내쉬고 의자에 편히 몸을 기댔다.

하룻밤 고생이 온전한 결실을 이뤘다.

마침내 탈출이었다.

“오늘 역에 유난히 병사들이 많지 않았어요?”

“어제 살인 사건이 있었던 모양이야. 달아난 범인을 찾는 중이라더군.”

“어머, 살인이요?”

“세상에 그런 무서운 일이.”

어느 순간 깜빡 잠들었던 모양이다. 귓가를 간지럽히는 대화 소리에 퍼뜩 잠에서 깨어났다. 공간이 규칙적으로 진동하는 걸 보면 열차는 여전히 운행 중인 상태였다. 창밖으로 낯선 풍경이 스치는 것도 보였다. 그런데 문 쪽에 사람들의 그림자가 어른거리고 있었다. 지나가는 것이 아니라 이쪽에 용건을 갖고 다가오는 기척이었다. 경계하며 주시하고 있으려니 곧 노크 소리와 함께 굵직한 목소리가 들려왔다.

"손님, 점심시간입니다. 식사를 준비해드려도 되겠습니까?"

아, 벌써 시간이 그렇게 된 건가. 긴장이 확 풀렸다. 식당칸이 따로 보이지 않더라니, 식사를 직접 가져다주는 구조였던 모양이다. "들어오세요." 허가를 내리자 문이 열리며 음식이 놓인 이동식 테이블이 안으로 들어왔다. 테이블을 끌고 들어온 승무원이 맞은편 공간이 빈 것을 확인하고 의아한 표정을 지었다.

"다른 손님은 어디에 계십니까?"

"네? 아, 잠시 화장실에 갔어요. 곧 돌아올 거예요. 신경 쓰지 말고 가보세요."

"네, 알겠습니다. 다 드신 후에 테이블은 밖으로 내주십시오. 그럼 편한 시간 보내시길 바랍니다."

정중한 인사를 마지막으로 승무원이 다시 밖으로 나갔다. 아무것도 의심하지 않는 얼굴인 걸 보면 내 연기가 어색하진 않은 듯했다. 닫히는 문을 보며 내심 안도하고 있는데 그 틈새로 승무원들 간의 대화 소리가 다시 흘러들어 왔다.

"그래서 살인범은 잡았대요?"

"못 잡았으니까 그렇게 서성거리고 있었겠지."

"혹시 우리 열차에 숨어 있는 건 아니에요?"

"에이, 설마."

일단은 그 설마가 맞긴 했다. 숨어 있다기보다는 당당히 타고 있고, 살인범이라기보다는 같이 도주하는 바람에 졸지에 공범이 된 쪽이긴 하지만.

물론 이런 사실을 꿈에도 모를 승무원들은 잡담을 나누며 다음 칸으로 멀어져갔다. 바퀴가 구르는 소리를 한 귀로 듣고 흘리면서 나는 따끈따끈한 김이 오르는 수프를 숟가락으로 떠서 한 모금 삼켰다. 바짝 마른 혀에 달콤하고 짭짤한 맛이 퍼져나가니 정신이 조금 드는 것 같다. 그대로 빵을 뜯어 입에 집어넣고 씹었다. 밤새 주렸던 속이 채워지기 시작하니 파란만장했던 어제의 여정이 다시금 스쳐 지나갔다.

이런 걸 두고 고생을 사서 한다는 거겠지.

각오한 일이긴 했지만 사람들이 다 보는 앞에서 트로웰을 데리고 도망친 건 정말 좋지 않은 선택이었다. 한낮에 광장에서 벌어진 대담한 살인 사건, 심지어 연쇄살인의 증거까지 남긴 채다. 나야 그가 정령왕이라는 것도 알고 왜 죽인 건지도 알지만, 남들이 보기엔 그냥 흉악한 범죄자일 뿐이다. 거리마다 나와 트로웰을 찾는 경비대가 깔린 건 숨 쉬는 것만큼이나 당연한 일이었다. 그나마 금발은 흔한 편이라 그런지 수사망이 바로 좁혀지진 않았다. 경비대 쪽도 트로웰 쪽을 더 집중해서 추격하는 것 같았다. 그래도 앞으로 어떻게 될지는 알 수 없었으므로 예정보다 일찍 짐을 꾸려 여관을 나와야 했다.

다음날 기차를 타야 했기에 근방을 서성이느니 그냥 곧장 역사로 향했다. 기차역처럼 사람이 많은 곳은 수색 범위일 게 뻔하지만, 등잔 밑이 어둡다는 선조의 지혜를 믿었다. 다행스럽게도 이곳이 시발역이자 종착역인 덕분에 철로엔 정차한 채 방치된 기차가 많았다. 그중 적당한 기차를 골라 숨어 들어가니 역시나 아무도 눈치채지 못했다. 그 상태로 밤을 지새운 다음, 아침이 되자마자 로함 행 푯말이 걸리는 열차를 확인하고 냉큼 갈아탔다. 아주 첩보물이 따로 없었다.

'표를 미리 사두길 잘했지.'

물론 경비대 쪽도 만만치는 않았다. 이른 오전부터 역사를 장악한 병사들은 진눈깨비가 내리는 궂은 날씨에도 수색을 게을리하지 않았다. 지나는 사람의 외모를 일일이 확인하는 건 물론 열차 안까지 수색했다. 아마 일반 칸에 탔더라면 그대로 발각되었을지도 모른다.

수색을 피한 건 내가 있는 객실이 이등 칸인 덕분이었다. 열차의 객실 칸은 네 가지 등급으로 구분되는데, 그중에서 일등 칸과 이등 칸은 귀족과 부호들을 위한 공간이었다. 이 칸들의 가장 큰 장점은 각자 일인실과 이인실로 이뤄진 독립적인 구조라는 점이다. 귀족을 위한 곳이기에 보안이 철저한 데다가 함부로 들어오거나 수색하지도 못했다. 개표만 통과하고 나면 그 이후로는 완벽한 개인 공간을 가질 수 있다는 소리였다. 일반 칸으로 할까 하다가 혹시나 엘뤼엔이 돌아올 때를 생각해 비싼 표를 사둔 거였는데,

그게 신이 마련해준 안배였다.

다만 불편한 점은 이등칸은 당연히 두 사람이 쓴다는 인식이 있다는 것 정도. 객실을 구매하는 형식이라 푯값 자체가 두 명분을 전제하고 있으니 그렇게 생각할 만도 했다. 굳이 혼자 쓴다는 걸 알릴 필요는 없는 것 같아서 그냥 오해하도록 내버려 두고 있다. 솔직히 이건 장점이 더 컸다. 일단 식사가 두 명분이 나온다.

"어쨌든 이만큼 멀어졌으니 이제 안심해도 되려나."

빠르게 스치는 창밖의 풍경은 아름다웠다. 잠들기 전까지만 해도 진눈깨비가 함박눈으로 바뀌어 가는 중이었는데, 지금은 흐린 구름 한 점 없이 맑기만 했다. 정확히 어딘지는 몰라도 지역이 완전히 달라졌다는 건 분명했다. 적어도 목적지에 도착할 때까진 평탄할 거다 싶으니 마음이 무척 평화로워졌다.

하지만 세상이 어디 내 뜻대로 흘러가는 법이 있던가. 그게 얼마나 안이한 생각이었는지를 깨닫기까지는 그리 오래 걸리지 않았다.

2.

한동안 빠르게 스치던 풍경이 점차 느려지기 시작하더니 어느 순간 완전히 정지했다. 슬슬 그럴 시간이다 싶더니 다음 역에 도착한 것 같았다. 창문 커튼을 들어 올리자 역시나 지붕을 세운 정거장 건물이 보였다. 자갈을 깔아둔 길 위에 하차하는 사람들과 탑승하는 사람들의 행렬이 서로 어지러이 섞이기 시작했다.

이제 한동안 쉬겠구나. 나는 지난 이틀간 학습된 과정을 토대로 느긋하게 다음 일을 유추했다. 로함행 열차는 야간을 제외하면 두세 시간에 한 번꼴로 정차하는 편이었다. 장거리 여행자가 많아서인지 그때마다 정차하는 시간이 꽤 길었다. 이 시간을 활용해서 산책하거나 간단한 용무를 보고 오는 승객도 곧잘 있을 정도였다.

나도 나가볼까 했으나 최대한 눈에 띄지 않고 지내는 것이 목적이었으므로, 배낭에서 얌전히 책을 꺼내 들었다. 간단한 일러스트가 포함된 기초 몬스터 도감은 이제 거의 다 외울 지경이었지만 이게 아니고는 시간을 때울 만한 방법이 없었다. 아무것도 없는 기차 여행은 생각보다 굉장히 무료했다. 이럴 줄 알았으면 책을 더 살걸. 왜 한 권만 집었는지 과거의 내게 항의하고 싶은 기분이었다.

그런데 무슨 일인지 이번엔 유난히 정차가 더 길었다. 평소라면 슬슬 준비에 들어가야 할 가동 소리가 시간이 지나서도 계속 잠잠하기만 했다. 혹시 기차에 결함이라도 생긴 건 아닌가 의심이 들 무렵, 문득 위에서 이상한 진동이 느껴졌다. 창문을 열고 내다봤더니 진동의 정체가 한눈에 들어왔다. 하늘에 봉황을 닮은 거대한 새가 떠 있었다. 비조였다. 그것도 한두 마리가 아니라 십수 마리의 떼였다.

'뭐지?'

한동안 공중을 선회하던 비조 무리는 곧 역 안으로 착지했다. 그 위에 타고 있던 이들이 차례로 몸을 내렸다. 그들 대다수가 무장한 기사였다. 선두의 몇 사람이 제복을 입고 있는 걸 보아 이들을 이끄는 대장인 것 같았다. 잠시 후 기관사를 비롯한 모든 역무원이 헐레벌떡 뛰어가 그들을 맞이했다. 그들은 한동안 무언가 대화를 나누는 듯하더니 곧 우르르 열차에 올랐다.

'높은 사람이 열차를 타는 건가?'

처음엔 단순히 그렇게 생각했다. 그런데 다른 칸에서 술렁거리는 소리가 들려왔다. 다투는 듯한 소리가 들리다 잠잠해지더니, 무언가 분주히 돌아다니는 소리가 이어졌다. 그 소리가 점차 가까워지고 있었다. 아까 올라탄 무리가 객실마다 차례차례 들르고 있는 것 같았다.

'뭐야. 설마 날 쫓아온 경찰인 건 아니겠지?'

경비대의 옷과는 다르지만 다른 쪽에서 사건을 인수한 건지도 모른다. 무장한 기사들이 객실을 들쑤시는 이유를 그것 말고는 떠올릴 수가 없었다. 이틀이나 지나서 안심하고 있었더니 이게 무슨 날벼락인지 모르겠다. 어떻게 해야 하나 고심하고 있는 동안 마침내 내 차례가 닥쳤다. 노크도 없이 객실 문이 거칠게 열리더니, 기사들이 표정 없는 얼굴로 안으로 들어섰다. 나는 최대한 태연하게 반응하려고 노력했다.

"……뭐죠?"

그러자 그들 사이에서 두 남자가 앞으로 걸어 나왔다. 아까 선두에 있던, 제복을 입은 이들이었다. 둘 다 키는 비슷했는데 한쪽은 한눈에도 무인으로 보이는 건장한 체형이었고, 다른 한쪽은 적당히 단련한 듯한 체형이었다. 무인 쪽은 검은색 제복을, 다른 쪽은 군청색 제복을 입고 있었는데, 군청색 쪽엔 무늬와 장식이 있어서 한눈에도 더 화려해 보였다. 외모 역시 그쪽이 더 화사해서, 갈색 머리칼에 갈색 눈동자를 지닌 무인과는 달리 군청색 제복 쪽은 은회색 머리칼에 노란빛이 도는 눈동자라 여러모로 눈에 띄었다. 타고난 듯한 냉랭한 분위기만 봐도 그의 신분이 더 높다는 걸 알 것 같았다.

"갑작스레 실례하겠소. 우리는 에펜 왕국의 근위대고, 나는 제2단장인 미올이오. 그리고 여기 계신 이분은 왕국의 왕세자이신 루시엘 님이시오. 왕세자 전하께 예의를 갖추시오."

"……네?"

하지만 결코 여기까진 생각하지 못했다.

왕세자라니. 왜 여기서 왜 왕세자가 나와? 황당해서 바라보니 왕세자라 불린, 은회색 머리칼을 지닌 남자의 표정이 묘해졌다. 그와 동시에 기사단장이라 자신을 소개한 남자가 얼굴 가득 불쾌한 심기를 드러냈다. 신분을 밝혔는데도 내가 아무런 반응을 보이지 않자 발끈한 게 분명했다. 자기들이 멋대로 나타난 주제에 정중한 인사까지 받으려고 하다니 아주 제멋대로인 사람들이었다. 당연히 이곳에서 왕족을 대하는 예우 같은 건 배운 적이 없었으므로 대충 스왈트 제국에서 봤던 귀족들을 흉내 내기로 했다. "왕국의 존귀하신 분, 태양을 이어가실 분을 뵙습니다." 한 손을 앞으로 내리고 가볍게 허리를 숙이니 그제야 기사단장의 얼굴이 펴졌다. 다행히 여기서도 흠 잡히는 인사는 아닌 모양이었다. 그와는 별개로 내 마음은 더 초조해졌다. 어쩐지 이쪽 칸을 거침없이 수색하더라니, 왕족이 직접 나섰으니 그럴 만도 했다.

"그런데 갑자기 무슨 일이신지……?"

"불온한 자가 이 열차에 숨어들었다는 제보를 받았소. 잠시 내부를 수색해야겠으니 협조해 주시오."

"불온한 자요?"

"자세한 건 알 것 없소."

기사단장이 눈짓을 보내자 근위대 기사들이 본격적으로 안으로 들이닥쳤다. 그들은 의자와 침대를 비롯한 모든 구석을 샅샅이 뒤졌다. 심지어 내 몸도 수색하고 배낭도 열어 안의 내용물까지 다 꺼내 들었다. 너무 순식간에 벌어져서 이게 무슨 짓이냐고 항의할 겨를도 없었다. 어이가 없어서 입만 벌리고 있자니 어디선가 뚫어질 듯한 시선이 느껴졌다. 왕세자가 흥미로운 듯한 눈길로 나를 바라보고 있었다. 얜 또 왜 이래? 살짝 얼굴을 찌푸리는데 수색을 끝마친 기사가 외치는 소리가 들렸다.

"아무것도 없습니다!"

대체 뭘 찾는 건지는 몰라도 다행히 이들이 찾는 게 나오진 않은 모양이다. 다 끝났으면 나가라는 의미를 담아 바라보았더니 왕세자가 재밌다는 표정으로 웃었다.

"이름이 엘이라고 했나?"

"네, 그런데요."

그러자 거기서 뭔가를 떠올렸는지 기사단장의 시선이 나를 향했다.

"왕국 국민이 맞소?"

"무슨 뜻으로 하시는 말씀이시죠?"

"인사법이 조금 달라서 물어봤소. 게다가 본래 전하께 인사드릴 땐 본인의 성명과 출신지를 함께 밝히는 경우가 대부분인데, 아무것도 언급하지 않으시더군. 귀하의 출신지를 비롯한 가문 명과 성함을 밝혀 주시겠소?"

"왜 그런 걸 밝혀야 하죠?"

"협조하지 않으면 공무집행 방해죄로 체포하겠소."

처음 알았는데 이 세계에도 공무집행 방해죄가 있는 모양이다. 아니, 그러면 수색 영장도 있어야 하는 거 아닌가? 뭐가 이렇게 자기들 마음대로야? 이래서 전제주의 왕권이란! 깊은 짜증이 치솟아 올랐지만 상대가 왕세자라는 점을 떠올리며 애써 가라앉혔다. 일단 어제 일어난 살인 사건을 수사하는 건 아닌 것 같으니 그것만으로도 다행인 셈이다. 마음을 가라앉힌 후 나는 대충 아무렇게나 지어냈다.

"출신지는 에바스 에덴이고, 이름은 엘입니다. 성은 엘뤼엔이구요."

"에바스 에덴? 처음 들어보는 이름이군."

"그럴 겁니다. 굉장히 먼 곳에 있거든요."

아무렴, 너무 멀어서 인간은 가지도 못하는 곳이지. 참고로 그게 왕국에 있다는 말은 안 했다. 나머지는 알아서 상상하라지.

나름대로 자제했다고 여겼는데 나도 모르게 빈정거리는 태도가 비친 모양이다. 미간을 꿈틀거린 기사단장이 못마땅한 표정을 지었다. 그가 뭐라고 한마디 하려는 듯 입을 열던 때였다. 주위를 가볍게 두리번거리던 왕세자가 지나가는 듯한 어조로 물었다.

"이등 칸인데 왜 혼자지? 일행은 어디에 있나?"

"아, 일행은 잠시 화장실에……."

"배낭도 하나뿐이군."

"짐을 제가 다 보관하고 있거든요."

"들여보내라."

왕세자가 지시한 대상은 내가 아니라 뒤에 있는 문 쪽이었다. 그러자 그곳에 서 있던 기사들이 얼어붙어 있는 이들을 앞으로 내세웠다. 내 객실을 담당하는 승무원들이었다. 낭패감에 얼굴이 굳었다.

"이자의 일행을 본 적이 있나?"

그 질문에 승무원들이 잠시 생각하는 듯하더니 의아해하는 표정을 지었다. 그제야 한 번도 마주친 적이 없다는 걸 깨달은 모양이다. 너무도 당연한 반응이라 쓴 한숨이 흘러나왔다. 젠장, 그냥 처음부터 혼자서 쓰는 거라고 할걸. 나름대로 엘뤼엔이 돌아올 때를 대비한 건데 (절대 이인분의 식사 때문은 아니다) 그게 이번엔 발목을 잡으려는 모양이다.

아무에게서도 선뜻 대답이 나오지 않자 기사단장의 얼굴이 험악해졌다. 그가 나를 노려보다시피 응시할 때였다.

"아, 제가 확인했습니다."

그런데 갑자기 생각지 못한 곳에서 대답이 들려왔다. 가장 뒤쪽에 있던 승무원이 손을 들고 있었다. 당황해서 눈을 깜빡이는데 왕세자가 약간 찡그린 얼굴로 물었다.

"자네가 확인했다고?"

"네, 또래의 영애분이었습니다."

"영애라……. 유난히 건장한 덩치는 아니었나?"

"아닙니다. 마르고 가냘픈 체형이었습니다."

"……머리 색은 어떠했지? 흑발은 아니었나?"

"금발에 벽안이었습니다."

한동안 모르는 대화가 오가기 시작했다. 집요하게 내 일행에 대해 캐묻던 기사단장은 급기야 승무원의 신원까지 확인하기에 이르렀다. 하지만 어느 것도 원하는 대답은 아니었던 모양이다. 왕세자와 기사단장이 서로 시선을 마주하더니 살짝 고개를 저었다. 얼굴 가득 실망한 표정이 역력했다. 물론 여기서 가장 당황스러운 건 나였다. 금발에 벽안을 지닌 여자라니, 대체 있지도 않은 일행이 어디서 튀어나온 건지 모를 일이었다. 그렇다고 여기서 어리둥절한 기색을 내보일 생각은 추호도 없었으므로 최대한 표정을 관리했다. 무슨 문제가 있냐는 듯 뻔뻔하게 응시하니 기세에 눌린 기사단장이 머쓱한 얼굴을 했다.

"잠시 오해가 있었던 것 같군. 그럼 실례했소."

결국 더는 물고 늘어질 순 없었는지 그들이 얌전히 객실을 나섰다. 내심 안도하는데 나가는 순간 왕세자의 시선이 스치듯 내게 닿았다. 못내 아쉬움을 담은 듯한 진득한 눈길에 왠지 모를 거북함이 들었다. 다행히 내 얼굴이 찌푸려지기 전에 문이 먼저 닫혔다.

열차는 그 뒤로도 한참을 더 정차했다. 역으로 하차하는 왕세자와 기사들을 볼 수 있던 건 상당한 시간이 흐른 뒤였다. 기어이 일등 칸까지 전부 다 수색한 듯했다.

"이게 대체 무슨 일이야."

갑자기 기사들이 들이닥칠 줄은 꿈에도 몰랐지. 아무리 왕세자라도 저러면 반발이 만만치 않을 텐데, 그런데도 아랑곳없이 돌아다닌 보면 보통 일이 아닌 건 분명했다. 가방까지 다 뒤지는 걸 봐선 무언가를 분실하기라도 한 걸까. 일단은 사람을 찾는 것 같기는 했는데 말이다. 흑발의 건장한 남자를 찾는 것으로 보였는데, 설마 그게 트로웰은 아니겠지. 예전이었다면 체형에서 탈락했을 텐데 청년의 모습도 할 수 있다는 걸 알게 되니 선불리 안심을 못하겠다.

'근데 그 승무원은 누굴 내 일행으로 착각한 거지? 저 사람들 기세를 봐선 화장실을 찾아가서라도 그 여자가 누군지 확인했을

게 분명한데, 다시 안 찾아오는 게 이상하네. 모습만 확인하고 객실 확인은 따로 안 한 건가.'

그때 돌아보는 왕세자와 시선이 마주칠 뻔해서 얼른 창문 아래로 피했다. 왠지 저 남자는 기분이 나쁘다. 딱히 위력을 행사한 것도 아니고 무례하게 굴지도 않은 것 같은데 마주쳐서 좋을 게 없다는 경고가 울렸다. 어차피 왕세자 같은 신분을 다시 만날 일은 없겠지만.

곧 열차가 다시 움직이기 시작했다. 멀어지는 풍경 속에서 비조를 타고 다시 하늘로 날아오르는 기사들이 보였다. 기차와 완전히 반대 방향으로 가는 걸 보면 본래 장소로 복귀하는 듯했다. 그걸로 이 요란한 해프닝도 끝난 거라 생각했다. 갑자기 문이 열리고 금발의 소녀가 나타나지 않았다면 그렇게 여겼을 거다.

"여기군."

"……누구?"

노크 소리도 없이 문이 벌컥 열리더니 처음 보는 낯선 소녀가 안으로 들어섰다. 머리부터 발끝까지 검은 옷으로 감싼 모습이었다. 여행자라기보다는 야밤에 어딘가를 털러 갈 듯한 차림이다. 당황해서 바라보았더니 가만히 나를 들여다보던 소녀가 낮은 소리로 무언가를 중얼거렸다. 욕설 같기도 하고, 기도문을 읊는 것 같기도 했다. 그러다 무언가 결심을 굳힌 얼굴을 하고는 비장한 태도로 내 맞은편 의자에 앉았다.

"이봐요, 당신 누구예요?"

"네 일행이다."

"무슨 말도 안 되는 소리를……."

"이렇게 말하면 네가 날 도와줄 거라고 하더군."

"누가요?"

"나도 모른다."

"……지금 장난해요?"

황당한 심정으로 물은 말에 소녀는 오히려 한숨을 내쉬었다. 그리곤 품 안에서 목걸이를 꺼내 들고는 걸려 있는 로켓을 확인했다. 로켓 안쪽은 아무런 그림이나 무늬 없이 짙은 노란색으로만 채워져 있었다.

"6시량의 두 조각인가. 곧 풀리겠군."

"무슨……."

그 순간 소녀에게서 희미한 빛이 일렁이더니 모습이 변하기 시작했다. 체형이 빠르게 불어나고 덩치가 벌어지며 머리카락 색이 변했다. 화려한 금발이 짙은 흑발로, 벽안이 보라색으로 바뀌었다. 정신을 차렸을 땐 소녀의 모습은 온데간데없이 사라지고 건장한 남자가 앉아 있었다. 아무리 나라도 이 순간엔 놀란 표정을 숨기지 못했던 모양이다. 소녀, 아니 남자가 담담하게 입을 열었다.

"일시적인 변형 마법이라고 들었다. 유지 시간이 끝나서 다시 원래 내 모습으로 돌아온 거지. 체형까지 축소하는 변형 마법은 처음 봤지만 나도 자세한 건 모른다. 네가 알 거라 생각했는데 표정을 보니 오히려 나보다 상황을 더 모르는 얼굴이군."

"……당신 대체 누구야?"

"염려 마라. 나는 곧 내릴 거다."

"아니, 내가 염려하는 건 그게 아니라……."

"세이크의 제도로 간다지?"

"그건 또 어떻게 알아?"

"내 부탁을 하나 들어주지 않겠나?"

아까부터 대화가 전혀 통하지 않는다. 남자는 자신이 하고 싶은 말만 하기로 작정한 사람 같았다. 그는 품 안에서 또 다른 무언가를 꺼내 들더니 내게 내밀었다. 제법 두툼한 서류 봉투였다.

"제도에 가면 여명의 활이라는 헌터 길드가 있을 거다. 이걸 그곳에 가져다주길 바란다. 길드에 도착한 후에 곧바로 크리스라는 남자를 찾아라. 그에게 다비안이 전해준 거라고 하면 알아들을 거다."

그 말을 듣는 순간 직감적으로 눈치챘다. 왕세자와 기사들이 찾던 물건이 바로 저거라는 걸. 얼굴을 찌푸리고만 있자 남자가 내 품에 억지로 서류를 떠밀었다.

"내용물은 보지 않는 게 좋을 거다. 이건 내가 곤란해서가 아니라 널 위해서 하는 충고다. 이 안의 내용을 알면 왕국에서 너도 가만히 두지 않을 거다."

"이봐요."

"그냥 여명의 활에 가져다주기만 해라. 그럼 그들이 다 알아서 할 거다. 네게도 후한 값을 치를 거라 약속한다."

"아니, 누가 이걸 한다고……."

"나도 원래라면 이런 미친 짓은 하지 않는다. 하지만 상황이 급박해서 할 수만 있다면 지푸라기라도 쥐고 싶은 심정이다. 이런 중에 기묘한 힘이 나를 인도했으니 희망을 품는 수밖에. 네가 악마든 천사든, 또 다른 무엇일지라도 상관없다. 부탁한다. 이건 반드시 전해져야 한다."

남자의 말은 스스로 하는 다짐에 더 가까워 보였다. 일이 대체 어떻게 돌아가는 건지 모르겠다. 전혀 알아들을 수 없는 말들에 머리가 다 지끈거렸다. 이 남자가 누군지, 왜 이런 걸 나한테 부탁하는지, 대체 뭘 알고 뭘 모르고 있는 건지 하나도 파악이 되지 않았다. 이쯤 되니 아예 자포자기하는 기분이 되어서 나는 한숨과 함께 고개를 끄덕였다. 어차피 이 부분이 해결되지 않으면 대화가 영원히 제자리걸음만 반복할 기세였다.

"……좋아요. 이걸 여명의 활이라는 헌터 길드에 가져다주기만 하면 되는 거죠?"

그러자 내내 어두웠던 남자의 얼굴에 화색이 돌았다. 로봇처럼 딱딱하던 얼굴에 드디어 감정이라는 게 보이는 것 같았다.

"고맙다."

"인사는 됐으니 이제 제대로 설명을 해봐요. 누가 당신에게 이런 걸 지시했어요?"

"말했다시피 나도 누군지는 모른다. 내가 아는 건 그가 검은 후드를 썼다는 것뿐이다."

"검은 후드?"

이어진 설명은 이러했다. 남자가 이 열차에 숨어든 건 어제저녁이었다. 어떠한 일을 마친 후 도주한 그는 추격을 피해 도망 다니다 때마침 열차가 정차한 걸 발견하고 몰래 숨어들었다. 차마 안으로 들어갈 엄두는 나진 않아 객실 칸 사이에서 버티는 것이 고작이었다. 그런데 그때 홀연히 눈앞에 검은 후드를 쓴 자가 나타났다.

"도와줄까?"

당황하는 남자에게 그렇게 말한 그는 곧장 한 객실을 지정하면서 그곳에 있는 소년을 찾아가라고 했다. 그에게 도움을 청하면 원하는 걸 이룰 수 있을 거라고. 일시적으로 모습을 바꾸는 물약을 건네주곤 시간까지 지정해가며 해야 할 일을 지시하기도 했다. 그 일과 중엔 일부러 승무원과 마주쳐 이 객실의 손님임을 알리는 것도 있었다.

"들어오기 직전엔 왕국 기사들과도 대면했다. 왕세자가 마법사라고 들었는데 변형 마법을 전혀 알아보지 못하더군. 이런 약물은 생전 처음이다."

설명하는 동안 남자는 살짝 흥분한 듯 보였다. 마법이 난무하는 세상에서도 특별한 힘을 신기해하는 건 다 비슷했다.

"그 사람한테 왜 당신을 도와주냐고 물어보진 않았어요?"

"물어봤다."
"그랬더니 뭐라고 해요?"
그러자 내내 막힘없이 대답하던 남자가 처음으로 곤란한 표정을 지었다.
"……재밌어 보인다고 했다."
왜 머뭇거렸는지 단번에 이해되는 대답이었다. 재밌어 보인다니, 저러니 천사니 악마니 같은 소리가 나오지. 알지도 못하는 사이지만 그 순간엔 남자가 얼마나 당황했을지 족히 짐작됐다. 그의 눈엔 나도 한편으로 보였을 테니 마주하자마자 이상한 소리를 해댄 것도 무리는 아니었다.
"상황은 알겠는데, 모르는 사람 말을 뭘 믿고 따른 거예요? 내가 안 한다고 하면 어쩌려고요."
"널 믿는다."
"내가 누군지 알고요. 우리 조금 전에 처음 봤거든요?"
"모르지만, 네가 할 수 있을 거라는 건 알 것 같다."
"와, 정말 대책 없는 사람이네."
"미안하다."
기가 막혔지만 더는 나무랄 마음은 들지 않았다. 모르는 나를 무작정 신뢰할 정도로, 그만큼 절박하다는 소리겠지. 왕세자가 움직일 정도의 사건이면 그럴 만도 했다.
"솔직히 난 뭐가 뭔지 모르겠어요. 당신을 도와줘도 되는 게 맞는지도 잘 모르겠고요. 하지만 어쨌든 맡기로 했으니 이건 꼭 전해 줄게요. 걱정하지 마세요."

"정말 고맙다."

"당신은 이제 어쩔 작정이에요?"

"난 미끼가 된다."

"미끼라니……."

"지금은 물러났지만 내가 지체하면 이 열차에 꼬리가 또 따라붙을 거다. 그러니 다른 쪽으로 흔적을 유인할 생각이다."

"그럼 다음 역에서 내리는 건가요?"

"아니, 지금 내린다."

"지금요?"

남자는 행동으로 대답을 보여줬다. 창문을 열더니 달리는 열차 위에서 그대로 뛰어내린 것이다. 경악해서 아래를 살폈을 땐 이미 어디로 갔는지 흔적도 보이지 않았다. 죽지는 않았을까 생각하진 않기로 했다. 적어도 살 자신이 있으니 뛰어내린 거겠지. 그제야 얼마나 어처구니없는 상황에 휘말린 건지 실감이 들었다.

"아, 이게 대체 무슨 일이야."

혼란한 머리를 부여잡고 아까도 했던 푸념을 다시 중얼거렸다. 일단 정리해 보자. 누군가가 저 남자를 부추겨 내게로 오게 했고, 누가 봐도 수상스럽기 짝이 없는 서류를 떠넘기게 했다. 그 누군가는 남자의 사연을 물어보지 않고도 짐작한 것으로 보이며, 그걸 내가 해결할 수 있다는 걸 알고 있다. 내가 이등 칸에 혼자 머무는 것도, 최종 목적지가 어딘지도 안다. 여기까지 생각하고 보니 정황

상 짚이는 사람이 얼마 되지 않았다. 애초에 내가 여기서 아는 사람 자체가 별로 없기도 했지만.

나는 조금 전까지 남자가 앉아 있던 의자를 가만히 바라보았다. 지금은 누가 봐도 아무도 없는 빈자리일 뿐이다. ……설마 아니겠지. 머리론 그렇게 생각하는데 한번 스친 의심을 버리기가 쉽지 않았다.

정령을 언제 볼 수 있었더라. 처음은 차가운 강물에 얼굴을 깊이 담갔을 때였던가. 두 번째는 엘퀴엔이 내 이마에 물의 인장을 새겼을 때였다. 얼굴에 물이 닿은 게 영향을 주었던 걸까? 하지만 그 외에도 물에 닿은 적은 많았다. 엘퀴엔을 소환했을 땐 완전히 잠기기까지 했지만 정작 그 순간엔 정령이 보이지 않았다. 분명 뭔가 다른 조건이 있을 텐데 공통점이랄 만한 게 생각나지 않았다. 특히 처음은 정말 지극히 평범했다. 악몽을 꿨었지. 라피스가 죽었을 때의 기억이었다. 식은땀을 씻어낼 겸 물에 얼굴을 담갔는데 숨이 막힌 덕분에 정신을…….

'아, 이건가.'

꿈에서 깨어난 직후라 잠깐 현실감각이 무뎌졌던가. 엘퀴엔에게 인장을 받았을 땐 물을 온전히 느끼면서 그 속에 완전히 녹아드는 느낌을 받았다. 돌이켜 보면 둘 다 무의식적으로 지금의 나를 잊은 순간이었다.

왠지 단서를 잡은 기분이 들어 시험해볼 겸 나이아스를 소환했다. 불려 나온 나이아스가 곧바로 내 주위를 한 바퀴 돌았다. 씻거나 옷을 세탁할 때만 주로 불렀더니 이제 부탁하지 않아도 알아서 청결하게 하려는 듯했다.

"아니, 고마운데 이번엔 그거 아니야."

웃으며 고개를 저으니 나이아스가 어리둥절해하며 눈을 깜빡거렸다. 약간 불안한 듯한 표정이었다. 나는 나이아스를 향해 한 손을 펴 보였다.

"잠깐 여기에 앉아 줄래?"

고개를 갸웃한 나이아스가 엉거주춤 손바닥 위에 내려앉았다. 상쾌하면서도 축축한 감각이 몸속으로 스미는 게 느껴졌다. 나는 그 상태에서 최대한 의식을 집중했다. 인간인 지금의 나를 잊고 내가 여전히 정령왕이며 엘퀴네스라고 여기려고 했다. 그러자 정답이었는지, 눈앞에 점차 흐릿한 형체가 아른거리기 시작했다. 그 형체는 의식을 집중할수록 점점 더 선명해졌다. 맞은편 자리에 누군가가 다리를 겹친 자세로 앉아 있었다. 내가 누구보다 잘 아는, 너무나도 익숙한 소년의 모습이었다.

'역시…….'

트로웰, 너였구나.

긴장하고 어깨에서 천천히 힘이 빠졌다. 허탈한 웃음이 절로 흘러나갔다. 솔직히 말하면 그와 재회할 건 이미 예상했다. 직접 만나러 올 만큼 내게 호기심을 가진 상태인데 아무것도 해소하지 못하고 헤어졌으니까. 내 정체를 확인하기 위해서라도 곧 다시 나타날 거라 생각했다. 그런데 설마 계속 바로 곁에서 지켜보고 있었을 줄이야.

그는 살짝 찌푸린 얼굴로 나를 관찰하는 중이었다. 뜬금없이 정령을 불러낸 게 이상했는지 내 생각을 헤아리려는 듯했다. 초조한 얼굴을 한 나이아스는 애써 그쪽을 의식하지 않으려고 필사적이었다. 아까부터 불안해 보였던 게 이래서였던 모양이다. 정령왕이 무시무시한 눈으로 지켜보고 있으니 당연히 불안할 수밖에. 차마 나한테 상황을 알려주지는 못하고 눈치만 살피는 모습이 가여우면서도 귀여웠다.

'……일단은 모르는 척을 하는 게 좋으려나.'

인간이 자연의 정령을 본다는 건 반감을 사기 쉬운 일이다. 엘뤼엔은 우연히 보는 거로도 불쾌해했는데 작정하고 볼 수 있다는 것까지 알게 되면 트로웰이 그냥 넘어가진 않을 것 같았다. 빠르게 판단을 내린 후 나는 나이아스에게 이만 돌아가도 좋다고 말하려고 했다. 하지만 운이 없으려는 건지 하필이면 바로 그 순간에 트로웰과 시선이 맞았다. 최대한 자연스럽게 눈길을 틀었으나 이미 그가 멈칫한 게 느껴졌다. 잠시간 침묵하던 그에게서 서늘한 기운이 흘러들어왔다.

—너 지금 내가 보여?

안 돼, 엘. 대답하면 절대 안 돼.

식은땀이 흐르는 걸 느끼며 의자 등받이에 몸을 기댔다. 시선은 나이아스에게 고정한 채 억지로 웃었다. 부디 정령과 노는 거로 보이길 간절히 바랄 따름이었다.

—내 목소리도 들리는 모양이고.

젠장, 역시 안 통한다.

목소리가 들리는 건 대체 어떻게 알았지? 설마 이제 내 생각을 읽을 수 있는 건가? 아냐, 읽을 수 있다면 단지 물어보는 정도로 끝날 리가 없다. 그냥 떠보는 거겠지. 혀를 깨물고 싶은 기분으로 버티는데 다음 말이 이어졌다.

—심장 소리 빨라졌어.

"……."

—계속 모른 척하면 다음엔 내가 어떻게 나올지 몰라.

"……미안, 보여."

감히 그 앞에서 빠져나갈 생각을 하다니, 내가 너무 큰 꿈을 품었던 모양이다. 빠르게 체념하고 고개를 들어 트로웰의 얼굴을 눈에 담았다. 이미 확신하고 있었으면서도 그는 정작 내가 똑바로 시선을 맞춰오자 황당해하는 듯했다. 느릿하게 눈을 깜빡이더니 턱을 만지작거리며 잠시 생각에 잠겼다. 다음 순간 반투명하던 그의 모습이 완전히 뚜렷해졌다. 어차피 알아본 거 육체를 입기로 한 듯했다.

안 그래도 긴장되는 순간인데 존재감이 선명해지니 더 무섭다. 나이아스는 기겁하다 못해 오들오들 떨고 있었다. 얼른 돌려보낸 후에 자세를 똑바로 하고 조심스럽게 트로웰의 기색을 살폈다. 싱긋 웃는 얼굴에 식은땀이 흘렀다.

"너 진짜 말도 안 되는 아이구나. 내 능력도 통하지 않는데 자연의 정령도 본단 말이지. 엘퀴네스도 이걸 알고 있어?"

"대충은……."

"어쩐지 그 엘퀴네스가 왜 계속 인간에게 붙어 있나 했지. 이건 확실히 그럴 만하네."

"저기, 그치만 계속 보이는 건 아냐. 물의 기운에 의식을 집중할 때만……."

"그게 별로 변명이 되지 않는다는 건 너도 알고 있지?"

"……응."

잠자코 인정하니 그의 표정이 더 묘해졌다. 재밌어하는 것 같기도 하고, 어이없어하는 것 같기도 했다. 의외로 불쾌해하는 반응은 없는 것 같아서 마음이 슬쩍 놓이려는데, 다음으로 그의 시선이 내 손 쪽에 닿는 걸 보고 다시 체념했다. 아니나 다를까, 별로 반갑지 않은 질문이 이어졌다.

"손등에 그건 뭐야? 기묘한 기운이 느껴지는데."

"……이건 그냥 넘어가면 안 될까."

"왜 헛된 시도를 하는 걸까. 내가 너라면 이럴 때 순순히 대답할 텐데."

차라리 그냥 대놓고 협박했으면 좋겠다. 나는 한숨을 내쉰 다음 소매를 걷어 보였다. 돌아올 반응은 너무도 예상돼서 마음의 각오를 할 것도 없었다. 역시나 문장이 새겨진 손등이 드러나자 트로웰의 얼굴이 대번에 찌푸려졌다.

"마신의 문장?"

"가짜야."
"마신의 기운이 서려 있는데?"
"……그래도 가짜야."
트로웰은 나를 가만히 바라보았다. 탐색하는 눈길이 지루할 정도로 오랫동안 내 얼굴을 훑었다. 여기서 시선을 피했다간 죽여달라고 외치는 꼴이었으므로 나는 최대한 그의 눈을 똑바로 마주 보았다. 그게 제법 효과가 있었던 걸까. 사람을 꿰뚫어 볼 듯한 황금색 눈동자에 잠시 이채가 어렸다.
"……엘퀴네스가 대체 뭐와 계약한 건지 모르겠네."
그 말을 엘뤼엔도 똑같이 했다는 건 차마 알려주지 못했다. 조금 뜻밖이었던 건 그 뒤로 트로웰이 별다른 말을 하지 않는다는 점이었다. 계약한 엘뤼엔조차 죽일지 말지 고심하는 시선을 보냈는데, 그가 나를 바라보는 시선은 깔끔하기만 했다. 물론 흥미진진해하는 표정이기는 했지만.
"마신, 마신이라……. 그래, 마신의 개입이라면 충분히 있을 수 있는 일이긴 하지."
더불어 뭔가 조금 오해를 하게 된 것 같다. 해명하는 게 좋을 것 같긴 한데, 그가 무슨 생각을 하는지도 알 수가 없어서 그냥 얌전히 입을 다무는 쪽을 택했다. 초조하게 눈만 굴리는 나를 흥미롭게 살피던 트로웰이 돌연 날카로운 시선을 던졌다.
"그러고 보니 아까 재밌는 말을 하던데. 출신지가 에바스 에덴이라고?"

"어? 아, 그건……."

"그 이름은 어떻게 알았어? 엘퀴네스가 말해 줄 성격은 아닌데."

"그냥, 우연히, 예전에 읽던 동화책에서……."

"믿으라고 하는 말이야?"

역시 씨알도 안 먹힐 줄 알았다. 트로웰이 듣고 있는 줄 알았다면 절대 그런 식으로 대답하지 않았을 텐데. 한번 당해보라고 저지른 일에 도리어 내가 당한 기분이다. 깊은 한숨이 절로 흘러나왔다.

"……미안해. 내가 좀 수상하지."

"그래, 수상해."

트로웰은 선뜻 긍정했다.

"하지만 이렇게까지 수상하니 오히려 흥미가 드네. 왜 엘퀴네스가 널 안 죽였는지 알겠어. 좀 더 지켜보고 싶어졌거든."

"아하하, 그렇다면 다행이네……."

"왜 엘퀴네스를 소환했어?"

"어?"

"아쉬워서 하는 말이야. 너 정도면 다른 정령왕도 소환할 수 있었지 않아? 엘퀴네스 말고 나랑 계약했다면 더 좋았을걸. 인간은 싫지만, 너라면 나도 계약했을 것 같아. 적어도 3년간 지루할 틈은 없었을 텐데."

와, 지금 이게 현실인 거 맞나? 기대하지도 않았던 말에 가슴이 크게 뛰었다. 그가 날 죽일 듯이 압박하던 게 불과 얼마 전 일이다. 그런데 이제 계약하지 못한 걸 아쉬워하다니, 믿을 수 없을 만큼 엄청난 진전이었다.

그런데 왜 굳이 3년이지? 구체적으로 햇수를 명시한 게 왠지 마음에 걸려서 조심스럽게 그의 표정을 살폈다. 그러자 트로웰의 눈이 부드럽게 휘어졌다.

"확실히 감이 좋단 말이야. 볼수록 인간인 게 아까울 정도로. 하지만 못 알아듣는 게 너한테는 더 좋았을 텐데. 이러면 알려주고 싶어지잖아."

"무슨 말인지……."

"왜 3년인지 궁금해? 그 뒤엔 네가 죽기 때문이야."

반사적으로 몸이 굳었다. 숨을 멈춘 채 가만히 응시하니 트로웰의 입가에 다정한 미소가 어렸다. 화려할수록 독이 있다는 말을 떠오르게 하는 미소였다.

"딱히 네게 유감이 있는 건 아니야. 정확히 말하면 너만 죽는 건 아니니 안심해. 그냥 이 세계에서 인간이 전부 사라지는 것뿐이니까."

"……뭐?"

"3년 후에 인간종을 다 없앨 예정이거든. 완전한 멸종인데 예외를 둘 수는 없잖아."

눈앞이 아찔해지는 내용이었지만 생각보다 놀라진 않았다. 이미 각오하고 있던 부분이라 그런지 그냥 올 게 왔다는 기분이었다.

그래, 어쩐지 일이 너무 쉽게 풀린다 했지. 한차례 심호흡을 한 뒤 트로웰을 똑바로 바라보았다. 선명한 금안 속에 자리 잡은 뚜렷한 증오심이 읽혔다.

아직 쉬운 방법밖에 모른다고 했던가. 엘퀴엔이 그를 향해 내렸던 평이 떠올랐다. 왜 그렇게 말했는지 조금은 알 것 같다. 확실히 지금의 트로웰은 감정에 솔직했다. 내 시대의 그라면 이렇게 훤히 내심을 드러내지는 않았을 거다. 그게 아무리 만만한 상대 앞이라도. 그런 점에서는 차라리 더 상대하기 쉬운 편인 건지도 모른다. 뭐든 생각하기 나름이라더니, 그렇게 여기니 조금은 마음이 편해졌다.

"왜 그때인지 물어봐도 돼?"

생각을 정리할 겸 건넨 질문에 트로웰은 바로 대답하지 못하고 살짝 멈칫했다. 느릿하게 깜빡거리는 눈동자에 황당해하는 감정이 고스란히 비쳤다.

"그게 제일 궁금한 거야? 왜 없애는지 묻는 게 아니라?"

"네가 인간을 싫어하는 건 알고 있어. 마음만 먹으면 지금 당장도 가능할 텐데, 굳이 기일을 정해둔 걸 보니 그럴 만한 이유가 있는 것 같아서."

"……역시 재밌네. 맞아, 난 인간을 싫어해. 하지만 싫어한다는 이유로 전부 멸하진 않아."

"그럼……."

"가장 표면적인 이유는 그 시기에 한 인간이 우리를 기만하기 때문이지. 다 같이 그 대가를 치르는 거야."

"기만?"

"미네르바가 배신당하거든. 그의 계약자이자 연인인 인간 남자로부터."

역시 그건 이 시대에서 일어나는 일이었구나. 뭐가 어떻게 된 건지 알 것 같아서 신음이 절로 흘러나왔다. 굳어진 내 얼굴을 트로웰은 느긋하게 응시하고 있었다.

"그 주제넘은 인간은 자신이 얼마나 과분한 대우를 받고 있는지 전혀 모르고 있어. 그러니 감히 미네르바를 배신할 생각도 하게 되는 거겠지. 지금도 내겐 그자가 저지를 작태가 선명히 보여. 미네르바를 경애하던 눈으로 감히 다른 여인을 바라보고, 미네르바에게 고백하던 입술로 다른 여인을 찬미하지. 미네르바가 저를 위해 준 힘으로 미네르바를 찌르고, 그를 한없는 절망으로 몰아가 끝내 모든 걸 파괴할 거야."

듣기만 해도 시리는 말들에 가슴 속이 먹먹해졌다. 미풍처럼 늘 잔잔하던 미네르바의 모습이 떠올랐다. 똑같은 바람인데도 미네와는 달리 그의 모습은 금방이라도 스러질 듯 아슬아슬한 느낌으로 남아 있다. 페르데스와는 또 다르다. 단지 분위기 때문만이 아니라, 실제로 그가 절반의 힘밖에 지니지 않은 약한 상태였기 때문이다. 그의 나머지 힘은 한 자루의 검에 봉인되어 다른 이를 위해 쓰였다. 미네르바가 그 자신의 의지로 직접 벌인 일이었다. 단지 한 인간에게 선물하기 위해서.

그만큼 사랑했던 연인에게 배신당했다는 이야기는 예전에 들었을 때도 충격이 컸다. 그런데 지금 이 순간엔 그게 현실이었다. 그 아픈 순간들을 앞으로 미네르바가 겪는다고 생각하니 이미 알고 있는 일인데도 와 닿는 감정이 달랐다. 그 광경을 직접보고 있을 트로웰이 얼마나 참담한 심정일지도 이해할 수밖에 없었다. 그가 인간을 싫어하게 된 것도 당연했다. 하지만…….

"……그래도 전부 없앨 필요는 없지 않을까."

조심스럽게 건넨 말에 트로웰은 불쾌해하지 않았다. 오히려 그렇게 나오길 기다렸다는 듯 반기는 태도였다.

"죽는 게 겁나긴 하나 보네. 하나 때문에 전부 죽는 건 불공평하다고 말하고 싶은 거야?"

"꼭 그래서만은 아니지만, 그렇게 말하고 싶은 것도 맞아. 물론 그 남자는 정말 잘못했고 벌을 받는 게 마땅하다고 생각해. 하지만 그게 모든 인간의 잘못은 아니잖아. 연대책임을 지울 것까지는……."

"아니, 이런 건 후속 조치라고 하는 거야. 다시는 같은 일이 반복되지 않게 하려는 방비지. 인간의 근본은 쓰레기니까, 내버려 두면 또 같은 짓을 저지를 게 뻔하거든."

그렇게 말한 후 웃음을 머금은 금안이 나를 향해 의미심장한 시선을 보냈다.

"지금은 그자가 잘못했다고 여기는 너도 몇 년 후엔 엘퀴네스를 이용하려 들겠지. 주어진 것들을 당연시하고, 왕의 이름을 능

멸하고도 그걸 인지조차 하지 못하면서. 이제 그런 꼴을 보는 건 더는 사양이야."

"아니, 나는……."

"넌 안 그럴 거라고? 그걸 어떻게 믿어?"

"난 절대 안 그래."

"그렇게 확신하지 않는 게 좋을 거야. 내가 3년 후에 배신한다고 한 그자도 지금은 세상에서 가장 헌신적이고 달콤한 연인이거든."

생각지 못한 말에 저절로 입이 닫혔다. 그렇구나. 아직 일어나지 않은 미래의 일이니까, 현재는 전혀 다른 모습일 수도 있는 거였다. 그래도 설마 헌신적인 연인이라니. 뒤통수를 얻어맞은 듯이 머리가 얼얼했다. 배신이라는 것 자체가 신뢰를 기반으로 하는 거니 당연하다면 당연한 건데, 결과만 두고 무의식적으로 처음부터 나쁜 사람이었을 거라고 여겼던 모양이다. 그 안이한 부분을 트로웰이 지적하고 있었다.

"지금의 그는 누구보다 미네르바를 경애하고 사랑하지. 미네르바가 곁에 있는 것만으로 세상을 다 가진 것처럼 생각해. 계약한 이후로 지금까지, 단 한 번도 그 감정이 흐트러진 적이 없었어. 하지만 3년 후에 미네르바를 배신하고, 다른 연인을 만드는 것도 바로 그자야."

"……."

"무슨 말인지 알겠어? 그렇게 절절한 감정도 결국 사그라진다는 거야. 인간은 전부 변해. 순수한 시절은 고작 한때에 불과할 뿐, 모든 감정이 퇴색하고 일그러지지. 근본적으로는 그게 내가 인간을 멸하기로 한 진짜 이유이기도 해. 너희는 믿을 수 없으니까."

그렇게 말하니 할 말이 없었다. 뭐라고 반박을 하긴 해야 할 것 같은데 머릿속이 잘 정리되지 않아 입만 연신 벙긋거렸다. 그걸 불만 표현으로 여겼는지 트로웰이 두 눈을 가늘게 떴다.

"여전히 받아들이기 힘들다는 표정이네."

"그야……."

"하긴, 죽는다는데 얌전히 받아들이기는 어렵겠지. 그럼 네가 한번 바꿔볼래?"

"……어?"

"다행스럽게도 내가 보는 미래는 유동적이야. 반드시 일어나는 절대 예지는 아니지. 노력하기에 따라 얼마든지 다른 방향으로 바꿀 수 있어. 그 탓에 미네르바도 내 경고를 심각하게 받아들이지 않는 거지만."

혼잣말처럼 중얼거리는 그의 얼굴은 씁쓸해 보였다. 무어라 위로의 말을 건네기도 전에 그가 나를 똑바로 응시해왔다. 다음 순간 이어지는 말에 나는 살짝 숨을 삼켰다.

"요컨대 핵심이 되는 사건만 일어나지 않는다면 된다는 말이야. 그자가 미네르바를 배신하지 못하게 해봐. 그럼 인간을 멸하는 것도 그만둘게. 어때?"

아니, 그 미래는 막지 못한다. 내가 있던 시대에서 그건 이미 일어난 일이었다. 트로웰을 설득해서 그를 중단하게 할 순 있어도, 배신 자체는 막지 못한다는 소리다. ……아니, 정말 그런가? 여기선 아직 일어나기 전의 일인데 섣불리 단정해도 되는 걸까?

거기까지 떠올리니 한 번도 생각해 보지 못한 문제가 스쳤다. 이제까지 나는 모든 흐름이 정해진 대로 움직일 거라고만 생각했다. 과거에 대해 알고 있는 부분은 얼마 없지만, 그 얼마 안 되는 내용만큼은 똑같이 진행될 거라 여겼다. 적어도 방금 트로웰의 제안을 듣기 전까진 그랬다.

배신을 막으라니. 원래 내가 시벨리우스에게 들었던 이야기는 이런 식이 아니었다. 인간을 싫어한 트로웰이 전부 멸하려 했고, 그걸 알게 된 내가 설득할 시간을 달라 요청했다는 단순한 흐름이었다. 지금 같은 조건에 대해선 들어보지 못했다.

물론 시벨리우스도 자세한 내막을 알고 있던 건 아니라고 했으니 그저 거기까진 모르고 있었던 것뿐인지도 모른다. 하지만 만약 그게 아니라면? 상황이 달라질 수도 있는 거라면? 내가 여기서 이 제안을 거절해도 내가 아는 대로 흘러간다고 보장할 수 있는 건가? 만약 지금 내 대답으로 흐름이 바뀐다면? 그럼 내가 있던 원래의 내 시대는 어떻게 되는 거지?

"왜, 자신 없어?"

"아, 아냐. 일단 해 볼게. 그런데 저기, 기회를 하나 더 주면 안 돼?"

"기회?"

"내가 널 설득할 수 있게 해줘."

지금 당장은 바뀌는 건지 아닌지 시험해 볼 용기가 없다. 그러니 우선은 내가 알고 있던 대로 상황을 만들어야 했다. 조급한 마음으로 바라보자 트로웰이 미간을 찌푸렸다.

"날 설득한다니?"

"내가 보기엔 네가 인간을 없애려 하는 건 아직 마음에 드는 인간을 만나보지 못해서인 것 같거든. 한 번도 인간들과 어울리거나 교감해 본 적 없지? 그들의 삶에 깊이 섞여본 적은 있었어?"

"내가 왜?"

"그것 봐, 없잖아. 물론 인간은 변하지. 끝까지 순수한 경우도 거의 없을 거야. 하지만 전부 나쁘게 퇴색하는 것만은 아니야. 트로웰, 네가 그걸 모를 리가 없어. 아직 실감하지 못해서 관심도 두지 않는 거야. 멀리서 보는 거랑 직접 경험하는 건 다르잖아. 막상 함께 지내다 보면 생각이 변할지도 몰라."

"……혹시 같이 다니자는 말이야?"

"맞아. 전에 했던 부탁을 다시 하는 거야. 나와 함께 세상을 여행하자."

"너……."

"우린 분명히 좋은 친구가 될 거야. 믿어도 괜찮은 인간도 있다는 걸, 내가 증명할게."

한동안 침묵이 흐르면서 주위가 조용해졌다. 트로웰은 아무런 말 없이 탐색하는 시선으로 나를 가만히 바라보기만 했다. 입을 다문 그의 생각은 조금도 짐작할 수가 없어서 마음이 초조해졌다. 일 분이 한 시간처럼 느껴지는 기분으로 주먹을 꾹 움켜쥐고 있을 때였다. 마침내 트로웰의 입이 열렸다.

"그때 충분히 알아듣게 설명했던 것 같은데. 그런데도 여전히 나와 친해지려는 거야? 정말 그럴 수 있다고 생각해?"

"해 보지 않고선 모르는 거잖아."

"영특한 건지 어리석은 건지 모르겠네. 내가 너라면 차라리 계약자에게 도움을 청하겠어. 네가 얼마나 운이 좋은 행운아인지 잘 모르는 모양인데, 지금 정령왕 중에선 엘퀴네스가 제일 강해. 그라면 날 제압해서라도 못하게 할 수 있을걸."

"아니, 그런 부탁은 하고 싶지 않아. 게다가 그래서는 네 생각이 달라지지 않을 거잖아. 그런 건 아무것도 바꿀 수 없을 거야."

"……뭐, 좋아. 무슨 자신감인지는 모르겠지만. 안 되는 걸 되게 하려고 아등바등하는 꼴을 지켜보는 것도 나쁠 건 없지."

이건 긍정적인 조짐일까? 바닥만 보고 있던 고개를 급히 치켜들었다. 눈이 마주치자 트로웰이 피식 웃었다.

"너, 이름이 엘이라고 했던가?"

"아, 응! 맞아, 엘이야."

"그래, 엘. 네가 그토록 바라는 기회를 줄게. 앞으로 3년간 너와 함께해 주지. 그동안 미네르바가 배신당하는 미래나 인간을 향한 내 생각, 어느 쪽이든 바꾸도록 해봐. 하나만 바꿀 수 있어도 네가 이긴 거로 할게."

속삭이는 듯한 목소리는 감미로웠다. 한층 깊어져 짙은 색을 머금은 마력의 눈동자가 진득하게 달라붙었다.

"하지만 어느 것도 안 되면 널 제일 먼저 죽일 거야."

……됐다.

꽉 막혔던 숨이 간신히 트였다. 분명 시벨리우스는 이때의 내가 무모한 도박을 했다고 타박했었다. 나부터 죽여달라 했다며, 목숨을 담보로 한 거래였다고 투덜거렸지. 내가 먼저 요청한 건 아니지만 이 정도면 비슷한 결과를 낸 셈이었다.

너무 안심한 나머지 나도 모르게 웃었던 것 같다. 잠시 멈칫한 트로웰이 이해할 수 없다는 얼굴을 했다. 그러고 보니 지금 죽인다는 협박을 들었는데 기뻐하고 있는 거구나. 그의 시선으로 생각하니 내가 진짜 이상한 녀석으로 보일 것 같다. 그래도 기쁜 건 어쩔 수 없어서 실실거리는 웃음을 멈추지 못했다. 이 또한 출발선이었다.

제5화

1.

“그래서 그때까진 같이 다니기로 했어.”

지난 과정을 듣는 얼굴은 내내 무표정했다. 깊은 눈매 속에 자리 잡은 물색의 눈동자가 아무런 감정을 드러내지 않은 채 잔잔한 빛을 발한다. 그와 같은 색의 머리칼이 흐르듯이 내려진 모습은 아름다움을 넘어 신비하기까지 했다. 아무런 설명도 없이 정령계에 간 이후로 거의 열흘 만에 다시 보는 엘뤼엔이었다.

그간 나는 에펜 왕국의 국경을 넘어 무사히 제국행 배를 탄 참이었다. 떠날 때 갑자기 사라졌던 그는 돌아오는 것도 갑작스럽기 그지없어서, 어느 순간 홀연히 눈앞에 나타나 나를 식겁하게 했다. 가만히 주위를 둘러본 후 이제부터 해명하라는 시선을 보낼 땐 살벌하다 못해 오금이 저릴 지경이었지만.

"……이건 원래 그랬다 치고."

굳게 다물어진 그의 입술이 열린 건 모든 설명이 끝나고 나서도 한참의 시간이 지난 후였다. 이거라니, 이 시대의 아버지는 지시대명사의 쓰임새를 다시 배울 필요가 있는 것 같다. 물론 내가 입을 삐죽이든 말든 그의 눈길은 이미 나를 떠나 다른 곳에 닿아있었다. 단조롭게 꾸며진 선실 안, 소년의 모습을 한 주제에 소파에 앉아 느긋하게 술을 마시고 있던 트로웰이 시선을 느끼고는 가볍게 어깨를 으쓱였다.

"트로웰, 네가 왜 이런 장단에 어울리고 있는 거지?"

"재밌어 보여서."

이어진 대답 역시 그 태도만큼이나 가볍기 그지없었다. 그 모습을 잠시간 노려보던 엘뤼엔이 서늘한 시선으로 나를 돌아보았다. 이어진 말엔 속이 절로 찔끔했다.

"날 얼마나 우습게 여기는지를 증명하고 싶었다면 성공이군."

"아니, 절대 그런 건 아닌데."

"이 계약이 끝나면 넌 어떻게 된다고 했지?"

"죽을 거라고……."

"이런 일을 벌이면 내가 계약을 끝낼 거라는 생각은 안 들었나?"

"……끝낼 거야?"

"그 머릿속엔 염려라는 게 없냐고 묻는 거다."

평소보다 낮은 목소리는 고요했지만, 그래서 더 음산했다. 아무래도 이번엔 진짜 화가 난 모양이다. 그야 내가 생각해도 좀 무모한 짓을 벌이긴 했지. 자극하지 말라며 친히 당부까지 해놨는데 도리어 있는 힘껏 일을 키워놓았으니 반항한 거라 여겨도 할 말이 없었다.

"뭐야, 그런 약속을 했어?"

차마 변명할 말이 없어서 어색한 웃음만 흘리고 있는데 트로웰의 목소리가 이어졌다. 가까이 다가오는 그를 보고 엘뤼엔이 얼굴을 찌푸렸다.

"계약을 끝내면 죽는다니. 그럼 언제든 죽을 수 있다는 말이잖아. 어떻게 양해를 구할지 고심하고 있었는데 이러면 오히려 내가 양해를 받아야겠는데?"

"……끼어들지 마라, 트로웰."

"미안하지만 그럴 수 없겠어, 엘퀴네스. 이건 나와도 상관있는 일이라서."

"그래서 나와 반목하겠다는 건가?"

"설마 그럴 리가. 서로 협조하자는 거야. 너와 한 약속만큼이나 나와의 약속도 무시할 수 없다는 거 알잖아. 같은 왕으로서 부디 존중해 줬으면 좋겠어. 말해 두지만, 이런 상황을 만든 건 내가 아니야."

엘뤼엔의 서슬 푸른 시선이 다시금 내게 닿았다. 네, 그렇습니다. 제가 만들었죠. 이번에도 어색하게 웃었더니 그의 눈길이 더 흉흉해졌다. 이 순간에조차 꿋꿋하게 할 말을 하는 트로웰이 대단해 보일 정도였다.

"나와 약속한 기한을 채우기도 전에 애가 먼저 죽어버리는 건 곤란해. 계약을 끝내고 싶어도 앞으로 3년은 참아줘."

"그리고 네놈이 죽이는 걸 지켜보기나 하라는 건가?"

"네게도 그편이 더 낫지 않아? 끝을 경고했다는 건 언젠가는 계약을 파기할 생각이긴 하다는 거잖아. 한때 계약자였던 아이를 직접 죽이는 건 아무리 너라도 기분이 편하진 않을 것 같은데. 그 역할을 내게 넘기라는 것뿐이야. 이 정도면 오히려 상부상조하는 거 아닐까?"

……저기 다 좋은데, 듣는 내 기분도 생각해 주지 않을래.

이게 무슨 식후 디저트를 고르는 일도 아니고. 아무리 인권의식이 부족한 정령왕들이라지만 사람 면전에서 네가 죽이니 내가 죽이니 하는 건 해도 해도 너무한 거 아닌가 싶다. 제발 이런 주제로 상부상조하지 말았으면 좋겠다.

특히 트로웰, 너는 이런 사람이 아니었잖아? 아무리 과거라지만 내가 아는 모습이랑 이렇게 심하게 달라도 되는 거야? 게다가 왜 둘 다 당연히 내가 실패할 거라고 단정하는 건데? 트로웰을 설득하는 건 안 될 거라 여길 수 있다 쳐도 예지를 바꿀 수도 있는 거잖아! 물론 그건 안 바꿀 거지만!

'아니, 잠깐만. 이렇게 말하니 진짜 꿈도 희망도 없는데?'

내가 생각하고도 뭔가 비참해서 마음이 울적해졌다. 그래도 아직 틀어진 부분은 없으니까 괜찮겠지. 내가 일부러 상황을 바꾸지 않는 한 흐름이 달라지진 않을 거다. 그래, 이 내기의 결과는 이미 정해져 있다. 인간은 멸종하지 않는다. 내가 있던 시대에 존재하던 수많은 인간이, 이사나와 알리사의 존재가 바로 그 증거였다. 기죽지 말자는 생각에 더 당당히 어깨를 폈다. 그런 나를 본 엘뤼엔이 싸늘하게 웃었다.

"좋을 대로 해라. 3년 정도는 기다려 주지."

선심 쓰는 듯한 말투였으나 사실상 수긍이었다. 트로웰이 생긋 웃으며 나를 돌아보았다.

"잘됐네. 내 덕에 약속한 기한까진 안전해졌어."

"……하하."

아니, 오히려 더 위험해진 것 같은데요.

차마 솔직하게 답하진 못하고 타는 속을 삼켰다. 조금 전 스치는 눈빛을 보고 확실히 느꼈다. 지금까진 그냥 지켜만 보는 거였다면 이제 그의 마음속에 확실한 유예기간이 정해졌음을. 그러고 보니 인류 멸망을 막는다는 말까진 들었어도 그 뒤의 이야기는 못 들었지. 아무래도 3년 후에 걱정해야 할 건 트로웰이 아니라 엘뤼엔인지도 모르겠다.

여기로 와서는 왜 이렇게 되는 일들이 없는 것 같지. 하나가 풀리면 또 다른 하나가 꼬이고, 해결했다 싶으면 더 복잡해진다. 한숨이 절로 나오는 상황이었지만 어쨌든 한 가지만은 분명해졌다. 그 안에 무조건 라피스를 찾아야 한다는 것. 자칫하면 행방을 찾기도 전에 내가 먼저 죽을지도 모르게 생겼다. 그것도 사랑하는 가족의 손에 맞이하는 죽음이라니, 그런 건 절대 사양이다.

혹시 그렇게 되면 일단 튀어야지. 정 안 되면 본래 세계로 돌아가는 것까지 각오해야겠다. 집을 떠올리니 갑자기 아버지가 너무 보고 싶어졌다. 바로 눈앞에 엘뤼엔과 트로웰이 있는데도 턱없이 부족하다는 기분이다. 솔직히 말하면 조금 억울하기도 했다. 그러게 누가 혼자 놔두랬나. 애초에 엘뤼엔이 자리를 비우지 않았다면 나와 트로웰의 만남이 그렇게 살벌하지도 않았을 거 아냐. 물론 그 덕분에 내가 알던 대로 상황이 진행된 거긴 하지만.

"그러고 보니, 아버지. 정령계는 왜 갔던 거야?"

문득 건넨 질문에 트로웰로부터 술잔을 강탈하고 있던 엘뤼엔이 미간을 찌푸렸다. 원래 심기가 불편한 상태이긴 했는데 기분이 더 나빠진 것 같았다. 의아해하려니 흥미로운 표정을 지은 트로웰이 물어왔다.

"아버지? 엘퀴네스를 아버지라고 불러?"

"어? 아, 미안. 또 실수했나 봐. 그냥 말버릇 같은 거야."

"재밌는 말버릇이네. 자식이 생긴 기분이 어때, 엘퀴네스?"

"헛소리."

돌아오는 반응은 차갑기 그지없어서, 그럴 줄 알고 있었으면서도 내심 기분이 상했다. 그래, 지금은 그게 헛소리 같겠지. 나중에 어디 두고 봅시다, 아버지. 잘못했다고 할 때까지 아저씨라고 불러버릴 거야. 복수의 칼날을 갈면서도 겉으론 내색하지 않고 얌전히 대답을 기다렸다. 그러나 빤히 주시하는 눈길에도 엘뤼엔은 묵묵히 술만 마셨다. 말해 주지 않으려나 싶어서 시무룩해지려니 보다 못했는지 트로웰에게서 대답이 이어졌다. 그것도 전혀 생각지도 못한 대답이었다.

"교전이 있어서야."

"어? 교전?"

"이프리트가 물의 영역을 쳤거든."

누가 뭘 어떻게 해? 이건 또 무슨 소린가 싶어 입이 절로 벌어졌다. 쳤다는 게 공격했다는 의미인 거 맞지? 정령왕들끼리 전쟁이 벌어졌다고?

"그게 무슨……."

"둘이 사이가 좀 나빠. 그래도 전면전까지 갈 생각은 잘 안 하는 편인데 이번엔 이프리트가 웬일로 강하게 나왔어. 엘퀴네스가 영역을 비우는 일은 흔치 않으니 타격을 줄 절호의 기회라고 여긴 모양이야."

"뒤에서 네놈이 부추겼겠지."

황당해서 입만 벙긋거리는데 엘뤼엔이 건조하게 중얼거렸다. 트로웰의 얼굴에 걸린 미소가 짙어지는가 싶더니, 그가 말없이 엘뤼엔의 잔에 술을 가득 채웠다. 아까부터 사방에 진동하고 있던 달콤한 향기가 더 짙어졌다. 여담이지만, 나도 익히 알고 있는 이 향기는 트로웰이 직접 담그는 특제주에서만 풍긴다.

……이래서 술을 준비한 거였구나. 나는 복잡한 마음으로 트로웰이 뇌물을 바치는 현장을 지켜보았다. 아무래도 엘퀴엔이 사라진 사이에 그가 나타났던 게 단지 때를 잘 맞춘 것만은 아닌 모양이다.

"그래도 생각보다 쫓아내는 데 오래 걸렸네. 이프리트가 단단히 작정하는 것 같더라니, 이번엔 너도 좀 고전했나 봐?"

"그럴 리가."

"그러면?"

"불의 영역을 완전히 파괴하는 건 아무래도 시간이 걸리더군."

침략을 물리친 정도가 아니라 아예 역습까지 가했다는 소리였다. 심지어 영역을 전부 파괴하다니, 그게 이론적으로 가능한 일이긴 한 건가?

"……이프리트는 한동안 보기 어렵겠구나."

어딘가 초연해진 트로웰만큼이나 나 역시 자세가 공손해졌다. 과연 그 카노스를 놔두고 역대 가장 강한 엘퀴네스라는 평을 받는 존재다웠다. 괜히 이프리트가 나와 엘퀴엔을 비교해가며 타박했던 게 아니었다.

'그런데 이프리트는 이렇게 당하고도 엘퀴엔한테 반한 거야? 어떤 의미에선 그 녀석도 좀 굉장하네.'

싸우다 정드는 것도 정도가 있지, 이쯤 되면 참사랑이라는 걸 인정해야 할 것 같다. 어라, 가만있자. 그러고 보니 내가 아는 이프리트는 나이가 이천 살 조금 넘었다고 했던가. 그럼 이 시대는 아직 전대겠구나. 당연히 내가 아는 이프리트일 줄 알았는데 그게 아니라는 걸 깨닫고 보니 좀 얼떨떨했다. 그래도 엘뤼엔 때문에 고통받는다는 점에서 전체적인 평은 크게 달라지지 않을 것 같다. 만나보지도 못한 정령왕이 참 애잔하게 여겨졌다.

2.

세이크 제국의 영토까지는 열흘이 넘게 소요되는 먼 여정이었다. 이튿날도, 그다음 이튿날도 눈에 들어오는 게 망망대해밖에 없다는 소리다. 배로 하는 장거리 이동이 처음도 아니고, 물론 그런 사실은 탑승하기 전부터 당연히 알고 있었다. 정령왕일 땐 오히려 그런 환경이라 더 즐겁기까지 했다.

하지만 인간의 몸은 여건이 달라도 너무 달랐다. 보이는 것도 없고 느껴지는 것도 없는데 체력은 빠르게 고갈되고 지치기는 쉽게 지친다. 나는 정확히 닷새 만에 지루함을 견디지 못하고 몸부림을 쳤다.

“심심해…….”

갑판을 구경하는 것도, 운동하는 것도, 잠을 청하는 것도 더는 한계였다. 이렇게까지 심심해도 되는 건가 싶을 정도로 세상이 온통 무료했다. 다른 승객들은 서로 교류하며 매일같이 파티도 하는 모양이던데, 난 함께 하는 일행이 너무 눈에 띄는 사람들이다 보니 그러지도 못했다. 특히 엘뤼엔은 중간에 들어온 거라 알려지면 여러모로 곤란해진다. 식사 역시 나 혼자만 먹는 걸 이상하게 볼 것 같아 식당이 따로 있는데도 일부러 객실에 가져다주는 거로 신청했다. 즉 대다수 시간을 스스로 감금 생활을 하며 보내는 셈이었다. 사실 그 자체는 별로 상관없는 데 객실 안에서는 할 게 너무 없었다. 항구에 책방이 없는 바람에 시간 보내기용 책을 사 두지 못한 게 가장 큰 패착이었다. 새삼 다시 느끼는 건데, 우리 이사나는 정말 인내심이 대단한 아이였다.

"결국 열어 보는 거야?"

온종일 선실 안에서만 보내는 단순한 일상의 반복은 사람이 뭐든 자극을 찾도록 만들었다. 침대 위에 널브러져 있다가 갑자기 일어나 배낭 안을 뒤지는 나를 보고 트로웰이 피식 웃었다. 언급도 안 했는데 내가 뭘 찾는 건지 한눈에 알아본 모양이었다. 나는 어색하게 웃으며 두툼한 서류 봉투를 꺼내 들었다. 기차 안에서 만난 수상한 남자가 강제로 떠밀다시피 건네줬던 바로 그 물건이었다.

'정말 이상한 사람이었지.'

그 남자에 관해선 트로웰도 우연히 발견한 것뿐이라고 했다. 주위를 살피고 있는데 한 길목에서 필사적으로 도망치는 남자가 보이더라나. 왠지 재밌을 것 같아 참견했다는 게 전반적인 설명이었다. 그 남자는 몰랐겠지만, 그가 무사히 도주해서 기차에 숨어든 과정 자체가 처음부터 트로웰이 베푼 안배였던 셈이다.

아마 트로웰이라면 그가 가진 사연도 알아보았을 텐데, 알려주고 싶지 않은 건지 거기까진 언급하지 않았다. 어쨌든 열어 보지 않는 게 좋을 거란 충고도 있었고, 괜히 찜찜해서 그동안 배낭 속에 처박아두고 일부러 찾아보지 않았다. 하지만 지금 다시 생각해보니 내가 뭘 전달하는지 정도는 알고 있어야 할 것 같다. 그래야 혹시 뭔가 일이 틀어지더라도 대응할 수 있지 않겠는가.

솔직히 아무런 일도 안 생길 거라고 장담할 수가 없는 게, 내가 이상할 정도로 사건 사고에 많이 휘말린다는 건 다른 사람들도 인정한 사실이다. 여기 와선 특히 더 그러는 것 같다. 그러므로 이것도 분명히 문제가 생길 거다. 틀림없이. 백 프로!

"글쎄, 이상할 정도로 휘말리는 게 아니라, 네가 그렇게 끼어드니까 일어나지 않을 문제도 생기는 게 아닐까?"

장황하게 늘어놓은 변명에 내려지는 평가를 애써 외면하며, 나는 봉투를 단단히 묶어둔 끈을 풀었다. 겉봉이 열리자 안에 들어있던 두툼한 종이 뭉치가 흘러나왔다. 여러 묶음으로 나눠진 문서들이었다. 이것도 읽을 거라고 반갑기까지 했다.

가장 위에 놓인 문서는 근 몇 년간에 걸친, 에펜 왕국 안의 물자 유통을 정리해 둔 장부였다. 그냥 가볍게 훑어보기만 해도 왕실이 특정 재료와 물품들을 모으고 있다는 게 한눈에 보였다. 가장 많이 취급하고 있는 건 철과 마석이었고, 목재도 상당량 사들이고 있었다. 인부와 기술자들도 모으고 있었는데, 대다수가 대장장이와 전함 설계자였다. 거기까지 읽어보다가 살짝 멈칫했다.

'이거 왠지…… 전쟁을 준비하는 것 같은데.'

아니, 이 정도면 확실히 전쟁이다. 에펜 왕국에 가장 인접한 국가는 세이크 제국이니, 전쟁하려는 대상도 세이크 제국일 가능성이 컸다. 가난하고 평화로운 나라라고 들었는데 침략전쟁이라도 벌이려는 건가? 아니면 제국 쪽에서 침략할 기미를 느끼고 방어하려는 건지도 모른다. 어느 쪽이든 사태가 심상치 않다는 건 확실했다. 이래서 왕세자와 근위대가 나선 거구나. 기밀이라는 건 익히 짐작하고 있었지만 이렇게까지 대놓고 기밀문서다운 내용이 나오니 오히려 당황스러웠다.

'이런 걸 처음 보는 나한테 맡기다니, 대체 어떻게 된 사람이야?'

아무리 절박했어도 이건 도박으로 걸기엔 너무 위험한 내용 아닌가. 나였으니 망정이지 평범한 사람은 바로 왕실에 신고하고도 남았다. 아니면 그대로 불태워버렸거나.

그 밖에 나머지는 왕비에 관한 문서라든가 주술식으로 보이는 듯한 자료들이었다. 무언가에 관계된 듯한 명단도 있었지만 현재로선 그 쓰임을 알 수가 없었다.

"뭔가 마음에 드는 게 있었어?"

대충 읽어내리고 봉투에 다시 집어넣으려는데 트로웰이 말을 걸어왔다. 기밀을 확인한 내가 어떤 행보를 보일지가 궁금했는지, 얼굴에 알 수 없는 기대감이 엿보였다.

"음, 남이 보면 안 되는 내용이었던 것 같긴 해."

"네겐 유용했다는 뜻?"

"글쎄, 딱히?"

아무리 굉장한 정보라도 필요한 사람에게나 쓸모있는 법. 내가 이곳 사람이라면 중요한 일이었을지도 모르겠지만, 솔직히 그냥 그렇구나 싶다. 빨리 전달해 주고 털어 벌어야 할 이유가 늘었을 뿐이다. 그러자 트로웰의 표정이 묘해졌다. 어째선지 관심 없어 보이던 엘뤼엔까지 묘한 표정을 짓고 있었다.

"정말 모르는 건가? 아니면 모르는 척을 하는 거야?"

"……어?"

"그 손등에 있는 거."

살짝 내리뜬 시선이 내 손에 닿았다. 정확히 마신의 문장이 있는 쪽이었다.

"네가 충분히 흥미로워할 만한 내용이라고 생각했는데 말이야."

"어? 아니, 그게……."

"답할 마음이 없다면 됐어. 네 목숨이 붙어 있는 건 정체를 알 수 없다는 그 묘한 지점 때문이니까. 호기심을 유지하도록 유도하는 건 좋은 방법이지. 하지만 네가 믿을 수 있는 인간이라는 걸 어떻게 증명할지 기대되긴 하네."

의미심장하게 웃는 얼굴에 식은땀이 흘렀다. 아무래도 이 문서 속에 신관이면 알아볼 만한 내용이 있는 모양이다. 즉, 그는 내 문장이 가짜라는 말을 믿지 않고 있는 거다. 신관이 정령사가 될 수 없다는 건 당연한 상식일 텐데, 그런 부분을 무시할 만큼 내가 수상하긴 한가 보다.

엘퀴엔도 여기서 별다른 언급을 하지 않는 걸 보면 역시 내 말을 다 믿지는 않았다는 거겠지. 하긴 처음부터 적당히 넘어가 준다는 식이긴 했었다. 찝찝했지만 차라리 오해하는 게 낫겠다 싶어 그냥 넘어가기로 했다. 아니라고 해명하자면 또 끝이 없을 게 뻔하니까. 그 과정에서 어떻게든 나올 수밖에 없는 오류를 수습할 자신도 없었다.

'그런데 정확히 어떤 부분이 관련된 거지?'

차마 대놓고 물어볼 수는 없어서 문서들을 다시금 자세히 살펴봤다. 하지만 진짜 신관도 아닌 내가 본다고 해서 알 수 있을 리가 없었다. 유통 장부는 정말 유통에 관한 기록뿐이었고, 왕비에 관련된 문서는 신상 조사에 가까웠다. 예를 들면 왕비는 제논이라는 지역 출신인데 본가에 특이한 유전병이 있으며, 이걸 타고난 아이는 전부 죽여서 사실을 은폐하고 있다는 식이었다. 명단은 아무리 봐도 뭔지 모르겠고, 주술식은 일부가 조금 낯익은 느낌이긴 했다. 하지만 너무 기초 도안들뿐이라서 어느 것이든 형식을 제대로 알아볼 만한 게 없었다.

'저주 계통의 흑주술 같기는 한데…….'

혹시 마신관들이 이 주술에 관여하고 있는 건가? 그러고 보니 에펜 왕국과 마신전의 사이가 좋지 않다고 들었던 것 같은데, 그것과 관계가 있는 건지도 모른다. 어쩌면 전쟁 준비를 하는 이유도 제국이 아니라 교단 때문이려나. 물론 지금은 전부 다 추론에 불과할 뿐이었다. 이후에도 한참을 더 살펴봤지만 결국 아무것도 알아낼 수 없었다.

쿠웅!

고민을 멈춘 건 선체에 와 닿은 강한 진동 때문이었다. 깜짝 놀라 고개를 드니 달리던 배가 서서히 멈추는 게 느껴졌다. 그 뒤 오래지 않아 바깥에서 사람들의 분주한 걸음 소리가 이어졌다.

“뭐지? 암초에 걸린 건가? 아니면 해적?”

“글쎄, 궁금하면 나가 보지그래?”

그렇게 말하는 트로웰은 이미 상황을 살펴본 것 같았다. 뭘 본 건지 몰라도 눈동자에 묘한 이채가 서려 있었다. 엘뤼엔 역시 재밌다는 듯한 표정이다. 앉은 자리에서 다 들여다보는 능력, 예전엔 나한테도 있었는데. 다들 아는데 나만 모르고 있으니 조금 서글퍼졌다.

할 수 없이 객실을 나가 터덜터덜 밖으로 향했다. 진동을 느낀 다른 승객들도 하나둘씩 복도로 나오고 있었다. 갑판과 연결된 문을 열자 날이 흐린지 자욱한 안개가 밀려들었다. 뺨에 달라붙는 짙은 물기에 반사적으로 얼굴을 찌푸렸다.

“……좀 이상하네.”

“뭐가 이상해?”

혼잣말하기 무섭게 들려온 목소리에 깜짝 놀라 돌아보았다. 뒤에 따라오는지도 몰랐던 트로웰이 서 있었다. 머뭇거리는 동안 그가 대답을 채근했다.

"말해 봐. 뭐가 이상한 거야?"

"어, 아, 그냥…… 뭔가 자연적인 안개가 아닌 것 같아. 그렇다고 마법 같지는 않은데, 그래도 정령의 일과는 관계없는 안개라는 느낌?"

"보통 거기까지 구분하기 쉽진 않은데. 그걸 알겠어?"

"역시 아닌 거지?"

트로웰은 어깨를 으쓱였다. 나한테는 대답을 종용하면서 본인은 제대로 된 대답을 해 줄 마음이 없는 모양이다. 아무리 트로웰이라도 이번엔 좀 얄미웠다.

갑판엔 이미 나와 있는 승객이 한곳에 몰려 있는 상태였다. 혼란한 듯 어딘가를 바라보는 얼굴에 겁을 먹은 듯한 표정이 역력했다. 그 시선들이 고정된 방향에선 선원들이 배 난간에 매달려 있는 중이었다. "틀렸어! 그냥 포기해!", "그만둬!", "돌아와! 그러다 너까지 위험해!" 그 사이에서 오가는 고함이 서로 다급하게 울렸다.

"가까이 가시면 안 됩니다."

대체 무슨 일인지 궁금해서 가보려 하니 선원 중 몇 명이 앞을 막아섰다. 그들은 승객들을 보호하듯 앞을 막아선 채 무기를 움켜쥐고 있었다.

"저기, 대체 무슨 일이에요?"

"습격이 있었습니다."

"습격이요?"

역시 해적이 나타난 건가? 하지만 주위를 봐도 해적선으로 보이는 함선은 보이지 않았다. 안개에 가려져 안 보인다 쳐도 난간에 매달려 있는 선원들의 모습 역시 이해되지 않기는 마찬가지였다. 해적이 습격했다면 다들 방어할 태세를 갖추고 있어야 하는 거 아닌가? 고개를 갸웃거리고 있는데 누군가가 내 등을 콕콕 찔렀다. 돌아보니 겁먹은 듯한 낯선 얼굴들과 눈이 마주쳤다. 평범한 여행복 차림인 거로 봐선 나와 같은 승객인 듯했다. 그들이 낮은 목소리로 속삭였다.

"인어예요."

"네?"

"인어가 나타났대요. 갑판에 있던 사람 몇을 바닷속으로 끌어갔다나 봐요."

세상에, 그야말로 별세계 같은 이야기였다.

황당함에 자세히 물으려니 다른 쪽에서 상황을 직접 목격했다는 사람의 증언이 이어졌다. 날이 좋아 갑판 위에서 가벼운 친목회가 열리고 있었는데 갑자기 빠른 속도로 안개가 끼기 시작했단다. 그러다 곧 무언가에 부딪힌 듯 강한 진동이 울렸다고.

"다들 당황하고 있는데 몇 사람이 난간 쪽으로 걸어가지 뭡니까. 그러더니 누가 말릴 사이도 없이 그대로 곧장 뛰어내리더라고요."

비척거리며 걸어가는 그들의 모습은 마치 무언가에 홀린 것 같았다고 했다. 깜짝 놀란 사람들이 난간 쪽을 살폈을 땐 막 몸을 돌려 잠수해 가는 인어 떼의 꼬리만 볼 수 있었다. 바로 상황을 눈치챈 선원들이 뛰어들었지만 따라잡기엔 이미 늦은 모양이었다.

“제기랄, 인어가 나타났단 게 말이 돼! 여긴 걔들 영역도 아니잖아! 제논이나 마켈란 근해도 아닌데 대체 여기서 인어가 왜 나온단 말이야!”

어디선가 우렁찬 소리가 들려왔다. 얼굴이 거무죽죽해진 선장이 선원들을 향해 버럭거리며 성을 내고 있었다.

“노랫소리는! 노랫소리를 들은 놈은 있어? 아무도 없어? 너희 안개가 끼고 나서 바로 알리러 온 건 맞아? 아, 글쎄 환몽이 시작되지도 않았는데 놈들이 사람들을 어떻게 끌어갔냔 말이야!”

선장은 당장 거품을 물고 넘어갈 기세였다. 해명하는 선원들의 얼굴 역시 당혹감이 가득했다. 아무래도 이곳 사람들에게도 이건 이례적인 사건인 듯했다.

‘어느 쪽으로 갔으려나?’

평범한 사람이 물에서 얼마나 버틸 수 있었지. 지금 따라가도 늦지 않게 구할 수 있을지 모르겠다. 슬쩍 뒤쪽으로 빠진 후 다른 쪽 난간을 통해 바다로 잠수했다. 거기까진 아무 생각이 없었는데, 물속에 한가득 잠기고 난 후에야 숨을 쉬지 못한다는 사실을 깨달았다.

‘아, 젠장, 또!’

대체 왜 자꾸 까먹는 거지? 그나마 수습할 방안이 있으니 망정이지, 엘뤼엔과 계약해 두지 않았으면 정말 큰일 날 뻔했다.

'시큐엘 소환!'

지체할 것 없이 이 순간에 가장 필요한 바다의 파수꾼을 불렀다. 소환된 물의 늑대는 나타나자마자 눈치 빠르게 상황을 알아차리고 내게 곧바로 공기막을 씌워줬다.

—왕의 계약자여, 괜찮은가?

기침하는 나를 살피는 시큐엘은 상당히 당황한 기색이었다. 하긴, 나라도 일단 물에 뛰어든 후에 정령을 소환하는 정령사가 있을 거라곤 생각지도 못했을 거다. 고개를 끄덕여 안심시킨 다음 나는 겨우 정신을 차리고 주위를 돌아보았다. 깊은 바닷속 새파란 풍경은 배 위쪽의 상황과는 관계없이 평화롭기만 했다. 그 어느 곳에서도 사람을 사냥한 인어 떼 같은 건 보이지 않았다.

'어디로 달아난 거지?'

정령왕일 땐 바닷속이 육지보다 더 편했는데, 확실히 인간이 되니 물속에서 알아낼 수 있는 정보가 너무 적었다. 시야가 선명하지도 않은 데다가 움직임이 무거워 감각마저 둔해진 것 같았다. 인어가 습격했다는 위치를 중심으로 잡고 아래로 쭉 내려가 보았지만 역시 보이는 건 없었다.

—지금 뭘 찾는 건가?

"인어가 사람을 납치해갔어. 혹시 인어들 안 보여?"

그 말에 시큐엘이 잠시간 집중하는 듯하더니 이내 고개를 저었다.

—이 근방에는 없는 것 같다.

"으음, 그래?"

시큐엘까지 이렇게 말할 정도면 정말 없다는 소리였다. 그래도 흔적 정도는 찾을 수 있을 줄 알았는데, 대체 얼마나 속도가 빠른 건지 모르겠다. 더 깊이 내려가 볼까 고심할 때였다.

—왕의 계약자여, 왕으로부터의 전언이다.

응?

당황해서 돌아보니 시큐엘이 지긋이 나를 응시했다. 잘생긴 늑대의 얼굴 위에 서늘한 표정이 덧입혀졌다.

—지금 제정신인가? 돌아와.

이어진 음성은 엘뤼엔과 똑같았다. 당황한 나머지 온몸에 소름이 쭈뼛 돋았다.

"억? 아니? 그치만? 사람이 잡혀갔는데……."

—이미 늦었다. 그 바다엔 없어.

나도 모르게 변명부터 늘어놓으려니 기대하지도 않은 대답이 돌아왔다. 이번에도 엘뤼엔의 목소리였다. 아무래도 시큐엘에게 의사를 전달하는 걸 넘어서서, 그의 의식을 지배해 나를 직접 대면하고 있는 것 같았다. 우와, 하위 정령을 이런 식으로 다룰 수도 있는 거였구나. 여기 와서 새삼 많은 걸 배우는 것 같다.

"어, 근데, 없다고?"

—당연한 소리를 하는군. 대체 거길 무슨 생각으로 들어간 거지? 인어는 물속에선 전이 능력을 쓸 수 있다. 사냥하러 몸을 밖으로 내민 순간이면 모

를까, 일단 물에 들어가면 인간인 네가 따라잡을 수 있는 게 아니야.

헉, 그렇구나. 그런 능력이 있는 줄은 몰랐다. 낭패감에 혀를 차려니 바라보는 시선이 엄격해졌다.

—당장 돌아와.

할 수 없이 나는 얌전히 배로 돌아갔다. 그때까지도 갑판은 여전히 짙은 안개에 휩싸여 있었다. 그 안에서 승객을 안으로 들여보내려는 선원들과 저항하는 승객들 사이에 벌어진 실랑이가 한창이었다.

"여러분, 모두 선실로 들어가십시오! 갑판 위는 위험합니다! 주위에 인어가 또 있을 수 있습니다!"

"선실 안은 안전한 거 맞아요? 여기가 대체 어딘데 인어가 나타난 겁니까? 이런 위험한 일이 생길 거면 경고를 해줬어야죠!"

"아까부터 우리 애가 보이지 않아요! 누가 빠졌는지만이라도 알려주세요!"

"진정하고 기다려주세요! 지금 신원을 파악 중입니다!"

"진정하게 생겼어? 우리 애가 보이지 않는다니까!"

분개한 사람들은 아무리 설득해도 물러나지 않았다. 만류하는 선원들에겐 고역이겠지만 내겐 다행스러운 일이었다. 시큐엘의 도움을 받아 물기를 전부 말린 후 슬쩍 그들 틈에 합류하니 아무도 내가 바다에 들어갔다 나왔다는 걸 눈치채지 못했다.

잠시 후 자욱하던 안개가 걷히고 새파란 하늘이 나타났다. 언제 무슨 일이 있었냐는 듯 화창하게 맑아지는 날씨에 다투던 사람들이 하나둘씩 입을 다물었다. 흠뻑 젖은 선원들이 침울한 얼굴로 갑판 위로 올라서자 주위는 더욱 고요해졌다. 그들 모두가 같은 것을 깨달은 얼굴이었다. 모든 사태가 끝났다. 사라진 사람들은 다시는 돌아오지 못할 터였다.

3.

피해자는 이삼십 대 남자 세 명으로 확인됐다. 같은 선실을 쓰던 사람들의 증언에 따르면 그들 모두 한 길드에 소속된 헌터로 보였다고 했다. 다들 이상할 정도로 과묵하고 조용했으며, 사람들과 어울리길 꺼렸다는 게 전반적인 평가였다. 마치 숨어있다시피 내내 안에서만 지내다가 닷새 만에 처음으로 갑판으로 나왔는데, 하필이면 그날 변을 당한 거였다.

그 기묘한 시기를 두고 사람들은 그들이 인어를 사냥한 건 아닌지 의심했다. 선실에서 나오지 않았던 건 인어의 보복을 피하기 위해서였고, 이제 안전해졌다 싶어지자 나왔으나 인어들이 끝까지 추격해 온 게 아니냐는 거였다. 그게 사실인지 아닌지는 확인할 길이 없었지만, 어쨌든 그 뒤로 제국에 도착할 때까지 인어의 습격이 다시 일어나는 일은 없었다.

예상치 못한 사고와는 상관없이 배는 예정한 일정대로 목적지에 도착했다. 항구에 도착하자마자 내가 한 일은 제도까지의 차편을 알아보는 거였다. 지난번 경험을 교훈 삼아, 배차 시간을 미리 알아보고 동선을 짜둘 필요성을 느꼈기 때문이다.

역시나 예상대로 이곳 역시 배차 간격이 매우 넓었다. 제도까지 직행도 아니고 중간지까지만 가는데도 적게는 하루 이틀, 많게는 열흘씩도 기다려야 하는 간격이었다. 그래도 이번엔 운이 따라주는지 바로 오늘 저녁에 출발하는 기차가 있었다. 게다가 남은 객실도 준비라도 해 둔 듯한 이인실이었다.

"운이 좋으시네요, 손님. 마침 이인실 객실 딱 하나만 남아 있었거든요."

"그래요? 다행이다. 이인실에 세 명이 타도 되나요?"

"네, 그건 상관없습니다만 추가 인원은 그만큼 비용을 더 내셔야 합니다. 그리고 침대도 같이 쓰셔야 하고요."

"그건 괜찮아요. 추가 비용까지 합하면 모두 얼마예요?"

친절한 역무원이 세 명분의 객실 비용을 알려주었다. 반가운 마음으로 막 계산을 하려는 때였다.

"표가 없습니까?"

바로 옆에서 절박한 목소리가 울렸다. 무심코 돌아보니 긴 망토를 걸친 장신의 여자가 보였다. 그녀를 상대하던 다른 역무원이 곤란한 표정으로 나를 힐끔거렸다.

"죄송합니다, 손님. 다른 객실은 일반실까지 전부 매진이고 지금 이분이 사가시는 이인실이 마지막이에요."

"그럴 수가……."

무겁게 신음을 흘린 여자가 역무원이 가리키는 방향을 따라 나를 응시했다. 나 역시 얼결에 시선을 마주했다. 덕분에 자세히 보게 된 여자는 트로웰만큼은 아니지만 짙은 색의 피부에 검은 눈동자를 지니고 있었다. 후드를 눌러 쓰고 있어 머리칼은 보이지 않았으나 눈썹 색을 보면 회색인 것 같았다.

내가 살펴보는 만큼 여자도 나를 살피는 듯했다. 조금 당황한 듯한 시선이 내 얼굴에 고정되어 한동안 떨어지지 않았다. 그러다 본래 용건을 상기했는지 곧 근심 어린 얼굴로 나에게 말을 걸어왔다.

"아, 실례합니다. 염치없는 부탁인 줄은 압니다만, 혹시 제게 표를 양보해 주시면 안 되겠습니까?"

"음, 다음 열차는 언제 있죠?"

"나흘 후입니다."

상황을 살피고 있던 역무원이 친절하게 답했다. 나흘 후라니, 생각보다는 멀었지만 기다리지 못할 정도는 아니었다. 사실 내내 배에만 있다가 이제 간신히 땅을 밟은 참인데 곧바로 기차를 타는 게 살짝 꺼려지긴 했다. 선실은 넓기라도 하지, 기차 객실은 아무리 좋은 좌석이라도 비좁다. 그걸 몇 날 며칠 타고 가다 보면 차라리 걸어가는 게 더 낫지 않을까 진지하게 고민하는 순간이 찾아온다. 솔직한 심정으로는 조금 미뤄보고 싶은 게 사실이었다. 그래도 어차피 고생할 거 한 번에 다 몰아서 해치우고 제도에 도착해서 쉬는 게 낫지 않을까 싶기도 했다. 어쩔까 망설이니 여자가 비장한 얼굴로 말했다.

“제가 사정이 굉장히 급해서 그렇습니다. 양보해 주신다면 두 배의 비용으로 사례하겠습니다.”

“아, 아뇨, 그렇게까지 하지 않으셔도 돼요. 그냥 제가 다음 열차를 타죠, 뭐.”

“정말이십니까? 감사합니다, 정말 감사합니다!”

얼굴에 화색이 돈 여자가 연신 고개를 숙이며 고마워했다. 흐뭇한 표정을 지은 역무원이 내가 양보한 표를 여자에게 건네주었다. 인원을 추가한 비용이니 수정하겠냐는 말에 여자는 그대로 하겠다며 고개를 저었다. 아마 나처럼 세 명으로 구성된 일행인 모양이었다. 나 역시 다음 열차 표를 미리 사두었다. 승차권을 받아들고 돌아서려는데 눈이 마주친 여자가 다시금 고개를 숙였다.

“정말 고맙습니다. 덕분에 살았습니다.”

“아니에요. 편안한 여행 되시길 바랄게요.”

“예, 자애로운 분께도 신의 자비가 함께하시길.”

조금 전까지만 해도 창백하던 얼굴이 표를 구해서 그런지 한층 밝았다. 기분 좋게 헤어지는데 여자가 몸을 돌리면서 혼잣말로 떠들기 시작했다.

“예, 안 그래도 연락드리려던 참이었습니다. 예, 조금 전에 배에서 내렸습니다. 마침 오늘 출발하는 기차가 있어서 표를 구했습니다. 예, 일정대로 도착할 수 있을 것 같습니다.”

자세히 보니 손에 로켓 같은 걸 쥐고 있었다. 휴대용 통신 기구인 것 같았다. 왕국에선 공중전화 형식은 있었지만 휴대하는 이들은 없었다. 그런데 여기선 여자 외에도 비슷한 물건을 들고 떠들고 있는 사람의 모습을 어렵지 않게 찾아볼 수 있었다. 확실히 제국은 제국인지 더 부유한 모양이었다.

그보다 조금 전 배에서 내렸다면 나와 같은 배를 타고 있었던 걸까. 그 긴 시간 동안 한 번도 마주친 적이 없는 걸 보면 다른 층 선실이었던 모양이다. 내가 유달리 밖을 안 나가기도 했으니 어긋난 걸 수도 있겠지만.

"예, 저와 미엘뿐입니다. 다른 셋은 당했습니다. 죄송합니다. 아뇨, 아닙니다. 에디스 님은 잘 견디고 계십니다. 예, 예, 알겠습니다."

그 순간 들려온 내용엔 잠시 멈칫했다. 슬쩍 돌아보니 다시 눈이 마주친 여자가 어색하게 고개를 꾸벅거렸다. 따라서 인사해 주고 최대한 자연스럽게 몸을 돌렸다.

왠지 들어선 안 되는 내용을 들은 것 같다. 세 명이 당했다니, 마침 인어에게 잡혀간 사람들과 딱 맞는 숫자인 건 우연에 불과한 걸까.

설마 뭔가 관계가 있는 건 아니겠지. 피해자들에게 다른 일행이 있다는 말은 듣지 못했다. 남은 누군가가 있었다면 유품이라도 수습하려고 했을 거다. 하지만 선실에 남겨져 있던 그들의 짐은 모두 선원들이 수거했고, 따로 인계받을 자가 없어 그대로 관공서에 넘겨질 거라 들었다. 만약 일행이라면 그걸 왜 그렇게 처리했는지 모를 일이었다.

'으음, 뭔가 사정이 있겠지.'

궁금하다고 따라가서 물어볼 수 있는 것도 아니고, 내가 상관할 일도 아니라는 생각에 찜찜한 마음을 억지로 가라앉혔다. 그동안 여자의 모습은 완전히 멀어져 어느덧 보이지 않게 됐다. 시야에서 사라지니 차라리 마음이 편해져서 긴 숨을 내쉬었다.

"개입하는 것 같으면서도 아닌 것 같고, 아는 것 같으면서도 아무것도 모르는 것 같기도 하단 말이지."

그 순간 들려온 목소리에 깜짝 놀라 고개를 들었다. 언제 나타난 건지 트로웰과 엘뤼엔이 서 있었다. 나 혼자 다녀오라고 하더니 근방에서 지켜보고 있었던 모양이다.

"아, 미안. 오늘 출발하는 표가 있었는데 다른 사람한테 양보해줬어. 일정이 너무 급한 것 같더라고."

"알아, 봤어."

"근데 방금 전 한 말은 무슨 소리야? 나한테 한 말이야?"

"봐, 이런 면이 재밌다니까."

트로웰이 웃으며 중얼거리자 엘뤼엔 역시 기묘한 표정을 짓는다. 서로 무슨 말인지 아는 것 같은데 나만 뭔지 모르겠다. 어리둥절해하며 바라보자 트로웰이 생긋 웃었다. 의미심장한 미소에 나도 모르게 긴장할 때였다.

"일단 신의 은총을 받은 자애로운 분에게 특별히 예언 하나를 해 줄게. 넌 오늘 일을 매우 후회하게 될 거야."

"어?"

"네가 타게 될 다음 열차는 가는 길에 원인 모를 고장으로 멈출 예정이거든."

"……어?"

"열차가 멈추는 곳은 아무것도 없는 첩첩산중이고, 구조대가 도착하는 건 닷새 후. 철길을 따라 걸어가도 역까지 나흘은 걸려. 산을 타면 이틀이면 될 거야. 참고로 넌 산을 타야 해. 다른 선택지는 없어. 그래야 그때 그 역에 도착하는 다른 노선의 기차를 탈 수 있기 때문이지. 다음 열차는 안 와. 그 일대에 몬스터 떼의 공습이 일어나서 한동안 모든 철도가 폐쇄되거든."

얼굴에서 핏기가 빠져나가는 게 느껴졌다. 멍해져 있는 나를 향해 트로웰이 다시금 웃었다.

"벌써 후회되지?"

누가 예지의 정령왕 아니랄까 봐, 아주 족집게였다.

* * *

"네, 알겠습니다. 그럼 그때 뵙겠습니다."

통화를 종료한 후에야 여자는 긴 한숨을 내쉬었다. 세이크 제국에서만 활성화된다는 통신기가 제대로 작동되는 걸 확인하니 이제야 정말로 도착했다는 실감이 들었다. 고개를 들자 강렬한 햇살이 쏟아져 내렸다. 하늘은 파랗고 바람은 선선했다. 가을 날씨가 지나치게 온화해서 당황스러울 정도였다. 이미 시들었어야 할 수풀도 이곳에선 아직 푸르렀다. 오가는 사람들의 얼굴은 모두 활기에 가득 차 있었다. 타고난 생김새조차도 부드러운 것 같았다.

그 모습을 하나하나 눈에 담고 있으니 잊고 있던 진득한 피로가 어깨를 무겁게 짓눌렀다. 여자는 구겨진 미간을 손가락으로 꾹 문질렀다. 지난 몇 개월은 모두에게 악몽 같은 시간이었다. 대체 왜 이런 일이 일어나는지 이해할 수 없을 만큼, 혼란한 상황에 속절없이 휘말려 정신을 차릴 틈도 없었다. 지금도 그 과정의 연장선에 불과했다. 이 혼돈의 끝이 어디쯤일지는 아무도 예상할 수 없었다.

"아이라, 여기야."

시가를 따라 걸어가던 여자가 자신을 부르는 음성에 고개를 돌렸다. 두리번거리던 시선이 광장의 화단 앞에 서 있는 두 사람을 발견했다. 긴 후드 망토에 외형이 거의 가려진 모습이었으나, 두 사람 쪽에서 선뜻 알아보았듯이 여자 또한 충분히 그들을 알아보았다. 얼굴을 굳히고 있던 여자, 아이라의 표정이 약간 풀렸다.

"미엘, 에디스 님."

하지만 그 얼굴은 다시 금방 굳어졌다. 한달음에 그들 앞으로 다가간 아이라가 주위를 경계하며 물었다.

"왜 여기까지 나와 계십니까? 다실에서 쉬고 계시지 않으시고요."

"미안해요. 하지만 날이 너무 좋아 걷고 싶더라고요."

에디스라 불린 여자가 맑은 얼굴로 답했다. 후드 안에 가려져 있는 연두색 눈동자가 오랜만에 생기를 담고 반짝거렸다. 그 모습을 보고 차마 탓할 수 없던 아이라는 대신 다른 쪽의 여자, 미엘을 노려보았다. 그 시선을 자연스럽게 외면한 미엘이 은근슬쩍 딴청을 피웠다. 아이라는 어쩔 수 없이 한숨을 내쉬었다.

"꼬리는 제대로 확인한 거겠지?"

"그야 물론이지. 그건 걱정하지 마. 내가 이래 봬도 감각 하나만큼은 예민하잖아. 미행 같은 건 전혀 없었어."

"정말이지 너란 녀석은……."

"좀 봐줘. 열흘 넘게 그 답답한 선실 안에서만 있었잖아. 햇빛이 얼마나 그리웠다고. 안에 또 들어가 있으려니 죽을 것 같았단 말이야. 그쵸, 에디스 님?"

"맞아요, 아이라. 내가 먼저 나가자고 한 거니 미엘을 탓하지 말아줘요."

에디스까지 미엘의 편을 들고 나서자 아이라는 더는 할 말이 없어졌다. 사실 자신도 비슷한 상태라 그 기분을 모르는 것도 아니었다. 조용히 다물어지는 입을 보고 더는 정색하지 않을 것을 확신한 미엘이 생글생글 웃기 시작했다.

"그나저나 너야말로 갔던 일은 어떻게 됐어? 표는?"

"구했어. 마침 오늘 저녁 출발하는 기차가 있었어."

"정말이야? 와, 살았다."

반가운 소식을 들은 미엘이 활짝 핀 얼굴로 안도했다. 에디스의 얼굴도 밝아졌다.

"당일표를 구하다니 운이 좋았네요."

"네, 마침 딱 하나 남은 객실이었습니다. 다른 분이 먼저 도착했는데 제게 양보해 주셨습니다."

"그래요? 정말 고마운 분이시군요."

그 말에 선뜻 수긍하면서 아이라는 조금 전 역에서 봤던 이를 떠올렸다. 소년? 아니면 소녀였을까. 입고 있는 허름한 차림을 무색게 하는 화려한 외모였다. 아이라는 태어나서 그렇게 아름다운 외모를 처음 보았다. 후드에 가려져 귀 모양까진 확인할 수 없었지만 엘프가 틀림없었다. 어쩌면 제사장 일족이라는 하이 엘프인지도 몰랐다. 하지만 엘프를 봤다는 사실에 들떴던 기분은 그리 오래 지나지 않아 가라앉았다.

'엘프 일족도 요즘 행보가 이상하다고 들었는데. 혹시 관련된 건 아니겠지. 아니면 혹시 엘프가 아니라…….'

아니, 그것까진 억측일 거다. 아이라는 황급히 고개를 저었다. 그 사람의 정체가 뭐든 이번 일과 관련되어 있다면 남에게 표를 양보해 줄 리가 없었다. 모든 일에 예민해지다 보니 지금은 조금만 마음에 걸려도 전부 의심으로 이어졌다. 이런 건 좋지 않았다.

"아이라?"

그 순간 들려온 음성에 아이라는 퍼뜩 정신을 차렸다. 미엘이 자신을 걱정스럽게 응시하고 있었다. 밝은 갈색 눈동자에 평소와는 다른 불안이 보였다. 아이라는 억지로 웃음 지었다.

"아무것도 아냐. 그보다 에디스 님, 시장하진 않으십니까? 뭐라도 드시겠습니까?"

"아뇨, 지금은 괜찮아요."

에디스가 천천히 고개를 저었다. 아이라와 미엘 역시 입맛이 없었기 때문에 세 사람은 한동안 가만히 광장에서 시간을 보냈다. 문득 에디스의 시선이 부두 쪽을 향했다. 그곳엔 그들이 타고 온 배가 아직 정박해 있는 상태였다. 선원들이 갑판 위를 분주히 오가며 한창 정비하고 있었다. 화창한 날씨만큼이나 활기찬 모습이었으나 그걸 지켜보는 이들의 표정은 흐렸다.

"파벨 일행의 짐은 관공서로 보내진다고 했었죠."

"……예, 에디스 님. 신분을 증명할 만한 건 하나도 없으니 아마 얼마간 보관되었다가 그대로 소각처분 될 겁니다."

"그렇군요."

내뱉는 숨이 한층 무거워졌다.

"난 아직도 이래도 되는지 모르겠어요. 그들의 짐은 수습했어야 했던 게 아닐까요. 유품이잖아요. 하다못해 유족들에게는 전달해줘야……."

"아뇨. 어쩔 수 없습니다, 에디스 님. 저희는 끝까지 관련이 없어야 합니다."

"맞아요, 에디스 님. 처음부터 이런 일을 대비해 일부러 따로 행동했던 거잖아요."

"하지만……."

"그들은 육지에선 완벽한 인간의 모습으로 변합니다. 그때 습격한 숫자가 전부가 아닐 수도 있습니다."

단호하게 못 박는 말에 에디스의 눈동자가 흔들렸다. 아이라의 얼굴이 더욱 엄격해졌다.

"에디스 님도 아시잖습니까? 파벨은, 다른 둘도 그렇게 쉽게 방심할 녀석들이 아닙니다. 그들을 갑판으로 끌어낸 자가 분명히 있을 겁니다. 어쩌면 선원 중에 있을지도 모릅니다. 관공서 직원 중에 있을지도 모르지요."

에디스는 크게 숨을 삼켰다. 오랜만에 맞이하는 밝은 햇살에 잠시 잊고 있었던 모양이다. 지금 그들이 누리는 평화가 아슬아슬하고 위태롭기 짝이 없는 줄 위에 세워져 있는 것임을. 누군가 흔들리기 시작하면 속절없이 무너져 내릴 아주 얄팍한 평화였다. 에디스는 흐린 얼굴로 입술을 악물었다.

"……그렇죠. 맞아요. 내가 너무 생각이 짧았어요. 미안해요."

"아닙니다. 에디스 님의 심정은 충분히 이해합니다. 하지만 부디 마음을 굳건히 다지십시오. 제국도 결코 안전지대는 아닙니다."

어디에나 숨어들 수 있는 존재 앞에서 완벽하게 안전한 장소란 없었다. 어쩌면 지금 그들이 찾아가는 곳이 더 위험해지는 길일 수도 있었다. 새삼스러운 사실을 다시 상기한 에디스가 힘겹게 고개를 끄덕였다.

"그러고 보니 저희를 도와주셨던 분은 괜찮으실까요? 따로 조사해보신다고 가신 후로 소식이 끊겨서 걱정이에요. 원래 일정대로라면 그분도 저희와 같은 배를 탔어야 했는데 말이에요. 안 타신 것 같았죠?"

"네, 하지만 탑승자 전원을 확인한 건 아니니 확실하진 않습니다. 저흰 거의 선실 안에서만 지냈으니까요. 단순히 마주치지 않았던 걸 수도 있습니다."

"그런 거면 좋겠네요."

이제 더는 희생자가 나오는 걸 바라지 않았다. 하지만 그렇게 말하면서도 에디스의 얼굴은 희망 없이 어둡기만 했다. 연두색 눈동자에 가득한 물기를 보며 아이라가 다짐하듯 입을 열었다.

"괜찮습니다, 에디스 님. 우리도 이렇게 마냥 당하고 있지만은 않습니다. 바로 그걸 위해 여기까지 위험을 무릅쓰고 온 거잖습니까."

"알고 있어요. 잘 되겠죠, 아이라?"

"물론입니다. 이제 목적지가 코 앞입니다. 그곳에서 우리를 기다리고 계시는 분들을 떠올려보십시오. 이 고난은 곧 끝납니다."

아이라의 검은 눈동자가 새파란 불길을 품었다.

"그들이 누굴 건드린 건지, 반드시 깨달을 날이 올 겁니다."

제6화

1.

피이이이—

휘파람을 부는 듯한 소리가 울리며 시야가 급속도로 기울었다. 양쪽으로 쭉 뻗은 오색의 날개깃이 바람을 타고 하강을 시작했다. 까마득했던 지상이 빠르게 가까워지며, 장난감 같던 건물들이 덩치를 키워갔다.

"이제 곧 도착합니다!"

앞에서 고삐를 잡고 있던 비행사가 크게 외쳤다. 세차게 몰아치는 바람에 절반은 먹힌 소리였다. 피이이이— 그 말을 거드는 듯 다시금 긴 울음이 울려 퍼졌다. 이 순간에도 주변의 풍경이 빠른 속도로 스쳤다. 위에서는 손에 잡힐 것처럼 가까워 보였던 거리가 아래로 내려갈수록 멀어지더니 이제 어디쯤인지 확인하는 것도 어려워졌다.

정류소 주위에 있던 사람들 몇몇이 고개를 들고 이쪽을 바라보는 게 보였다. 이윽고 지상에 거의 다다른 몸체가 거대한 날개를 크게 펄럭이며 떨어지는 속력을 늦췄다. 쭉 뻗은 다리가 바닥에 완전히 착지하기까진 그리 오래 걸리지 않았다.

"이제 벨트를 푸셔도 됩니다."

먼저 내려선 비행사의 말에 고개를 끄덕였다. 그가 수고했다는 듯 쓰다듬으니, 우리를 태우고 온 거대한 새가 눈꺼풀을 나른히 떴다. 머리는 닭과 흡사한 생김새지만 목에는 비늘이 덮여 있고, 등엔 사자 털 같은 갈기가 돋아 있다. 광택이 흐르는 날개는 화려한 오색을 지녔고, 꼬리 역시 공작새처럼 화려했다.

비행 몬스터를 개량하여 가축화했다는 비조는 이 세계의 훌륭한 운송수단이었고, 새를 탄다는 건 진귀한 경험이었다. 그러나 아무리 신기한 것도 시간이 지나면 식상해지기 마련이다. 하물며 반복하는 횟수가 잦다면 그 순간은 급속도로 더 빨리 찾아들 수밖에 없다.

"이제 한동안 비조는 안 탈 거야."

안장에서 내리자마자 굳게 다짐하는 말을 들었는지 헬멧을 벗던 비행사가 피식 웃었다. 그야 매일같이 비조만 타는 사람이 보기엔 내 한탄이 엄살로 들릴 수밖에 없을 것이다. 그래도 질린 건 질린 거였다. 이것 또한 기차에서 느끼는 고뇌와 부합하는 내용이긴 한데, 사람이 고정된 한 자세로 버티는 건 정말 할 짓이 못 되는 것 같다. 육체가 어디까지 배길 수 있는지 시험당하는 기분이다. 하지만 아직 시련이 끝날 시기는 아니었다.

"중심부까지 마차를 타시겠습니까?"

뻐근한 몸을 주무르고 있자니 비조 정류소 근처에서 대기 중이던 마부가 다가와 물었다. 거절하고 싶은 마음을 가까스로 견디며 고개를 끄덕였다. 어딘가에 갇혀 이동하는 건 이제 정말 싫었지만, 지금은 어서 도착해서 쉬고 싶다는 마음이 더 컸다.

비용을 치르자 신이 난 마부가 직접 마차 문을 열어주었다. 안으로 들어가기 전 고개를 들고 눈앞을 확인했다. 꾸물꾸물하게 이어지는 숲길 너머, 아득히 먼 위쪽에 우뚝 선 왕성의 모습이 보였다.

드디어 도착한 제도였다.

잔인한 예언은 한 치의 어긋남 없이 이뤄졌다. 열차는 가는 도중에 멈춰섰고, 울상이 된 기관사가 닷새 후에 구조대가 온다는 소식을 알렸다. 승객들은 아무것도 없는 산 한복판에 떨어졌다. 모든 것이 짜 맞춘 것처럼 완벽하게 들어맞았다. 그러나 트로웰이 모든 사실을 알려준 건 아니었다. 아니, 무엇보다 가장 중요한 사실을 숨겼다. 그건 바로 이틀이면 탈 수 있다는 산길이라는 게 안전장치 하나 없는 위험천만한 벼랑길이라는 거였다. 심지어 폭도 좁은 데다가 끊어진 부분도 많아 없는 길을 만들어서 가야 할 정도였다.

'어쩐지 아무도 산을 안 탄다 했지.'

닷새면 상당히 긴 시간이었다. 그걸 이틀까지 단축할 수 있다면 제법 솔깃해할 만도 한데 그 수많은 승객이 대부분 남아서 구조대를 기다리는 걸 택했다. 다음 역이 목적지인 이들 중에서 일정이 급한 사람 정도나 철길을 따라 걸어가기로 한 정도였다. 그 누구도 산을 타려는 이는 없었다. 그때 뭔가 이상하다는 걸 짐작했어야 했다. 다들 산을 타는 건 자살 행위라는 걸 알고 있었던 거다.

그래도 거기까진 그럭저럭 감당할 만한 편이었다. 난 고소공포증도 없었고, 힘과 체력에도 자신 있었으니까. 진짜 문제는 본격적으로 벼랑을 타기 시작한 난 이후에 벌어졌다. 누구나 다 아는 일이겠지만, 인간의 삶엔 수많은 변수가 따르며 사소한 부분에서 큰일을 그르치는 경우가 많다. 예를 들어 여벌 옷은 준비해도 신발까진 미처 생각하지 못하는 경우가 그렇다.

이게 무슨 소리냐면, 신발 밑창이 떨어졌다는 뜻이다.

처음엔 그냥 대수롭지 않게 여겼다. 이사나와 그렇게 장거리 여행을 해봤으면서도 여분의 신발을 잊다니, 다음부턴 좀 더 신경 쓰자는 반성 정도였다. 그런데 이 신발이란 게 의외로 걸음과 균형에 영향을 많이 주는 물품이었다. 헛발질이 잦아지고 미끄러지는 횟수가 몇 배로 늘었다. 무난한 바위 하나 딛고 서기도 쉽지 않다 보니 당연히 이동 속도가 현저히 느려졌다. 추락할 뻔한 위기를 몇 번이나 모면해가며 갖은 삽질을 다 했으나 목적지에 도착한 건 사흘 후, 기차는 당연히 놓쳤다.

"너무 한심해서 오히려 아무런 말도 못 하겠네."

"……."

너덜너덜해진 채로 망연자실 서 있는 내게 트로웰이 건넨 독설은 아마도 평생 잊지 못할 거다. 그 옆에서 엘뤼엔이 차게 식은 눈으로 바라보던 모습도.

이후로는 정말 말도 못 할 고난과 역경의 시간이었다. 오지 않을 열차를 기다릴 수는 없으니 최대한 다른 방법으로 길을 단축할 방법을 모색했다. 일단 열차가 운행되는 지역까지만 가면 어떻게든 될 거라 생각해서 지도부터 구매하고 경로를 잡았다.

하지만 초행자에겐 그 자체도 쉽지 않은 길이었다. 며칠이면 도착할 거리를 몇 날 며칠 헤매기도 하고, 지명을 착각해서 엉뚱한 장소에 도착하기도 하고, 어디에 어떤 운송수단이 있는지를 파악하지 못해서 더 오래 걸려 도착하기도 했다. 궂은 날씨에 발목이 잡히는 일도, 길을 알려준 사람이 잘못 가르쳐주는 경우도, 애초에 지도 자체가 틀리게 표기된 경우도 허다했다. 그러다 보니 나중엔 그냥 열차를 포기하고 가는 게 더 나을 지경이 됐다.

공간이동이 되는 마나 게이트라든가, 제국의 자랑이라는 비행선은 구경도 하지 못했다. 귀족과 관료가 아니면 허가서를 받은 이만 탈 수 있었기 때문이다. 애초에 표 자체가 전부 예약제인 데다가 신분증이 있어야 예매가 가능한 체계라 적당히 속여서 타는 것도 불가능했다.

'망할 신분제 같으니.'

돈이 있어도 탈 수가 없다니, 이게 어디 될 말인가. 시설이 보편적이지 않다거나 수용 인원에 한계가 있어 제한이 필요했다는 거라면 어쩔 수 없다 여기기나 할 텐데, 그런 이유도 아니었다. 단지 특별한 계층이 점유해야 한다는 특권 의식 때문이었다. 기가 막히고 어이가 없는데 신분제 세상은 그걸 당연하게 여겼다.

어쨌든 덕분에 내가 제도에 도착했을 땐 한 달이란 시간이 지나가 있었다. 제대로 기차를 탔다면 늦어져도 일주일 만에 도착할 수 있다는 점을 생각했을 때, 그야말로 이가 갈릴 수밖에 없는 여정이었다. 그러다 보니 정작 기다리던 순간을 맞이했는데도 아무것도 눈에 들어오지 않았다. 다른 곳에선 보지 못한 웅장한 건물들과 인파로 활기찬 거리가 펼쳐졌지만, 드디어 도착했다는 흔한 감동조차 없었다.

"그래도 너 치고는 빨리 도착했군."

내가 느끼기에도 건조하기만 한 시선으로 가만히 둘러보고 있자니 옆에서 익숙한 목소리가 들려왔다. 지난 고행의 나날, 경비를 대주는 것 외에는 아무런 도움이 되어주지 않은 아버지의 말씀이었다. 그 옆에선 마찬가지로 도움이 돼주긴커녕 오히려 약만 올린 트로웰이 생글생글 웃고 있었다.

치사한 정령왕들은 내가 아무리 헤매고 있어도 그냥 내버려 뒀다. 나중에 가선 혼자 알아서 하라며 사라지고는 목적지에 도착하고 나서야 나타나기도 했다. 바로 지금처럼 말이다. 수많은 감정을 담아 가만히 바라보니 둘 다 뭐가 문제냐는 시선을 보내와서 더 울컥했다.

"이제 어쩔 생각이지?"

그래 봤자 화를 내는 것도 통하는 상대에게나 할 수 있는 행위다. 아무렇지 않게 돌아오는 질문에 분기탱천 끓어올랐던 전투력이 단숨에 파시식 식었다. 사실 둘이 나를 도와줘야 할 의무가 있는 건 아니지. 그래도 동행 자체를 그만두지는 않으니 그걸로 된 건지도 모르겠다.

"일단 부탁받은 것부터 해결할까 해. 여명의 활이라는 길드를 찾아봐야 할 것 같아."

한숨을 내쉬며 대꾸하니 엘뤼엔은 조금 의외라는 표정을 지었다. 트로웰도 재밌다는 듯이 눈을 반짝이고 있었다.

"얌전히 전해줄 생각인가?"

"그게 왜?"

"그걸 들고 가면 바로 라미아스를 만날 수 있을 거다."

"어? 정말?"

"그럴 만한 정보니까."

헉, 그렇구나. 하긴 전쟁은 누구나 관심을 가질 만한 고급 정보였다. 이 정도로 큰 건수라면 라미아스에게 자연스럽게 접근할 명분이 되고도 남았다. 어디까지나 이 문서가 내 소유라면 말이지만.

"아니, 됐어. 그건 가로채는 거잖아. 애초에 그 사람이 이 정보를 누구한테 주려는 건지 확실하지도 않은데 내 맘대로 넘기는 건 아닌 것 같아."

그러자 엘뤼엔이 의아한 표정을 지었다.

"왜 양심이 있는 척을 하지?"

"……무슨 뜻이야?"

"어떻게든 라미아스를 만나야 하는 거 아니었나? 수단과 방법을 가릴 생각을 하는 걸 보면 그리 절박하진 않나 보군."

"아, 아냐. 이래 봬도 엄청 절박하거든? 그냥 다른 사람의 사정도 모른 척할 수 없는 것뿐이지."

"글쎄, 남의 사정을 염두에 둘 여유를 갖고도 절박하다고 할 수 있는 건가?"

"그야 절박하니까. 그 사람도 나랑 같은 기분일 거 아냐. 그걸 어떻게 무시해."

그 말에 엘뤼엔이 이채 어린 눈으로 나를 돌아보았다. 그런 생각도 할 줄 알다니 어떻게 된 거냐는 표정이다. 트로웰 역시 묘한 시선을 보내고 있었다. 느릿하게 훑는 황금색 눈동자에 진심을 파악하려는 의도가 선명했다. 도대체 둘 다 나를 뭐라고 생각하는 건지 모르겠다. 솔직하지만 않은 거지 딱히 거짓말을 한 적은 별로 없는데 말이다.

"어쨌든 문서는 부탁받은 대로 처리할 거야. 솔직히 그런 수상한 내용에 별로 엮이고 싶지도 않고."

"역시 양심 때문은 아니었군."

"……."

거참, 그냥 그렇다고 넘기면 될 것이지, 굳이 그렇게 저격할 일인가. 속으로 투덜거리다 슬슬 주위를 돌아보았다. 번화한 거리엔 없는 게 없이 가득했다. 내가 찾는 것도 그리 오래지 않아 발견할 수 있었다.

"하지만 그 전에 먼저 해야 할 일이 있어."

"뭐지?"

손가락을 들어 한 장소를 가리켰다. 누가 봐도 여관으로 보이는 건물을. 가리키는 방향으로 시선을 보낸 두 정령왕이 황당하다는 표정을 지었다. 그 시선에도 아랑곳없이 나는 환하게 웃었다.

"일단 잘래."

당연한 말이겠지만, 인간은 삼시 세끼 식사를 하고, 간간이 쉬어야 하며, 충분한 잠을 자야 한다. 한 달이란 여정은 이런 기본적인 부분도 충족하기 힘든 시간이었다. 손톱만 한 인내심은 한계에 달한 지 오래였다. 해가 중천에 뜬 시각이라든가, 기분을 들뜨게 하는 화창한 날씨 같은 건 조금도 중요하지 않았다. 지금 내게 필요한 건 수면이었다.

* * *

"엘, 이거 봐."

활기찬 음성에 고개를 돌렸다. 방긋 웃은 시벨리우스가 큼직한 솥을 내게 내밀었다. 덮여 있던 뚜껑을 여니 뜨거운 연기와 함께 고소한 냄새가 진동했다. 안에 든 건 미색에 가까운 죽처럼 보였다. 무언가 첨가된 건지 노르스름한 층이 둘러 있었다.

"이게 웬 거야, 시벨?"

"콩 수프야. 버터에 볶은 양파를 삶은 콩이랑 우유와 함께 갈아서 보글보글 끓인 다음에 꿀을 넣어봤어. 한번 먹어봐."

"와아!"

안 그래도 배고팠는데. 이게 웬 횡재지?

들뜨는 마음으로 그가 건네주는 숟가락을 받아들었다. 한가득 가득 떠서 삼키니 고소하면서 달큼한 맛이 입안 가득 퍼졌다.

"너무 맛있어!"

"그래? 다행이다."

내 반응을 살피던 시벨리우스가 안도하며 환하게 웃었다.

"그거 네가 좋아하는 거잖아."

그랬던가? 그런 것 같기도 하다. 사실 이렇게 맛있는 걸 좋아하지 않을 수가 있을까 싶었다.

"이거 내가 다 먹어도 돼?"

"그럼 물론이지. 부족하면 말해. 얼마든지 더 만들어줄게."

세상에. 어쩜 이렇게 착한 녀석이 다 있지? 혹시 시벨리우스는 하늘이 나를 불쌍하게 여겨 내려준 천사인 게 아닐까. 감격하면서 먹기 시작하니 그가 부드러운 시선으로 응시해왔다.

"그보다 엘, 그걸 어떻게 아무렇지 않게 먹는 거야?"

"어?"

어떻게 먹냐니. 먹을 수 있으니까 먹는 거 아닌가? 어리둥절해져서 바라보니 시벨리우스가 고개를 갸웃거렸다.

"넌 인간이 아니잖아."

퍼뜩 눈을 뜨니 환한 햇살이 파고들었다. 멍하니 눈꺼풀을 깜빡이다가 내가 침대 위에 누워있다는 걸 깨달았다. 뭐지? 뭐가 어떻게 된 거야? 시벨리우스는 어디로 간 거지? 잠시 상황 파악이 되지 않아 황급히 몸을 일으키려니 침대맡에서 나를 빤히 바라보고 있던 낯익은 얼굴과 마주쳤다. 트로웰이었다.

"잘 잤어?"

"어? 아……."

그가 빙긋 웃으며 건네는 말을 듣고 나서야 조금 정신이 들었다. 먹구름이 낀 것 같았던 머리가 맑아지면서 잊었던 현실이 돌아오기 시작했다.

'꿈이었구나.'

오랜만에 실감 나는 꿈을 꿨다. 시벨리우스가 한 요리를 맛있게 먹는 꿈이라니, 정작 현실에서는 불가능했던 일이라는 점에서 지극히 꿈다운 설정이었다. 먹는 꿈은 감기에 걸리는 거라는데, 괜찮은 건지 모르겠다.

침침한 눈을 비비며 천천히 주위를 둘러보았다. 여관인 건 분명한데 어떤 과정으로 여기까지 들어와 잠들었는지 기억이 나지 않는다. 여관에 들어가 방을 달라 하고 계산을 마쳤던 게 내가 아는 마지막 장면이었다. 그 와중에도 어떻게든 들어와 쓰러지긴 한 모양이다. 이제 보니 옷도 갈아입지 않은 채였다. 그나마 꿉꿉한 느낌은 없는 걸 보니 씻기는 했나 보다.

그런데 나 분명 낮에 잠들지 않았나? 왜 아직도 환한 거지? 꽤 개운한 기분이라 푹 잔 것 같은데, 생각보다 얼마 못 잔 건가? 당황해서 주위를 살피려니 빙긋 웃은 트로웰이 친절히 오늘 날짜를 알려주었다. 그 날짜는 내가 알던 날에서 이틀이나 지나 있었다. 적게 잔 게 아니라 너무 많이 잔 거였다.

"정말 세상 모르게 자더라."

"아하하, 그런데 아버…… 엘퀴네스는?"

아까부터 주위를 둘러봐도 그의 모습이 보이지 않았다. 혹시 내가 너무 오래 자서 화가 난 건가 덜컥 걱정이 드는데 갑자기 눈앞에 불쑥 무언가가 내밀어졌다. 그릇 안에 연녹색 빛깔을 띤 수프가 담겨 있었다. 뒤늦게 고소한 냄새가 파고들었다. 당황해서 올려다보니 그걸 내밀고 있는 엘퀴엔이 무심한 얼굴이 보였다.

"먹어라."

"어?"

"콩으로 만든 수프다. 자면서 계속 이걸 찾더군. 시끄러워서 가져왔다."

"……어?"

헐, 내가 설마 잠꼬대를 한 건가. 그것도 음식 이름까지 외쳐가며 정말 간절히 찾았던 모양이다. 하긴, 꿈이지만 정말 맛있기는 했다. 그래도 엘뤼엔이 이걸 가져다줄 거라곤 상상도 하지 못했던 일이라 어안이 벙벙하기만 했다. 혹시 아직도 꿈인 건 아니겠지? 멍하니 눈을 깜빡이고 있으려니 엘뤼엔의 눈썹이 찌푸려졌다.

"안 먹을 건가?"

"아, 아니! 먹어! 먹을래!"

허둥지둥 대답한 후 두 손을 내밀었다. 조심스럽게 그릇을 받아 드니 뜨거운 감각이 손바닥 한가득 느껴졌다. 꿈에선 느껴보지 못한 감각인 걸 보니 확실히 현실이 맞았다.

그가 건네주는 숟가락을 받아들고 천천히 한입을 삼켰다. 재료가 콩이라는 것만 같지 꿈에서 먹던 것과는 색도 모양도 다른 수프였다. 그런데 왠지 똑같은 맛이 나는 것 같았다.

어쩐지 눈물이 나올 것 같아서 실실 웃었다. 그러고 보니 콩 수프는 시벨리우스가 나와 이사나에게 제일 처음 만들어 준 음식 중 하나였다. 내가 좋아하는 거라고 했었지. 그가 한 말이 맞았다. 오늘부터 콩 수프가 제일 좋아하는 음식이 될 것 같았다.

2.

이 시대는 길드의 설립이 자유로운 편이었다. 그래서 같은 직업군 안에서도 수많은 길드가 존재했으며, 길드마다 서로 별개의 규칙을 두고 있었다. 자격증과 사무실을 보유한 다섯 명 이상의 단체라면 누구든 등록 가능. 길드 구성원은 규모가 많든 적든 팀이 나뉘든 간에 상관없이 모두 한 공동체로 여겨졌다. 이를테면 샴페인 용병단이나 칵테일 용병단이 각자 독립된 간판을 걸고 활동한다는 느낌이었다.

대신 자격증 발급을 비롯한 전반적인 부분은 모두 시에서 관리했는데, 제국에선 정부의 공인을 받은 협회들이 이 역할을 대신하고 있었다. 언뜻 내 시대와 비슷한 듯 보이면서도 좀 더 유연하고 능률적인 형식 같았다.

헌터 역시 협회가 존재했다. 트로웰이나 엘뤼엔이 친절히 알려줄 리도 없고, 수소문하는 것보다는 협회에 가서 알아보는 게 가장 빠를 거란 생각에 여독이 풀리자마자 모두를 끌고 길을 나섰다. 다행히 헤맬 필요도 없이, 마차 한 번 타는 걸로 쉽게 해결할 수 있었다.

“재미없네. 이번엔 또 어떤 황당한 방식으로 즐겁게 해줄지 기대했는데.”

트로웰은 무척이나 아쉬워했다. 지난 여정 동안 내가 고생하던 모습이 어지간히 즐거웠던 모양이다.

“나도 내가 운 나쁜 거 알아.”

볼멘소리로 중얼거린 말에 그가 무슨 소리냐는 듯이 눈을 깜빡였다.

“아냐, 너 운은 좋아.”

"어? 그래?"

"당연하지. 애초에 운이 없는 사람이 어떻게 엘퀴네스를 소환하겠어?"

"아, 하긴. 그건 그렇네."

"그렇다니까. 단지 스스로 걷어차서 그렇지."

……그게 결국 나쁘다는 거 아냐?

하고 싶은 말이 마구 올라왔지만, 얌전히 참았다. 모처럼 잘 풀리고 있는데 괜히 여기서 트로웰을 건드렸다간 무슨 일이 벌어질지 모른다. 굳이 스스로 걷어찬다는 말을 증명할 필요는 없지.

어쨌든 생각보다 편하게 도착한 헌터 협회 건물은 제법 크고 번듯했다. 안으로 들어가니 꽤 많은 사람이 보였다. 용무를 보던 사람들의 시선이 한꺼번에 쏟아졌다. 엘뤼엔과 트로웰의 외모가 너무도 튀다 보니, 이제 어느 곳을 가도 익숙해진 일 중 하나였다. 무시하고 접수대로 다가가자 직원이 당황하며 맞이했다.

"여명의 활 길드요?"

"네, 길드 사무실이 어딘지 알 수 있을까요?"

내미는 용지를 작성하고 방문한 용건을 말하니, 직원이 조금 난처한 얼굴을 했다.

"실례지만 정말 여명의 활 길드를 찾으시는 게 맞나요?"

"네, 맞는데요. 왜요? 무슨 문제라도 있나요?"

"아뇨, 그게 아니라……."

직원의 표정이 더더욱 난처해졌다. 근처에 있던 몇 사람이 시선을 보내왔다. 그들 사이에서 수군거림이 커지고 있었다. 아무래도 꽤 유명한 길드인 모양인데, 왠지 다들 반응이 이상했다.

'그러고 보니 이 길드 이름, 어디서 들어봤는데.'

설마 악명 높은 길드인 걸까? 시작이 순탄하다 싶었는데 느낌이 영 좋지 않았다. 이어진 결과는 예상과는 조금 다른 방식으로 나빴다.

"……사라졌다고요?"

"예, 여명의 활 길드는 2년 전에 해체했습니다."

"그럼 길드원들은……."

"물론 다들 흩어졌습니다. 모두 제도를 떠났다고 알고 있습니다."

"떠났어요? 전부?"

"네, 저희도 그 이상은 알려드릴 수가 없네요."

곤란해하는 직원의 표정만큼이나 내 마음도 가라앉았다. 단숨에 찾기 어려울지도 모른다는 각오는 했지만 설마 길드가 아예 해체했을 줄이야. 가장 생각해 보지 못했던 경우였다. 결국 나는 이렇다 할 소득 없이 협회를 나설 수밖에 없었다.

"어떡하지. 길드가 아예 없어졌을 줄은 몰랐어."

"네겐 더 잘된 것 같은데? 봐, 역시 운이 좋잖아? 수신자가 없어졌으니 이제 그 문서는 네 거야. 부담 없이 라미아스한테 가져다줘도 되겠네."

헉, 그게 그렇게 되는 건가?

제법 솔깃한 말이긴 한데 발상의 전환을 이렇게 해도 되는 건지 모르겠다. 복잡한 기분에 얼굴을 찌푸릴 때였다.

"여명의 활을 왜 찾아?"

뒤쪽에서 누군가가 말을 걸어왔다. 돌아보니 헌터로 보이는 남자가 서 있었다. 조금 전 협회 안에서 우리 쪽을 힐끔거리던 사람 중 하나였다. 우리가 나오자마자 곧장 따라 나온 듯했다.

"아, 미안, 별 뜻은 없어. 그냥 오랜만에 그 이름을 들으니 반가워서 말 걸어 본 거야."

"혹시 여명의 활 길드원이었어요?"

"그건 아니고. 가입 지망생이었지. 기껏 노력해서 헌터가 됐는데 길드가 사라져버리더라고. 그때 얼마나 허망했는지 몰라. 혹시 당신들도 가입 희망자야?"

"아뇨, 그런 건 아니에요. 그런데 왜 해체한 거예요?"

"길드 마스터가 불의의 사고로 사망했거든. 다음 마스터를 정하는 과정에 불협화음이 일더니만 결국 순식간에 무너지더라고. 대륙 7대 길드 중 하나의 몰락이라서 온 세상이 떠들썩했는데 그 유명한 사실을 모르다니, 어디 먼 외국에 있었나 봐?"

대륙 7대 길드!

그 말을 듣자 어디서 들어본 길드였는지 떠올랐다. 랑시의 어머니가 미혼일 때 소속되어 있었다는 길드가 바로 여명의 활이란 길드였다. 딱 한 번 스쳐 들었던 이름이라 바로 떠올리지 못했다. 하고 많은 길드 중에서 딱 두 번 들어본 이름이 같은 길드였을 줄이야. 이게 다 무슨 인연인지 모르겠다.

"가입 희망자가 아니라면, 여명에서 누군가 찾는 사람이라도 있는 거야?"

"네, 크리스라는 사람을 만나야 해요."

"크리스? 라케인 크리스?"

"정확한 이름은 몰라요. 그냥 크리스라고만 들었어요."

"음, 여명의 활에 있던 크리스라면 한 명뿐이니 그 사람이 맞을 거야."

"아는 사이예요?"

"그냥 팬이었어. 그쪽은 크리스를 잘 모르는 모양이네?"

고개를 끄덕이니 남자의 표정이 씁쓸해졌다.

"예전엔 꽤 잘 나가는 헌터였어. 특히 궁수라면 모를 수가 없는 이름이지."

"그렇군요. 여명의 활 길드원들은 다들 제도를 떠났다고 하던데. 혹시 그 사람은 어디로 갔는지 들은 거 없으세요?"

질문하면서도 딱히 기대하고 물었던 건 아니었다. 그런데 뜻밖의 대답이 돌아왔다.

"크리스라면 아직 제도에 있긴 해."

"네? 정말요?"

"음, 근데 만나지 않는 게 나을걸. 길드가 해체되고 나서 가장 많이 망가진 게 바로 그 사람이거든. 지금은 헌터 활동도 안 하고 있어. 이미 면허를 반납했다는 소문까지 돌던데."

"그건 상관없어요. 어디로 가면 만날 수 있어요?"

반색해서 물었더니 뒤쪽에서 피식거리는 소리가 들렸다. 트로웰이었다. "역시 스스로 걷어찬다니까." 작은 목소리지만 중얼거리는 내용이 선명하게 들려왔다. ……내가 또 고생길로 향하는 직선 노선을 밟은 모양이다.

"으음, 기다려봐."

난처한 표정을 짓던 남자가 재킷 안쪽 주머니에서 수첩을 꺼내더니 무언가를 메모했다. 건네준 걸 받아보니 간단한 설명이 첨부된 약도였다.

"여기로 가 봐."

그러나 약도를 주면서도 남자는 꺼림칙한 표정이었다.

"주긴 했지만 역시 가지 않는 게 좋을 거야. 장소 자체도 안전한 곳은 아닌 데다가, 크리스 그 사람도 진짜 예전의 그 사람이 아니거든. 괜히 해코지할지도 몰라."

연거푸 충고할 정도면 정말 상태가 나쁘긴 한 모양이다. 여기에 트로웰의 반응까지 겹치니 아무리 나라도 속 편하게 넘기기가 어려웠다. 억지로 웃는 입맛이 썼다.

"염두에 둘게요. 알려주셔서 고맙습니다."

모르고 맞는 것보다 알고 맞는 매가 더 낫다는 말은 대체 어디서 나온 거지. 차라리 아무것도 모르고 싶다. 그럼 속 편하게 억울할 텐데 말이다.

*　　*　　*

남자가 적어준 약도엔 제5구역이라고 적혀 있었다. 알고 보니 제도에서 가장 후미지고 위험한 빈민가라는 듯했다. 운을 걷어찬 일정답게, 약도를 본 마부마다 승차를 거부해서 이동조차 쉽지 않았다. 결국 통상 요금의 두 배가 넘는 가격을 치르고 나서야 간신히 마차를 잡을 수 있었다. 그마저도 근처까지만 가는 거로 합의한 결과였다.

물어물어 도착한 곳은 허름한 술집이었다. 안으로 들어가니 왁자지껄 떠들고 있던 사람들이 이쪽을 돌아보았다. 소란스럽던 공간이 한순간 고요해지며, 호기심을 담은 시선들이 우리 모습을 빤히 훑었다. 역시나 익숙한 반응이었지만 이번엔 느낌이 좀 더 불쾌했다.

"그거 알아? 빈민가엔 쓰레기도 그만큼 많이 모여."

달라붙는 시선을 억지로 무시하며 안으로 들어서는데 웃음기 어린 목소리가 들려왔다. 트로웰의 황금색 눈동자가 위험하게 반짝거리고 있었다. 왠지 모를 기시감이 들었다. 이곳에서 그를 처음 만났을 때, 검을 꺼내 들기 직전에도 이런 눈빛을 했던 것 같은데. 그게 착각은 아니겠지?

"난 더러운 게 싫어."

얼른 용건을 끝내야겠다. 나는 빠르게 걸음을 옮겨 바텐더로 보이는 사람에게 다가갔다.

"이곳에 크리스라는 사람이 있다고 들었는데요."

내 말에 약간 경계하는 표정을 짓던 바텐더가 엘뤼엔과 트로웰 쪽을 돌아보았다. 그러자 엘뤼엔이 손가락을 가볍게 튕겼다. 그 손끝에서 튀어 오른 무언가가 허공을 선회해서 바텐더의 손안에 들어갔다. 손바닥을 펴서 안을 확인한 바텐더의 얼굴에 만족스러운 표정이 떠올랐다. 아무래도 돈을 준 모양이다. 그냥 물어보기만 하면 안 되는 거였구나. 큰 깨달음을 얻고 있는데 바텐더가 눈짓으로 어딘가를 가리켰다. 가게 안에서 가장 구석 쪽 테이블이었다. 아무것도 없어서 의아해하려니 그 옆에 작은 문이 보였다. 아마도 뒷문인 듯했다.

'저 밖에 있다는 건가?'

고맙다는 의사를 표시한 후, 뒷문 쪽으로 향했다. 문을 열고 나가니 좁은 골목길이 나왔다. 한쪽은 쭉 이어지는 길이었고, 다른 한쪽은 쓰레기 더미로 막혀 있었다. 술과 오물이 섞인 듯한 퀴퀴한 냄새가 코를 찔렀다. 그 지저분한 담벼락 앞에 웬 남자가 엎어져 있었다. 직감적으로 그가 내가 찾는 사람이라는 걸 알 것 같았다.

그는 엉망으로 다친 상태였다. 얼굴은 제대로 알아보기도 어려울 만큼 부어 있었고, 옷은 약탈당한 건지 거의 내복만 입은 차림이었다. 온몸에선 들이부은 듯한 술 냄새가 진동했다.

"이눔 시키들……. 다 가만 안 둘 거야. 내가 누군지 알아? 때린다, 나도 때릴 거야아……."

피가 흐르는 입에서 웅얼거리는 소리가 흘러나왔다. 딱 봐도 술 기운에 싸움이 붙었다가 얻어터진 후 약탈까지 당하고 널브러진 모습이었다.

이래서 말렸던 거구나. 확실히 안 만나는 게 좋을 것 같은 모습이긴 했다. 이런 사람한테 기밀문서를 넘겨도 괜찮을지 모르겠다는 염려도 잠깐 들었다. 그래도 여기까지 와서 그냥 갈 순 없으니 하다못해 정말 크리스가 맞는지만이라도 확인은 해야 했다. 솔직히 허탕을 치더라도 아니었으면 하는 생각이 더 컸다.

가까이서 살피니 보기보다 부상은 심해 보이지 않았다. 정신을 못 차리는 건 그냥 술 때문인 듯했다. 단지 시궁창에서 구르기라도 했는지 온몸이 오물 범벅이었다. 술 냄새 자체만으로도 지독한데 거기에 피 냄새와 시궁창 냄새가 뒤섞여 풍기니 그 악취를 견디기 힘들 정도였다.

"더럽네."

그 순간 들려온 말에 나도 모르게 흠칫했다. 슬그머니 돌아보니 눈이 마주친 트로웰이 무슨 생각을 한 건지 알겠다는 듯 피식 웃었다.

"이런 거론 안 죽여."

"더러운 거 싫어한다고 해서……."

"생각이 더러운 걸 싫어하는 거지."

중얼거리듯이 답한 그의 눈동자가 서늘해졌다.

"……하지만 저런 꼴도 별로 좋아하지 않긴 해."

"지금 바로 씻길게."

바로 나이아스를 소환해서 남자를 박박 씻기게 했다. 오물과 악취가 사라지고 나니 경멸하듯 바라보고 있던 트로웰의 표정이 겨우 풀어졌다. 다행히 눈앞에서 시체가 생길 일은 면한 모양이다. 안도한 후 본격적으로 남자의 몸을 흔들어 깨웠다.

"이봐요. 정신 좀 차려봐요. 이봐요?"

"우응……."

방금 자기가 어떤 고비를 넘겼는지 모르는 남자는 부르는 소리에도 세상 태평하게 잠들어 있었다. 한참을 흔들었더니 겨우 반응이 일었다. 눈꺼풀에서 경련이 일더니 그가 천천히 눈을 떴다. 하지만 씻겼다 해도 남자가 만취 상태인 게 달라진 건 아니었다. 그가 잔뜩 부은 얼굴로 히죽거렸다.

"헤에, 이거 뭐지. 냄새가 없어졌어. 꿈인가."

"정신 차려요. 이거 꿈 아닙니다."

"우와, 웬 요정이 말을 하네? 근데 요정이 왜 이렇게 커?"

……그래, 네가 제정신이 아니라는 건 정말 잘 알겠다. 한숨을 내쉬며 돌아보니 웃음을 터트리기 직전인 트로웰과 싸늘하게 서 있는 엘뤼엔이 보였다.

"이 사람 치료해 주면 안 돼?"

그가 치유술을 써주면 술도 깨고 상처도 나아질 테니 여러모로 일이 수월해진다. 그러나 혹시나 해본 부탁에 돌아온 엘뤼엔의 눈빛은 싸늘하기만 했다. 기대도 하지 않았던 터라 얌전히 체념했다.

"요정님, 요정님은 왜 그렇게 커? 요정은 손가락만 해야 하는 거 아니야? 아니다 손바닥인가?"

"네에, 헛소리 그만하시고요. 질문 좀 할게요. 당신이 크리스예요?"

"어? 어어, 내가 크리스지. 크리스 맞지……."

아니길 바랐는데 역시나 부질없는 바람이었던 모양이다. 꼭 이런 건 잘 맞는다니까. 한숨이 절로 흘러나왔다.

"헌터 크리스 맞다는 거죠? 여명의 활 길드에서 있었던."

뜻밖이었던 건 바로 그다음으로 이어진 반응이었다. 남자의 눈썹이 크게 꿈틀거리더니 온순하게 풀어져 있던 얼굴이 갑자기 험악해졌다. 탁했던 눈동자에 선명한 빛이 돌며 경계하는 표정이 서렸다. 술이 단숨에 깬 것 같았다. 극단적인 변화에 당황해서 숨을 삼키는데, 그의 입에서 아까와는 전혀 다른 낮은 목소리가 흘러나왔다.

"……너 뭐야?"

"네?"

"누가 보냈어? 테오 그놈이야? 이번엔 또 뭔 짓으로 내 속을 뒤집으려는 거야?"

"아뇨, 그게 아니라……."

"제기랄, 재수가 없으려니. 당장 꺼져."

남자, 크리스가 비척거리며 몸을 일으켰다. 정신은 돌아왔지만 술에 절어 있는 몸은 여전한 것 같았다. 부축하려니 그가 강하게 쳐냈다.

"건드리지 마!"

"아, 미안해요. 도와주려고 한 건데……."

"필요 없어! 당장 꺼지라는 말 안 들려?"

이를 간 남자가 사납게 나를 쏘아보았다. 대체 뭘 오해한 건지는 몰라도 철천지원수를 바라보는 눈빛이었다. 몸을 가누기도 힘든 상태가 아니었다면 무작정 덤벼들었을 게 분명했다. 그래도 취해서 제정신이 아닌 것보다는 나은 것 같아서 차분히 대화를 시도했다.

"갑자기 왜 이러는 건지는 모르겠는데요. 잠시 대화 좀 해요. 당신한테 할 말이 있어요."

"무슨 소리를 하든 내가 들을 줄 알아? 테오 그 새끼는 그렇게 맞고도 아직도 정신을 못 차리지! 당장 돌아가서 전해! 내가 내일 그놈 새끼 목을 따 버릴 거라고!"

"오해가 있는 것 같은데. 난 테오라는 사람이 보낸 게 아니에요. 그 사람이 누군지도 모르고요."

"거짓말하지 마! 테오 그 자식이 아니면 누가 이제 와서……!"

"다비안이란 사람 알아요?"

네가 듣지 않겠다면 나도 내 할 말만 해주마. 무시하고 질문했더니 의외로 반응이 있었다. 버럭거리던 크리스가 갑자기 우뚝 멈춘 것이다.

"……지금, 뭐라고 했어?"

오, 이렇게 효과가 좋을 줄 알았다면 진작 이 이름부터 꺼낼걸. 사납던 야수가 한순간에 온순한 양으로 변한 것 같다. 별로 마음에 들진 않지만 역시 이 사람이 크리스가 확실하긴 한 모양이다.

"다비안? 다비안이라고 한 거 맞아?"

"네, 다비안이요. 그 사람이 당신한테 전달해 달라고 한 게 있어요. 그러니 이왕이면 정신을 좀 차리셨으면 좋겠네요."

그러자 눈을 깜빡거리던 크리스가 머리를 얼른 흔들었다. 그 탓에 통증이 몰려들었는지 두 팔 사이에 고개를 파묻고 크게 신음했다.

"괜찮아요?"

"으……괜찮……아니, 그보다 다비안의 본명은 나밖에 모르는데. 너…… 아니, 당신 누구야? 그 이름을 어떻게 알아?"

"그 사람이 전해달라 부탁한 게 있어서 찾아왔다고, 이미 말했는데요."

"부탁? 다비안이 부탁을 했다고?"

"네. 이제야 좀 대화할 생각이 드나 보네요."

"다비안이, 살아 있어?"

음, 이런 질문은 예상 못 했다.

말문이 막혀 입을 다물었더니 그가 혼란스러운 표정으로 나를 바라보았다. 그리곤 다시금 머리를 짚더니 앓는 신음을 내뱉었다. 몇 번 긴 숨을 몰아쉬던 그가 비틀거리며 몸을 완전히 일으켰다.

"잠깐만 여기서 기다려. 술 좀 깨고 올게. 깨고 나서 다시 얘기해.”

듣던 중 반가운 소리였다.

3.

뒷문을 통해 가게 안으로 들어간 크리스가 다시 나온 건 약 삼십 분 정도의 시간이 지난 뒤였다. 그동안 트로웰은 쓰레기 더미로 만들어진 벽을 완전히 분해해 없애버렸다. 꽤 과격한 방법이긴 했지만 덕분에 악취가 사라져서 좋았다.

다시 나온 크리스는 옷을 제대로 갖춰 입은 채였다. 다친 얼굴도 멀쩡해져서 처음엔 그인지 알아보지 못했다. 붓기가 사라진 얼굴은 의외로 준수했다. 짧은 금발에 검은 눈동자, 제법 큰 체구라는 점만 빼고는 완전히 다른 사람이라고 해도 믿을 정도였다. 그는 깨끗해진 골목을 보고 당황하다가 나를 보고서는 눈을 마구 비볐다.

“뭐여, 분명 회복제 먹었는데?”

“네, 얼굴은 멀쩡해 보이긴 하네요.”

씻겨도 지워지지 않던 술 냄새까지 사라진 걸 보니 뭔진 몰라도 꽤 좋은 회복제인 모양이다. 단지 행동은 여전히 술 취한 사람처럼 이상했다. 휘둥그렇게 뜬 눈으로 나를 몇 번이나 바라보다가 트로웰을 보고 한 대 얻어맞은 표정을 하더니, 엘뤼엔에게 이르러

선 완전히 넋이 나간 듯한 표정이 됐다. 그리곤 황급히 품을 뒤져 주섬주섬 무언가를 꺼내 들었다. 파란색 보석이 박힌 펜던트였다.

"정신계 마법 방어구도 제대로 작동하고 있는데?"

그가 황당하다는 표정으로 우리를 다시 돌아보았다. 벌어진 입이 붕어처럼 벙긋거렸다.

"이게 환각 마법이 아니라고?"

"뭐가요?"

"그쪽들 외모가…… 음, 아니, 아무것도 아냐."

미심쩍게 답을 회피하는 그에게 굳이 무슨 소리냐고 캐묻지 않았다. 그냥 듣지 않는 게 정신건강에 더 나을 거란 강한 확신이 들었다.

"그보다 아까 다비안이랬지? 그 녀석을 어떻게 알아?"

"기차에서 우연히 만났어요. 사실 본인인지는 모르겠어요. 단지 그가 전해 주는 거라고 하면 당신이 알 거라고만 했거든요."

"그렇게 말한 녀석이 어떻게 생겼는데?"

내가 본 생김새를 설명해 주자 불신하는 시선으로 바라보던 크리스의 눈빛이 크게 흔들렸다. 그 남자 역시 전달자일 수도 있겠다 싶었는데 아무래도 본인이 맞는 모양이다.

"흑발에 보라색 눈이었단 말이지. 키는 나 정도 되고. 무뚝뚝한 말투에, 얼굴도 좀 멀끔했고? 다비안이야, 다비안 맞아. 그 자식, 살아 있었으면서 지금까지 연락도 안 하고……."

"다행이네요."

"일단 안으로 들어가서 자세히 얘기하겠어? 할아범한테 가게 안 좀 비워달라고 할게."

"아뇨, 그럴 필요까진 없을 것 같아요. 일단 이거부터 받아요."

가방에서 문서를 꺼내 건네자 얼결에 받은 그가 의아한 표정을 지었다.

"그가 당신한테 전해 달라고 한 거예요."

"다비안이? 이걸 전해 주라고 했다고?"

"네, 그렇게 말하면 될 거라 했어요."

"대체 이게 뭐길래?"

"그건 직접 확인하는 게 좋을 것 같네요. 나한테는 보지 않는 게 좋을 것 같다고 했거든요."

물론 그래도 봤지만. 굳이 그런 사실을 알릴 필요는 없겠지. 이해할 수 없다는 듯 눈썹을 찌푸리면서도 크리스는 순순히 봉투를 열었다. 꺼내든 문서를 무심히 훑어내리던 얼굴이 다음 순간 천천히 굳어졌다. 나는 그의 얼굴이 실시간으로 거무죽죽해지는 광경을 느긋하게 감상했다. 그 입에서 앓는 듯한 신음이 흘러나온 건 그로부터 조금 더 시간이 흐른 뒤였다.

"아오, 이 미친 새끼가."

음, 확실히 욕부터 나올 내용이긴 하지.

머리를 벅벅 긁은 크리스가 하늘을 바라보며 여러 신의 이름을 읊었다. 사람 사는 곳은 다 비슷하다더니, 감당할 수 없는 일에 직면하면 온갖 신부터 찾는 건 이곳도 마찬가지인 모양이다.

"잠깐, 그 녀석하고 기차에서 만났다고 하지 않았어?"

"네, 맞아요."

"우연히 만난 사이에 이걸 전달해 달라고 부탁했다고?"

"네."

탄식을 터트린 크리스가 다시금 욕설을 내뱉었다. 이번엔 아까전보다 조금 더 험악하고 길었다. 그래 황당하지. 나도 황당했단다. 더불어 그 황당한 일을 저지른 장본인도 자신의 행동을 어이없어했었다. 그래도 친구는 친구인 모양인지 크리스는 곧 심각한 표정으로 중얼거렸다.

"그 신중한 자식이 이런 무모한 짓을 저지른 걸 보면 상황이 별로 좋진 않았던 모양이네."

"쫓기는 것처럼 보이긴 했어요."

"쫓겨? 어디 다친 곳은 없었어?"

"일단은요."

그 말에 굳어있던 얼굴이 밝아졌다. "됐어, 그럼 됐어." 안도하면서 연신 중얼거리는 걸 보니 부상 중인 상태만 아니면 어떻게든 위기를 모면했을 거라고 믿는 것 같았다.

"그럼 확실히 전달했으니 이만 가볼게요."

"아, 잠깐만. 일부러 여기까지 온 거 아니야? 뭔가 보답을 해야 할 텐데……."

"그런 건 신경 쓰지 마세요."

"하지만……."

“그런 말을 하기 전에 먼저 본인의 주제부터 파악해야 하는 거 아닐까?”

웃으며 물은 건 트로웰이었다. 너무 직설적인 말이라 식겁하는데 크리스는 자신의 모습을 내려다보고는 그저 쓰게 웃기만 했다.

“하긴, 내가 지금 뭔가 보답할 수 있는 상황은 아니긴 하지. 정말 너무 주제넘었네.”

“괜찮으니 정말 신경 쓰지 않으셔도 돼요.”

“아니, 그래도 그건 아니지. 현물이 안 되면 다른 방식은 어때?”

“다른 방식이요?”

“혹시 헌터가 필요한 일 없어? 몬스터의 부산물이 필요하다든가? 나 이래 봬도 악시스 급 헌터거든. 뭐든 구해다 줄게. 아, 물론 요즘 상태가 이래서 준비 기간이 좀 필요하겠지만.”

이어진 말은 너무 의외라서 눈을 크게 떴다. 악시스 급이라니. 이 남자가 두 번째로 높은 등급이라고? 팬이 있을 만큼 꽤 잘 나가는 헌터였다는 말은 들었지만 조금 전 폐인 같은 몰골을 봐서 그런지 솔직히 믿기지 않았다. 나도 모르게 어이없어하는 표정을 지었는지 크리스가 멋쩍은 얼굴을 했다.

“그래, 알아. 나도 내가 그렇게 안 보이는 거 잘 안다고. 하지만 정말이야. 자, 이거 봐, 헌터증.”

그가 가죽으로 된 수첩 하나를 꺼내더니 안을 펼쳐 내밀었다. 펼쳐진 양면 오른쪽엔 가시덩굴로 둘러싸인 표범의 머리 아래 검은 수정이 박힌 금속 메달이, 왼쪽엔 거대한 바퀴가 달린 전차 문양이 금박으로 새겨져 있었다. 둘 다 마법적 처리를 한 건지 미세한 마나가 느껴졌다.

"보이지? 이 전차 문양. 악시스라고, 악시스."

아마도 왼쪽 문양이 등급을 뜻하는 모양이다. 혹시 등급마다 전부 다른 문양인 건가? 자세히 묻고 싶었지만 이곳에선 당연한 상식인 것 같은데 모르면 또 이상한 시선을 받을 게 뻔해서 참았다. 대충 고개를 끄덕여 아는 척을 해 주니 그제야 크리스가 만족스러운 표정을 지었다. 수첩을 접은 그는 이번엔 겉면을 내보였다. 그 위에 새겨진 건 황금색 나무가 양쪽 가지로 붉은 태양을 받치고 있는 듯한 그림이었다. 이곳으로 오는 동안 자주 볼 수 있었던 세이크 제국의 국기였다. 그 아래 갈레아라는 제도의 지명이 멋스러운 글체로 적혀 있었다.

"같은 헌터증이라도 발급 기관에 따라 공신력과 위상이 다른 건 알지? 보다시피 난 제도에서 받은 거야. 실력은 정말 믿어도 돼."

"음, 그럼요. 몬스터는 괜찮으니까, 이름을 빌려주실래요?"

"이름? 내 이름?"

"네, 가입할 헌터 길드가 필요하거든요."

그간 이곳까지 오면서 허튼 고생만 했던 건 아니다. 오가는 길에 접한 사람들로부터 이 세계에 대한 정보를 제법 많이 얻을 수 있었다. 그중에서 가장 유용했던 정보는 공작급 정도 되는 고위 귀족은 개인 거래는 잘 하지 않는다는 점이었다. 특히 제도의 귀족은 무조건 제도의 길드하고만 상종했다. 개인적으로 거래하는 경우에도 제도에서 자리 잡고 최소 몇 년간 실적을 쌓은 이가 아니면 인정하지 않았다. 신용 문제도 있지만 제도의 신민이라는 명예와 자부심 때문이었다. 특권층만 마나 게이트와 비행선을 독점하듯이, 그들끼리 향유하기 위한 규칙인 셈이었다.

라미아스라는 드래곤 역시 이 규율을 지킬 게 뻔했다. 몇 년간 실적을 쌓자니 너무 오래 걸리고, 내가 직접 길드를 만들자니 여건이 문제였다. 기본 조건 중 하나인 사무실을 계약하려면 시민권이나 영주권이 필요하기 때문이다. 그런데 제국인인 크리스의 이름을 빌린다면 이 과정을 아주 간단히 해결할 수 있었다. 내 제안에 크리스는 당황했다.

"길드? 그쪽도 헌터였어?"

"아직은요. 조만간 될 거예요."

"너무 자신만만한데?"

"상급 정령사면 그래도 되지 않을까요?"

빙긋 웃었더니 크리스가 눈을 휘둥그렇게 떴다. 상급 정령사? 네가? 눈으로 묻는 듯한 표정을 당당히 응시해 주자 그의 얼굴이 복잡해졌다.

"……허, 그렇군. 어쩐지. 나도 그렇고 이 골목도 그렇고, 분명 엄청 더러운 상태였는데 깨끗해져서 이상하다 했어. 대체 어떻게 된 건가 했는데 정령사였구만. 심지어 상급 정령사라니, 합격은 안 봐도 뻔하긴 하네."

"네, 하지만 기존 길드에 가입하는 건 번거로워서요."

"흠, 무슨 소린지 알겠어. 요컨대 마음대로 활용할 수 있는 간판이 필요하다는 소리지?"

"네, 맞아요. 피해를 주진 않을게요."

크리스의 표정이 곧 진지해졌다. 그의 고민은 그리 오래 이어지지 않았다.

"좋아."

"정말요?"

"그래, 대신 나도 제대로 끼워 줘."

"끼워 달라는 건?"

"실권은 그쪽한테 줄 테니 운영은 내가 하게 해줘. 길드 명을 짓는 것부터 구성원 관리까지. 이왕 내 이름으로 길드가 생긴다면 제대로 해보고 싶거든."

"저야 길드 이름만 쓸 수 있다면 상관없긴 한데……."

"그럼 됐네."

그렇게 뜻밖의 동업이 이뤄졌다. 내가 설립 자금을 대고 운영은 크리스가 하는 방식으로, 서로 공동 경영권을 갖기로 한 조건이었다. 악시스 급 헌터면 돈이야 금방 벌 테니 실상 그가 일방적으로 나를 도와주는 셈이었다. 크리스는 상급 정령사가 길드에 있다는 것만으로도 상당한 홍보가 되니 당연한 거라고 말하긴 했지만.

"아, 그런데 말했다시피 내가 준비 기간이 필요해. 특히 지난 몇 년간 실적이 전혀 없었기 때문에 재심사를 받아야 할 거야. 몇 개월은 걸릴 것 같아."

"네, 그렇게 알고 있을게요."

나는 품속에서 돈주머니를 꺼내 그에게 건네주었다. 얼결에 건네받은 크리스가 안을 열어 보고 당황한 표정을 했다.

"이건?"

"초기 자금으로 쓰세요. 혹시 부족할까요?"

"어어, 아냐. 이 정도면 충분하긴 한데…… 공증도 없이 그냥 주려고? 날 너무 믿는 거 아니야?"

"피차 마찬가지죠. 내가 어디에 길드 간판을 쓸 줄 알고 선뜻 명의를 빌려주겠다고 해요?"

"하하, 그쪽 볼수록 재밌는 사람이네. 알았어. 그럼 편하게 받을게."

"네, 더 필요하면 언제든 연락 주세요."

나는 내 이름과 머무는 여관을 말해 주었다. 이후엔 서로 간단한 규칙을 정했다. 최소 일주일에 한 번은 상황을 알려줄 것, 서로 자리를 비울 땐 사전에 미리 연락할 것, 위험하거나 불법적인 일은 저지르지 말 것, 등등 아주 기본적인 부분이었다.

"꼭 뭐에 홀린 기분이야."

논의를 마친 후 크리스는 멍하니 중얼거렸다.

"후회되면 지금이라도 물러도 괜찮은데요."

"아니, 그런 뜻이 아니야. 오히려 너무 좋아서 그래."

"그래요?"

"그쪽…… 아니, 엘이랬지? 정말 고마워. 덕분에 죽은 줄 알았던 친구의 생사도 알게 됐고, 해야 할 일도 생겼어. 이렇게 즐거운 기분을 느껴본 게 얼마 만인지 모를 거야."

"그렇다면 다행이네요. 저도 좋은 동업자를 만난 것 같아서 기뻐요."

"다시 정식으로 인사할게. 난 라케인 크리스야."

웃으며 악수를 청하는 그의 눈은 활기로 가득했다. 밝은 얼굴엔 처음 봤을 때 드리웠던 음울한 그림자는 조금도 남아 있지 않았다. 나 역시 웃으며 손을 맞잡았다.

"엘이에요."

*　　*　　*

"이제 아주 거리낌 없이 쓰는군."

크리스와 헤어진 후 들려오는 중얼거림에 어깨가 절로 움찔했다. 음, 너무 아무렇지 않게 내 돈처럼 건네줬나. 하지만 이런 게 한두 번도 아니고 뭘 이제 와 새삼스럽게? 어색하게 웃었더니 엘퀴엔이 나를 물끄러미 응시했다. 딱히 불쾌해 보이지 않는 걸 보면 역시 타박하려고 한 말은 아닌 것 같다. 그냥 내가 염치를 완전히 버린 게 좀 어이가 없었던 모양이다.

"문서와 엮이지 않겠다고도 하지 않았나? 전달받은 자를 곁에 두면 무슨 의미가 있지?"

"아니, 뭐. 원래 사람 일이라는 게 다 그런 거잖아? 아하하. 나도 이 기회에 명의를 빌릴 수 있어 좋고, 꼭 엮일 거란 보장은 없으니까."

"그냥 그렇게 믿고 싶은 거겠지."

트로웰이 덧붙인 말은 그냥 듣지 못한 척하기로 했다. 그래도 기뻐하던 크리스의 얼굴을 떠올리면 이런 결정을 내린 게 후회가 되지는 않았다. 물론 그냥 헤어졌더라도 그는 정신을 차렸을 테지만, 아마 내 제안이 아니었다면 평생 길드를 만들 생각까진 하지 못했을 것 같다. 그리고 그 사실을 내내 미련으로 품고 있었을 거란 기분이 들었다. 의논할 때 유독 생기가 돌던 눈빛을 떠올리면 단지 기분 탓만은 아닐 터였다.

쇠뿔도 단김에 빼랬다고, 나는 그날로 다시 헌터 협회를 찾아가 자격시험을 치렀다. 그간 도감을 끼고 산 노력이 헛되진 않았는지 이번엔 손쉽게 이론 시험을 통과했다. 덕분에 드디어 치르게 된 실기는 밀실에서 마법으로 만들어진 인공 몬스터와 싸우는 방식이었다.

가장 낮은 단계에서부터 시작해서 순차적으로 점점 더 강한 몬스터가 나타나는데, 삼 단계 이상을 통과해야 최종 합격이었다. 그 후엔 마지막으로 잡는 몬스터를 기준으로 등급이 정해진다고 했다. 다행히 심사 과정은 비공개로 치러져서 부담 없이 임할 수 있었다. 물론 두 까칠한 정령왕의 놀림과 참견을 배경으로 삼아야 했지만.

"지원자, 엘 님, 최종 합격입니다. 축하드립니다."

시험을 치르고 나오자 문 앞에서 대기 중이던 직원이 작은 카드를 건네주었다. 합격자의 심사 결과가 새겨지는 카드로, 이걸 접수처에 넘기면 정식 자격증 발급이 진행되는 듯했다. 밖에서 다음 차례를 기다리고 있던 사람들이 부러워하는 시선을 보냈다.

"와, 합격이래. 좋겠다."

"심사가 좀 오래 걸렸지? 꽤 높은 단계까지 갔나?"

"그야 모르지. 단계별 시간제한은 없으니까, 하나 잡는 데 오래 걸린 걸 수도 있잖아."

"아, 하긴."

수군거리는 소리를 뒤로한 채 접수처로 가니 다른 직원이 웃으며 맞았다. 직원은 내게서 건네받은 카드를 수정구가 달린 물건 입구에 집어넣었다. 그러자 우웅거리는 소리와 함께 까맣던 수정 색이 변하기 시작했다.

"엘 님, 합격을 축하드립니다. 지금부터 자격증 발급을 도와드릴게요. 엘 님의 등급은…… 헉."

최종적으로 변한 색은 붉은색이었다. 직원이 잠시 믿을 수 없다는 시선으로 나와 수정구를 번갈아 바라보았다.

"아, 악시스 등급이시네요."

주변의 술렁거림이 더 커졌다. 나야 엘뤼엔에게서 들은 말도 있고, 심사를 거치면서도 이미 예상하고 바라 별로 놀라진 않았다. 시큐엘 하나를 소환해서 잡을 수 있는 몬스터란 몬스터는 다 잡아봤으니까. 결국 한계에 이르러 멈추긴 했으나 그게 마지막 단계였다는 건 확신할 수 있었다. 솔직히 그건 누구나 인정할 수밖에 없는 최종 보스였다.

'아무리 그래도 드래곤이 나오는 건 반칙 아닌가.'

마법으로 만든 조형물이다 보니 진짜보단 많이 약하긴 했지만. 그래도 시큐엘 하나로는 상대할 수 없는 존재였다. 이쯤 되면 레기아 급 헌터는 만들지 않겠다는 선언인 셈이다.

"제도에서 악시스 등급을 받기는 쉽지 않은데, 정말 대단하시네요. 오늘은 일단 합격증서만 발급해드릴게요. 헌터증 발급은 이틀 정도 걸리고요, 그 후로 아무 때나 찾으러 오시면 됩니다."

"네, 감사합니다."

받아든 합격증을 품속에 고이 갈무리하고 건물을 나섰다. 왠지 따라붙는 사람들이 많아서 능숙하게 따돌리느라 고생해야 했다.

며칠 후 다시 협회를 찾았을 땐 내부가 한 가지 소문으로 들썩이고 있었다. 헌터 크리스가 예전 여명의 활 길드 사무실이었던 건물을 가계약했다는 내용이었다. 훗날 그가 지을 길드 이름이 뭐가 될지 능히 짐작이 가고도 남는 순간이었다.

제7화

1.

크리스가 정한 길드 이름은 예상대로 '여명'이었다. 원래 여명의 활 길드도 궁수만 있던 건 아니라고는 하는데, 좀 더 포괄적인 느낌을 주기 위해 앞글자만 가져왔다고 했다. 사실상 여명의 활 길드가 부활하는 셈이었다.

덕분에 요즘은 어디를 가도 그에 관한 이야기로 떠들썩했다. 드디어 정신을 차렸다는 둥, 그래도 망가진 시간이 있는데 재기하는 게 가능하겠냐는 둥, 기대와 우려가 반반씩 섞인 말들이었다. 벌써 누군가와 같이 동업하는 거라는 소문도 돌았다. 그게 나라는 것까진 알려지진 않았지만, 덕분에 크리스가 생각보다 유명인사였다는 걸 톡톡히 실감하는 나날이었다.

다만 그런 것치곤 길드 가입에 관심을 보이는 이들은 없는 것 같았다. 아직 모집하는 시기는 아니라 정식으로 공고를 내면 어떻게 될지는 모르겠지만. 어쨌든 당장은 크리스의 재심사가 먼저였으므로 그쪽 일엔 신경 쓰지 않기로 했다.

"드래곤이 나왔다고?"

그동안 나는 크리스와 부쩍 친해졌다. 올해 스물일곱인 그는 남부 출신으로 열다섯 살에 출가해서 혈혈단신으로 제도에 올라왔다고 했다. 상단에서 짐꾼 일을 하다가 헌터 일이 돈벌이가 된다는 걸 깨닫고 전향했는데, 거기서 뜻밖의 재능을 발견한 경우였다.

주 무기는 활과 단검. 무려 가장 낮은 단계인 아르마부터 시작해서 차근차근 등급을 갱신해 악시스까지 올라선 노력파이기도 했다. 그 기질이 변하진 않았는지 처음 봤을 때만 해도 물렁살밖에 없었던 그는 본격적으로 몸을 단련하기 시작하면서 하루가 다르게 기량이 좋아졌다. 만날 때마다 체형이 달라져 있는 것 같았다.

"마지막 단계가 드래곤이라는 말이 사실이었구나. 난 그거 거짓말인 줄 알았어."

"몰랐어요? 크리스도 악시스잖아요."

"너야말로 몰랐어? 한 등급에도 상중하가 있어. 물론 자격증에 거기까지 표시가 되진 않지만 말이야. 어쨌든 각 등급마다 세 단계씩 시험 치르잖아. 난 악시스 두 번째 단계에서 멈췄어."

헉, 그건 몰랐다. 한 등급마다 세 단계씩이었구나. 어쩐지 너무 끊임없이 나온다 했지. 때늦은 깨달음을 얻으며 앞에 놓인 차를 한 모금 마셨다. 조금 전 크리스가 직접 우려온 따끈따끈한 밀크티에선 달콤한 맛이 났다.

한 주에 한 번은 미리 정해둔 정기 만남의 날이었다. 대체로 크리스 쪽에서 내가 있는 곳을 찾아왔지만, 이따금 내가 그를 찾아가기도 했는데 오늘이 바로 그런 날이었다. 그의 집은 의외로 제3구역의 깨끗한 주택가에 있었다. 술에 절어 산 지난 몇 년간 거의 비워둔 채였다가 정신을 차리면서부터 다시 살기 시작했다고 했다. 하지만 너무 조용하게 지내서 여전히 이웃 주민들은 이곳을 빈집으로 알고 있었다.

유명세치곤 크리스는 대외활동을 전혀 하지 않았다. 자격증 유효 상태를 확인하고 재심사를 신청하기 위해 협회에 한 번 들렀을 뿐, 그 외엔 나가는 일이 거의 없는 편이었다. 딱히 알고 지내거나 어울리는 친구도 없는 것 같았다. 그의 활동 전적을 생각하면 조금 이해할 수 없는 일이긴 했으나, 뭔가 사연이 있는 것 같아 굳이 묻지는 않았다. 다비안과는 무슨 사이인지, 그가 전해준 기밀문서를 어떻게 처리했는지도 궁금했지만, 그 역시 물어보지 않았다.

"근데 그러면 드래곤 다음도 있다는 건가요?"

"아니, 레기아 시험은 그거 하나일걸. 굳이 최종 등급까지 단계를 나눌 필요는 없으니까."

"음, 그건 그렇네요."

"아무튼 너 진짜 대단하다. 예전에 알고 지내던 상급 정령사도 여럿 있었는데 악시스 상까지 간 녀석은 아무도 없었어. 특히 제도의 마법체는 더 정교하고 강해서 단계 올리기가 쉽지 않기로 유명하거든. 너 그 실력으로 다른 곳에서 시험 쳤으면 레기아 등급도 가능했을지도 몰라."

"내가 아니라 시큐엘이 대단한 거죠."

"와, 진짜 정령사다운 대답이네."

아니, 겸양이 아니라 그게 정말인데. 솔직히 나중에 가선 너무 귀찮아서 그냥 시큐엘한테 알아서 하라고 맡기고 난 그냥 앉아서 구경만 했다. 그런데 감탄하는 크리스를 보니 차마 사실대로 말하면 안 될 것 같았다.

"근데 그거 알아?"

"뭘요?"

아무 생각 없이 바라보려니 별안간 크리스가 짓궂게 웃었다. 불길한 기분이 들어 슬쩍 뒤로 빠지려는데, 그보다 먼저 손목에 차가운 느낌이 닿았다. 금속으로 된 팔찌가 걸린 걸 확인했을 땐 잠금장치가 잠기는 소리가 울린 뒤였다.

"……? 이게 웬 팔찌예요?"

"마나 봉인 마도구."

"헐?"

"너 이제 정령 못 쓴다."

"……헐?"

아, 그래. 그러고 보니 이런 게 있었지? 본 적은 있지만 내가 직접 차본 건 처음이다. 호기심에 나이아스를 소환해 보려는데 정말 아무런 반응이 없었다. 마나가 움직이려다가도 무언가에 막힌 듯 제자리걸음만 했다. 아니, 이게 이렇게 간단히 막힌다고? 어이가 없어서 눈만 깜빡이고 있자니 크리스가 흐뭇하게 웃었다.

"마법 계통은 아무리 강해도 의외로 간단히 제압할 수 있다는 말이지. 정령만 믿고 방심하지 말라고 가르쳐 주는 거야."

"……이런 거 구하기 쉽진 않죠?"

"조금 값이 있긴 한데 못 구할 정도는 아니야. 특히 지금 네가 찬 등급의 팔찌는 헌터라면 대부분 갖고 있을걸? 현상금 걸린 범죄자 잡을 때 요긴하게 쓰거든."

으음, 헌터가 그런 일도 하는구나. 하긴, 현상금 사냥꾼도 사냥꾼이긴 했다. 마취제에 이어 두 번째로 조심해야 할 게 생겼다. 이렇게 되면 가까이 접근하는 사람은 일단 다 경계하는 게 나을 것 같았다. 인간의 몸이 불편하다는 사실을 새삼 자각하자니 한숨이 절로 흘러나왔다.

"이건 어떻게 풀어요?"

"아, 기다려. 그거랑 한 벌로 제작된 열쇠로만 열리거든. 지금 바로 풀어줄게."

웃으며 주머니를 뒤적거리던 크리스의 얼굴이 다음 순간 멈칫했다. 다시금 스치는 불길한 기분에 나 역시 얼굴을 굳히고 그를 바라보았다. 크리스는 주위를 온통 헤집으며 뒤지고 다니기 시작했다. 그리곤 한참 만에 얼어붙은 얼굴로 고개를 들었다.

"어, 어떡하지, 엘? 열쇠가 없어."

"……농담이죠?"

"미안. 나도 농담이면 좋겠는데, 애석하게도 아니야."

면목 없어 하는 얼굴을 보니 장난은 아닌 모양이다. 할 수 없이 일단 부수고 볼 작정으로 팔찌를 잡은 채 힘을 가했다. 그런데 이게 무슨 일인지 깨지기는커녕 금조차 가지 않았다. 굵은 나뭇가지도 으스러트리는 힘인데 아무런 영향을 주지 않다니 굉장히 당황스러웠다.

"안 부서지네요?"

"어, 미안. 그거 압력에 저항하는 마법도 걸려 있거든. 진짜 어지간한 힘 아니면 강제로는 안 부서질 거야."

"……혹시 나 골탕 먹이려고 이러는 건 아니죠?"

"아냐, 진짜 아니야! 정말이야!"

만약 그런 거라면 지금 이 순간을 평생 후회하게 해 주겠다는 생각으로 웃었더니 크리스가 희게 질린 얼굴로 고개를 흔들었다. 필사적으로 외치는 얼굴에 절박한 진심이 보여서 보복은 그만두기로 했다.

'아버지나 트로웰한테 부숴달라고 해야겠다.'

아무리 강도가 강해 봤자 정령왕의 힘은 이기지 못하겠지. 또 한심하게 바라볼 얼굴들을 생각하니 벌써 마음이 참담했다. 어쩌면 이미 근처에서 지켜보고 있을지도 몰랐다. 아니, 그치만 이번 일은 나도 정말 예상 못 했다고. 누가 갑자기 이런 팔찌를 채울 거라 생각하겠어? 내게 죄가 있다면, 사람을 믿었다는 것뿐이다! 물론 트로웰은 그게 제일 큰 잘못이라고 할 것 같지만.

“정말 미안하다. 마탑의 공방에 가면 풀 방법이 있을 거야. 절차가 좀 복잡하겠지만.”

“네, 뭐. 푸는 건 내가 알아서 할게요. 대신 이 팔찌는 그냥 버리는 셈 치세요. 보상은 못 해드려요.”

“당연하지. 어차피 공방에 가도 망가트리는 것 외엔 방법이 없을 거야.”

정말 평범한 방법으로는 열 방법이 없는 모양이다. 그런 까다로운 팔찌를 확인도 안 하고 채웠단 말이야? 다시금 노려봤더니 크리스가 진땀을 흘리며 시선을 피했다.

“아참, 엘. 그러고 보니 이번 토벌엔 참여할 거야?”

“토벌이요?”

“곧 콴제르잖아. 아마 협회에서 마수 토벌대를 모집하고 있을 거야.”

어떻게든 화제를 돌리려는 의지가 가상해서 이야기를 듣기로 했다. 균열이 대대적으로 일어난다는 삼월, 콴제르는 마수와 마물이 나타나는 시기였다. 때문에 이 시기엔 각지에서 토벌대를 구성했다. 제도에선 근위대를 주축으로 동서남북 네 개의 군을 편성하는 듯했다. 보통 균열이 발생하는 구역은 정해져 있는 편인데, 정확한 위치는 해마다 달라져서 마신관들이 새로 짚어준다고 했다.

"제도에 있는 길드는 무조건 필참이라 구역도 강제로 지정돼. 하지만 우리 길드는 아직 등록이 안 된 상태니까 상관없을 거야. 해보고 싶으면 그냥 아무 구역이나 개인 참여로 신청하면 돼. 흔치 않은 행사니까 이왕이면 참여해 봐. 공헌도에 따라 수익 배분도 받고, 본인이 잡은 건 가져가도 되거든."

"흠, 마수면 희귀하겠죠?"

"그야 물론. 게다가 거기서 활약하면 이름 알리기에도 엄청 좋을걸? 난 이번엔 못 하니까 너라도 활약해줘. 괜찮지 않아? 저 굉장한 정령사가 누구냐며 다들 포섭하려고 안달하고 있을 때 내가 혜성처럼 나타나 우리 길드원이라고 당당히 밝히는 거지."

"네, 그전에 이 팔찌를 풀 수 있다면 말이죠."

"……미안."

다시금 급격히 쪼그라드는 남자를 보며 피식 웃었다. 마수 토벌이라, 확실히 나쁘지 않았다. 아무리 제도의 길드라 해도 고위 귀족과 접선하려면 어느 정도 이름이 알려져 있어야 할 테니까. 특히 여명의 활은 한 번 해체했다가 다시 생기는 거기도 하니 건재하다는 인식을 줄 필요도 있었다. 마수를 잡으면 그 사체를 거래하는 조건으로 들이밀어 볼 수도 있을 터였다.

"알았어요. 참여해 볼게요."

"오, 그래. 정말 잘 생각했어."

크리스는 이후로 한동안 마수를 상대하는 방법을 알려주었다. 한때 해마다 마수 토벌에 참여했다는 베테랑답게, 그는 주로 나타나는 마수들의 소소한 약점과 버릇들을 조목조목 꿰고 있었다.

"그리고 나 한동안 집을 비울 거야. 아마 다음 주까진 못 돌아올지도 몰라."

"어디 가세요?"

"음, 잠시 볼 일이 있어. 소식을 기다리는 사람이 있는데, 드디어 연락이 왔거든."

직감적으로 기밀문서에 관련된 일이라는 걸 알 것 같았다. 다른 누군가에게 넘기는 건가? 호기심이 들었지만 이제 내 손을 떠난 일이라 내색하지 않고 억지로 눌러 삼켰다.

"그래요, 그럼. 다녀와서 봐요."

"그래. 연락할게."

아무것도 묻지 않는 게 고맙다는 듯, 그가 내게 부드러운 시선을 보냈다. 나 역시 가볍게 웃어주었다.

크리스의 집에서 나왔을 땐 해가 뉘엿뉘엿 저물어가는 시각이었다. 협회에 들러 토벌대 참가 신청을 한 후, 근처의 상가를 가볍게 돌아보았다. 외출하는 날에 상가를 구경하는 건 제도에 온 이후에 들인 소소한 취미였다. 이젠 꽤 적응했지만 여전히 이 세계의 문물을 구경하는 건 즐겁다. 사람이 모이는 곳이다 보니 소문도 빠르고, 여러 생태를 파악하기에도 좋아 정보 수집의 목적도 있었다.

……사실 지금은 엘뤼엔과 트로웰에게 구박받는 시간을 최대한 미루려는 심리에 더 가깝긴 했다. 팔찌부터 해결해야 한다는 걸 머

리로는 알고 있는데, 두 정령왕이 식은 얼굴로 바라볼 걸 생각하니 숙소로는 선뜻 발길이 떨어지지 않았다.

매도 먼저 맞는 게 낫다지만 그래도 싫은 건 싫은 거지. 어쨌든 이왕 돌아보는 김에 괜찮은 장갑이나 골라볼 작정이었다. 지금도 손등용 장갑을 끼고 있긴 하지만 너무 두껍고 뻣뻣해서 영 불편했다. 좀 더 가벼운 걸 구하고 싶은데 이곳엔 기성품이 별로 없다 보니 마음에 드는 물건을 만나는 건 그때그때 운에 달린 편이었다. 원하는 형태로 주문 제작을 하는 게 가장 간단하겠지만, 치수를 재려면 맨손을 드러내야 하니 어지간하면 피하고 싶었다.

'시벨리우스가 만들어준 장갑이 정말 편했는데.'

비칠 듯이 얇으면서도 신축성이 높고 문장은 완벽히 가려지는, 정말 이보다 더 괜찮을 수 없을 만큼 완벽한 장갑이었다. 색도 예쁘고 고급스러워서 어느 자리에나 다 어울렸다. 인어의 비늘이라고 했었지. 혹시 구할 수 있다면 그것만이라도 구해보는 것도 괜찮을 것 같았다.

"이거 얼마예요?"

"그 장갑은 삼십 루아만 줘요."

그래도 오늘은 소득이 있었다. 어린 사슴 가죽으로 만들었다는 손등용 장갑이었는데, 지금까지 봤던 것 중에서 가장 모양이 괜찮고 재질도 부드러웠다. 반가운 마음에 얼른 계산부터 마치려니 문득 구석에 처박힌 장검 한 자루가 보였다. 의상 가게라 판매용은 당연히 아니겠지만, 뽀얀 먼지가 쌓여 있는 게 누가 봐도 꽤 오랫동안 방치된 것 같았다.

"저건 왜 저렇게 있어요?"

"아, 그게 거기에 있었네. 누가 옷이랑 교환해 간 거예요."

돌아본 주인이 쯧쯧 혀를 차며 대답했다. 못마땅한 기억을 떠올린 표정이었다.

"다시 가지러 온대서 믿고 교환해 줬더니 결국 끝까지 안 오더라구요. 팔아치우려고 했는데 죄다 녹슬고 아주 낡아 빠진 게 고물이에요, 고물. 꼴 보기 싫어서 그냥 처박아놨죠."

"제가 잠시 봐도 돼요?"

"그러세요."

조심스럽게 검을 들고 살폈다. 평소라면 그냥 지나쳤을 텐데 이상하리만치 마음에 밟혔다. 왠지 내가 아는 검이랑 손잡이가 비슷한 것 같은데, 기분 탓이겠지?

검집에서 빼내려니 아주 빽빽했다. 힘주어 뽑기 무섭게 마른 흙덩이와 녹슨 가루가 후두둑 떨어졌다. 검신 자체가 새카만데 그게 원래 색인지 오물이 묻었기 때문인지도 구분이 되지 않았다. 주인 말처럼 누가 봐도 낡고 더러운 검이었다.

"그거 봐요, 정말 고물이죠?"

기다렸다는 듯 이어지는 질문에 나는 차분히 고개를 끄덕였다. 그러나 머릿속은 너무 복잡해서 정신을 차릴 수가 없었다. 손잡이만 닮은 줄 알았는데 뽑아보니 모양도 비슷했다. 아니, 단순히 닮은 정도가 아니라 그냥 같은 거였다. 아무리 오물에 가려져 있어도 그 안에 서려 있는 미세한 기운까지 감출 순 없었으니까.

'파이어 버스터?'

얘가 왜 여기에 있어?

내가 아는 것보다 훨씬 미약한 기운이지만 틀림없이 파이어 버스터였다. 가만, 그러고 보니 얘도 다른 시공간에 떨어진 적이 있었다고 했던가? 지금이 그 시기였어? 그럼 떨어진 지 얼마나 된 거지?

"저, 이거 저한테 파실래요?"

스치는 수많은 생각을 뒤로하고 가게 주인 쪽을 돌아보았다. 뭐가 어찌 됐든 일단 파이어 버스터를 확보해 둬야 한다는 생각뿐이었다. 내 제안에 그는 당황한 표정을 지었다.

"그런 고물 검을 가져서 뭐하시려고?"

"잘 닦아서 쓰면 쓸 만해 보여서요."

"허, 그런 검에도 짝이 있긴 한 모양이네. 그럼 그냥 가져가요. 고물을 팔았다는 소리는 듣고 싶지 않으니까."

"아니에요. 나중에라도 주인이 찾으러 오면 곤란해지실 테니, 교환해 갔다는 옷값이라도 제가 치를게요."

"그럼 나야 고맙긴 하지."

가게 주인의 얼굴이 무척 밝아졌다. 검 주인이 교환해 갔다는 의상은 생각보다 값이 나가지 않았다. 아마 그 역시 이 검의 가치를 모르고 있었던 게 분명했다. 덕분에 나로선 횡재한 셈이었다.

모든 값을 치른 후 가게를 나온 다음 최대한 먼 거리까지 떨어졌다. 골목 쪽으로 들어가 아무도 없다는 걸 확인하고 다시금 검을 살폈다.

"파이어 버스터? 내 말 들려?"

그런데 돌아오는 대답이 없었다. 하긴, 말을 할 수 있었다면 처음부터 옷이랑 교환해 가지도 않았겠지. 단순히 침묵하고 있는 건지 아니면 다른 영향인 건지는 모르겠다. 그보다 이 녀석이 내 손에 들어와도 되는 건가. 일단 시벨리우스가 알아보지 못했던 걸 보면 본 적이 없었다는 소리일 텐데 말이다. 일단 숙소로 가져가서 더러운 걸 닦아내 봐야겠다고 생각할 때였다.

"으아아악!"

돌연 어디선가 깨질 듯한 비명이 들렸다. 놀라서 골목 밖으로 나가 보니 혼비백산해서 달리는 사람들이 보였다. 앞을 보지 않고 무작정 내달리는 움직임에 좌판의 물건들이 사방으로 어지러이 흐트러지고 있었다. 하지만 그 물건을 판매하는 상인들 역시 그들을 따라 달리는 중이었다. 그럴 수밖에 없었다. 집채만 한 덩치를 지닌, 머리에 뿔이 달린 거대한 괴수가 날뛰고 있었으니까.

콰아아아아—!

괴수가 머리를 치켜들고 포효하는 순간, 귓속에 찌를 듯한 이명이 울렸다.

"저게 무슨……."

"마, 마수다! 마수가 나타났다!"

웅웅거리는 소음 속에서 파묻힌 사람들의 비명이 다시금 울렸다. 덕분에 상황은 파악했지만 여전히 이해는 되지 않기는 마찬가지였다.

'마수라니, 아직 콴제르도 아닌데?'

이런 생각을 하는 게 나만은 아닌지 근처에서 지켜보는 이들도 다들 혼란스러운 표정이었다. 괴수는 눈에 보이는 모든 걸 말살하기로 작정한 듯이 때려 부수고 있었다. 육중한 발이 내리꽂힐 때마다 건물이며 그 안에 있던 집기가 태풍에 휘말린 것처럼 뽑혀나갔다. 척 보기에도 등급이 무척 높은 마수였다. 얼어붙은 몇 명은 어떻게 해야 할지도 결정을 내리지 못한 듯 엉거주춤한 자세로 서 있기만 했다.

"모두 피해! 얼른 달아나지 않고 뭐해요!"

그러다 근처에서 누군가 외치는 소리를 듣고서야 비명을 지르며 뒤돌아 달렸다. 반대로 나는 마수 쪽으로 다가갔다. 하필 사람이 몰려 있는 번화가라 여파가 너무 컸다. 이런 소동이 났으니 곧 누구든 오겠지만, 더 날뛰지 못하게 빨리 수습해야 했다.

"시큐엘!"

그런데 왠지 아무런 감각이 일지 않았다. 헉, 그러고 보니 아직 팔찌 못 풀었지. 지금은 정령술을 쓸 수 없다는 게 뒤늦게 떠올랐다.

"아아악!"

"안 돼! 네브!"

그 순간 누군가가 넘어진 채 마수 앞으로 끌려 들어가는 게 보였다. 마수를 막아보려고 달려들었던 일행 중 한 사람이었다. 무장한 차림인 걸 보면 헌터나 용병인 것 같지만, 거대한 괴수의 힘 앞에선 속수무책인지 조금도 저항하지 못했다. 이대론 내리꽂는 발톱에 짓이겨질 게 뻔했다.

"젠장! 하필 이럴 때!"

생각 같은 걸 하고 있을 틈이 없었다. 있는 힘껏 달려가 넘어진 사람 앞으로 뛰어들었다. 그래도 설마 정령검인데 부러지진 않겠지? 양손으로 파이어 버스터를 쥔 채 들어 올리기 무섭게 육중한 무게가 내리쳤다. 욕이 절로 튀어나올 만큼 엄청난 압력이었다. 그나마 내가 튼튼한 편이라 버틴 거지 평범한 사람이었다면 막기는 커녕 그대로 같이 압사했을 게 뻔했다. 아래에 깔려 있던 사람이 얼빠진 얼굴로 나를 바라보는 게 느껴졌다.

"당장 피해요!"

"네브!"

다행히 그의 일행인 사람들이 달려와 얼른 쓰러진 사람을 빼냈다. 그러나 무심코 시선이 스치는 순간 나는 상황도 잊고 당황할 수밖에 없었다.

"어?"

"헉?"

상대 역시 눈을 부릅뜨고 숨을 삼켰다. 남녀로 이루어진 두 사람은 내가 아는 얼굴들이었다. 랑시의 집에서 만났던 헌터, 시몬과 델라였다.

"당신……!"

아니, 하필 만나도 이 사람들을 여기서 만날 건 또 뭐야? 아무래도 오늘은 재수가 옴 붙은 날인 게 분명하다. 하지만 마수가 바로 움직였기 때문에 그들에게 신경 쓸 겨를이 없었다. 가해지는 무게가 사라지더니 이번엔 마수가 다른 쪽 발을 휘둘렀다. 바로 대응하려 했지만 제대로 팔이 움직이지 않았다. 아무래도 부러진 것 같았다.

혀를 차고 옆으로 빠르게 몸을 날려 발톱을 피했다. 아슬아슬하게 스친 발톱이 옷자락을 무참히 찢었다. 불행한 점은 마수가 나를 표적으로 삼았다는 사실이었다. 아래로 굴러떨어지기 무섭게 거대한 이빨이 곧장 따라붙었다. 속도가 너무 빨라 이번엔 피할 겨를이 없었다.

"아버지!"

씹히면 정말 엄청나게 아프겠지. 설마 여기서 죽는 거 아니야? 눈을 질끈 감는 그 짧은 시간은 정말 수많은 생각이 스치는 순간이었다. 주마등이라는 게 보이는 것 같았다.

콰앙!

그러나 이어지는 건 아픔 대신 거대한 소음과 바람이었다. 눈을 뜨니 내 앞에 서 있는 누군가의 뒷모습이 보였다. 몰아치는 바람 속에서 새카만 머리칼이 흩날렸다.

……살았다.

익숙한 모습에 안도감이 차올랐다. 약간 기울어진 자세로 한 발을 들고 서 있는 사람은 트로웰이었다. 그가 도와주러 온 거다. 저 멀리서 쓰러진 마수가 입에 피거품을 문 채 꿈틀거리고 있는 게 보였다. 아무래도 그가 단숨에 발차기로 날려버린 듯했다.

사람들은 아직 무슨 일이 일어난 건지도 파악하지 못한 것 같았다. 이윽고 트로웰이 내 쪽으로 돌아섰다. 살려줘서 고맙다는 인사부터 하려다가 나는 흠칫해서 입을 꾹 다물었다. 나를 바라보는 금안이 싸늘했다.

"너 말이야."

"……넵."

"다시 이런 짓 하면 그냥 내 손에 죽을 줄 알아."

이런 짓? 이런 짓이 뭐지? 공격을 못 피하고 가만히 있던 거 말인가? 아니, 그치만 피하고 싶지 않아서 못 피했던 게 아닌데. 아무리 그래도 어느 정도는 버틸 수 있을 줄 알았지. 나도 내가 이렇게까지 무력할 줄은 몰랐다. 억울했지만 일단 무작정 고개부터 끄덕였다. 어쨌든 지금은 살았다는 게 중요했으니까.

"어?"

그 순간 몸이 획 들리더니 시야가 거꾸러졌다. 잠시 상황 파악이 되지 않아서 어리둥절했다가 바로 옆에 있는 푸른 머리칼을 보고서야 이게 무슨 일인지 깨달았다. 엘뤼엔이 나를 어깨에 두른 거였다.

"아, 아버지? 나 팔이 부러진 거지 다리는 멀쩡한데?"

"입 다물어."

이어진 음성에 얌전히 입을 닫았다. 지금까지 들어본 적이 없는 싸늘한 목소리였다. 아무래도 굉장히 화가 난 게 분명했다.

사방에서 웅성거리는 소리가 들렸다. 마수가 쓰러진 걸 확인하고 나온 사람들, 뒤늦게 소식을 듣고 달려온 헌터와 병사들이 모여들고 있었다. 마수 쪽에 온 신경을 쏟고 있던 이들 중 몇몇이 우리 쪽으로 고개를 돌렸다. 하지만 아마 확인할 수는 없었을 것이다. 때맞춰 손을 펼친 엘뤼엔이 주위에 자욱한 안개를 퍼트렸기 때문이었다. 이후 아무것도 보이지 않는 틈으로 그가 아무렇지 않게 걸음을 옮겼다. 이 자리를 피할 생각인 것 같았다.

'마수……. 아까운데.'

물론 그에게 매달려 있는 내겐 아무런 선택권이 없었다.

강제 귀환이었다.

2.

숙소로 돌아와 침대에 앉혀지고 나서야 나는 왜 엘뤼엔이 굳이 날 들어서(라기보다는 둘러맨 거지만) 옮겼는지 알 수 있었다. 팔만 다친 줄 알았더니 다리 쪽에도 피가 줄줄 흐르고 있었다. 마수의 발톱에 스쳤을 때 찢긴 게 옷자락만이 아니었던 모양이다. 그나마 뼈는 무사한 것 같긴 한데, 적어도 멀쩡히 걸을 수 있는 상태는 아니었다.

"으……."

사람 마음이 참 간사하다더니, 조금 전까지는 아무렇지 않았는데 상처를 확인하고 나자 기다린 것처럼 욱신거리기 시작했다. 이제야 긴장이 풀린 탓인지도 모르겠지만.

"그래도 아프기는 하나 보네. 너무 용감하길래 통증도 못 느끼는 줄 알았지."

혀를 차는 트로웰의 말에 어색하게 웃었다. 분명 타박하는 말일 텐데 걱정하는 것처럼 들리는 걸 보니 내 콩깍지가 심하긴 한 모양이다. 그래도 다행히 통증은 그리 오래가지 않았다. 상처에서 하얀 물거품이 일기 시작하더니 곧 다친 부위가 말끔해졌기 때문이다. 부러진 양팔도 멀쩡해졌다. 엘뤼엔이 치료술을 써준 것이다.

'오, 이게 이런 느낌이구나.'

그동안 해 주는 쪽이기만 해서 몰랐는데 받아 보니 굉장히 시원했다. 단순히 상처가 나은 것만이 아니라 전신이 가뿐해지고 힘이 솟는 것 같았다. 꼭 각성제라도 먹은 기분이었다. 신기해서 멀쩡해진 몸을 돌아보고 있는데 파각, 무언가 깨지는 듯한 소리가 들렸다. 엘뤼엔이 내 손목에 걸려 있던 마나 봉인 팔찌를 부순 소리였다. 와, 저걸 손가락만으로 잡아서 부수네. 내가 온 힘을 다해도 꿈쩍도 하지 않았던 게 순식간에 두 동강 난 걸 보고 있자니 마음이 무척 복잡해졌다.

"아, 고마워, 아버……엘퀴네스."

또 실수할 뻔한 호칭을 얼른 수습하자 나를 바라보는 엘뤼엔의 눈이 가늘어졌다.

"대체 무슨 생각으로 뛰어든 거지?"

"어?"

"뛰어들기 전에 정령술을 못 쓴다는 사실을 먼저 자각하지 않았나? 그런데 왜 그대로 뛰어들었는지 묻는 거다."

역시 다 지켜보고 있었구나. 차라리 대놓고 다닐 것이지, 대체 왜 자꾸 투명화 상태로 따라다니는 건지 모르겠다. 이 정령왕들을 이렇게 둬도 괜찮은 건가. 뭐, 덕분에 적절한 시기에 도움을 받은 거긴 하지만.

"음, 내가 힘이 센 편이니까 그래도 어느 정도는 막을 수 있을 줄 알았어."

"그걸 네가 왜 막지?"

"눈앞에서 사람이 죽을 것 같은데 그럼 어떡해."

"어차피 모르는 자 아닌가?"

"그게 무슨 상관이야. 상대가 누구든 도울 수 있으면 돕는 게 좋잖아."

"그러다 네가 죽으면? 도움을 받은 자가 고마워할 것 같나?"

"고맙다는 말을 들으려고 하는 게 아니야. 나는 그냥……."

"그럼 눈앞에서 허망하게 계약자를 잃을 내 입장은? 그것도 상관이 없나?"

생각지도 못한 말에 한순간 말문이 막혔다. 꿀 먹은 것처럼 얌전히 입을 다무는 나를 엘뤼엔이 서늘하게 응시했다.

"인어 떼를 쫓아 바다에 들어갈 때도, 이번 일도. 늘 지나치게 겁이 없는 게 이상하다 싶었지. 단순히 담대한 것치곤 기묘한 위화감이 있었거든. 이제 보니 그냥 자신을 소중히 여기지 않는 거였군."

"어? 아니, 딱히 그렇지는……."

"정말 그렇게 생각하나? 인간은 자신의 안전을 예측할 수 없는 상황이 닥치면 아주 조금이라도 망설임을 비친다. 하지만 넌 그런 게 전혀 없더군."

문득 이런 상황에 기시감이 들었다. 그 이유는 이미 알고 있다. 언젠가 라피스도 이와 비슷한 타박을 한 적이 있었으니까. 내가 지나치게 목숨을 아끼지 않는다고 여겼지. 그래서 그는 날 믿지 못했고…… 마지막 순간까지 자신이 죽는다는 사실을 감췄다.

"자살할 거면 다른 방식으로 해라. 넌 지금 네 알량한 만족감만 생각하느라 다른 이들을 전부 무시한 거다."

"그, 그런 식으로 말할 건 없잖아. 나는 그런 게 아니라……."

"그럼 묻지. 넌 누군가가 널 위해 목숨을 버려도 괜찮을 텐가?"

심장이 덜컥 내려앉았다. 괜찮을 거냐고? 아니, 그럴 리가 없다. 당연히 그럴 리 없잖아. 왜 이런 질문을 엘뤼엔이 하는 건지 모르겠다. 다른 사람은 몰라도 그만은 이런 말을 하면 안 된다. 가만히 나를 바라보는 그의 모습 위로 지나간 옛 장면이 덧입혀지기 시작했다. 나를 끌어안아 감싸던 손길, 내 얼굴 위로 쏟아지던 금발, 손바닥 가득 묻어나던 뜨끈하고 축축한 감촉, 한쪽 어깨를 덮어가던 무게감.

"무모한 아들 덕분에 별일을 다 해보는군."

흐릿한 웃음기를 담은 목소리가 지금도 귓가에서 속삭이는 것 같다. 그의 몸에 붉은 피가 무서울 정도로 번져나가던 광경은 아마도 평생 잊을 수 없을 기억이었다. 심장이 무서울 만큼 빠르게 뛰었다. 잔상을 털어내기 위해 주먹을 아프도록 꾹 움켜쥐었다.

"그런 건 싫어……."

"적어도 그 정도 생각은 할 줄 아니 다행이군."

냉소적인 대꾸에 속이 울컥했다. 그 생각 없는 짓을 당신도 미래에 저질렀다고 말해 주면 무슨 표정을 지을지 궁금했다. 물론 내 발등을 찧는 짓이라 속으로 생각하는 것에서 그쳤지만.

원래 세계로 돌아가면 따져야 할 게 또 늘었다. 그래도 서럽거나 상심하는 마음까지는 들지는 않았다. 아니, 솔직히 말하면 아까부터 가슴 속이 간질거렸다. 그때 라피스가 내게 화를 냈던 이유를 알고 있으니까. 그건 날 걱정했기 때문이었다.

"그 태도는 뭐지?"

"내가 뭘?"

"눈이 아주 반짝반짝하군. 지금 반성을 하고 있기는 한 건가?"

이런, 내색하지 않으려 했는데 티가 난 모양이다. 뺨을 긁적였더니 엘뤼엔이 미간을 찌푸리며 나를 노려보았다. 어색하게 웃다가 그냥 솔직히 대답했다.

"음, 내가 걱정되긴 하는구나 싶어서."

"걱정이 아니라 체면 문제다. 계약자가 개죽음당한다면 내 위신에도 해가 되니까."

"이유가 뭐든. 염려한 건 맞잖아."

어떤 이유라도 그가 날 신경 쓰고 있다는 건 분명하다는 소리다. 게다가 그 답을 곧이곧대로 믿을 수도 없는 게, 엘뤼엔은 내가 아는 한 가장 남의 시선을 신경 쓰지 않는 존재였다. 위신 따윈 염두에 두지도 않을뿐더러 자신의 권위가 흐려진다는 생각 자체를 하지 않는다. 그 성격이 지금이라고 다를 리가.

그동안 조금은 친해진 걸까? 나도 모르게 히죽거렸는지 엘뤼엔의 얼굴이 더 찌푸려졌다. 여기서 날 볼 때마다 종종 짓는 표정이기도 한, 뭐 이런 게 다 있냐는 표정이다. 근처에서 우리 대화를 듣고 있던 트로웰도 그와 비슷한 얼굴을 하고 있었다.

"……어쨌든 다신 그런 무모한 짓 하지 마라. 네 힘이 평범한 인간치곤 강한 편이긴 하지만 2급 마수를 상대할 정도는 아니다."

그게 2급 마수였구나. 어쩐지 너무 강하다 했다. 대체 왜 그런 게 도심 한복판에서 튀어나온 건지 모를 일이다. 뒤처리가 어찌 됐을지는 알 수 없지만, 지금쯤 제도 전체가 발칵 뒤집혔을 건 분명했다.

"알았어. 나도 내가 무모했다는 건 인정해. 하지만 진짜 오해하는 게 있는데, 난 정말 죽음을 무릅썼던 건 아니었어. 살 자신이 있었으니까 나선 거야."

"그건 어디서 기인한 자신감이지?"

물론 시벨리우스를 아직 안 만났기 때문이다. 마수가 덮칠 땐 주마등이 보일 만큼 아찔하긴 했지만, 그래도 살아남을 거란 확신은 있었다. 역시 무사히 지나간 걸 보면 내 예상이 틀리지도 않았다. 당연히 곧이곧대로 이렇게 대답할 수는 없겠지만.

"어디긴. 아버지랑 트로웰이지."

"……뭐?"

"3년간은 함께하기로 약속했잖아. 그럼 그전엔 죽지 않도록 날 지켜줄 거잖아. 내가 믿을 구석이 그거 말고 뭐가 있겠어?"

실제로 둘은 날 외면하지 못했다. 내 멋대로 벌이는 짓에 화가 났다면 어떻게 되든 그냥 내버려 둬도 될 텐데, 구해주고 치료까지 해줬으니까. 내 뻔뻔한 대답에 엘뤼엔과 트로웰이 다시금 황당해하는 표정을 지었다. 그런데도 별다른 말 없이 넘어가는 걸 보면 본인들도 반박할 말을 찾을 수 없었던 모양이다. 아니면 더는 나에 대해서 생각하기를 포기했거나.

'아차, 그러고 보니 파이어 버스터는 어떻게 됐으려나.'

사태가 완전히 진정되고 나니 그제야 잊고 있던 것들에 생각이 미쳤다. 팔이 부러진 걸 깨달았을 때 검도 같이 놓쳤다. 지금 현장에 가도 그대로 남아 있을지 모를 일이었다. 그사이에 누가 집어갔으면 어쩌지? 혹시 이렇게 스치기만 하고 실제로 인연이 닿지는 않는 거려나. 어찌 됐든 일단 찾아보러 갈 생각으로 침대에서 내려섰다. 그러자 눈치도 빠른 엘뤼엔이 곧장 눈을 부라렸다.

"또 어딜 가려는 거냐?"

"어, 나 잠깐 잃어버린 게 있어서. 금방 다녀올게."

"헛소리 마라. 넌 한동안 외출 금지다."

"억? 외출 금지?"

"나가기만 하면 사고를 치니 얌전히 처박혀 있기나 해라."

"아니, 그건 좀……."

내 나이가 몇인데 외출 금지 처벌이 웬 말인가. 차라리 자금을 전부 회수하면 모를까, 설마 그가 이런 식으로 나올 줄은 몰라서 당황스럽기 그지없었다.

"이거 찾아?"

그런데 그때 눈앞에 불쑥 무언가가 내밀어졌다. 낡고 더러운 검집에 감싸진 한 자루의 검, 파이어 버스터였다. 검을 내밀고 있는 이는 트로웰이었다. 웬일로 그가 챙겨 뒀던 모양이다. 당황해서 고개를 끄덕이니 그가 가볍게 던져주었다.

"고마워, 트로웰."

"천만에. 그보다 묘한 기운이 느껴지던데. 그거 에고 소드인 거 알고 있던 거지?"

움찔해서 바라보자 트로웰이 오히려 의아하다는 시선을 보냈다.

“……어?”

“검에 뭐라고 말 걸어보지 않았어? 그래서 알고 사려는 건 줄 알았는데.”

윽, 그것도 봤구나. 이제 진짜 아무도 없다고 편하게 행동하지 말아야겠다. 무슨 실시간 감시 체제도 아니고. 이렇게까지 사생활이 전혀 보장되지 못하다니, 너무 척박한 삶 아닌가.

의외로 트로웰은 검 자체엔 별다른 관심이 없어 보였다. 이 시대엔 있을 수 없는 정령검이 나타났으니 당연히 주시해야 할 텐데 그냥 조금 괜찮은 물건을 봤다는 것 이상으론 신경을 안 쓰는 태도였다. 그건 엘뤼엔 역시 마찬가지였다. 둘 다 파이어 버스터를 평범한 에고 소드라고만 생각하는 거다.

하긴, 특별하다고 여기기엔 기운이 지나치게 약하긴 했다. 원래의 파이어 버스터가 인간의 혼을 지니고 있으면서도 정령검이라고 할 수 있었던 건 이그니스와 비견할 만큼 강렬한 화기를 품고 있었기 때문이었다. 그런데 지금은 화기는커녕 마력조차 거의 느껴지지 않았다. 자세히 살피지 않으면 에고 소드라는 것도 알아보지 못할 정도였다.

“이렇게 미약한 기운을 느끼다니 과연 대단해. 유니콘이라도 알아보기 힘들 만큼 희미한데 말이야. 하지만 안됐네. 그건 아직 만들어진 지 얼마 되지 않았어. 그냥 보통의 검이랑 큰 차이 없을 거야.”

“어? 그게 무슨 소리야?”

"에고 소드는 만들어진 후엔 한동안 봉인된 채 의식이 잠들어 있어. 검신에 맞춰 자아가 적응하기 위한 기간이지. 게다가 그 검은 뭔가 큰 충격을 받기라도 한 건지 자기방어 상태인 것 같네. 그 더럽고 지저분한 생김새는 실제로 낡은 게 아니라 일종의 보호색이야."

헉, 그렇구나. 만들어진 지 얼마 안 됐다면 아직 이 세계에 온 지 얼마 안 된 상태인가 보다. 자기방어 상태가 된 건 아무래도 다른 시공간에 떨어진 탓이겠지. 자신을 지키기 위한 수단으로 더럽고 낡은 상태를 위장하다니, 솔직히 괜찮은 결정이었는지는 잘 모르겠다. 그러다 고철로 팔리면 어쩌려고. 부러지거나 녹여지지도 않을 텐데 훗날 귀신 붙은 검으로 알려지기 딱 좋은 설정이다. 물론 혼이 서려 있으니 맞는 말이긴 하지만. 여하튼 이대로 들고 다니기도 좀 그러니 나중에 천이나 가죽 같은 걸 감아둘까 싶다. 아, 그래서 시벨리우스가 알아보지 못했던 건가. 뒤늦은 깨달음이 찾아 들었다.

"하지만 좀 이상하긴 하네. 원래 에고 소드란 게 평범한 방법으로 만들어지는 건 아니지만, 이건 특히 더 그런 느낌이야. 이계의 것, 혹은 신이 직접 관여한 건가. 아니, 그런 것 치고도 좀, 뭔가 기묘한데……."

막상 관심을 갖기 시작하니 이상한 점이 밟히는 걸까. 가만히 탐색하는 황금색 눈동자를 나는 조마조마하게 지켜보았다. 이게 미래에서 온 거라는 걸 그가 알게 되면 괜히 검에 아는 척했던 나까지 덜미를 잡힐 수 있었으니까. 다행히 트로웰은 미심쩍어하면서도 거기까진 짚어내지 못했다.

"이게 조금만 더 기운이 강했다면 이프리트가 만든 거라고 생각했을지도 모르겠는걸."

……거의 근접하긴 했지만. 최대한 알아듣지 못하겠다는 듯이 눈을 깜빡였더니 트로웰 역시 어깨를 으쓱였다.

"그만큼 제작자가 특별한 것 같다는 소리야. 어쨌든 그건 각성하려면 앞으로 최소 몇 년은 더 지켜봐야겠어. 그때까진 에고 소드로서의 가치가 전혀 없다는 소리지. 주인을 지키기는커녕 이렇다 할 보조도 하지 못할 거야."

"음, 괜찮아. 그래도 튼튼하긴 하잖아."

"그야 그렇지만, 에고 소드의 기능이 없다면 네겐 딱히 소용없을 텐데? 호신용이 필요하다면 차라리 단검을 써. 날을 다룰 줄도 모르면서 함부로 장검을 쓰려다간 오히려 다치기나 할 테니까."

"그럼 다루는 법을 가르쳐 주면 되지."

"……나한테 하는 말이야?"

"응."

고개를 끄덕이니 트로웰이 드물게 당황했다. 상당히 뜬금없는 부탁을 들었다는 표정이었다. 물론 내겐 전혀 뜬금없지 않았다. 이건 이미 정해져 있는 일이었으니까.

시벨리우스가 알려준 과거의 엘은 트로웰에게서 검술을 사사했다. 그래서 언젠가는 부탁할 예정이었는데, 마침 적절한 기회가 찾아온 셈이었다. 사실 이번 일로 깨달은 바도 컸다. 타고난 힘이 있어 어느 정도는 자신감이 있었건만 정령술이 봉인된 나는 생각보다 너무 무력했다. 과거의 내가 왜 검을 배웠을까 내내 의문이었는데 여기서 그 해답을 찾은 기분이었다.

"내게 검술을 가르쳐 줘."

"…왜 내게? 네 계약자한테나 부탁하지그래?"

"기각."

떨떠름하게 이어진 그의 말은 곧장 가로막혔다. 트로웰이 어이없다는 시선을 보냈지만 엘뤼엔은 돌아보지도 않았다. 그 단호한 태도엔 귀찮은 일에 엮이기 싫다는 기색이 역력했다. 내 아버지지만 내가 봐도 너무 얄미웠다. 웃고 있는 트로웰의 얼굴에 핏대가 서는 환각이 보이는 것 같았다.

"너 말이야. 역시 엘퀴네스랑 계약 끊고 나랑 다시 계약할 생각 없어?"

"아하하……."

다행히 곤란한 순간은 그리 오래 이어지지 않았다. 짧게 한숨을 내쉰 트로웰이 가볍게 앞머리를 쓸어넘겼다.

"네가 굳이 검을 배울 필요가 있어? 넌 인간치곤 순발력도 좋고, 타고난 근력이나 체력도 월등한 편이야. 지금 이대로도 충분하지 않아? 마수 때문에 겁먹은 모양인데, 이번 일은 여러 복합적인 상황이 겹친 탓에 가까워. 네가 정령만 소환할 수 있었어도 괜찮았을 거야."

"그러니까 하는 말이야. 또 그런 일을 겪을지도 모르잖아. 정령술이 봉인되었을 때를 대비하고 싶어."

"아, 하긴. 차마 그런 일이 다시 일어나지 않을 거란 보장은 못 하겠네. 팔찌가 채워졌을 땐 정말 황당했지. 너무 어이없을 정도로 쉽게 당하긴 하더라. 넌 사실 그 성격이 제일 문제야. 상대를 경계하지 않는데 정령술이나 검술이 다 무슨 소용이야?"

그래, 그것도 다 지켜봤을 줄 알았어. 이제 와선 체념에 가까운 심정이었기에 그냥 얌전히 침묵했다. 솔직히 다 맞는 말이라 딱히 변명할 말이 없기도 했다. 그런 나를 한심하다는 듯이 응시하던 트로웰이 약간 생각에 잠기는 듯하더니 이내 고개를 끄덕였다.

"좋아, 가르쳐 줄게."

"……정말?"

받아들일 거란 건 알고 있었지만 이렇게 흔쾌히 허락이 떨어질 줄은 몰라서 조금 의외였다. 삼고초려는 기본이고 몇 날 며칠 졸라볼 각오도 하고 있었는데 그럴 필요까진 없었던 모양이다. 이런 걸 보면 다정한 천성은 어디 가지 않는 것 같다. 나도 모르게 웃었는지 트로웰이 다시 한숨을 내쉬었다.

"네 말대로 3년간은 함께 하기로 했으니까. 네게 자신을 지킬 수단이 조금이라도 더 있는 게 낫겠지. 기한이 되기도 전에 네가 먼저 죽어버리는 일은 드물 거라 생각했는데, 요즘 널 보니까 내 생각이 짧았던 것 같거든. 축하해, 내게 이런 말을 하게 만든 인간은 네가 처음이야."

분명 웃는 얼굴인데 웃는 게 아니다. 누가 봐도 노골적으로 탓하는 시선을 스리슬쩍 피했다.

"대신 아주 힘들 거야. 내가 내린 지시는 무조건 전부 따라야 해. 게으름을 피우는 것도, 중간에 그만두는 것도 안 돼. 그래도 배울래?"

……음, 그러고 보니 굉장히 지독한 훈련이었다고 했던가.

나중에 소드 마스터까지 된다고 했으니 절대 편한 방법은 아니었겠지. 불길한 기분이 스멀스멀 차올랐지만 어차피 내가 해야 하는 대답은 하나밖에 없었다. 어차피 겪어야 할 일이라면 기꺼이 받아들이는 편이 더 나을 터였다.

"뭐든 가르쳐 줘! 열심히 할게!"

고개를 끄덕이며 힘껏 답하자 그의 눈동자가 화사하게 빛났다. 재밌는 장난감을 발견한 것처럼 보이는 건 단지 기분 탓일까. 반사적으로 긴장하려니 다음 순간 그가 손가락을 들어 올렸다. 그러자 무언가가 달라붙는 감각과 함께 갑자기 아래로 끌어 당겨졌다. 정신을 차렸을 땐 바닥에 주저앉은 채였다. 당황해서 일어나려고 해봤지만 몸이 꼼짝도 하지 않았다. 자세히 보니 양팔과 발목에 웬 돌덩이 같은 게 둘려 있었다.

"트, 트로웰?"

"기본 근력과 지구력 단련. 앞으론 그걸 매일 차고 지내."

"……농담이지?"

"본격적인 훈련은 그 무게에 익숙해지면 시작할 거야. 하지만 오래는 못 기다려. 이틀 줄게. 그 안에 적응해."

아니, 이게 적응하고 싶다고 적응할 수 있는 건가. 난 지금 일어서지도 못하는데? 이게 이틀 안에 되기는 하는 거야? 아연실색해져서 입만 벙긋거리고 있는데 엘뤼엔이 혼잣말로 중얼거리는 소리가 들려왔다.

"매일 새롭게 고생길을 자처하는군."

조금도 위로가 되지 않는, 지옥문이 열리는 신호였다.

3.

도심 한복판에 마수가 나타난 이유는 끝끝내 밝혀지지 않았다. 균열이 원인인 건 분명했으나 아직 콴제르도 아니었고, 원래 마수가 나타나는 구역도 아니었다. 사태 파악에 나선 황실은 마신전 쪽에 진상규명을 요청했지만, 마신전 측은 묵묵부답으로 대응했다. 때마침 봉문 기간이라 당장 조사에 응할 수 없다는 이유였다. 그래도 약간의 재산 피해가 있는 것 외에 인명피해는 없었기 때문에 큰 소란 없이 그대로 잠잠해지는 듯했다. 오히려 죽은 마수의 사체로 인한 이득이 더 커서 횡재했다 여기는 분위기도 있었다.

그러나 일주일이 지나기도 전에 제도가 다시 시끄러워졌다. 또 마수가 나타난 것이다. 이번에 나타난 건 중급 마수였지만 주택가 한복판이어서 인명피해가 컸다. 그나마 가장 인접한 헌터 길드가 재빠르게 수습한 편이었는데도 사상자가 스무 명이 넘게 나왔다.

제도의 분위기는 당연히 크게 험악해졌다. 사람이 모이는 곳이면 어디든 그에 관한 화제로 들썩였다.

"사태가 이 지경인데도 마신전에선 여전히 조사단 하나 보내지 않는다는군. 앵무새처럼 콴제르와는 관련 없는 균열이라는 답신만 반복한다는 모양이야."

"거참, 이해가 안 되네. 콴제르와 관련이 있든 없든 균열과 마계에 관련된 일은 마신전 소관이잖아. 그럼 나와서 조사하는 시늉이라도 해야지. 남 일처럼 모르쇠 하고 있다는 게 말이 돼?"

"봉문 기간이라잖아. 외부인을 받아들이지도 않는다는 기간인데 본인들이 밖으로 나올 리가 있겠어?"

"봉문이든 뭐든! 마수 때문에 사람이 죽었는데 코빼기라도 비쳐야지!"

"진정해, 진정. 우리끼리 이런다고 뭐가 되겠어. 그치만 좀 이상하긴 해. 왜 하필 마신전의 봉문 기간에 이런 일이 일어나고 있는 거지?"

"혹시 그놈들이 마수를 풀고 있는 건 아니야?"

"에이, 그럴 리가."

그러나 불안은 의심으로 이어지기 마련이다. 처음엔 섣부른 추측으로 여겨졌던 일들이 날이 갈수록 확신으로 굳어졌다. 그나마 지금까지 쌓아온 위신이 있기에 대놓고 마신전에 날을 세우는 분위기로 가진 않았다. 얼마 후면 콴제르가 시작된다는 사실도 영향을 미쳤다. 그 기간에 마신전이 신관을 파견하는 건 오래된 전통이자 사명이었다. 그때쯤엔 당연히 봉문을 풀 테니, 해명도 같이 들고나올 것이란 기대였다.

"설마 마신전이 그때까지 봉문을 고수하겠어?"

그런데 그 설마가 맞았다. 토벌 전략을 위한 사령부 회담이 코앞으로 다가왔지만 마신전의 문은 끝내 열리지 않았다. 그 대신 성의 없는 공문 한 장만이 공표됐다.

신탁이 내려졌으므로, 올해 콴제르엔 균열이 없을 것이다.

그러니 토벌을 진행할 필요가 없으며, 마신관을 파견하지도 않을 거라는 내용이었다. 이미 두 차례나 마수에게 습격당한 시민들은 당연히 반발했지만 마신전의 태도는 강경했다. 결국 황실과 헌터 협회에선 마신전의 공고를 신뢰할 수 없다고 판단, 예정대로 토벌을 진행하기로 했다. 누가 봐도 둘 사이가 삐거덕거린다는 게 느껴지는 흐름이었다.

그 사이에서 헌터들은 마신전의 공문을 따라야 한다는 부류와 협회의 결정을 따라야 한다는 부류로 나뉘었다. 나는 전자의 의견에 맞춰 그냥 토벌 참가를 취소했다. 이곳 마신전이 유카르테 대공도 아닌데, 거짓 신탁을 내세우진 않았을 거란 예감 때문이었다. 그리고 콴제르가 시작된 지 첫 주, 예상대로 마수는 코빼기도 비치지 않는 중이었다. 결과적으로 마신전이 올바른 공문을 내린 게 되었지만, 제도의 분위기는 더 나빠졌다. 이젠 공공연하게 마신 전에 적대감을 표출하는 사람도 많았다.

'대체 일이 어떻게 되어가는 건지 모르겠네.'

신탁이라면 카노스가 내린 거겠지. 이럴 때면 그가 살아 있다는 걸 실감한다. 만나서 상황을 물어보고 싶은 마음이 굴뚝 같았지만 애써 눌러 참았다. 그가 관여한 거라면 다 그럴 만한 이유가 있겠지. 어차피 지금의 그는 나를 알지도 못하는데, 괜한 위험부담을 감수할 필요는 없었다. 게다가 지금 당장 신경 쓰이는 건 따로 있었다.

'크리스가 너무 소식이 없어.'

한동안 집을 비울 거라 했던 크리스가 벌써 이 주가 넘도록 아무런 연락이 없었다. 혹시 연락할 상황이 아니었던 건가 싶어 몇 번 집으로 찾아가 보기도 했지만 굳게 닫힌 문 안쪽에선 아무런 기척이 느껴지지 않았다. 설마 무슨 일이 생긴 건 아니겠지. 기밀문서와 관계된 일인 게 분명하다 보니 아무래도 마음이 쓰였다.

"트로웰은 어떻게 생각해?"

"글쎄. 그보다 다른 생각할 틈도 있어? 훈련이 좀 쉬워졌나 봐."

"아냐, 그건 진짜 아냐."

얼른 고개를 젓고 하던 팔굽혀펴기에 집중했다. 부들부들 떨리는 팔에 이가 저절로 악물어졌다. 이미 푹 절어 있는 얼굴에선 구슬 같은 땀이 비처럼 떨어지는 중이었다.

"으으, 오백 번 다 했어."

"좋아, 잠깐 휴식."

그대로 뻗어서 헐떡이자니 트로웰이 나이아스를 불러서(이 와중에 내 마나로) 나를 씻기게 했다. 훈련할 땐 하더라도 땀과 먼지에 절어 있는 더러운 꼴은 보고 싶지 않다는 그의 확고한 의지가 전해지는 순간이었다.

"그래도 완료 시간이 좀 빨라졌네. 처음엔 정말 답이 없어 보였는데. 무게에 적응하는 것조차 제대로 못 하고 말이지."

칭찬인지 험담인지 모를 소리에 대꾸할 기력도 없었다. 그래도 이 정도면 칭찬에 가깝긴 했다. 첫날엔 아예 말도 못 붙일 만큼 싸늘한 분위기였으니까. 내가 그의 지시를 지키지 못했기 때문이었다.

돌덩이 무게에 적응하기에 이틀은 터무니없이 짧은 시간이었다. 아무리 노력해도 손발이 내 통제를 벗어나 어기적거렸다. 그에 트로웰은 아주 간단하고 야멸차게 체벌했다. 그냥 신경 쓰지 않고 훈련을 시작하는 것으로.

그렇게 시작된 일과는 오전은 마나 훈련과 체력단련, 오후는 검법을 익히는 시간이었다. 말이 좋아 단련이지 매일 십 킬로 넘게 달리고, 근력 운동을 상 하체로 번갈아 가며 수백 번씩 되풀이하는 지옥의 수련이었다. 검법 훈련 역시 목검을 들고 같은 동작을 몇백 번씩 반복하게 했다. 매일 조금씩 횟수를 늘리는데, 얼마나 기가 막히게 조절을 잘하는지 죽을 만큼 힘든데도 아직 단 한 번도 기절은 안 했다.

'차라리 기절하는 게 더 나을 것 같지만.'

힘차게 굴려지는 동안 돌덩이 무게엔 완전히 적응했다. 훈련할 땐 여전히 버겁긴 한데, 일상생활에선 큰 지장이 없었다.

그 순간 섬뜩한 기운이 느껴져서 곧장 옆으로 몸을 굴렸다. 동시에 조금 전 내가 있던 자리에 검이 내리꽂혔다. 그 검을 쥐고 있는 트로웰이 멍해져 있는 나를 보고 생긋 웃었다.

"감각 훈련이야. 잘 피했네."

"휴식이라며……."

"기습에 휴식이 어딨어."

악마다. 이 정령왕은 악마야.

조금 전 검이 내리꽂혔던 자리를 바라보았다. 푹 패인 자국만 봐도 그가 사정 봐주지 않고 온 힘을 실었다는 게 보였다. 방금 그거 맞았으면 죽었던 거 아냐? 아무리 좋게 생각하려 해도 합리적인 의심을 피하기가 어려웠다. 그러자 내가 무슨 생각을 하는지 알겠다는 듯 트로웰이 여상히 대꾸했다.

"안 죽어. 급소는 피해서 노렸어."

"……어쨌든 중상이긴 하잖아."

"엘퀴네스가 있는데 무슨 상관이야."

그래, 다 죽어가는 사람도 순식간에 고쳐놓는 물의 정령왕이 있었지. 덕분에 지금도 앓는 일 없이 훈련을 잘 견디는 중이긴 하다. 잠시 하늘을 바라보며 한숨을 내쉬었다. 내 능력이 이렇게 야속할 일인가 싶다.

"오늘 새벽 두 시."

뜻밖의 음성이 들려온 건 그때였다. 무슨 말인가 싶어서 돌아보니 트로웰이 빙긋 웃었다.

"기습을 피한 상이야. 그 시간까지 잠을 안 자고 버티면 네가 기다리던 소식을 알 수 있을 거야."

"크리스 소식 말이야?"

"자, 그럼 다음 허벅지 운동 백 번씩 세 번."

"……."

황당해져서 바라보니 트로웰이 로켓을 꺼내 보였다. 언젠가도 봤던 저 로켓은 색의 변화로 시간을 나타내는 마도구다. 즉, 휴식 시간이 끝났다는 소리였다. 나는 잠자코 기마 자세를 취했다. 아무래도 설명을 듣기는 틀린 것 같았다.

*　　*　　*

주어진 과제를 마쳤을 땐 밤이 깊어져 있었다. 고된 훈련이 끝나면 녹진해진 몸이 그대로 잠을 청한다. 하지만 오늘은 평소처럼 침대에 몸을 맡길 수가 없었다. 트로웰이 말해 준 새벽 두 시의 소식을 기다려야 했으니까.

버티면 알 수 있다는 걸 전제로 한 걸 봐선 잠들어도 깨워 줄 리가 없다. 쏟아지는 잠을 참기 위해 의자에 앉아 연신 하품만 반복했다. 그러다 어느 순간 나도 모르게 졸았던 것 같다.

틱

틱

언제부터였을까. 어렴풋이 귓가에 희미한 소리가 들렸다. 작은 무언가가 창가에 부딪히는 소리였다.

"……!"

상황을 자각한 순간 온몸을 잠식하던 수마가 단숨에 물러났다. 내가 언제부터 졸았지? 머리가 온통 멍하고 와 닿는 감각이 둔했다. 어디서부터가 현실이고 꿈이었는지 구분하기도 어려웠다. 소리를 들은 게 확실한 건지조차 불분명했다. 일단 눈을 뜨고 급히 몸을 일으켰다. 창문을 열고 밖을 내다보니 아래쪽에 시커멓게 뭉쳐진 부분이 눈에 들어왔다. 구석에 웅크린 듯한 그림자에서 뚜렷한 기척이 느껴졌다. 누군가가 아래에 있었다. 다행히 꿈결의 착각은 아니었던 모양이었다. 다만 창문을 열었는데도 이렇다 할 반응이 돌아오지 않는 게 아무래도 예감이 좋지는 않았다. 그대로 뛰어내린 다음 가까이 다가가 살펴보았다. 웅크린 그림자는 내가 잘 아는 사람이었다.

"……크리스?"

어깨를 살짝 짚자 형체가 소스라치며 움찔했다. 고개를 치켜든 남자가 눈을 부릅뜨고 나를 돌아보았다.

"엘……?"

잔뜩 쉬어진 목소리는 틀림없이 크리스였다. 소식을 알 수 있다는 게 본인을 직접 마주친다는 뜻일 줄이야. 이보다 더 정확할 수 없는 예지에 감탄하면서도 이 상황이 이해가 되지 않아 얼굴을 찌푸렸다.

"네, 저예요. 어떻게 된 거예요? 그동안 어디에 있었어요? 이 시간에 여기서 뭘……."

"다행이다. 깨어있었구나."

크게 숨을 삼킨 그가 흐릿하게 웃었다. 다음 순간 그의 신형이 앞으로 고꾸라지려고 해서 얼른 붙잡았다.

"괜찮아요, 크리스? 이게 무슨……."

부축하고 나니 축축이 젖은 감촉이 느껴졌다. 가까이 맞댄 몸에서 피비린내가 훅 풍겼다. 처음 만났을 때와는 비교도 할 수 없을 만큼 심각한 부상이었다. 얼른 그를 들쳐 업고 빠르게 숙소 안으로 들어왔다. 침대 위에 눕힌 다음 불을 밝히려고 하는데 그보다 먼저 담담한 목소리가 들렸다.

"켜지 않는 게 좋을걸."

흠칫해서 고개를 들자 근처에 서 있는 트로웰이 보였다. 그 옆 의자엔 엘뤼엔이 앉아 있었다. 잠을 자지 않는 두 정령왕은 내가 잠들 땐 정령계로 돌아가는 편이었다. 이 시간에 그들이 모습을 드러내는 일은 드물었다. 내가 하는 일에 관여하는 경우는 더 드물었다. 혼란스러운 마음을 아는지 모르는지 창가를 내다보던 트로웰이 웃으며 돌아보았다.

"그를 추적하는 쪽을 끌어들이고 싶다면 그래도 상관없지만."

"……추적이 있어?"

"그랬으니 이 시간에 숨어있었겠지?"

하긴, 크게 다쳐서 찾아온 것만 봐도 절대 평범한 상황은 아니었다. 대체 무슨 일이 있었던 건지 모르겠다. 문서를 넘겨주기만 하는 거 아니었나? 상처를 확인하기 위해 옷을 벗기려는 데 핏물 때문에 손이 자꾸 미끄러졌다. 대체 어디를 어떻게 다친 건지, 피를 너무 많이 흘린 것 같다. 이러다 과다 출혈로 죽는 건 아닌지 걱정스러울 정도였다. 이럴 줄 알았으면 지혈제라도 사둘걸. 하필 약 종류는 따로 준비해 둔 게 없어서 응급조치할 수단이 없었다. 정말 죽을지도 모른다 싶으니 덜컥 겁이 났다.

"저기, 아버지. 이번만 좀 도와주면 안 돼? 크리스가 너무 위험한 것 같아. 이대로 두면 죽을지도 몰라."

어쩔 수 없이 엘뤼엔에게 부탁해 보았다. 거절당할 땐 당하더라도 지푸라기라도 잡아야겠단 심정이었다. 그러자 살짝 눈썹을 찌푸린 엘뤼엔이 못마땅하다는 표정으로 몸을 일으켰다. 고마운 일이었지만 얼굴은 굳어졌다. 그가 웬일로 순순히 나설 만큼, 크리스의 상태가 정말 심각하다는 뜻이었으니까. 이윽고 엘뤼엔이 손을 뻗자 크리스의 숨소리가 편해졌다. 안도하고 있으려니 트로웰이 중얼거렸다.

"우리가 이상해진 건지, 이 녀석이 이상한 건지……."

"어?"

"그냥 혼잣말이야. 그런데 용케 일어났네. 그대로 잠드는 줄 알았는데. 확실히 감각은 예민해."

"혹시 내가 못 깨어났으면 어떻게 되는 거였어?"

"아침에 시신이 된 그를 발견했겠지."

……이거 상이라며. 상이면 지키지 못해도 위험요소는 없어야 하는 거 아닌가. 게다가 지인의 목숨이 걸려 있는 일인데 좀 더 자세히 알려줘도 되잖아. 아무리 나라도 이번엔 마음이 편하지 않았다. 굳은 눈으로 바라봤더니 트로웰이 어깨를 으쓱였다.

"오늘 훈련은 쉽게."

"……정말?"

"몸은 치유해도 정신적 피로는 쌓이니까. 가끔은 쉬는 편이 좋겠지."

나도 참, 나도 모르게 알려주는 걸 너무 당연하게 여겼네. 사실 힌트를 준 것만으로도 고마워해야지. 창문 소리를 들을 수 있었던 건 내가 선잠 상태였기 때문이다. 그가 언급하지도 않았다면 난 분명 아무것도 모른 채 그냥 푹 잠들었을 거다.

내가 생각해도 기가 막힌 태세전환이었지만, 돌이켜 봐도 그게 사실이긴 했다. 아니, 오히려 상을 준다는 명목으로 내가 미리 대처할 수 있도록 해준 게 더 그답지 않았다.

"……고마워."

조심스럽게 건넨 말에 트로웰의 눈빛이 깊어졌다. 내가 말하는 부분이 어딘지 그는 곧바로 짚어낸 듯했다. 읽을 수 없는 시선이 한동안 나를 가만히 살폈다. 조금 괴로운 것 같기도 했고 화가 난 표정인 것처럼도 보였다. 그러나 그 감정이 나를 향한 건 아닌 것 같았다.

다시금 무어라 중얼거리는 것 같았으나 내용은 들리지 않았다. 나 역시 묻지 않은 채로 조용히 입을 다물었다. 여러 가지로 술렁이는 밤이었다.

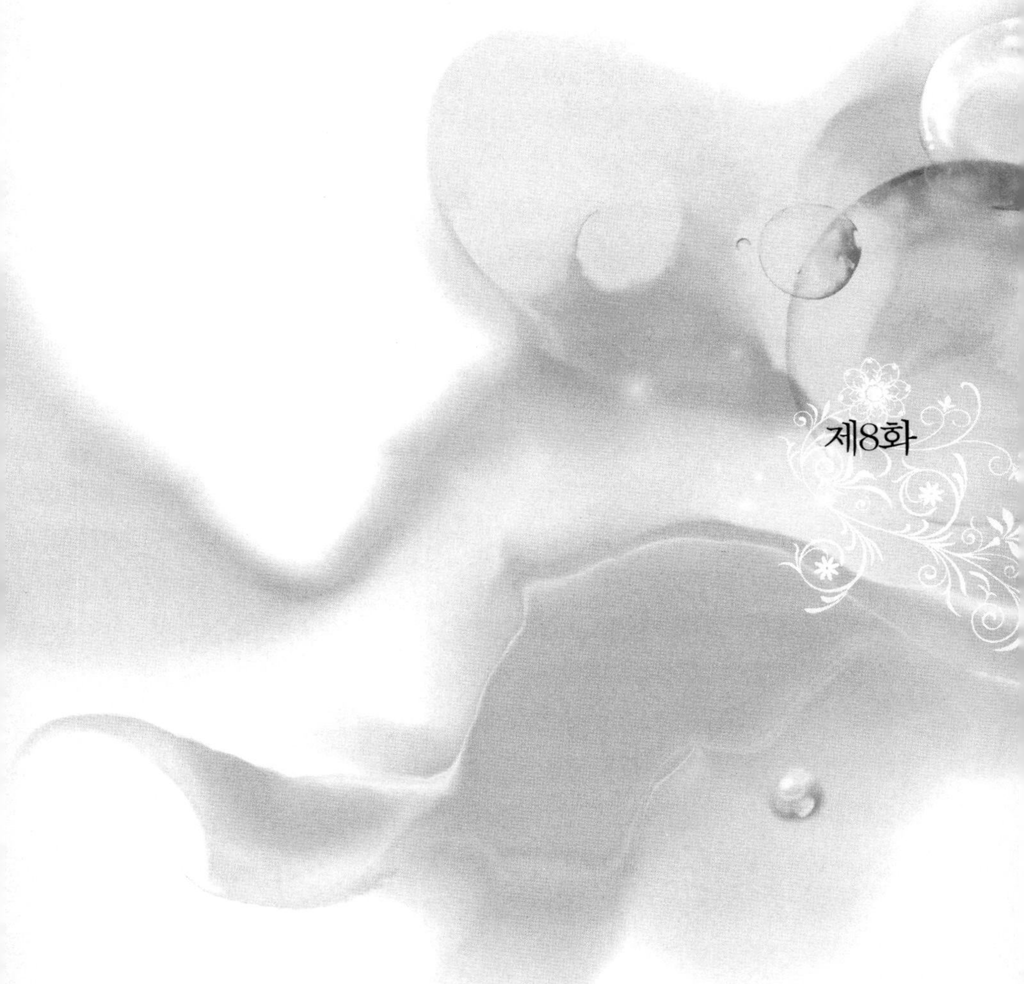

제8화

1.

크리스가 의식을 차린 건 아침이 된 후였다. 창문을 통해 들어온 햇살이 얼굴을 덮어가자 죽은 듯이 고요하던 몸이 드디어 움직임을 보이기 시작했다. 미간이 꿈틀거리더니 숨소리가 커지고 눈꺼풀이 가늘게 떨렸다. 깊게 신음한 그가 찌푸린 얼굴로 눈을 뜨기까진 그리 오랜 시간이 걸리지 않았다. 멍하니 천장을 응시하던 검은 눈동자가 방황하듯 이동하다 나를 발견하고 멈춰 섰다. 흐리멍덩하던 시선에 초점이 잡히며 또렷해졌다.

"일어났어요?"

"……엘?"

"마침 깨우려 했는데 잘됐네요. 배고프진 않아요? 아침 식사 가져왔어요."

나는 그가 확인할 수 있도록 탁자 위에 한가득 차려진 음식들을 가리켰다. 소고기를 넣어 조리한 크림 버섯 수프, 훈제된 베이컨과 계란 스크램블, 구운 감자와 호밀빵. 여관 주방 문이 열리기 무섭게 재촉하다시피 주문해서 받아온 오늘의 조식이었다.

원래 나 혼자도 많이 먹는 편인데 이번엔 그의 몫까지 생각하느라 좀 넉넉하게 준비했더니 탁자가 넘쳐날 지경이었다. 그러나 군침이 도는 광경을 눈앞에 두고도 크리스는 상황 파악이 되지 않는 얼굴로 멀거니 눈을 깜박이기만 했다. 그러다 어리둥절한 표정을 짓더니 다음 순간 벌떡 상체를 일으켰다. 빠르게 몸을 더듬는 얼굴엔 혼란이 가득했다.

"어라? 뭐지? 나 살았네?"

"깨닫는 게 참 빠르시네요."

"헐, 말도 안 돼. 지금 며칠이야? 혹시 내가 엄청 오랜만에 깬 건가?"

"아뇨, 당일 아침이에요."

"정말? 근데 왜 몸이 하나도 안 아프지? 나 좀 많이 다쳤는데?"

"그야 치료했으니까요."

"아니, 아무리 그래도 너무 가뿐한데. 대체 무슨 회복제를 쓴 거야? 이렇게 단숨에 깨끗이 나을 수가 있나? 헐, 예전에 있던 흉터들도 다 없어졌잖아?"

"알았으니 일단 식사부터 해요."

먼저 탁자 앞에 자리를 잡으니 그제야 크리스도 호들갑을 멈췄다. 침대에서 내려와 주춤거리며 앉는 동안 그는 연신 소파 쪽을 힐끔거렸다. 그곳에 앉아 있는 두 정령왕을 의식한 탓이었다. 그러거나 말거나 엘뤼엔이나 트로웰은 그에겐 조금도 관심을 보이지 않았지만.

"저분들은 같이 안 드시나?"

"네, 신경 쓰지 마세요. 아, 그래도 고맙다는 인사는 하는 게 좋을 것 같아요. 저 두 사람 아니었으면 크리스는 지금쯤 명계 입구에 도달했을지도 모르거든요."

"헉, 그, 그렇군. 저어, 큰 신세를 졌습니다. 고맙습니다."

황급히 건네진 인사에 돌아오는 답변은 없었다. 그저 감고 있던 눈을 뜨고 짧은 시선을 한 번 보냈을 뿐이었다. 그 성의 없는 반응에 크리스는 머쓱한 얼굴을 했지만, 애초에 별반 기대하지 않았던 건지 금방 아무렇지 않게 식사를 시작했다. 식기를 집은 그는 가장 가까이에 있던 수프부터 한 모금 삼켰다. 그리곤 묘한 표정을 지은 채 다시 식기를 내려놓았다.

"왜요? 입에 안 맞아요?"

"아니, 그게 아니라…… 뭔가 기분이 좀 이상해서. 이렇게 멀쩡하게 살아서 밥을 먹게 될 줄은 꿈에도 몰랐거든."

"저도 오늘 아침을 크리스와 같이 먹게 될 줄은 몰랐네요. 대체 무슨 일이 있었던 거예요?"

"으음, 미안. 많이 놀랐지."

"놀란 건 사실이지만 사정이 궁금한 거지 사과를 들으려는 게 아니에요. 그냥 솔직히 말하세요. 내가 전해 준 그 문서와 관계된 일이죠?"

"어?"

멈칫한 크리스가 그대로 얼어붙었다. 설마 내가 이렇게 대놓고 정공법을 택할 줄은 몰랐는지 얼굴에 당황한 기색이 역력했다.

"실은 나도 내용 봤거든요."

"……그랬을지도 모른다 싶긴 했어. 너무 아무것도 묻지 않더라고."

"그러니 그냥 편하게 말해도 돼요. 여기까지 와서 괜히 모른 척할 생각은 하지 말고요. 어차피 그 새벽에 날 찾아온 선에서 이미 끌어들인 거나 다름없다는 거 알죠?"

"……미안."

"사과를 들으려는 게 아니라고 했잖아요. 난 화난 게 아니라 크리스를 걱정하고 있는 거예요."

상황이나 제대로 설명하라는 시선을 보내자 크리스는 신음을 흘리며 얼굴을 긁적였다.

"크흠. 이걸 어디서부터 어떻게 설명해야 할지 모르겠는데."

"처음부터 끝까지 전부 다 말하세요."

"그렇게 가볍게 결정할 일은 아니야. 전부 다 알면 정말 곤란해질지도 몰라."

"그건 내가 감당할 몫이고요."

단호하게 답하니 그가 다시금 앓는 듯한 신음을 흘렸다. 하지만 그 역시 아무런 일도 일어나지 않은 것처럼 넘어갈 수 없다는 점은 잘 알고 있는 듯했다. 한참을 망설이던 얼굴이 이내 자포자기하는 얼굴로 변했다.

"실은 말이지. 나 움브라 출신이야."

"움브라?"

"음, 모르는구나. 세이크 황제의 직속 친위대야. 말이 좋아 친위대지, 호위 임무를 맡는 것처럼 표면에서 활동하는 일은 극히 일부에 불과하고, 본대는 그림자 군이지. 주로 감찰하고 잠입 수사하고, 필요하면 암살도 하는 조금 음침한 집단이라고 보면 돼. 황제의 비밀 병기 같은 거야."

"상단에서 일했다는 건요?"

"그것도 맞아. 임무 중 일환이었지만. 거기서 하는 일이 대개 다 그런 식이야. 평범한 사람처럼 여기저기 섞여 살다가 필요한 작전에만 투입되는 거."

"그럼 지금도요?"

"아냐, 지금은 그냥 평범한 헌터야. 믿어줘. 몇 년 하다 너무 성미에 안 맞아서 그냥 은퇴했어. 내가 거기 출신인 거 아는 사람도 없어. 지금 너한테 처음 말하는 거야."

이어진 설명은 구구절절했다. 움브라는 직속 상관과 동기들 외엔 누가 동료인지도, 몇 명인지조차 정확히 알 수 없는 구조였다.

서로 암호명으로 부르는 데다가 작전에 함께 투입되지 않는 한 접촉하는 일도 거의 없기에 은퇴하면 그냥 완전히 남이나 다름없다고 했다. 그가 이미 지나간 과거를 털어놓는 이유는 간단했다. 다비안이 움브라였기 때문이었다.

"그 녀석은 나랑 동기야. 유일하게 서로 본명을 터놓은 사이였지. 내가 은퇴한 후에도 그 녀석과는 쭉 알고 지냈어. 그러다 몇 년 전에 녀석이 임무를 맡아 떠났는데, 그 이후로 얼마 안 가 소식이 끊겼고."

이후의 일은 내가 아는 그대로였다. 연락이 끊긴 후로 크리스는 다비안이 죽은 줄로만 알고 지냈다. 친우의 죽음을 알아볼 수도, 애도할 수도 없던 그는 상실감을 잊기 위해 헌터 일에 매진했다. 그러다 모종의 사건으로 길드마저 해체되고, 실의에 가득 차 술독에 빠져 있던 중에 내가 그의 소식을 들고 나타난 것이다. 정확히는 그가 반강제적으로 떠넘긴 임무였지만.

"죽은 줄 알았던 놈이 살아 있다는 걸 아니까 정신이 번쩍 들더라. 녀석이 돌아와서 지금 내 꼴을 보면 무슨 생각을 하겠나 싶고. 그게, 다비안이 조금 말 못 할 사연이 있는 녀석이라서. 내가 나중에 잘돼서 도와주기로 약속했거든."

어색하게 웃는 그에게 굳이 무슨 사연인지는 묻지 않았다. 지금은 그게 중요한 게 아니기도 했으니까. 어쨌든 제게 문서를 맡긴 친우의 의도를 짐작한 크리스는 움브라의 대장에게 전달하기로 했다. 그가 알고 있던 접선 방식으로 연락을 시도했는데 다행히 답신이 돌아왔고, 장소와 시간 역시 순조롭게 정해졌다.

"그런데 접선 장소에 나온 건 대장이 아니었어."

그를 기다리고 있던 건 한눈에도 수상해 보이는 복면인이었다. 멀찍이서 모습을 확인한 크리스는 본능적으로 함정에 걸렸다는 걸 깨달았다. 그러나 발을 빼려 했을 땐 이미 기습을 당한 후였다. 뒷목에 강한 충격을 받아 의식을 잃었고, 깨어났을 땐 어두컴컴한 공간에 홀로 갇혀 있었다. 문서는 당연히 빼앗긴 상태였다.

처음 크리스는 당연히 고문관이 올 거라 생각했다. 그런 이유가 아니고서야 굳이 살려둘 이유가 없었으니까. 그러나 그를 납치한 상대는 무슨 생각이었는지 그냥 그대로 가둬두기만 했다. 하루 두 번 문 밑으로만 말없이 식사가 배급되었을 뿐, 접근하거나 말을 걸어오는 사람도 없었다. 그러다 오늘 새벽, 돌연 무슨 일이 생겼는지 큰 소란이 일었고, 진동과 함께 문이 부서졌다. 일부러 부순 게 아니라 소란이 이는 과정에서 일어난 예기치 못한 사고로 보였다. 어쨌든 덕분에 크리스는 그 안에서 탈출할 수 있었다. 비록 곧바로 따라붙은 추격대로부터 치명상을 입긴 했지만, 악착같이 달려 마침내 따돌릴 수 있었다. 그러고 나니 도움을 청할 상대가 나밖에 떠오르지 않았다고 했다.

"누가 납치했는지는 알겠어요?"

"모르겠어. 하지만 마신전이 관여한 것 같아."

"……네?"

생각지도 못한 배후에 얼굴이 절로 굳었다. 대체 어떻게 되어 먹은 인연인지, 또 마신전이었다.

"실은 그 문서에서 조금 마음에 걸리는 게 있었거든. 너도 내용물을 봤다고 했지? 안에 끼워져 있던 명단 기억해?"

"네, 기억해요."

"거의 다 모르는 이름이긴 한데, 몇 이름은 낯익었어. 내가 마신의 신도라서 가끔 본관에 가서 공양하거든. 거기 계신 사제님들 이름과 같았어."

즉, 그 정체 모를 명단이 마신관의 명단이라는 소리였다. 가장 별거 없어 보여서 신경도 쓰지 않았던 거라 조금 얼떨떨했다. 대체 왜 사제의 명단을 입수해둔 거지? 별다른 의미가 없을지도 모르지만 요즘 마신전의 분위기가 이상하다 보니 아무래도 마음에 걸렸다.

"물론 동명이인일 수도 있겠지만, 그래도 좀 찜찜하잖아? 그래서 접선하기 전에 마신전을 먼저 들러 봤거든. 그런데 문지기가 안에 들어가 보지도 못하게 막더라고. 그런 사제님들은 없다는 말만 반복하면서 말이야. 전부 처음 들어보는 이름이라는 식이었어. 근데 난 분명 뵌 적이 있는 분들이거든."

"그건, 조금 이상하네요."

"그렇지? 수상하지? 그래도 뭐, 그 이상은 알아보지 않았어. 어차피 나와는 상관없는 일이고, 너무 주제넘게 나선다 싶어서 그만뒀지."

"그런데 왜 마신전을 배후로 생각하는 거예요?"

"그때 날 문전박대한 문지기의 체격이 접선 장소에 나와 있는 놈과 같았어."

"……!"

"눈동자 색과 목소리도. 자세와 호흡하는 습관도 같았지. 일단 나도 움브라 교육을 받았기 때문에 그런 부분은 잘 기억해. 분명히 동일인이야."

이렇게까지 확신한다면 사실일 것이다. 나는 눈썹을 잔뜩 찌푸렸다. 이미 식기에서 손을 뗀 지는 오래였다. 식어가는 음식이 아까웠지만 도저히 먹을 마음이 들지 않았다.

대체 어디서부터 어떻게 엮여있는 건지, 무슨 일이 벌어지고 있는 건지 모르겠다. 호기심을 해소하고자 설명을 청한 건데, 오히려 들으면 들을수록 더 복잡한 미궁에 빠지는 기분이었다. 크리스 역시 굳은 얼굴이었다.

"아무래도 마신전에서 뭔가가 벌어지고 있는 것 같아. 그게 뭔지는 모르겠지만."

2.

껄끄럽게 자리 잡은 불안과는 달리 이후로 이어진 나날은 평온했다. 여느 때와 다를 바 없는 일상은 그 새벽의 일이 꿈인 것처럼 평범하기만 했다. 몇 날 며칠이 지나도 아무런 일이 없자, 몸을 사리던 크리스는 결국 참지 못하고 외출을 강행했다. 미행이 따라붙는지라도 확인할 작정이었는데 어떤 기척이나 흔적도 느낄 수 없었다. 대놓고 번화가를 쏘다니고 헌터 협회를 방문해 봐도 마찬가지였다. 크리스의 신분은 이미 확인하고도 남았을 텐데 이렇다 할 조치를 하지 않는 게 조금 의외였다. 그가 아무것도 알아내지 못할 거라 여기더라도 감시 정도는 붙이기 마련일 텐데 말이다.

그게 아니면 뭔가 다른 사정이라도 있는 걸까. 탈출할 때 소란이 일었다고 했으니 내부에서 문제가 생긴 건 분명하다. 어쩌면 그 일을 수습하느라 크리스까지는 신경 쓰지 못하는 상태인 건지도 몰랐다. 사실 마신전이 지금 섣불리 움직일 처지도 아니긴 했다. 이번 마수 사건과 콴제르의 일로 인해 여론이 나쁘기도 했고, 황실과의 관계도 틀어졌기 때문이다. 속사정은 모르겠으나 어디까지나 겉으로 보기엔 그랬다.

"서로 사이가 나쁜 걸 보면 한통속은 아닐 수도 있겠네요."

"글쎄, 저 윗사람들 생각을 어디 알 수가 있어야 말이지. 눈 뜨고 뒤통수 맞는 게 일상인 세계이니."

"그럼 문서는 어떻게 할 거예요? 분실했어도 그런 게 있었다는 정보는 전해줘야 하지 않아요?"

"아니, 다비안에겐 미안하지만 당장은 상황을 지켜보는 게 낫겠어. 접선 방식이 구식이라 유출 가능성이 있었다지만, 답신에 적힌 암호문 자체는 진짜였거든. 누가 어디에서부터 어디까지 관여하고 있는지 알 수 없으니 몸을 사려야 할 것 같아."

그렇게 말하면서도 크리스는 마신전 쪽의 동태를 꾸준히 살폈다. 그런 중에 그의 헌터 자격 재심사 일이 다가왔다. 그때쯤엔 이미 예전의 기량을 회복한 상태라고 들어서 크게 걱정하지는 않았는데 결과는 역시 통과였다. 드디어 길드를 세울 수 있게 된 것이다.

그러나 정작 가입 희망자가 아무도 없었다. 모집 공고를 올린 지 꽤 시간이 지났지만 흔한 문의조차 들어오지 않았다. 아무리 별거 없는 길드라도 일단 모집 공고가 올라오면 관심을 보이는 게 일반적인 현상이라는 점을 봤을 때, 누가 봐도 부자연스러운 상황이었다.

"미안, 나 때문이야."

크리스는 깊은 책임감을 느꼈다. 미안해하는 그에게 나는 고개를 저었다.

"크리스가 평판이 좋지 않다는 건 알아요. 그 정도는 염두에 두고 있었고요."

"그냥 평판의 문제만은 아니야. 실은 좀 더 복잡한 사연이 있어."

"혹시 여명의 활 길드 마스터가 갑자기 사망한 것과 관계된 일인가요?"

이것도 짐작해 본 부분이긴 했다. 역시나 맞았는지 멈칫한 크리스가 천천히 고개를 끄덕였다.

"……맞아. 그분은 사고로 돌아가신 게 아니었어. 살해당한 거지."

"살해요? 누가요?"

"진혼이라는 길드의 마스터. 테오라는 놈인데, 우리 마스터의 이복형이었어."

형이 범인이라고? 당황해서 바라보자 크리스는 쓰게 웃었다.

"첩의 자식인 마스터를 끔찍하게 싫어했지. 그런 주제에 토벌하다 위험해졌다면서 도와달라는 급보를 보내더라고. 사람 좋은 마스터가 외면하지 못하고 구하러 갔는데, 그대로 돌아오지 못했어. 정작 위험하다는 그놈은 멀쩡히 돌아왔고."

대충 어떻게 된 건지 돌아간 상황을 알 것 같았다. 그냥 듣기만 한 나도 이렇게 뻔히 보이는 부분을 당시 길드원들이 몰랐을 리가 없었다. 지금 생각해도 이가 갈린다는 듯, 크리스의 표정이 사나워졌다.

"누가 봐도 그놈이 판 함정인데, 물증이 전혀 없었어. 그리고 그 일에 대응하려 한 길드원은 거의 다 원인 모를 사고를 당해 죽거나 불구가 됐지. 멀쩡하게 남은 건 나 하나뿐이야. 덕분에 다들 진혼에 회유되거나 겁을 먹고 제도를 떠났어."

"그랬군요."

"그 악랄한 자식, 길드가 해체된 후에도 나한테도 계속 손 쓰려고 했어. 나중엔 나만이 아니라 나와 가까운 사람들까지 건드리더군."

결국 지인들이 위험해지는 걸 볼 수 없던 크리스는 아무하고도 어울리지 않게 됐다. 그러자 나중엔 끄나풀을 동원해 접근해서 기습하려던 적도 있었던 모양이었다. 사람을 믿을 수 없도록 그를 완전히 고립시킨 것이다. 그러고 보니 내가 찾아갔을 때도 그런 이름을 언급하며 질색했던 것 같다.

"아무튼 내가 놈한테 찍힌 걸 다 알아. 그래서 다들 놈의 눈치를 보는 거야."

"진혼도 7대 길드예요?"

"맞아, 악명도로는 세 손가락 안에 들걸. 그 길드 마스터에 그 길드원이라, 진짜 쓰레기 집합소가 따로 없거든."

그만하면 다들 몸을 사릴 만했다. 아무리 악시스 급이라도 크리스 하나만으로는 믿음직스럽지 못하겠지. 하다못해 내가 이번 콴제르 토벌에서 활약해서 이름을 알렸다면 그 때문에라도 관심을 보이는 사람이 있을지도 모르는데, 여러모로 아쉬운 일이었다.

"젠장, 딱 세 명만 있으면 되는데. 어떻게 그 세 명이 안 모이지? 2년 정도면 멋모르는 신예도 많이 늘었을 테니 괜찮을 줄 알았는데."

혹시 그 멋모르는 신예에 나도 포함되는 건가. 물끄러미 바라보니 분하다는 듯 중얼거린 그가 눈에 띄게 뜨끔한 얼굴로 웃었다. 숨기려 해 봤자 동공에 지진이 일어나는 걸 분명히 봤다. 멋모르는 걸 넘어 아예 솔선수범해서 그의 이름으로 길드를 세우려 한쪽이었으니 틀린 말은 아니었지만.

"저기, 엘. 네 일행인 그 두 사람 말이야. 그분들은 헌터 일에는 관심 없대? 분위기만 봐도 심상치 않은 게, 상당한 실력자들인 것 같은데. 자격증 따서 그냥 인원만 맞춰주면…….”

“그러게요. 꽤 좋은 방법인 것 같죠. 안 그래도 물어봤다가 본 전도 못 찾았어요.”

돌아온 건 정도껏 하라는 싸늘한 시선이었다. 아무리 나라도 그때는 좀 무서워서 더 부탁해 볼 생각은 일찌감치 접었다. 크리스는 아쉽다는 얼굴을 하면서도 이해한다는 표정을 지었다. 그 역시 둘에게 뭔가 부탁할 엄두가 안 난다는 사실은 공감하는 듯했다.

“형님들이 막내와는 다르게 다들 참 무서우시단 말이지. 하긴, 나라도 너 같은 동생 있으면 엄격해지겠다 싶다만. 워낙 겁이 없어야 말이지.”

“형님이요?”

“네 형님들 아냐? 그 검은 머리칼 분은 좀 어려 보이긴 하지만, 분위기나 태도를 봐선 척 봐도 너보다 연상이던데.”

“……우리가 가족으로 보여요?”

“어? 당연히 그런 줄 알았는데. 아니야?”

가슴 속에서 무언가가 몽글몽글 굴러가는 느낌이었다. 뺨이 아프도록 당겨지려고 해서 간신히 눌러 참았다. 억지로 웃음을 참으려니 헛기침이 절로 뱉어졌다.

“흠흠, 아뇨, 가족 맞아요. 가족이에요. 근데 한눈에 맞추는 사람은 별로 없어서요.”

“그런가. 난 그냥 봐도 알겠던데. 적어도 사촌은 되어 보여. 타고난 듯한 분위기 같은 게 특히. 뭔가 같은 계열이란 느낌이랄까?"

"아깐 나랑 다르다면서요."

"그건 성격을 말하는 거지. 너도 솔직히 입 다물고 가만히 있으면 느낌은 완전 똑같아. 접근하기 어려운 위압감은 더하면 더했지 덜하진 않을걸."

그건 입만 열면 깬다는 소리인가.

어쨌든 닮았다는 말을 들으니 기분은 좋았다. 전에도 들어보긴 했지만 이번엔 내가 먼저 가족이라고 밝히기도 전에 먼저 그렇게 봐준 거라 더 의미가 컸다.

"근데 넌 아까부터 대체 뭘 하는 거야?"

"수련하잖아요."

힘겨운 대답과 함께 누워서 다리를 들어 올렸다 내리기를 반복하던 동작을 멈췄다. 드디어 지시받은 횟수를 다 채운 참이었다. 턱 끝까지 차오르는 숨 때문에 정신이 하나도 없었다.

"검 배운다더니 열심이구나. 하체 훈련이야? 몇 번씩 하는 거야?"

"서른 번씩 다섯 번이요."

"그 정도면 생각보다 많진 않네."

그래, 당신이 보기엔 많지가 않구나. 생긋 웃었더니 크리스가 영문 모를 얼굴로 따라 웃었다. 나는 그에게 두 손을 내밀어 보라고 한 다음, 그 위에 내 손을 온전히 내렸다. 아무 생각 없이 손을 내밀던 그가 내 손이 얹어지자마자 헉하고 큰 숨을 내쉬었다.

"뭐, 뭐야? 너 지금 뭘 차고 있는 거야?"

"무게 가중 장치요. 다리에도 같은 게 달렸어요. 최근에 더 무거운 거로 교체해서 적응하느라 수련 횟수 줄인 거고요."

크리스의 얼굴이 삽시간에 거무죽죽해졌다. 새파랗게 질린 시선이 내 양팔과 발목을 어지러이 살폈다.

"……형님의 인성 괜찮으시냐?"

혹시 도움이 필요하면 언제든지 이야기하라는 말에 나는 그저 이번에도 웃을 수밖에 없었다. 본의 아니게 트로웰을 오해하게 한 모양이었다.

*　　*　　*

콴제르는 마지막 날까지 조용히 지나갔다. 그때쯤 유명무실해진 마수 토벌대는 이미 완전히 해산하여 흩어진 후였다. 사실 암흑절 기간에조차 마신전이 봉문을 풀지 않은 시점에서 전부 정해진 결과나 마찬가지였다. 심지어 이번 암흑절은 하늘도 평범했다. 마신의 영향력이 전혀 미치지 않았다는 소리였다.

'일부러 그런 거겠지? 그게 아니면…….'

슬쩍 장갑을 벗어 손등을 확인해 보았다. 선명히 드러나는 문장을 보니 안도감이 차올랐다. 이게 있다는 건 카노스가 건재하다는 뜻이니까. 미래의 일이 지금 이 시대에 영향을 미칠 리가 없다는 건 알지만 암흑절이 그냥 지나가니 나도 모르게 신경 쓰였던 모양이다. 하긴 진짜 문제가 생겼다면 이미 마신전 자체가 사라졌어야 했다. 역시 내가 걱정할 영역은 아니었다.

'걱정할 건 내 쪽이지.'

벌써 여기 온 지 반년이 됐는데 라피스는커녕 영혼의 보석에 대한 단서도 찾지 못했다. 아직 길드도 만들지 못하고 있는 처지니 어느 세월에 이름을 알려서 라미아스와 접선을 시도해 볼지 모르겠다. 그렇게 만나도 그에게 영혼의 보석이 있을지도 알 수 없는 일이다. 매번 드래곤을 만날 때마다 이런 거추장스러운 상황극을 만들어야 한다고 생각하니 한숨이 절로 흘러나왔다.

"장갑이 망가진 거야?"

그때 들려온 트로웰의 목소리에 고개를 들었다. 문장을 확인한다고 벗어둔 채로 계속 멍하니 있었더니 장갑에 문제가 생긴 거로 오해한 모양이다. 아니, 근데 이제 다시 보니 많이 낡긴 했다. 산 지 얼마 안 된 건데 아무래도 훈련할 때도 계속 끼고 있다 보니 빨리 해지는 것 같았다. 옷이나 신발도 사정은 비슷해서 멀쩡한 부분이 없기는 마찬가지였다. 요즘 크리스가 나를 볼 때마다 안부를 새삼 확인하더라니, 날이 갈수록 상태가 후줄근해져서 그랬나 보다.

"다른 건 몰라도 장갑은 쉽게 망가지지 않는 게 낫지 않아? 이번에 사는 건 공방에 가서 보존마법이라도 걸어. 인간 마법사의 실력으론 완벽하진 않겠지만, 해지는 속도 정도는 늦출 수는 있을 테니까."

"헉, 그런 방법이 있었구나."

그러고 보니 왜 그 생각을 못 했지? 여긴 마법 물품만 흔한 게 아니라 전문적으로 마법을 세공하고 부여해 주는 곳도 있었다. 알면서도 찾아가 볼 생각은 한 번도 해보지 못했다. 조만간 훈련을 쉬는 날에 다녀와야지. 기대감을 품으며 고개를 끄덕이니 그런 나를 가만히 바라보던 트로웰이 짧게 중얼거렸다.

"뭐, 상관없나. 만나면 무슨 일이 벌어질지 궁금하기도 하고."

"어?"

"그냥 혼잣말이야. 그 장갑은 오늘 바로 해결해."

"오늘? 오후 훈련은?"

"쉴 거야."

무심한 대꾸와 함께 그는 곧바로 사라져버렸다. 이거 장갑 사러 다녀오라고 휴식 준 거 맞지? 아무래도 그가 보기에도 상태가 많이 심각해 보였던 모양이다. 뭔가 중얼거렸던 걸 봐선 다른 목적도 있는 것 같긴 하지만. 그보다 마법 세공은 비싸지 않으려나? 지금 내가 돈이 얼마나 있었지?

"아버지, 나……."

고개를 돌려 말을 걸려 하기 무섭게 눈앞에 묵직한 자루가 툭 떨어졌다. 안을 열자 한가득 채워진 금화가 보였다.

"음, 고마워."

이쯤 되니 솔직히 나도 좀 민망하다. 아마 정령왕의 돈을 이렇게 많이 써 본 계약자는 내가 처음이지 않을까. 쑥스러운 마음으로 인사하니 그는 피식 웃기만 했다. 이제 새삼 기막혀하지는 않을 정도로 내게 적응한 모양이다.

어쨌든 준비는 다 됐겠다, 나는 그 길로 상점가로 향했다. 전에 샀던 장갑과 최대한 비슷한 것을 고른 다음 마법 세공을 하는 공방을 찾아갔다. 설명을 들은 공방 주인은 보존마법에 강화 마법까지 추천하며 다른 물품들도 보여줬다. 세공 자체는 그리 오래 걸리진 않았는데, 이것저것 추천하는 물건을 정신없이 구경하다 보니 공방에서 나왔을 땐 어느새 시간이 제법 지나 있었다. 본래 목적인 장갑 외에도 몇 가지 마도구를 더 고른 채였다. 평소 관심 갔던 이 시대의 시계랑, 달고 있으면 인상을 흐리게 한다는 브로치라든가, 머리카락 색을 변하게 한다는 반지 등등.

'나 영업에 약하구나…….'

그나마 권하는 물건을 넋 놓고 다 사지 않은 게 유일한 위안이었다. 어차피 돌아갈 때 가져갈 수도 없는 거, 물욕은 버려야 한다고 열심히 인내해봤지만 탐나는 건 어쩔 수 없었다. 게다가 다 필요한 것만 샀잖아? 솔직히 이 정도는 있어도 된다.

"으앗!"

"헉!"

골목을 끼고 모퉁이를 돌려는 순간이었다. 갑자기 누군가가 앞으로 튀어나왔다. 기척을 미리 읽었기 때문에 당황하진 않았지만 상대가 넘어지려는 상황이라 일부러 피하지 않고 받아주었다. 두 팔에 와 닿는 감각과 함께 깊이 눌러쓴 후드 안에서 분홍색 머리칼이 쏟아졌다. 물기를 가득 머금은 연두색 눈동자가 놀란 눈으로 나를 올려다보았다.

"괜찮아요?"

내게 거의 기대다시피 밀착한 소녀는 아무런 대답 없이 거친 숨만 내뱉었다. 부릅뜬 눈에서 눈물이 주룩주룩 흘러내렸다. 부들부들 떠는 얼굴은 공포에 질려 있었다. 그 시선이 내게서 떨어지지 않아서 당황스러웠다. 뭐지? 그냥 넘어지려는 걸 받아준 것밖에 없는데? 내가 뭘 했나?

"저기요?"

"흐, 으윽…… 아, 아이라!"

곧 두 눈을 질끈 감은 소녀가 비명처럼 외쳤다.

"에디스 님!"

그러자 화답하는 소리가 울리더니 하늘에 그림자가 드리웠다. 누군가가 지붕에서 뛰어내리고 있었다. 내리치는 검을 피하며 물러서려니 내게서 떨어진 소녀가 얼른 그쪽으로 달려갔다.

"아이라!"

"에디스 님, 괜찮으십니까!"

바닥에 착지한 상대가 달려드는 소녀를 보호하듯이 끌어안았다. 나쁜 짓이라도 하다 보호자한테 걸린 것 같은 느낌이라 당황스럽기는 마찬가지였다. 아니, 대체 내가 뭘 했다고? 황당하면서도 어이없는 마음으로 지켜보는데 왠지 나중에 나타난 사람의 모습이 꽤 낯익었다. 짙은 피부에 검은 눈동자를 지닌 장신의 여자.

예전에 항구의 기차역에서 만났던 바로 그 사람이었다.

"당신……."

여자 역시 나를 알아보았는지 당황한 표정을 지었다. 돌아가는 상황이 이해가 되진 않았지만 어쨌든 이런 데서 다시 만날 줄 몰랐던 사람을 보니 반갑기는 했다.

"우리 구면이죠?"

그런데 다음 순간 무서울 정도로 여자의 얼굴이 굳어졌다. 이어진 행동은 너무 급작스러워서 나도 미처 대비를 하지 못했다. 갑자기 뭔가를 던져서 무심결에 손으로 막았는데, 그게 확 터지더니 물벼락이 쏟아지는 게 아닌가.

"……."

순식간에 흠뻑 젖은 상태가 됐다. 짧은 시간 오만가지 생각이 다 들었다. 대체 뭘 던졌는데 물이 쏟아지지? 이것도 마도구인가? 오, 신기……아니, 이게 아니라! 대체 왜 갑자기 이런 걸 던지는 건데? 물풍선이나 토마토를 던지는 것처럼 여기서도 그런 축제 같은 게 열린 건가? 아직 여름도 아닌데?

더 이해가 안 되는 점은 막상 내게 물벼락을 선사한 이들이 오히려 더 당황한 표정이 되었다는 점이었다. 정확히는 처음엔 자신만만해하는 듯하다가 내가 가만히 서 있자 갈수록 혼란한 표정이 되어갔다. 척 봐도 원하는 반응을 얻지 못해 당황한 모습이다. 혹시 사람을 착각했던 건지도 모르겠다. 말없이 바라보자 여자가 입을 벙긋거렸다. 그 모습을 보니 화낼 기력도 나지 않아서 한숨을 내쉬었다.

"……일단 왜 이러셨는지 물어봐도 될까요."

"……저기, 정말 죄송합니다. 저희가 착각을 했습니다."

조금 전까지만 해도 멀쩡했던 여자의 얼굴이 체하기라도 한 것처럼 핼쑥했다. 연두색 눈을 지닌 소녀도 안절부절못하는 얼굴이었다.

역시 사람을 착각했구나. 한숨을 내쉬며 머리칼의 물기를 짜내려니 한달음에 다가온 두 사람이 수건을 건네주며 어쩔 줄 몰라 했다.

"죄송합니다. 정말 죄송합니다."

"아뇨, 뭔지는 모르겠지만 다음엔 이왕이면 제대로 확인하고 던지시는 게 좋겠네요."

"네, 죄송합니다."

그때였다.

왠지 피부에 싸늘한 소름이 돋았다. 얼굴을 굳히고 돌아보니 누군가가 서 있는 게 보였다. 봄이긴 하지만 아직 쌀쌀한 날씨를 생각하면 지나치게 얇은 차림을 한 여자였다. 그래서인가, 꽤 화사한 외모인데도 이상할 정도로 음산한 느낌을 풍겼다. 내 몸을 닦아주던 일행도 여자를 발견했는지 움찔해서 동작을 멈췄다.

"아, 아이라."

"에디스 님."

얼굴을 굳힌 두 사람이 서로를 보호하듯이 밀착했다.

'뭐지? 왠지 분위기가…….'

이상한 기분에 경계심을 세우는데 귀신처럼 서 있던 여자가 생긋 웃더니 입술을 벙긋거렸다.

'찾았다.'

소리를 내진 않았지만 입 모양을 통해 전달하려는 말이 분명히 보였다. 그러자 갑자기 주위에 사람이 늘어나기 시작했다. 사방의 골목부터 지붕 위까지, 여자와 비슷한 생김새를 지닌 사람들이 빠른 속도로 늘어나고 있었다.

"이게 뭐……."

"주인이시여, 가호를 내리소서!"

그때 아이라라고 불렸던 여자가 한 손으로 수식 같은 것을 맺었다. 그러자 여자가 들고 있던 검에서 새카만 기운이 일기 시작했다.

'오러? 아냐, 저건…….'

"뛰어요!"

그 순간 에디스라 불린 소녀가 내 팔을 붙잡고 달렸다. 어떻게 된 건지 물어볼 겨를이 없어서 일단 나도 같이 달렸다.

"그대로 뒤돌아보지 말고 광장까지 쭉 가세요!"

뒤편에서 아이라가 외치는 소리가 울리고, 곧이어 병장기가 부딪히는 소리가 이어졌다. 그 이후에도 한참은 더 달렸던 것 같았다. 그렇게 얼마간 더 달린 끝에 마침내 인파가 가득한 거리로 나왔다. 그러자 따라붙는 기척이 곧바로 사라졌다.

"더는 안 쫓아오는 것 같아요."

주위를 살핀 후에 말하자 숨이 턱 끝까지 에디스가 그대로 바닥에 주저앉았다.

"괜찮아요?"

"죄송해요, 죄송해요."

에디스는 눈물을 뚝뚝 흘리고 있었다. 겨우 괜찮아졌던 얼굴이 다시 파랗게 질린 채였다. 그렇게 무서운 광경 속에 친구를 놔두고 왔으니 당연했다.

"아니, 죄송한 건 죄송한 건데요, 이게 대체 무슨 일이에요? 지금 누구한테 쫓기고 있는 거예요?"

"흑, 흐윽, 죄송해요."

에디스는 우느라 제대로 대답을 하지 못했다. 어떻게 달래야 하나 고심하는데 누군가가 가까이 다가왔다. 푸근한 인상을 한 노인이었다.

"아가씨, 왜 그렇게 우시나? 무슨 일 있으시오?"

그러자 눈을 부릅뜬 에디스가 발작하듯이 물러섰다. 처음 나를 보면서 보였던 반응과 거의 비슷했다. 파랗게 질린 얼굴로 입술을 악문 에디스가 구명줄을 잡듯이 내게 바짝 달라붙었다.

"저리, 저리 가세요."

"아니, 왜 우는지 걱정이 되어서 그러는 거요."

"저리 가라고요!"

에디스가 소리치며 밀쳐내자 노인의 눈빛이 사나워졌다. 왠지 느낌이 좋지 않아서 앞으로 나섰다. 당황한 표정이 탐색하듯 나를 살폈다. 보통 평범한 사람이 상대를 이런 식으로 살피던가? 역시 뭔가 이상했다.

부들부들 떨던 에디스가 품 안에서 무언가를 꺼내 들었다. 작은 호각인데, 뭔가 묘한 기운이 느껴졌다. 저걸 불게 두면 안 될 것 같다는 예감에 손으로 감쌌더니 에디스가 흔들리는 눈으로 나를 바라보았다. 나는 고개를 저은 다음, 노인을 돌아보았다.

"제 일행에게 상관하지 마시고 그냥 가시는 게 좋겠네요."

움찔한 노인이 다시금 나를 지긋이 노려보았다. 나 역시 그 시선을 피하지 않았다. 아예 대놓고 마주 살피기 시작하자 그 얼굴에 노골적인 당혹감이 드러났다.

"아, 아무튼 요즘 젊은이들은 친절을 베풀어도 고마운 줄을 모르고."

씩씩거린 노인이 서둘러 몸을 돌렸다. 나는 그 모습이 완전히 멀어질 때까지 시선을 떼지 않았다.

"이제 간 것 같아요."

그때까지도 에디스는 떨고 있었다. 나 때문에 불지 못한 호각을 아직도 손에 꼭 쥔 채였다. 그게 뭐냐고 물어봐도 괜찮은지 모르겠다. 망설이고 있는데 문득 에디스가 무슨 생각을 했는지 빠르게 주위를 살폈다.

"왜 그래요?"

"물을 찾아야 해요. 우물……아, 아니, 우물은 안 돼. 거기선 나올지도 몰라. 그러니까 깊이가 깊지 않은 샘 같은 거."

"물?"

"아이라, 어떡하지. 어떡해요. 물이, 물이 있어야 하는데……. 그게 마지막이었는데."

어리둥절하게 바라보던 걸 멈추고 숨을 삼켰다. 그건 아마 어떠한 예감이었던 것 같다.

누군가에게 쫓기는 듯한 모습.

검은 기운.

물.

"시큐엘."

내 부름에 따라 물보라가 일어나며 하늘에서 푸른 물의 늑대가 모습을 드러냈다. 움찔한 에디스가 멍하니 입을 벌렸다.

—무슨 일인가, 계약자여.

"이 일대에 비 좀 뿌려줄래? 다들 흠뻑 젖을 만큼."

—별로 어려운 일은 아니로군.

높이 떠오른 시큐엘이 하늘 위를 크게 선회했다. 그러자 빠른 속도로 먹구름이 차오르더니 한바탕 폭우가 쏟아져 내렸다. 갑작스럽게 쏟아지는 비에 사람들이 비명을 지르며 달려가는 게 보였다.

"이거면 돼요?"

돌아보며 물으니 에디스가 크게 숨을 삼켰다. 동요하는 얼굴 속에 이게 대체 무슨 일인지 상황을 이해할 수 없다는 표정이 역력했다. 그때 뒤쪽에서 찰박거리는 소리가 들렸다. 흠칫해서 돌아본 에디스의 얼굴이 단숨에 밝아졌다. 골목에서 나오고 있는 사람은 흠뻑 젖은 아이라였다. 조금 다치긴 했지만 다행히 무사히 빠져나온 듯했다.

"아이라!"

"에디스 님, 무사하셨군요. 다행이었습니다. 갑자기 비가 내린 덕분에……."

때마침 임무를 완수한 시큐엘이 내 곁에 사뿐히 내려섰다. 위엄 가득한 표정을 한 주제에 칭찬을 바라듯 머리를 비벼오는 행동은 귀엽기만 했다. 푸른 빛을 머금은 반투명한 갈기를 부드럽게 쓰다듬어 주자니 눈을 휘둥그렇게 뜬 아이라가 멍하니 나를 바라보았다.

"물의 정령사……?"

"맞아요."

웃으며 고개를 끄덕이니 두 사람이 숨을 크게 삼켰다.

"이번엔 내가 물을게요."

곧바로 이은 말에 주위의 공기가 팽팽해졌다. 운을 떼는 게 미안해질 만큼 경계하는 분위기였다. 그래도 여기까지 온 이상 확인할 건 해야 했다.

"당신들, 마신관이에요?"

아니, 대답은 들을 필요도 없이 확실했다. 아이라의 검에 서렸던 검은 기운은 내가 잘 아는 것이었으니까. 마기와 비슷하면서도 그보다 조금 더 깊고, 본질에 가까운 어둠. 아득한 신성을 품은 섬뜩할 정도로 저릿한 기운. 그건 분명 카노스의 힘이었다.

언젠가 들었던 이야기가 떠올랐다. 내 시대에서는 사라지고 없는, 그러나 이 시대엔 아직 존재하는 어느 종족의 이야기. 마신관의 힘을 탐해 그 피를 취함으로써 마신의 진노를 사 멸망에 이르렀다는 존재들.

그들 종족은 육지에 나오면 인간과 분간하지 못한다. 하지만 물에 젖으면 원래의 모습으로 돌아온다고 했었다.

물고기의 하반신을 지닌, 인어의 모습으로 말이다.

『정령왕 엘퀴네스』 16권에서 계속

외전:
어느 특별한 하루

그리 오래 끌지 않을 일이었다.

처음 이 계약에 임했을 때 엘퀴네스는 그렇게 생각했다.

마침 무료했던 시기였고, 때마침 인간에게 소환됐다. 늘 반복되는 비슷한 일상 속, 흔치 않은 특별한 상황에 조금 흥미가 일었던 것뿐이었다.

그는 자신이 매우 무심한 편이라는 사실을 잘 인지하고 있었다. 호기심이든, 분노이든, 어떤 형식으로나 뚜렷한 감정을 느끼는 일이 그다지 많지 않았다. 때문에 감정을 자극하는 인간에게 눈길이 가는 것도 사실이었다. 그래도 어느 시점이 되면 다시 무감각해지는 날이 올 거라 생각했다. 그 시기는 그리 오래 걸리지 않을 터였다.

'아마도 두세 달. 길어봤자 반년 정도.'

그가 처음 예상한 유예기간은 그 정도였다. 예기치 못한 방해를 받아 3년으로 늘어나긴 했으나 결과 자체가 달라지는 일은 없을 거라 생각했다. 이 관심은 금방 사그라질 것이다.

그렇기에 반년이 다 되어가는 지금, 엘퀴네스는 조금 혼란스러웠다. 금방 시시해질 거라 여겼던 그의 인간 계약자는 지금도 여전히 흥미로운 대상이었다. 지루할 만큼 기나긴 삶 동안 수많은 인간의 탄생과 죽음을 지켜보았지만 그만큼 사건 사고를 몰고 다니는 인간은 거의 본 적이 없었다. 행운과 불운의 별을 한 번에 타고 나는 경우가 있다면 바로 그와 같을 것이다. 하루도 가만히 있지 않은 데다가 늘 갖가지 소동에 휘말려 잠시도 눈을 떼기가 힘들었다.

그렇게 허술하게 굴면서도 자신에 대한 건 철저히 감춘다는 것도 재밌는 점이었다. 나고 자란 고향은 물론 신분까지, 그의 인간 계약자는 지금까지 제 신변에 관련된 일은 무엇 하나 제대로 언급한 적이 없었다. 밝혔다고 할 만한 부분이라면 부친이라는 자가 정령왕인 자신과 매우 닮았다는 사실뿐이었다. 그 또한 에둘러 넘기는 식에 불과했기에 진실인지 아닌지조차 불분명했다.

"아버지는 어떻게 생각해?"

아마도 그래서일 것이다. 인간인 그가 감히 자신을 향해 오만불손한 호칭을 입에 담아도 일단 지켜만 보는 것은.

'이젠 아주 대놓고 부르는군.'

일부러든 아니든, 무언가를 꾸준히 시도한다는 건 의미가 있다는 소리였다. 지금은 견고한 벽으로 무장하고 있겠지만 방심은 한순간에 찾아드는 법. 허물어진 경계, 그 너머의 광경이 드러나는 날, 이 관계에 어떤 변화가 일어날지 궁금했다. 이 모든 게 의도한 작전이라면 훌륭하다고 말해 주고 싶을 정도였다.

"아버지?"

답하지 않은 그를 향해 계약자가 재차 말을 걸어왔다. 어떻게든 반응을 끌어낼 작정인 듯했다. 무시로 일관할 생각을 거둔 엘퀴네스는 귀찮은 속내를 숨기지 않고 응시했다. 양손에 각자 다른 색의 가죽끈을 쥔 계약자가 눈을 동그랗게 뜬 채로 자신을 바라보고 있었다.

"뭘 말하는 거지?"

"이 가죽끈 말이야. 트로웰은 파란색이 더 나은 것 같대. 아버지가 보기엔 붉은색이 나은 것 같아, 파란색이 나은 것 같아?"

가죽끈 따위야 무슨 색이든 알 게 뭐란 말인가.

엘퀴네스는 그렇게 대답하는 대신 옆에서 키득거리고 있는 트로웰을 노려보았다. 그의 의견도 물어보라며, 한껏 부추긴 당사자였기 때문이었다. 심보가 고약한 이 땅의 정령왕은 뻔한 사실을 놔두고 일부러 돌아가게 유도하는 경향이 짙었다. 그 과정에서 자신이 피곤해지는 것도 기꺼이 즐기는 더러운 취향이기도 했다. 물론 엘퀴네스는 그런 장단에 어울려줄 생각이 조금도 없었다.

"남의 의견이 왜 중요한 거지? 네 마음에 드는 걸 고르면 되는 거 아닌가?"

"엇, 그렇긴 한데……. 둘 다 마음에 들어서 결정하기가 어려운 걸."

"고르기 어렵다면 둘 다 사면 되지 않나? 돈이 부족한 건 아닐 텐데?"

"……음. 아버지랑 얘기하면 놀랍도록 모든 상황이 단순해져."

"네 쪽이 쓸데없이 복잡한 거겠지."

그 말에 할 말을 잃은 얼굴을 한 계약자가 머리를 긁적였다. 결국 두 개의 가죽끈을 다 사기로 한 그가 값을 계산하러 자리를 떠난 사이 트로웰이 빙글빙글 웃으며 말을 걸어왔다.

"재밌지 않아? 저 외모면 어차피 어울리지 않는 색이 없는데 굳이 그중에서도 더 괜찮은 쪽을 찾으려 한다는 게 말이야. 쉽게 만족하지 못하는 인간의 특성일까? 가만 보면 본인 외모에 대한 자각이 별로 없는 것 같기도 하고."

"아무래도 상관없다만. 애초에 저런 건 왜 사려는 거지?"

"아아, 훈련할 때 거슬린다고 머리카락을 자르고 싶다잖아. 저렇게 예쁜 머리칼인데 아깝게. 그래서 그럴 바엔 그냥 묶으라고 했지."

이건 또 생각지 못한 대답이었다. 황당해진 엘퀴네스는 가만히 트로웰을 바라보았다.

"왜?"

"머리칼 따위를 자르는 게 아깝다고?"

"아깝지 않아? 저렇게 화려한 금발은 흔치 않아. 짧은 쪽도 나쁘진 않겠지만, 이왕이면 긴 쪽이 더 예쁘지."

엘퀴네스는 다시금 트로웰을 응시했다. 저 태연한 얼굴에 그가 미처 읽어내지 못한 다른 의도가 있는 건가 싶어서였다.

"그래야 재밌는 일도 많이 생기잖아."

물론 역시나 그럴 리가 없었다. 미간을 좁힌 그를 향해 어깨를 으쓱한 트로웰이 앞쪽을 가리켰다. 무심코 그쪽에 시선을 보낸 엘퀴네스는 그대로 얼굴을 찌푸렸다. 언제부터였는지 계약자 옆에 웬 놈팡이 같은 놈이 따라붙어 추근거리고 있었다.

"보여? 저거 인신매매범이야."

"뭐?"

"정말 신기하단 말이야. 난 아무리 허술하게 꾸며도 상대가 경계해서 꼭 나중엔 강제로 힘을 써야 하거든. 그런데 저 앤 풀어두기만 하면 꼭 쓰레기들이 홀려서 알아서 다가와. 저 애 근처에만 있으면 굳이 찾으러 돌아볼 것도 없어. 상당히 훌륭한 미끼야."

"……남의 계약자를 미끼 따위로 쓰지 마라."

"야박하게 굴긴. 검술도 공짜로 가르쳐 주는데 이 정도 소소한 즐거움은 이해해 줘. 사실은 너도 저 녀석의 저런 면이 재밌는 거잖아?"

그 점은 부정하기 힘들었던 엘퀴네스는 침묵을 택했다. 그동안에도 상황은 더 재밌어지고 있었다. 먹을 것으로 꼬실 작정이었는지 놈팡이가 그의 계약자에게 사탕을 권했다. 그런데 평소 먹을 거라면 뭐든 좋아하는 계약자가 선뜻 받아들지 않고 고개를 갸웃거렸다.

"잠깐, 이거 좀 이상한데. 마약 넣은 거 아니야?"

"마, 마약이라니. 지금 무슨 소리를 하는 거야?"

"아니라고? 그럼 당신이 먹어봐."

"아니, 내가 왜……."

"내가 본의 아니게 당신 같은 인간을 한두 번 본 게 아니거든. 어디 경비대 앞에서도 당당히 굴 수 있는지 볼까?"

목소리가 커지자 사방에서 시선이 쏟아졌다. 놈팡이의 얼굴이 시뻘겋게 달아올랐다.

"헛 참, 시, 싫으면 관둘 것이지, 사람을 모함하긴!"

황급히 사탕을 품 안으로 갈무리한 놈팡이가 서둘러 떠나갔다. 얼굴을 굳힌 계약자가 곧바로 따라가려 했지만 사람이 많았던 탓에 금방 흔적을 놓쳤다. 트로웰은 어느새 사라지고 없었다. 미끼로 거둔 성과물을 처리하러 간 것이다. 달아난 놈팡이는 내일쯤 전혀 연고도 없는 장소에서 시신으로 발견될 것이다. 그의 계약자만 알지 못하는 합작은 오늘도 순조롭게 이뤄지고 있었다.

"어휴, 아무튼 이상한 놈들이 너무 많아. 먹을 거로 장난치는 놈은 본때를 보여야 하는데. 어? 트로웰은 어디 갔어?"

"글쎄. 잠시 다른 용무가 있는 것 같더군."

"그렇구나. 아주 가버린 게 아니면 됐어. 그보다 아버지, 나 머리 좀 묶어 주면 안 돼?"

"뭐?"

"혼자 해 보려니 끈이 잘 안 묶여."

황당해진 엘퀴네스가 계약자를 가만히 바라보았다. 하지만 마주 보는 시선은 뭐가 문제냐는 듯이 태연하기만 했다. 그게 왠지 정령왕이면서 이런 것도 못하냐고 묻는 것처럼 보였다. 괜히 심기가 상한 엘퀴네스는 손바닥을 내밀었다. 이럴 때만은 눈치가 비상한 계약자가 냉큼 조금 전 구매한 푸른색과 붉은색 가죽끈을 그 위에 올렸다. 마지막까지 고민하더니 이번에도 선택을 남에게 맡기려는 듯했다. 굳이 하나를 고를 필요를 느끼지 못한 엘퀴네스는 그 두 개를 섞어 간단히 머리를 묶었다. 지금 뭘 하는 건가 싶긴 했지만, 남의 머리칼을 만지는 감각이 의외로 나쁘진 않았다.

"이제 됐나?"

"와, 고마워. 묶으니까 한결 시원하네. 어때? 어울려?"

환하게 웃은 계약자가 몸을 돌리자, 올려 묶은 금발이 등 뒤에서 말총처럼 흔들렸다. 묶으나 푸나 큰 차이는 없을 거라 여겼는데 활달한 느낌이 강해지면서 조금 더 어려진 느낌이었다. 어울리는 건 사실이었기에 고개를 끄덕이니, 안 그래도 얼굴 가득하던 미소가 더 환해졌다.

때마침 스치는 바람에 꽃잎이 비처럼 쏟아져 내렸다. 흩뿌려지는 꽃잎을 온몸으로 맞으며 밝게 웃는 모습은 그 자체로 눈에 띄었다. 주변에 있던 이들은 이미 모두 넋을 잃고 바라보는 중이었다. 이 역시 본인만 느끼지 못하는 광경이었다.

'……확실히 재밌긴 하지.'

분명한 건 이번엔 자신이 틀렸다는 사실을 인정해야 한다는 것이었다. 적어도 앞으로 한동안은 흥미가 식을 것 같지 않았으니까.

* * *

"오늘부터 봄꽃 축제를 한대!"

매주 토요일은 훈련을 쉬는 날이었다. 여느 때처럼 아침 식사를 하러 식당에 내려갔던 엘이 오늘따라 잔뜩 흥분한 채로 돌아왔다. 그가 신나서 외친 말에 엘퀴네스와 트로웰은 처음엔 별다른 반응을 보이지 않았다. 콴제르에 접어들면 계절은 본격적인 봄을 맞이했다. 겨우내 잠들어 있던 나무가 꽃을 피우기 시작하는 이 시기에 인간들은 늘 축제를 열었다. 매년 있는 행사다 보니 크게 흥미로운 일도 아니었다.

"그러고 보니 그럴 때가 됐군."

"응! 광장에서 연극도 하고 서커스단도 오나 봐! 밤에는 불꽃놀이도 한대!"

"그래서?"

"놀러 가자!"

두 정령왕의 반응은 썩 좋지 않았다. 축제엔 인간이 많다. 특히 첫날엔 어딜 가나 인파에 휩쓸려야 하는데 그런 번잡한 일이 달가울 리가 없었다. 그러나 다른 때라면 혼자서라도 다녀왔을 엘이 오늘따라 무조건 같이 가야 한다고 주장했다. 평소 어울리고 지내는 인간하고나 다녀오라고 했지만 좀처럼 뜻을 굽히지 않았다.

"오늘 하루만! 응? 오늘만 가자~! 오늘만 같이 가면 다신 같이 가자고 안 할게! 응?"

"그럼 인간이 좀 적을 때 가지."

"안 돼, 오늘! 꼭 오늘 가야 해! 제발!"

그 애걸복걸하는 꼴을 지켜보기 귀찮았던 두 정령왕은 결국 어쩔 수 없이 어울려주기로 했다. 계획에도 없던 뜻밖의 축제 구경은 그렇게 시작되었다. 엘은 사방팔방 정령왕들을 끌고 다니며 축제를 마음껏 만끽했다.

"이거 봐! 고기 파이야! 맛있어!"

"오오, 닭꼬치도 있어! 너무 맛있어!"

"이건 볶음면인가? 우와, 이것도 맛있어!"

비록 대부분의 감상이 먹을 것에 집중되어있긴 했지만. 애초에 축제 땐 다양한 먹거리 장사가 주를 이루기 마련이니 어쩔 수 없는 결과이긴 했다. 물론 그러는 동안 저에게 접근했던 열다섯 명의 범죄자가 아무도 모르게 유명을 달리했다는 사실은 전혀 몰랐다.

"트로웰, 자꾸 어딜 갔다 오는 거야?"

"응, 난 신경 쓰지 마. 아, 저기 아이스크림 판다."

"오, 아이스크림!"

곧바로 정신을 다른 곳에 두는 자신의 계약자를 엘퀴네스는 한심하게 바라보았다. 엘은 유난히 먹을 것에 약했다. 그다지 굶주리며 살아온 것 같지는 않은데, 이토록 먹을 것에 집착하는 이유가 궁금할 정도였다.

"이것도 나름 좋긴 하네. 지루할 줄 알았던 축제 구경 따위에 이런 순기능이 있는 줄 몰랐어. 이제 축제 때마다 데리고 나갈까 봐."

"남의 계약자를 잘도 애완동물 취급하는군."

"서로 유익하다고 여기면 된 거 아냐? 그보다 저 머리 네가 묶어 준 거지? 잘 묶었는걸. 너한테 저런 솜씨가 있는 줄은 몰랐어."

"네 머리도 묶이고 싶나?"

"……."

조용해진 두 정령왕은 묵묵히 엘만 지켜보았다. 그사이 아이스크림 하나를 해치운 그는 벌써 다른 음식을 찾아 이동하고 있었다. 공격적이기까지 한 그 모습에 트로웰이 혀를 내둘렀다.

"저렇게 먹어도 살은 안 찌다니, 참 대단한 아이야."

"체형이 변하지 않는 것 같더군."

"아, 맞아. 보통 그만큼 몸을 단련하면 근육이 생겨야 하는데 말이지. 놀라울 만큼 아무런 변화가 없어. 그러면서도 근력은 늘고 있고."

가만히 살피는 두 정령왕의 시선이 집요해졌다. 둘 다 비슷한 생각을 하고 있었다.

"인간인 건 확실하긴 해. 단지 신의 축복을 한몸에 받은 것 같은 신체가 인간의 범주를 뛰어넘는다는 게 문제지."

"마신의 작품이라고 생각하는 건가?"

"처음엔 그럴지도 모른다 여겼어. 혜안이 통하지도 않고, 신의 문장을 지닌 주제에 정령왕을 소환하는 것도 그렇고. 하물며 자연의 정령까지 보는 특별한 신체라니. 규율을 이렇게 마구 어기는 짓을 자행하는 건 마신이 아니면 할 수 없는 짓이잖아? 하지만 신성력이 너무 없다는 게 마음에 걸리네."

신에게 특별한 사명을 부여받은 신관들은 가끔 발군의 신체 능력을 각성하기도 했다. 처음엔 엘이 그런 경우라고 생각했다. 하지만 신관이라면 역시 신성력이 있어야 했다. 아무리 노련하게 감춰도 정령왕들의 시선까지 피하는 건 불가능했다.

"좀 더 지켜봐야겠지. 어쩌면 전혀 다른 신이 관여한 건지도 모르겠어."

"차라리 마신의 짓인 게 낫겠군. 그만큼 제정신이 아닌 신이 또 있다고 생각하고 싶진 않으니까."

투덜거리듯 중얼거리는 물의 정령왕을 트로웰이 물끄러미 바라보았다. 왠지 불쾌한 느낌을 받은 엘퀴네스가 눈썹을 찌푸렸다.

"뭐지?"

"아니, 그냥 묘한 느낌이 들어서."

"묘한 느낌?"

"나도 정확히 뭔지는 잘 모르겠어. 하지만 생각해 보면 기분이 이상한 것도 당연하다 싶긴 해. 너도 그렇지 않아, 엘퀴네스? 너와 내가 이런 식으로 인간의 축제를 구경하고 있다는 게 말이야. 바로 얼마 전까지만 해도 상상도 하지 못했던 일이잖아."

"하긴, 그렇군."

인간들의 축제는커녕 정령계에서조차 얼굴을 마주한 적이 드문 사이다. 특히 엘퀴네스는 트로웰이 세대 교체했다는 사실도 우연히 마주친 후에야 알았을 정도였다. 트로웰이 태어난 지 이백 년 만의 일이었다.

"그런 우리가 고작 한 인간으로 인해 매일같이 얼굴을 보고 지내는 사이가 된 거야. 저 애가 그냥 평범한 인간이었다면 불가능했겠지. 보면 볼수록 참 신기한 인간이야. 우리 둘 다 저 아이한테 너무 약한 것 같아. 분명 휘둘리지 않으려 했는데, 정신을 차리고 보면 어느 순간 휘말려 있어. 솔직히 난 금방 질릴 줄 알았어. 어떤 식으로든 인간을 좋게 볼 일은 없을 거라고 생각했거든."

시작점은 분명히 기억한다. 그건 절대 좋지 않은 감정으로 시작한 호기심이었다. 그나마도 엘퀴네스의 첫 번째 인간 계약자가 아니었다면 제안하지도 않았을 거래. 그러니 끝 또한 당연히 정해져 있을 거라 여겼다. 감히 자신을 감화할 수 있다 여기는 오만한 인간에게 서서히 무너져가는 절망을 알려주고 싶었던 마음도 있었을 것이다.

"그런데 갈수록 저 아이가 한 말이 맞다는 생각이 들어."

"……."

"난 생각보다 인간에 대해 잘 모르고 있었던 것 같아. 저 아이는 확실히 재밌어. 보고 있으면 지루할 틈이 없는 게 꽤 즐겁기도 해. 그게 저 아이가 말하는 인간이라면, 분명 인간은 매력이 있는 종족이겠지."

"그래서 미네르바도 사랑할 수밖에 없었던 걸까."

고요한 얼굴에 스치는 씁쓸한 감정을 지켜보면서, 엘퀴네스는 언젠가 트로웰이 중얼거렸던 말을 떠올렸다. 정작 바로 옆에 있던 엘은 못 들었던 것 같았지만. 정령왕인 그의 귀엔 허무하게 스치는 듯한 소리가 어렵지 않게 들렸다.

"시작할 때만 해도 그냥 내기일 뿐이었는데. 이제 진심으로 저 애가 미래를 바꿨으면 좋겠어. 그럼 미네르바의 계약자도 좋아할 수 있을 것 같아."

하지만.

깊게 숨을 삼킨 트로웰이 나직하게 중얼거렸다.

"설령 막지 못해 모든 게 어그러진다 해도. 이 순간만은 좋은 추억으로 남을 거란 생각이 들어."

*　　*　　*

날이 저물어가면서 좌판마다 전등이 달렸다. 야간 축제는 그 나름대로 또 다른 멋이 있었다. 빛으로 꾸며진 거리를 걷는 내내 엘은 주변의 광경에서 시선을 떼지 못했다.

마지막 행사인 불꽃놀이가 시작한 건 해가 완전히 떨어진 후였다. 요란한 소리와 함께 화려한 불꽃이 하늘을 수놓기 시작하자 사방에서 탄성이 쏟아져나왔다. 엘 역시 한참을 넋을 놓고 구경했다. 이후로 완전히 파장을 맞이하고 나서야 만족한 엘이 두 정령왕을 향해 돌아섰다.

"오늘 함께 어울려줘서 고마워. 귀찮았을 텐데 억지 부려서 미안해."

"상관없다만, 꼭 오늘이어야 하는 이유가 있었나?"

축제는 앞으로 일주일간 이어졌다. 반드시 오늘 구경할 필요는 없다는 소리였다. 그 질문에 멈칫한 엘이 어색하게 웃었다.

"음, 별건 아니야. 그냥, 몰랐는데 오늘이 콴제르의 스무이틀째 되는 날이더라고."

"그래서?"

"내 생일이거든."

"……뭐?"

전혀 생각지 못한 이유에 엘퀴네스와 트로웰의 얼굴이 굳었다. 얼굴이 빨개진 엘이 얼른 두 손을 흔들었다.

"아니, 원래 이런 거 전혀 안 챙겨. 딱히 생일이라고 별다른 의미를 두지도 않고, 뭘 해야 한다고 생각한 적도 없어. 그런데 마침 축제가 열린다고 하니까. 그냥 겸사겸사? 뭔가 생일 때 가족이랑 어디 놀러 가고, 구경하고 이러는 거 한번 해보고 싶긴 했거든. 그래서 그냥……."

변명하듯 이어진 목소리는 갈수록 줄어들었다. 그 모습을 가만히 지켜보던 두 정령왕은 동시에 한숨을 내쉬었다. 이제 익숙해졌다 여겼는데 여전히 종잡을 수 없는 아이였다. 정령왕들을 아무렇지 않게 가족이라 여기면서도, 제 생일이란 점을 고백하지 못해 혼자만 품고 있다니. 뻔뻔한 것 같으면서도 지나치게 조심스럽고, 자존감이 높은 것 같으면서도 낮다. 그래서 더 마음에 든 건지도 모르겠지만.

"오늘 즐거웠어?"

트로웰의 질문에 바닥만 내려다보고 있던 엘이 천천히 고개를 들었다. 깨끗한 녹색의 눈동자가 수많은 감정을 담고 일렁였다.

"……응, 너무 좋았어."

"그럼 됐어. 나도 재밌었으니까."

"정말?"

기죽었던 눈동자에 한순간 빛이 일었다. 반짝거리는 시선이 엘퀴네스를 향했다. 그 의미를 읽은 엘퀴네스가 살짝 얼굴을 찌푸렸다가 마지못해 고개를 끄덕였다.

"나도 나쁘진 않았다."

"다행이다."

한껏 안도한 얼굴이 기쁨으로 상기되었다. 두 정령왕은 그 모습을 가만히 바라보았다. 어째선지 이 얼굴이 종종 떠오를 것 같다는 생각이 들었다.

"흠, 그래도 생일인데 축제 구경만 하고 지나가다니 좀 심심한걸. 선물로 갖고 싶은 건 없어?"

"어어, 아냐. 이미 평소에 너무 많이 받고 있는걸. 지금 둘이 함께해 준 것만으로도 충분해."

"그럼 다음 네 생일엔 다른 지역 축제를 갈까? 이 시기엔 지역별로 다양한 축제가 열리거든."

"앗, 진짜? 다음 생일에도 가?"

"그게 뭐 별거라고. 싫으면 말고."

"아냐! 너무 좋아! 다른 축제도 가볼래! 가고 싶어! 제발 같이 가주세요!"

황급히 답하는 목소리에 트로웰과 엘퀴네스는 피식 웃었다. 어째선지 가슴 안쪽이 간질거렸다. 그건 오히려 아픈 감각과 닮아 있었다. 그러나 기분이 나쁘지 않았다.

앞으로 영원히 계속될 수 있다면 좋다고 여길, 평화로운 시간이었다.

* * *

"다들 여기 있었나."

뒤에서 들려온 목소리에 정령왕들이 고개를 돌렸다. 조금 전까지만 해도 아무것도 없는 공간에 홀연히 서 있는 남자의 모습이 보였다. 벌꿀이 흐르는 듯한 찬란한 백금발, 물색의 눈동자를 지닌 아름다운 남자는 모두가 잘 아는 이였다. 그중 두 정령왕과는 한때 그 머리 색이 물색을 지니고 있었을 때부터, 아주 오랜 시간을 함께한 인연이기도 했다.

"엘뤼엔!"

"어서 와, 엘뤼엔."

"오셨습니까."

이프리트에 이어 트로웰과 미네르바까지. 한마디씩 건네진 인사에 엘뤼엔 또한 가볍게 고개를 끄덕였다.

"솔직히 올 줄 몰랐어. 지금 신계는 봉인 기간이잖아. 당분간 아무도 못 나오는 거 아니었어?"

"너희가 날 못 본 것으로 하면 된다."

"와, 나쁜 신이네. 적어도 봉인이 오 년은 더 연장될 텐데."

"그러든지 말든지. 놈들이 내게 떠넘긴 일거리를 생각하면 이 정도는 아무것도 아니지. 게다가 하나뿐인 아들의 생일도 못 챙기는 못난 아비가 되느니 나쁜 신이 되는 게 더 낫지 않나?"

"그건 그렇습니다."

"물론 엘뤼엔 말이 다 맞지."

선뜻 떨어지는 대답들에 피식 웃은 엘뤼엔이 정면을 응시했다. 새파란 물로 가득한 공간, 생명력과 활기가 넘쳐흐르는 물의 영역. 그 고요한 흐름의 한가운데, 아름다운 이가 잠들어 있었다.

"엘."

나직이 부른 이름에 감겨 있는 눈꺼풀이 반응하듯 흔들렸다. 마치 금방이라도 눈을 뜰 것만 같은 모습이다. 그러나 그런 일이 일어나지 않을 거라는 건 엘뤼엔도, 다른 정령왕들도 잘 알고 있었다. 살아 숨 쉬고 있으나 그 속엔 혼이 존재하지 않는다. 이곳에 있는 건 세계를 지키기 위해 남겨진 육신뿐이었다.

그럼에도 오늘은 그 모습만이라도 보고 싶었다. 일 년에 단 한 번밖에 존재하지 않는 특별한 날이었으니까. 가까이 다가가 머리카락을 쓸어 넘겨준 엘뤼엔이 제 아들의 이마에 가볍게 입을 맞췄다. 자극에 반응한 몸이 다시금 약간의 움직임을 보였으나 역시 그뿐이었다. 트로웰은 씁쓸히 웃었다.

"최근에 또 떠오른 기억이 있어."

"그래?"

"우리 셋이 같이 축제를 구경했던 거 알아? 그날이 엘의 생일이었어."

"……그래?"

"아침부터 저녁까지 거리를 구경했던 것 같아. 엘은 여기저기 다양한 먹거리를 맛보기에 바빴지. 네가 엘의 머리를 묶어 주기도 했어."

그 말에 묵묵히 듣고 있던 엘뤼엔의 표정이 못마땅해졌다. 자신만 기억하지 못하는 상황이 불만스러운 것이다. 트로웰은 우월감을 숨기지 않고 웃었다. 규칙에 맞지 않아 사라진 기억은 아주 가끔씩, 일부만 떠올랐다. 그마저도 떠올릴 수 있는 건 그가 혜안의 정령왕인 트로웰인 덕분이었다.

"내가 트로웰인 게 이럴 땐 좋네."

"평생 남을 부러워할 일은 없을 거라 생각했는데. 솔직히 이번은 부럽군."

"뭐, 그래 봤자 그 유니콘의 기억에 비하면 아무것도 아니지만 말이야."

이번엔 트로웰과 엘뤼엔의 얼굴이 똑같이 굳어졌다.

"그 망할 유니콘, 오늘 엘을 위한 생일 파티를 연 것 같더라. 예전에 만들어 준 케이크라든가, 엘이 좋아하던 음식이라면서 이것저것 만들어서 인간들과 같이 즐기는 모양이야."

"안다. 오늘 내 신전까지 찾아와서 일부를 공양했더군. 나도 같이 먹었던 걸 기억하냐면서 말이야."

"본인만 제대로 기억한다고 아주 신났네."

피식 웃은 푸른색 눈동자가 급속도로 싸늘해졌다.

"그래 봤자 내세에 들어가면 소멸할 기억이지."

"망각의 물에 담가버리는 것도 좋을 것 같아."

"나쁘지 않군."

모종의 합의를 거친 두 존재가 서로를 향해 의미심장한 미소를 건넸다. 그들만의 세계에 빠져 있는 둘을 보며 이프리트와 미네르바는 머리를 절레절레 흔들었다. 그러나 그 순간은 그리 오래 가지 않았다. 그들은 다시금 멀거니 잠들어 있는 물의 정령왕을 바라보았다.

"엘이 언제 돌아올 것 같아?"

"글쎄. 그건 아무도 알 수 없는 일이지."

그것만은 모든 것을 기억하는 시벨리우스조차도 알지 못했다. 끝을 알기 전에 먼저 헤어진 탓이었다. 도움도 안 되는 유니콘이라며, 이프리트가 낮게 투덜거렸다. 미네르바가 트로웰의 손을 꼭 마주 잡았다.

"곧 돌아올 겁니다."

"그럴까, 미네. 끝이 기억났으면 좋겠어. 분명 나는 지켜봤을 텐데. 이 여행의 끝을 알고 있을 텐데."

"불안한가?"

"불안해."

트로웰은 솔직하게 답했다.

"왜 하필 그때일까. 난 그때 상당히 삐뚤어져 있었어. 엘에게 상처도 많이 줬을 거야."

"글쎄, 넌 지금도 딱히 성격이 좋진 않다만."

"엘뤼엔, 네가 할 말은 아니잖아?"

농담처럼 받아치면서도 트로웰의 얼굴은 편해지지 못했다. 잊힌 과거는 떠오를수록 좋은 기억만큼이나 나쁜 기억도 많았다. 그 대부분은 엘을 상처 입힌 기억이었다.

"내가 엘을 죽인다고 했어."

"……."

"제일 먼저 널 죽일 거라고. 그런 말을 했어. 그때 엘이 무슨 표정을 지었는지는 떠오르지 않아. 그래도 분명 상처받았을 거야."

흐려진 금안이 푸른 머리칼의 이를 음울하게 응시했다. 그 모습을 잠시간 지켜보던 엘뤼엔이 가볍게 한숨을 내쉬었다. 그가 손을 뻗어 트로웰의 머리칼을 흐트러트렸다.

"하지만 그때가 있었기에 지금의 우리가 있는 거기도 하지."

"……."

"엘과 축제를 함께한 기억도 있다고 했나. 그렇다면 그렇게 나쁘지만은 않았을 거다."

"맞아, 트로웰. 엘 성격이 좀 단순해? 분명 몇 번 잘해 주기만 해도 서운한 건 금방 털어버렸을걸."

이프리트가 서둘러 말을 얹었다. 미네르바 역시 진지하게 고개를 끄덕이고 있었다.

"생일 때 가족이랑 어디 놀러 가고, 구경하고 그런 거 해보고 싶었거든."

그 순간 언젠가의 광경이 다시금 떠올랐다. 축제를 즐긴 하루가 끝나고 파장을 맞이하고서야 생일임을 고백한 엘이 했던 말이었다. 그때 마땅히 건넨 말을 찾지 못한 자신이 물었던 말도 떠올랐다.

"오늘 즐거웠어?"

그러자 머뭇거리고 있던 엘이 고개를 들고 조심스럽게 답했다.

"응, 너무 좋았어."

상기된 얼굴 가득 떠오른 감정은 분명 기쁨이었다. 그 미소에 자연스레 감화한 트로웰이 같이 웃었다.

그래, 그랬었지.

다정하고 또 다정해서 좋아할 수밖에 없었던 사람이었다. 트로웰은 잠들어 있는 자신의 가족을 부드럽게 응시했다. 그의 아버지가 했던 것처럼, 그 역시 머리칼을 어루만지고 이마에 입을 맞췄다. 미네르바와 이프리트도 따라서 입을 맞췄다.

"돌아오면 또 같이 놀러 가자, 엘. 이번엔 이프리트도 미네르바도, 우리 가족 모두 다 함께 가는 거야."

"그래. 그러니까 어서 돌아와, 바보야. 우리가 여기서 널 기다리고 있다는 걸 부디 잊지 마."

"무사히 귀환하십시오, 엘."

아마도 이 목소리들은 전해지지 않을 것이다. 그래도 오늘이 특별한 축하를 받아야 하는 날임은 분명했다. 누워있는 엘의 머리맡에 앉은 엘뤼엔이 품속에서 무언가를 꺼내 들었다. 푸른색과 붉은색으로 엮인 끈이었다. 그가 그것을 엘의 머리칼에 가볍게 묶었다. 트로웰이 놀란 눈으로 엘뤼엔을 바라보았다.

"너, 기억하고 있었어?"

"이것만 떠오르더군."

아마도 누군가의 머리칼을 최초로 묶어 준 경험이었을 것이다. 그때의 기분이 그리 나쁘지 않았던 것도 기억에 남아 있었다. 가장 비슷한 모양으로 준비한 두 색의 끈은, 비록 금발은 아니었지만 그때와는 다른 느낌으로 어울렸다. 일어나서 엘이 이걸 본다면 무슨 표정을 지을지 궁금했다.

"생일을 진심으로 축하한다, 내 아들."

캐릭터 프로필

illust-냐르

이름: 알리사(아일리아스)

생일: 8월 6일

종족: 인간

성별: 여(女)

키: 159cm (훗날 170cm까지 성장)

외형: 주황색에 가까운 진한 금발, 주황색 눈동자, 흰 피부.

성격: 외향적, 활기차고 씩씩하다.

땅의 정령사.
명석하며 직감이 뛰어나다.
제왕의 별과 한 쌍인 반려의 별을 타고 났다.
태어난 날에 푸른 달이 떴다는 일화를 바탕으로, 작위를 받을 때 달 문양을 가문의 문장으로 삼았다. 이 문양은 훗날 황후를 상징하게 된다.

캐릭터 복불복 QnA

〈인터뷰 질문은 다음 이공카(http://cafe.daum.net/shakito)회원님들이 올려주신 질문 중에서 제비뽑기로 선정했습니다. 질문 범위 특성상 **앞으로 전개될 내용이 미리 나올 수도 있으니** 주의와 양해 부탁드립니다.〉

〈김플란 님의 질문〉

Q. 알리사는 트로웰의 소환에 성공했나요? 했으면 제국에 정령왕의 계약자가 두 명이 되는 거였는데 계약을 했다면 어땠는지 정령사의 입장과 황비의 입장으로 말해 주세요.

A. 이건 나중에 알게 될 거니까 계약했다는 가정하에 대답할게! 물론 완전 좋지! 너무 좋지! 정령왕과 계약하는 건 모든 정령사의 숙원이기도 하잖아. 그게 아니라도 난 트로웰 님이 너무 좋아. 황후의 입장으로도 괜찮지 않을까? 정령왕이 둘이나 우리 제국을 가호한다고 알려질 거 아냐. 그럼 아무도 우리 제국 못 건드리겠지? 와, 생각만 해도 신나!

Q. 이사나랑 부부 싸움을 할 땐 주로 어떤 걸로 싸우나요?

A. 고질적인 문제인데. 이사나 씨는 내 얘기는 시시콜콜한 것도 궁금해하면서 자기 얘기는 잘 안 해. 꼭 물어봐야 대답해주고, 그마저도 회피하는 경우가 많아. 황제는 아무한테도 약한 모습을 보이면 안 된다고 생각하는 것 같아. 그런 게 어딨어? 게다가 내 앞에까지 그러면 안 되는 거 아냐? 그래서 가끔 짜증 날 때가 있어. 그게 쌓이다 터지면 싸우는 거지. 사실 내가 일방적으로 화내는 거지만.

Q. 트로웰에게 한마디 한다면?

A. 처음엔 연상이었고, 언젠가부터는 동갑이었고, 이젠 나보다 더 어려 보이는 우리 멋진 정령왕님! 늘 고마워요. 내 맘 다 알죠?

Q. 가장 칭찬을 듣고 싶은 사람과 칭찬의 내용이 어떤 거예요?

A. 칭찬해줬으면 하는 사람은 엘 님이야. 얼른 돌아와서 내가 잘 컸다고 말해 줬으면 좋겠어.

〈라넬 님의 질문〉

Q. 땅의 정령들을 한마디로 표현한다면?

A. 평화로운 해결사. 일단 등장만 해도 평정하는 건 우리 땅의 정령이 최고지!

Q. 만약 엘이 신이 된다면 어떤 신이 될 것 같아요?

A. 엘 님은 미의 신이 되지 않을까? 아, 미의 신은 이미 있던가? 그럼 축복의 신? 아니면 가호의 신도 좋을 것 같아. 우리한테 엘 님이 그런 분이었으니까.

Q. 꼭 해보고 싶은 게 있다면 그것은 무엇인가요?

A. 정령계나 마계 같은 대차원에 놀러 가보고 싶어. 근데 인간에겐 너무 위험하다고 하더라고.

〈햇샘 님의 질문〉

Q. 본인에게 트로웰이란? 다섯 글자로 표현해주세요.

A. 으음, 다섯 글자. 다섯 글자란 말이지. 속은 첫사랑? 푸하하, 이건 농담이고! '신비한 사람' 음, 이게 딱 맞는 것 같아.

Q. 본인에게 이사나란? 다섯 글자로 표현해주세요.

A. 진짜 첫사랑? 으하하, 이것도 농담이야. '내 멋진 낭군?' 또는 '평생의 전우'. 그리고 '설레는 사람' 이기도 하지.

〈라아 님의 질문〉

Q. 혹시 본가(사스라 백작가)로 돌아가 보고 싶다고 생각했던 적이 있나요?

A. 놀라울 정도로 전혀. 엄마가 살아계셨다면 모르겠지만 그 집 자체엔 좋은 추억이 없어.

Q. 본인이 생각하는 땅의 정령들의 좋은 점을 어필하는 시간! 땅의 정령은 이런 면에서 최고다 싶은 점이 있나요? 흔히 알려져 있는 지식보다 주관적인 대답이었음 좋겠어요.

A. 땅의 정령은 덩치가 크잖아? 가끔 좁은 골목에서 소환하면 몸이 낄 때가 있는데 그게 엄청 귀여워. 멀든이 꽃을 피우면 좋은 향이 나. 방향제와 향수 대용으로 최고야. 클레이는 너무 커서 크기를 줄이거나 인간의 모습을 해야 할 때가 잦은데, 그럴 때마다 말은 안 해도 표정이 뚱해 있어. 진짜 귀여워.

Q. 이사나가 먼저 고백했다고 들었는데, 혹시 그 전에 본인이 먼저 고백할 의사가 있었나요?

A. 이사나 씨한텐 말 안 했는데. 실은 졸업하면 바로 찾아가서 결판낼 생각이었어.

Q. 나는 앞으로 이런 정령사가 되고 싶다, 이런 사람이 되고 싶다, 라는 포부가 듣고 싶어요!

A. 훗날 땅의 정령들이 날 추억할 때 가장 좋은 친구였다고 기억했으면 좋겠어. 그런 평을 받기 위해 노력할 거야.

〈아복화도 님의 질문〉

Q. 카노스를 어떻게 생각해요?

A. 음, 카노스라는 분이 누군지 잊어버렸어. 하지만 마신이라고는 들었어. 우리를 지키기 위해 소멸했다고도. 정말 좋은 분이었던 것 같아. 잊어버린 게 너무 미안해.

Q. 엘과 라피가 함께 있으면 어떤 생각이 드나요?

A. 눈이 이렇게 호강해도 괜찮은 걸까. 너무 과식해서 배탈이 나지는 않을까, 라는 생각?

Q. 알리사는 데르온과 아스, 시벨의 관계를 어떻게 생각해요?

A. 아닌 척하면서 은근히 사이가 좋지. 다들 솔직하지 못하다니까.

Q. 만약 엘이 일찍 돌아온다면 가장 먼저 뭘 할 거예요?

A. 어서 오라고 말하고 꽉 끌어안을 거야. 많이 기다렸다고, 왜 이렇게 늦었냐고 투정도 부릴 거야. 그다음엔 여행을 가야지. 아무 근심 없고 걱정 없는 평화로운 세상을 같이 유람하고 싶어.

Q. 항상 '이사나 씨'라고 부르던데, 결혼 후에는 호칭의 변화가 있었나요?

A. 폐하라고 고쳐봤더니 너무 서운해해서, 그냥 그대로 쓰고 있어. 처음엔 주위에서 경악했는데 이제 다들 그러려니 해.

네 칸 만화

설마 인간이 나를 소환할 줄은 몰랐는데.
아버지! 아버지야…… 리즈 시절 아버지야!
고작 소환한 정도로 바닥이 난 건가. 듣기는 했지만 정말 한숨이 나올 만큼 한심한 마나로군.
아버지는 몰라! 얼마나 힘든데……! 딱 죽을 거 같다고! 미리 패시브 스킬로 마나 하트라도 달아주든가!
자기가 보내 놓고…….
누구한테 하는 말이냐?

심장 소리
빨라졌네.
안 보인다.
안 들린다.
쿵쾅
쿵쾅
쿵쾅
너 지금
내가 보여?
땅
땅
땅
아, 날씨
좋네….
쏴아아
…
…
계속 모른 척하면
다음엔 내가
어떻게 나올지 몰라.
보여요! 보입니다!
……무서운 아이.
무슨 미소에 살기가…….
진짜 골로 가는 줄
알았잖아.
두근
두근
두근
너 진짜 말도
안 되는 아이구나.

날 얼마나 우습게 여기는지를 증명하고 싶었다면 성공이군.
이 계약이 끝나면 넌 어떻게 된다고 했었지?
죽을… 거라고…….
정말? 계약이 끝나면 죽는다니, 그럼 언제든 죽을 수 있다는 말이지?
이거 오히려 나한테 양해를 구해야겠는걸?
뭐?
나와 약속한 기간을 채우기도 전에 죽어버리면 나만 곤란하잖아? 어차피 엘퀴네스도 찝찝할 거 내가 죽여도 되지?
저…저기요?
잘됐다, 그치? 걱정 마. 시체는 안 흉하도록 깔끔하게 죽여줄게. 다행이지?
흠, 좋을 대로 해라.
사망엔딩???!!!!
반짝이며 말하지 마!